U0666463

# 昌杰作品集

秦格赏 著

中国文联出版社

图书在版编目（CIP）数据

昌杰作品集 / 秦格赏著 . -- 北京 : 中国文联出版社 , 2022.3
ISBN 978-7-5190-4839-6

Ⅰ . ①昌… Ⅱ . ①秦… Ⅲ . ①中国文学—当代文学—作品综合集 Ⅳ . ① I217.2

中国版本图书馆 CIP 数据核字 (2022) 第 054866 号

作　　者　秦格赏
责任编辑　闫　洁　王　萌
责任校对　秀点校对
装帧设计　米　乐

出版发行　中国文联出版社有限公司
社　　址　北京市朝阳区农展馆南里 10 号　　邮编　100125
电　　话　010-85923025（发行部）010-85923091（总编室）
经　　销　全国新华书店等
印　　刷　三河市龙大印装有限公司

开　　本　710 毫米 ×1000 毫米　1/16
印　　张　32.25
字　　数　425 千字
版　　次　2023 年 4 月第 1 版第 1 次印刷
定　　价　98. 00 元

序一

# 纯唐法宋笔生花

李育文

格赏诗友是1988年5月加入桂林诗词学会的，20多年来，他为学会做了大量的工作。先是常务理事，副秘书长，负责收会费、受理新会员入会事宜，后来主编《独秀诗词》及参与编辑《桂林诗词副刊》。再后来担任秘书长、副会长，负责学会日常事务，参加《桂林诗词》刊物编审工作，并担任用稿终审和执行主编。他为人忠厚，工作认真负责。写诗填词反复推敲，专心备至，不断学习，刻苦钻研，有很大进步。另外还写一些诗话、诗词论文等方面的文章，不断总结和提高，取得了可喜的成绩。从《昌杰作品集》稿件来看，真是：两句三年求，吟来双泪流，辛勤一卷慰白头。很令人鼓舞和感动。现就稿件谈谈本人的看法。

**一、自然流畅，明快含蓄**

所谓自然，就是顺着事物发展的趋势或脉络去写。流畅，即读起来顺口，没有生僻词或字。明快，就是语言文字明白，不晦涩不呆板。自古以来，好诗都是自然流畅明快含蓄的，如李白的《黄鹤楼送孟浩然之广陵》："故人西辞黄鹤楼，烟花三月下扬州，孤帆远影碧空尽，唯见长江天际流。"崔护的《题都城南庄》："去年今日此门中，人面桃花相映红。人面不知何处去，桃花依旧笑春风。"读之朗朗上口，言已尽而意不穷。格赏君亦如此。请看《千禧年春节宿旺塘小学》："别梦依稀四十秋，归来恰似异乡游。琼楼取代当年寺，希望工程豁远眸。"又如《瓶插水养吊兰》："寒闺淡雅静无瑕，秀发披肩新着葩。不与群芳争寸土，一杯清水献丰华。”，还有《台湾归人》：“隔海茫茫四十秋，归来无觅旧村陬，新楼满眼穿云表，思绪盈怀月一钩。”等等，读之顺口，情意绵绵，给读者留下许多想象空间，回味无穷。

**二、章法严谨，思路清晰**

写诗填词与写文章一样，对所写的内容要进行合理的布局，否则就会杂乱无章，读后不知所云。古人作诗是很讲究章法的，如上面说的李白的诗，首句说老朋友从黄鹤楼出发往东行，故曰“西辞”，第二句是交代时间和要去的地方，第三句说诗人目送朋友乘坐帆船，顺长江水流而下，帆船的影子在蓝天下消失，第四句写朋友走后诗人眼前的场景。第三、第四两句表现了朋友之间深厚的感情和友谊。整首诗是按事情发生的地点、时间、场景、经过和结局这样的思路来写的。读者一目了然。格赏君的作品思路通畅，脉络清晰。如《纪念抗日战争胜利六十周年诗》：“卢沟桥下清江水，曾载炎黄血泪流。万里长城存浩气，休教胡马再回蹂。”首句写眼前看见的清江水，喻当前的清平美好时代，由于这是卢沟桥下的清江水，所以很自然地想到卢沟桥事变，想到抗日战争，想到中华民族的血泪史，故有“曾载炎黄血泪流”句。第三句是转，用万里长城喻中国的强大，第四句是合，中国的强大，不允许侵略者再来侵略。警告侵略者不要死灰复燃。整个思路清晰。又如《谒大禹陵》：“会稽山脉莽苍苍，华夏丰碑禹帝强。受命临危担重任，披肝沥胆赴汪洋。爱民如子诸神助，治国经心百姓康。俯仰前贤心祷告，中华代代有炎黄。”首联为起，用高大的会稽山脉开头，一是交代大禹陵所在地，二是用以比喻大禹帝在历史上的丰碑，就像会稽山脉一样高大，永不磨灭。中间两联是承，历数其功绩。第七句是转，为“合”做准备，末句是合，希

望中华民族，代代都有像大禹帝这样的贤君为炎黄子孙造福。全诗思路清晰。再看《一剪梅·长滩坪水电站》：“万壑千山一水淙，岸竹葱茏，岭树葱茏。一天三变雨晴风，山雾朦胧，山月朦胧。　　铁管横斜腾巨龙，跃出龙宫，飞向蟾宫。银河引渡电机隆。仰看星空，俯瞰星空。”上阕前三句是起，说电站的环境，后三句是承。下阕前三句是转，抓住电站的主要特点来写，最后三句是合，通过铁管把银河水引到电站，电机运作，发出轰鸣声，电灯明亮，星罗棋布。通篇语言形象，思路清晰，章法严谨，天衣无缝。又如《莺啼序·谒南京中山陵》词云：“钟山昨收雨雪，艳阳蓝天普。拾级上、三百台阶，苍松翠柏相护。冲牛斗、辉煌宇殿，龙蟠胜地中华柱。七尺玉棺静，衣冠敬仰千古。　　农舍麒麟，白衣天使，岂甘民疾苦？恨华夏、满目疮痍，夜漫漫群魔舞。念苍生、沉于水火，新亭泪、后庭遗曲。忍清廷、朽木粪墙，卑躬狐鼠。　　驱除鞑虏，救国复兴，扶桑曾羁旅。新政体，三民主义，联共联俄，扶助工农，几番风雨。春风乍暖，寒云骤起，倒行袁氏黄粱梦，看天下、谁做龙人主？雄师北伐，护法大纛高擎，所向披靡无阻。　　两厢石刻，绝世经纶，韶乐今续谱。东南望、万千思绪。日照香江，荷艳濠水，神龙高翥。悠悠海峡，鸿沟深壑，风吹浪打蓬莱岛，何时清、阿里山中雾？叛逆小丑登场，欲破金瓯，哲人知否？”此长调看起来复杂，其实它也是按起承转合来写的。总的来说第一段是起，第二段是承，第三段是转，第四段是合。具体到每一段当中又可以分起承转合。如第一段前两句是起，第三、四、五句是承，第六、七、八句是转，最后两句是合。关于诗词的章法，格赏君有《起承转合在诗词创作中的运用》一文，供读者参考。总之我觉得，他是严格按章法要求写诗填词的。

**三、形神俱备，格调高雅**

文学从生活中来，又到生活中去。诗词是文学艺术，自然离不开生活，必然要对生活中的客观事物进行描写，且描写越逼真，就越能完美表达诗词的意境。如宋代辛弃疾的《清平乐·独宿博山王氏庵》："绕床饥鼠，蝙蝠翻灯舞。屋上松风吹急雨，破纸窗间自语。　　平生塞北江南，归来华发苍颜。布被秋宵梦觉，眼前万里江山。"上阕写秋宵醒来见到的景象，很逼真。下阕由眼前孤独的处境和凄凉的场面，想到自己塞北江南，一生奔波，为的是眼前的万里江山。写景逼真，格调高雅。再如毛泽东的《菩萨蛮·黄鹤楼》："茫茫九派流中国，沉沉一线穿南北。烟雨莽苍苍，龟蛇锁大江。　　黄鹤知何去？剩有游人处。把酒酹滔滔，心潮逐浪高。"上阕寥寥四句就把眼前的景物描写得很逼真。为下阕的抒情言志做了很好的铺垫。用毛泽东的话说，就是触景生情，借题发挥，要发挥得恰到好处，无不及，又不过。格赏君在对事物的描写方面也很逼真很到位。如《江城子·三里店漫步》："卌年回首话凄凉，驿残墙，路高芒。杳杳人烟，野岭暮鸦翔。鬼火高低风瑟瑟，荒草地，乱坟岗。　　琼楼玉宇遍城厢，一行行，接穹苍。街道纵横，无处不花香。天马啸迎千里客，七星秀，驼峰昂。"上阕写旧景，都围绕"凄凉"二字来写，把桂林三里店四十年前的凄凉景象写得十分逼真。下阕写现在的景，也十分到位，琼楼玉宇，街道纵横，无处不花香，天马迎客，七星秀，驼峰昂。所有这些，与上阕形成鲜明对比，抒情言志，意在言外。再看七律《登普明塔望虎丘》："古阊门外绿平畴，高塔登临舒远眸。山色空蒙形隐隐，吴宫虚杳史悠悠，丘茔虎踞王途尽，西子馆藏恩爱稠。歌舞翻新深院闭，姑苏台上月如钩。"中间两联虚实搭配，形隐

隐，史悠悠，丘茔虎踞，西子馆藏，既写现实，又写历史，巧妙结合，也写得很好，与结句格调完美结合，歌舞翻新。历史与现实，姑苏城上的一弯新月，看得清清楚楚。真是“形神俱备，格调高雅”。

**四、形象思维，意深味浓**

“形象思维第一流。”这是郭沫若夸毛泽东的诗句。毛泽东诗词艺术成就高，与他的形象思维是分不开的。形象思维在诗词中可以增强艺术感染力，为更好地表达作品意境服务。古人也很重视。如李商隐的《无题》诗：“相见时难别亦难，东风无力百花残。春蚕到死丝方尽，蜡炬成灰泪始干。晓镜但愁云鬓改，夜吟应觉月光寒。蓬山此去无多路，青鸟殷勤为探看。”其中的第二句用东风无力，百花凋落，喻人的青春期已过，其容貌精力都衰退。第三句、第四句，是喻对爱情的忠贞。都是很好的形象思维，很有艺术感染力。格赏君亦善于用形象思维写诗填词。如《夕阳颂》：“雾障云遮千万重，风霜雨雪漫长空。惊天雷电狂嚣后，绚丽霞光耀秀峰。”全诗从头到尾都用形象思维，读起来气势磅礴，感染力强，韵味浓。又如《苏州太湖桥》：“玉带横拖似卧龙，碧波万顷涌长虹。车如飞艇银河里，三岛横穿气势雄。”平平凡凡的一座桥，经过诗人用形象思维的语言加以描绘，显得光彩夺目，诗情画意，展现在读者面前。

**五、比兴精当，视野开阔**

赋、比、兴都是诗词的表现手法。赋是直抒胸臆，比就是比喻，兴是先言他物以引起所咏之词也。如李白的《将进酒》：“君不见黄河之水天上来，奔流到海不复回。君不见高堂明镜悲白发，朝如青丝暮成雪。……”就是以兴开头的。又如刘禹锡的《竹枝词》：“山桃红花满上头，蜀江春水拍山流。花红易衰

似郎意，水流无限似侬愁。”这里先从山上盛开的桃花和蜀江的春水写起，引出喜新厌旧郎君的无情无义，和被弃痴情女子的无限忧愁。这些是很明显很典型的起兴手法。格赏君以兴开头的作品也不少，如《忆秦娥·清明节》：“清明节。年年扫墓荒碑谒。荒碑谒，探源族系，寻根枝叶。　　鹃花遍岭红如血，江山秀丽怀英杰。怀英杰，宏彪史册，广开新页。”从为亲人扫墓写起，想到为国捐躯的烈士。又如《叹路》：“问巍巍苍穹，为何乌云密布，纵有万道阳光，亦难暖草树？问茫茫大地，为何崇山峻岭拦人路，荆棘丛生藏狸虎？蜀道难行已成古。雪域高原列车赴。神舟已伴嫦娥舞。航标灯亮礁石伏，险滩搁浅狂涛怒，渔夫浪里难撑渡。问迷离红尘，谁领农民工维权路？以人为本事事顾，不分贵贱与贫富，社会方能和谐处。”前面用了很多比兴句，后面才导出农民工维权路，很有感染力。

**六、豪放气盛，婉约情深**

古典诗词大致分为豪放和婉约两大风格，苏轼的《念奴娇·赤壁怀古》：“大江东去，浪淘尽、千古风流人物。……”属于豪放作品。而李清照的《声声慢》：“寻寻觅觅，冷冷清清，凄凄惨惨戚戚。……”则为婉约作品。还有吴文英的《浣溪沙》：“门隔花深旧梦游，夕阳无语燕归愁，玉纤香动小帘钩。　　落絮无声春堕泪，行云有影月含羞，东风临夜冷于秋。”都属于婉约作品。而苏轼也有婉约作品，如《卜算子·黄州定惠院寓居作》：“缺月挂疏桐，漏断人初静。谁见幽人独往来，缥缈孤鸿影。　　惊起却回头，有恨无人省。拣尽寒枝不肯栖，寂寞沙洲冷。”就是其中一首。可见同一个诗人，既有豪放作品，又有婉约作品。格赏君既能豪放又能婉约。如《念奴娇·长城漫步》：“横空越岭，历千秋、阅尽春花冬雪。气势恢

宏，能抵御、多少英雄豪杰？遥想当年，中原塞北，对垒狼烟迭。神嚎鬼哭，寒尸残照凉月。　　烽火台上烟消，解秦皇汉武，忧思千结。扭转乾坤，融百族、内外弟兄亲切。喜沐熏风，山河万里锦，巨龙腾越。登临把酒，对长空祝新捷。”就是豪放风格作品。还有《满江红·与会代表考察长江入海口》：“沧海横流，欣寥廓、水天相接。风烟淡、海潮奔涌，浪花千迭。岛屿玲珑陈碧玉，江轮高大浮宫阙。看长江，滚滚向东流，无休歇。　　环境美，人心切；江湖水，何时洁？想源头巍立，铭文石碣。经济腾飞生态好，文明建设中华崛。待从头、治好旧山河，炎黄悦。”也是豪放风格的作品。而《贺新郎·画山九马》：“来往江中客，指苍崖、寻姿审势，纷纭形色。风雨年年摧画卷，只剩残肢淡墨。何人辩，完驹几匹？冷雾阴云晨昏锁，更无猿、攀得摩天壁。樯橹过，群山寂。　　良骁宝马江干匿。怅征途、风尘万里，笃情何激。伯乐王良均是古，赢得大荒伏枥。任漓水、湍湲曲直。猴巧媚人非马性。孰羡他、牛实千箱质？能唤出，受长策。”却是婉约作品。还有《莺啼序·长孙玩具轿车》：“豪华轿车小巧，逼真精工造。嫩黄色、鲜艳怡眸，左右前后灯耀。坚而稳，徐徐驾驶，犹如检阅兵车貌。遥控兼自驾，大方气派灵俏。　　遥想当年，贫寒门第，祖先穷潦倒。曾祖父、少小耕耘，含辛茹苦到老。叹人间，为人父母，辛酸泪、泷冈纤表。十七年，苦读寒窗，父恩难报。　　温馨雨露，和煦春风，蓓蕾艳阳照。温室蕊，未经霜雪，常受呵护，情系全家，视掌上宝。圭璋载弄，麒麟厚望，梦中笑语连三代，育婴书、熟读护褓褓。童车耀眼，父母不惜千金，天涯网上淘宝。　　门前院内，老幼逢迎，见者齐称好。小孙子，眉开眼笑。数码机携，老朽笨拙，经心拍照。迎眸美景，怡神弓

祖孙相伴无穷乐，任逍遥，心旷湖边绕。天真幼小心灵，诱导无忘，引光明道。”也是婉约风格的作品。从前面作品中可以感受到，格赏君豪放气盛，婉约情深。

**七、折射人生哲理，激励生活热情**

如唐代罗隐的诗《蜂》：“不论平地与山尖，无限风光尽被占。采得百花成蜜后，为谁辛苦为谁甜？”赞美小蜜蜂为他人劳累奔波，一生无他求的高尚品德。又如唐代农民起义领袖黄巢的《不第后赋菊》：“待到秋来九月八，我花开后百花杀。冲天香阵透长安，满城尽带黄金甲。”给人积极向上的力量。格赏君也继承了这一诗艺。请看《马年咏马》：“志在取雄关，征鞍化雪寒。休言蜀道险，踏破万重山。”不管艰难险阻，一往直前的精神，给人以鼓舞。又如《咏钢筋》：“僻野荒丘是故乡，离山百炼变成钢。纤纤躯体却坚韧，能屈能伸作栋梁。”再看《退步行治腰椎病》：“世人自古朝前走，老朽于今退步行。莫笑愚翁违世俗，前行后退是人生。”富含人生哲理，引人深思，给人启迪。再看《咏空调机》：“经纶满腹立边厢，寒暑为人运转忙。冷暖从来心自得，何愁世态有炎凉。”等等，富含哲理，言已尽而意无穷。

**八、爱憎分明，情真意切**

诗词本是抒情物，爱憎分明感人深。杜甫的《兵车行》和“三吏”“三别”就深刻地揭露了当时社会给人民造成的灾难，诗人给予了无情的揭露，对人民给予了由衷的同情。“耶娘妻子走相送，尘埃不见咸阳桥。牵衣顿足拦道哭，哭声直上干云霄。”“君不见青海头，古来白骨无人收。”“吏呼一何怒，妇啼一何苦。”“哀哉桃林战，百万化为鱼。”“结发为君妻，席不暖君床。暮婚晨告别，无乃太匆忙。”“四郊未宁静，垂老不得安。子孙亡尽，焉用身独完。”“存者无消息，死者为尘泥。贱子因

阵败，归来寻旧溪。”所有这些，都表达了诗人对人民的无限同情，对恶势力的痛恨，读来感人肺腑。格赏君诗词，字里行间，同样充满着爱和恨。又如《贺新郎·纪念抗日战争胜利五十周年》：“梦绕神州路，总难忘、八年烽火，强梁倭虏。虎踞龙盘形胜地，塞北江南血雨。三光策，城狐社鼠。国破家亡无限恨，耻百年、东亚共荣苦。山岳吼，江河怒。　　泱泱古国焉能侮？缚苍龙、长缨漫卷，妇孺镰斧。凝聚散沙成磐石，钢铁长城威武。虽三户，亡秦有楚。万里沙场惊敌胆，正义师，扫尽狼和虎。存浩气、擎天柱。”表达了诗人对侵略者仇恨，对苦难同胞无比同情，对军民抗战，给予热情歌颂，爱憎分明。又如《端午遐思》一诗，对楚怀王及其奸臣给予了无情的批判，对屈原做了钟情的歌颂。

上面是对诗词作品的看法。格赏的楹联也写得不错。如书斋联：“窗前鸟语青山秀，架上诗书韵味长”，耐人寻味。又如为桂林市七星区穿山乡江东村文化室撰写的楹联：“月挂奇峰，翠绕流霞，玉满清溪，水色山光皆锦绣；人奔富路，情温睦里，心怡紫府，精神物质两文明。”（已刻挂）也写得很贴切，很有诗情画意。新婚联：“红楼春梦三更月，淑女香脂一朵花。”“月透帘栊情侣伴，花开绮室凤麟来”既含蓄又有韵味。为长滩坪水电站写的春联“天马行空，金龙飞舞，指逼苍昊，群山莽莽，万壑幽幽，人间仙阙，机器轰鸣歌盛世；烟霞漫谷，银河引来，直下长滩，修竹葱葱，一溪汩汩，武陵风光，明珠灿烂接新春。”虚实结合，有情有景，又有欢度春节的热烈气氛，是一副好春联。又如春联“雪润梅花山迭彩，民承党泽福盈门”曾被《广西日报》刊载。应征春联“探月嫦娥惊宇宙，惠民国策壮神州”获广西三等奖，由广西区党委、区文联联合发给荣誉证书。

在桂林两江四湖征诗联活动中，《题西镇门桥联》“积宝成山寻古韵，架桥引水绕芳城”获优秀奖。榕湖系舟亭联“山谷系舟，千载古榕情若梦；半塘遗韵，一湖新景境如仙。”被两江四湖工程指挥部采用，刻挂在景点。叠彩山风洞联“一洞清凉境；半山曲折蹊。”也已刻挂在景点。为百龙宫所撰龙渊阁联“潜伏紫渊蓄锐气；扶摇碧落泛云涛。”也被录用并刻挂在景点。所有这些，说明格赏君为桂林市的文化建设和旅游事业献了一份力。

格赏君不但在诗词楹联写作方面下了很大功夫，创作出许多优秀作品和佳句，在诗词理论方面也做了可喜的探索，写了一些诗话和论文。用认真严肃的态度，对古人作品进行分析，好的给予肯定，做了赏析，对不足的地方给予指出。不但如此，对前人的诗词理论做了大胆探讨。如对王鹏运为代表的清代临桂词派，提出的“重、拙、大”理论，做了精辟的阐述。这对后人如何继承前人传统文化，做了有益的探索，给人以启迪，为我们做了表率。

《中国国学史》(由国家史志办、中国国学文化发展研究中心、中国人民大学、北京师范大学、北京博文图书编著中心等单位联合编修)编委会的专家评委会评定指出:“秦格赏同志的作品，语言生动、内涵丰富、寓意浓郁、视野宽广、清新自然。善于运用形象思维营造意境，具有很大的艺术张力和较强烈的感染力，既与时俱进又不失传统，给人以别开生面柳暗花明的感觉。是一位能够弘扬国学文化、彰显时代精神的优秀国学艺术家。”我认为这种评价，是比较切合实际的。

综上所述，格赏君的《昌杰作品集》不但具有可读性和学术性，而且还具有一定的史料性，是一本好诗集。为鼓励格赏君这种不懈努力的创作精神和所取得的可喜成就，特作诗一首，

以表祝贺：

绳唐法宋自成家，一卷清词泛彩霞。
字字珠玑诗意满，喜今韵墨更丰华。

2012年初夏于桂林市西凤路

（李育文，中华诗词学会理事，广西诗词学会顾问，桂林诗词楹联学会第一届至第四届连任四届会长，为秦格赏加入桂林诗词学会介绍人）

序二

# 琴心处世研诗艺　韵味传神咏古今

宿富连

秦格赏先生耗费近五十年心血创作而成的《昌杰作品集》就要付梓面世了，这不但是格赏先生个人、家庭生活中的一件喜事，也是桂林诗联学会和桂林文艺界的一件喜事。先生嘱我为其大作作序，我不揣冒昧，欣然命笔。浅见以为，秦先生这部作品集，主题鲜明，立意高深，取材广泛，体裁多样，内涵丰富，情感真挚，文辞艳丽，既有很强的思想性、学术性，又有很强的文学性、艺术性、现实性和可读性及史料性。该书是秦先生数十年醉心诗词联文创作的丰硕成果，是他奉献给广大读者和文明建设的视觉盛宴，是他留传给后人的圭章佳作。

本文不打算对秦先生其人其书做全面介绍和评析，仅从诗人侧面与美学视角谈几点粗浅的意见和看法，一可作该书出版恭贺之辞，二可作该书赏析引玉之砖。

**一、从诗人角度看秦格赏先生其人**

我与秦先生相识相交近二十年，对先生的人品、诗品、文品较之一般吟友有较多的闻见和了解。秦先生退休前，是市水文局的一名科级干部、高级工程师、共产党员。作为公务员和专业技术工作者，他一生清正廉洁，克己奉公，学习刻苦，工作勤奋，业绩昭著，他是一位好党员、好干部、好领导。“先生本质是诗人。”他学习、工作（含诗社工作）数十年。赋诗、作词，是他业余生活的最大爱好、最佳乐趣、最高追求。因此，

从诗人角度看，秦先生身上至少有以下几个特点和亮点。

其一，鲲鹏志向，云水胸襟。

“要立志干大事，不要立志做大官”，这是伟人孙中山的遗训。秦先生少有大志，壮有所好，老有所乐。身为山区贫家子弟，他刻苦攻读，孜孜不倦，17 岁考入灵川高中，20 岁蟾宫折桂，考入成都地质学院。在六十八年坎坷生涯中，他曾三次罹患沉疴，又曾二次惨遭车祸，却能绝处逢生，化险为夷，数次与死神擦肩而过。他不但完成了大学学业，而且在平凡的工作岗位上取得骄人业绩，到北京领过大奖。更难能可贵的是他对诗词的浓厚兴趣和执着追求。在繁忙的工作之余，他坚持学诗写诗，笔耕不辍，共创作诗词千余首，楹联一百多副，文章数十篇。这些诗词联文在思想、艺术上达到了相当高的水平。秦先生退休之后，还练习书法，学会了吹葫芦丝和拉二胡。数年前，他曾赠我书法一幅和葫芦丝独奏曲光盘一盘。设若他没有远大的志向和坚强的毅力，是不可能度尽劫波、消灾克难，进入柳暗花明的境界，在工作、学习和诗词创作上取得如此显著成就的。

秦先生有一首《天道吟》的诗，云：“乌云蔽日，黑土埋金；春花人赏，秋菊霜侵。天道如此，且自宽心。”从秦先生这首诗可见他的为人处世。他胸襟开阔，大度包容，淡泊名利，不计个人恩怨、得失。数十年来，他历经世事沧桑，饱尝人间百味。对于工作中的成就和荣誉，他淡然视之，绝不自骄自傲。对于工作中的矛盾和委屈他泰然处之，绝不怨天尤人。他心中有不快之事，或吹葫芦丝或拉二胡，消愁解闷，他有一首《吟二胡》的诗，云：“流水高山知己曲，春风秋雨卷心潮”，把苦闷倾注于二胡旋律中。他还喜欢向我诉说，他表示要把人世间

的不公、不正、不平之事置之度外，一笑了之。这一方面表明他有坦荡、达观的胸怀，另一方面也表明他视我为知己而高度信任。他还有《红尘悟三首》诗，其三曰：“忍气吞声当傻瓜，逆来顺受实堪夸。修身养性除烦恼，古韵新声颂物华。”另一首《药膳遐思》诗云：“药膳经年当早餐，酸甜苦涩味千般。修身养性求安健，世味汤头一样看。”这两首诗，正是他处世经验的总结。难怪他到佛殿烧香拜佛得一“人生赠言”的佛签，上云：“玲玲宝塔不寻常，八面玲珑尽放光。劝君志心勤顶礼，作美龙天降吉祥。”真是老佛爷对他的为人处世都给予赞美啊！

其二，乌私必报，舐犊情深。

秦先生对父母、长辈怀有深厚的乌鸟私情与春晖必报之心。本书中的许多诗词，对其祖母、父母、岳父和兄姐都有缅怀、吟诵。或抚今思昔，或睹物思人，或忆旧感恩，或叙事抒怀，等等。其念旧、思亲、感恩、报恩之情，跃然纸上，洋溢在字里行间。其中，对其母亲的关怀、孝顺，更是情深义笃，感人殊深。其母患病三十四年，最后全身瘫痪。他用自学的中医方法和汤药精心调理，使老母病情大有好转，居然从全瘫痪转入半瘫痪状态，使之拄拐杖能行走，生活能半自理。其中的乌私情、辛酸泪，是局外人难以想象的。

秦先生夫妇养育了三个儿子。从诗词对联中可知，秦先生望子成龙，教子有方，爱子心切，舐犊情深。长子晋级、进修、乔迁新居，他写诗庆贺、鼓励；次子赴姑苏求学、读研、恋爱、婚娶、购房，他写诗志喜、抒怀；三子到临桂两江任职，他写诗壮行、勉励；孙子出世和携孙外出游玩，他写诗纪游、书感，如此等等。秦先生对子孙后代，可谓呵护有加、关怀备至。他的爱子、养子、教子、励子情愫与美德，可嘉可奖，令人钦敬。

其三，民本意识，家国情怀。

作为民间文人和草根诗人的秦先生，对黎民百姓的衣食、冷暖、疾苦、忧乐倍加关心，在诗词中表现出一种浓厚的平民理念、民本意识。“民为本，君为轻，社稷次之”和“全心全意为人民服务”，应是秦先生赋诗填词的宗旨和根本。一方面，对党领导下的人民群众的幸福生活、城乡面貌的巨大变化、改革开放的辉煌成就，他写诗词尽情讴歌、赞颂。另一方面，对百姓所遭受到的地震、洪灾等灾难给予极大的关注和同情。

像古代诗人、先贤一样，秦先生还有一种忧国忧民、爱家爱国的家国情怀。党的诞生、党的建设、党的发展壮大以及民族的生死存亡、国家的前途命运，尤其是新中国的成立、崛起和发展变化、辉煌成就等，都是秦先生诗词的重大题材、重要内容。对历史上的志士仁人、先贤烈士，尤其是领袖人物和新中国成立后的英雄模范人物，秦先生挥笔写诗作词热情歌颂、赞美。他深知，没有毛泽东、邓小平等领袖人物的掌舵导航，没有先烈志士浴血奋斗，就没有昨天的人民翻身、民族解放，就没有今天的人民幸福、国家富强。

其四，桑梓意笃，山水兴浓。

秦先生出生在灵川县潮田乡旺塘下村，成长在灵川，学习（大学）在成都，工作在桂林。作为从山沟里走出来的民间文人和草根诗人，他的诗词、文章中散发出一种浓郁的乡土气息和家乡情味。诗人对生他养他的家乡倍加关爱，尤其是对生活、工作了数十年的桂林，他更是情有独钟。即便到成都求学、到北京进修，他也时时怀念家乡。即便是到上海儿子家暂时居住，他也常常惦念家乡。他在外地看到家乡的巨大变化而无限欣喜，甚至即席赋诗书感。他对桂林的春、夏、秋、冬，对桂林的山、

水、峰、洞和楼、台、亭、榭有大量诗词作品作生动、形象的描绘和赞美。其中，“家乡情、桑梓恋”犹如一根红线，贯穿于他的诗词和文集的始终。

在秦先生的《昌杰作品集》中，对山水的吟咏及山水诗词的赏析，如玉泻珠倾，流光溢彩，耀眼夺目。可以说，山水诗词是该书的重点和亮点，是秦先生的逸兴所在和得意之作。秦先生对桂林山水乃至全国各地的山水名胜，都情有独钟，游兴甚浓。“妙句华章传逸兴，青山绿水悦骚人。”数十年来，秦先生的足迹遍及大江南北、长城内外。每到一地、每游一景，辄有诗作。“山水因诗人而增色，诗人为山水而倾心。”秦先生兴寄山水、情注山水、乐在山水，进而创作出了一首首、一篇篇优美动人的诗词名篇佳作。

其五，交友以诚，切磋共进。

作为诗人，秦先生在桂林、广西乃至全国都有一些诗词造诣颇深的吟朋诗友。秦先生慎于交友，善于择友，无论哪一个层次、何种年龄的朋友，他都能推心置腹，以诚相待，一视同仁。“嘤其鸣矣，求其友声。”秦先生深知，吟友之间唱酬奉和，指瑕称瑜，切磋琢磨，不但能增进友谊，而且能互促共进，不断提高诗词质量和创作水平。他交兰结蕙，虚怀若谷，不耻下问，在诗词界颇得好评。国内知名前辈诗家林从龙看了秦先生的诗稿后，给予了高度评价。曾连任四届桂林诗词楹联学会会长的老诗人李育文，曾以《赠秦格赏诗友》为题，写诗赞美秦先生：“力穷骚理读骚经，继宋承唐步后程。韵墨香浓欢挚友，篇篇佳作吐真情。”读者在看完本书以后就会知道，李老对秦先生诗词的评价，是客观中肯、恰如其分的。

其六，痴迷诗艺，苦求其精。

秦先生从小就喜欢读唐诗宋词。在中学和大学时期，对诗词有浓厚的兴趣，并尝试创作诗词。参加工作后，尤其是1988年加入桂林诗词楹联学会后，他对诗词的爱好、写作，对诗词的执着追求，简直到了如醉如痴的地步。写诗填词，成了他业余生活的最大爱好和主要内容。除工作和家务以外，其余时间和精力全用在诗词的创作和提高上。“两句三年得，一吟双泪流。”像古代许多苦吟诗人那样，秦先生勤奋学习，博览群书，专研诗艺，务求其工，苦求其精。如其新作《桂林园博园赋》结尾诗，从初稿到定稿费尽精力，花了七八个月才敲定末尾“呼远鸿”三个字，这比初稿的“醉老翁”好多了，原稿言尽意尽，改为“呼远鸿”后，言虽尽而意无穷，真正做到“合得渊永”，提高了诗的品位。秦先生经常为了写好、改好一首诗、一阕词，起五更、睡半夜，甚至废寝忘餐。“苦心人，天不负”，“有志者，事竟成”。由于秦先生苦学、苦吟、苦钻，坚持不懈，终于使他的诗词达到了相当的高度和水平，其中许多诗词精品被国内外一百多家报纸、杂志采用，他所获得的各种奖项和荣誉称号多达六十余种。秦先生为了弘扬国粹、传承华夏文明，为提高诗词创作质量、繁荣和发展中国特色社会主义文艺事业，做出了艰苦努力和突出贡献。大型爱国主义文献《江山多娇》，其中对秦先生的评价云：“长期从事诗词艺术的研究和探索，注重深入实际感悟人生，其作品以极为凝练的笔墨，烘托出极为深邃的意境和宽广的情蕴，行文简洁犀利，想象奇特新颖；文字对仗工整，清娴淡雅幽香；语言质朴明达，刻画细致真切。无论是谋篇布局还是遣词用句，都显示了其娴熟的艺术功力，创造性地实现了景致与情怀、现实与历史的和谐统一，自然而

然地从多种角度折射出其馨香的品德和高洁的志向。抚今追昔，勇于创新，在创作实践中丰富和发展了新的理论，取得了丰硕的成果和宝贵的经验，撰写了多篇（首）具有较高学术研究价值的精品诗作，在学术界引起了广泛关注，不仅凸显了他对生活的深入观察和艺术把握，也从另一侧面展示了一个诗人在21世纪所取得的创作业绩和向社会奉呈的代表性佳作，为有关部门和相关研究领域的专家学者提供了参考借鉴史料，为中国文学事业的繁荣和发展做出了应有的贡献。”我认为，这种评价是十分中肯贴切，实事求是的。

**二、从美学角度观秦先生其书**

秦格赏先生的《昌杰作品集》一书，集诗、词、联、文于一体，熔情、景、事、理、趣于一炉，是一部有内涵、有品位、有价值的诗文力作。从美学的角度看，该书的特点、亮点，可用一个字加以概括，这就是：美！这种美，不仅体现在诗词中，也体现在楹联和各体文章中。具体说来，该书之美，主要体现在以下“五个统一”上（举例说明以诗词为主）。

（一）思想美和情感美

诗词以表意抒情为主。“诗言志”，这里的志，是指诗词所表现出的作者的思想、志向、抱负等。“诗缘情”，这里的情指的是所抒发的情感、情愫等。秦先生的诗文尤其是诗词，是志与情、思想与情感、思想美与情感美的统一，因此能扣人心弦，打动人心，给人以教育与启迪。

先看七律《贺我国首次载人飞船飞航成功》：“宇宙苍茫亿万年，太空探索古今玄。扶摇火箭神舟健，巡视星河美梦圆。万户雄心长励志，九州豪气正冲天。嫦娥牛女迎歌舞，举世人心慕酒泉。”此诗立意深远，意象妙接，形象生动，气势恢宏，

感情充沛。全诗描绘、刻画飞天壮举，褒扬、赞美炎黄子孙的雄心壮志，抒发作者和全国人民贺首航成功、圆千年美梦、探太空玄秘的极度兴奋、狂喜、欢愉之情，是志与情、思想美与情感美紧密结合、有机统一的感人名篇、传世佳作。

再看《满庭芳》词："秦晋交亲，鸳鸯结侣，春风喜气门庭。彩帘新柜，衣被叠床盈。纸币镶成二喜，管弦歌舞荧屏。宾三百，筵连邻里，炮竹震山鸣。　　当醒。回首看，债台高筑，借贷求情。休讲排场阔，何顾虚荣？僻壤穷乡复古，新风不立旧风升。君知否，同心连理，贵在百年诚。"此词为讽喻佳作。词的上片叙事，纪婚庆之盛，排场之阔，婚事之奢。下片抒情，生极乐之悲，兴悔恨之叹，鸣警钟之声。此词斥奢靡旧习，扬简朴新风，言简意赅，语浅意深，志高而情笃，是情志浑融、情理兼胜、思想美与情感美有机统一的绝妙好词。

在本书的许多诗词、楹联和文章中，秦先生善于把积极、健康的思想与充沛、真挚的情感紧密结合起来，寓于意象的优化组合、意境的精心营造、音韵的精准使用和表现手法的巧妙运用之中，从而做到情中有理、理中有情、情理相融、情志合一，使诗词、联文升华到一种思想美与情感美合而为一的美妙境界。

（二）形象美与精神美

苏东坡推崇吴道子的画不只是形似，还能做到神似："出新意于法度之中，寄妙理于豪放之外。"诗词与绘画一样，不仅追求形似，而且追求神似；不仅追求形象美，而且追求精神美。秦格赏先生的诗词较好地处理了形似与神似的关系，做到了形似与神似、真相与真魂、形象美与精神美的有机统一。

先看七绝《游桂林两江四湖志兴》："四位西施笑靥迎，风情万种客心倾。桃江漓水千钟酒，乐与红颜醉太平。"此诗首

句用拟人手法，喻四湖为四位西施美女笑脸迎宾。次句写四湖秀美如西施的万种风情令游客倾心。第三句把两江即漓江和桃花江喻为千盅美酒。结句融情于景，作者和游客要与美女同饮美酒、共醉太平盛世。此诗生动、形象地刻画、描绘了桂林两江四湖的形象美与精神美，抒发了作者对桂林山水和太平盛世的倾慕、赞美、欣喜之情。

再看《永遇乐·游青狮潭水库》："水上公园，三湖通畅，昆明微小。峻岭簪山，田庄农舍，罗带青青绕。杉松竹茂，巉岩幽壑，烟笼鹃花啼鸟。山湾里，渔舟几许，网落网收鱼跳。　　无边美景，望中犹记，遍地英雄铁镐。虎岭推平，甘棠斩断，星月三春早。峥嵘岁月，韶光易逝，赢得仙山琼岛。重游处，难寻旧貌，碧波淼淼。"此词上片写景，描绘水库的自然美、形象美。词的下片叙事，刻画水库的内在美、精神美。从词的下片中可知，青狮潭水库的"无边美景"中，居然凝聚着无数修库英雄的辛劳和汗水，居然蕴含着如此雄奇、厚重的人文精神，游客的陶醉、钦佩之情，不禁油然而生。此词给读者留下了形神俱美的美好印象，有很强的艺术感染力和震撼力。

（三）含蓄美与直白美的统一

"诗贵含蓄。"含蓄婉转，这是古往今来诗词创作的基本风格和基本手法。秦先生的许多诗词耐人寻味，感人至深，富于朦胧性和理趣性，这是含蓄手法巧妙运用的结果。

先看七绝《雨中观恭城西岭桃花》："红雪盈空泛紫霞，万千西子着婚纱。春风袅袅承甘露，琼玉仙乡瑶族家。"全诗二十八字，无一字提及桃花，也不直言桃花之美。然而，"不着一字"，却"尽得风流"。作者用红雪泛紫霞和西子着婚纱来比

喻桃花之美和花事之盛，用春风、甘露来比喻党的领导和惠农政策，用琼玉仙乡来比喻富庶的瑶乡农家。其中的“春风”与“甘露”，既与诗题相呼应，又与末句相呼应，成为承上启下的有机连接。全诗词虽短而韵味深长，语已尽而意无穷，言近旨远，含吐不露，有言外之意，味外之味，彰显蕴藉含蓄之美，有“深文隐蔚、余味曲包”之妙。

再看七绝《贺香港诗词学会成立》：“铜驼洗尽辛酸泪，饮露荆花烂漫开。南海欢歌千迭浪，香江和韵畅吟怀。”此诗盛赞香港回归，一洗百年耻辱，如今荆花烂漫、形势大好，大陆与香港诗人欢歌酬唱、喜满吟怀。全诗用典确切，比喻恰当，形象生动，表意含蓄，情感真挚，堪称七绝中极具含蓄美的上乘之作。

秦先生的诗词巧用含蓄手法，但并不反对、排斥直白手法的运用。所谓直白，是指直抒胸臆，有感直发，有话直说。与含蓄相对比，直白也是诗歌中常见的、基本的表现手法。秦先生的诗词兼用上述两种手法，体现和坚持了含蓄与直白、含蓄美与直白美的有机统一。

请看七律《月夜送人归》：“群峰静静拥婵娟，涧水长长崎径延。昨夜油茶兼薯酒，今宵野味待村贤。玩狮唱调新春里，说笑谈天壮举篇。一曲山歌酬别后，苗乡欢聚在何年？”诗前小序，作者到龙胜尾江苗寨，为规划中的水力发电站作水文观测，在苗寨度过春节和元宵。回桂林前夕，苗胞到水文站聚会到深夜，考虑安全，秦先生与同事月夜送苗胞回家，依依不舍，作者爰草此律。此诗写景叙事，抒情达意，不事套饰，不用比兴，不借含蓄，而是正面切入，平铺直叙，直抒胸臆，而苗乡景色之幽、苗胞待客之诚以及依依送别之情，却跃然纸上，读后令

人回味、感动。清代诗人袁枚云："诗宜朴不宜巧，然必须大巧之朴；诗宜淡不宜浓，然必须浓后之淡。"秦先生的这首七律，在意境和风格上就做到了"大巧之朴"和"浓后之淡"，可谓直中有曲，浅中有深，平中有奇，淡中有味。这是一种直白美，它与含蓄美相辅相成，异曲同工。

（四）诗情美与画意美

自从苏东坡的名句"味摩诘之诗，诗中有画；观摩诘之画，画中有诗"面世后，"诗中有画"便常常被人用作诗章的称瑜、赞美之词。从美学的角度看，秦先生还有一个显著特点，这就是：既富于诗情，又饶有画意，是诗情与画意、诗情美与画意美的有机统一。秦先生诗词的诗情美，主要体现在写真实、抒真情和情真意挚上。诗之抒情，贵在其真。真情，是诗的生命。而真实，则是真情的基础，也是诗词情感美的首要因素。白居易说："感人心者，莫先乎情，莫始乎言，莫切乎声，莫深乎义。诗者：根情，苗言，华声，实义。"（《与元九书》）德国哲学家黑格尔说："美与真是一回事。这就是说，美本身必须是真的。"（黑格尔《美学》第一卷）请看七律《学治母病二首》："忍看慈亲脑血栓，头昏语哑半身瘫。三餐饮食须人喂，双目失明凭耳勘。病重年高何处治？家贫市远我尤难。寸心为报春晖暖，学制舒经活络丹。"此诗叙作者老母病重，瘫痪在床。作者除精心照料、服侍外，还自制丹药为母治病。经过多方治疗，居然使其老母从全身瘫痪转入半瘫痪状态，取得神奇效果。此诗叙作者精心对老母的孝敬、感恩、报恩之情。由于诗中的情感源自生活，发自肺腑，情真而意切，语浅而义深，因而具有一种情感美，进而有一种催人泪、感人心的艺术魅力和感染力。

秦先生诗词的画意美，主要体现在：诗人之笔如画家之笔，使诗词作品有角度、有层次、有色彩，等等。请看七律《秋兴》：“习习金风拂旷原，秋光耀眼展新颜。丹枫缀岭烘千树，紫雁排空唱九天。漓畔桂香熏客醉，阳坡黄菊斗霜妍。芦苇撒下鲜花种，喜结来年春雨缘。”此诗叙写作者秋日所见所闻，通篇写景，而又寓情于景，融景生情，抒发了作者秋游的雅兴和欢愉之情。这首诗既有诗情美，又有画意美。从角度看，有仰视、俯视和平视。从层次看，有高低、远近，因而有近景、中景和远景，层次分明，且有动有静。从色彩看，有丹枫、紫雁、黄菊等色彩鲜明。全诗以诗人之心、画家之笔，所描绘的秋景，俨然一幅美丽动人的桂林秋光胜景画图。该书类似上述诗情美与画意美的有机统一诗词、楹联比比皆是，限于篇幅，恕不一一列举。

（五）语言美与音韵美的统一

秦先生的诗词还有一个显著特点，就是坚持了语言美和音韵美的有机统一。综观先生诗词，其语言美主要突出地表现在以下几点：一是练字锻句，警语迭出；二是巧用数字叠字，强化艺术效果和整齐美感；三是善用动词，画龙点睛，达意传神；四是语言求新求雅，清新隽永，雅俗相宜。请看七律《迎新年》：“玉龙助兴酒开怀，得意春风暖我斋。策马兼程行万里，拿云揽月上千阶。茫茫尘海迎雏燕，细细山泉出石崖。树木十年欣叶茂，登科范进费心栽。”丙子新年前夕，作者获高工职称，长子即将大学毕业，已提前落实就业单位，可谓双喜临门。此诗叙事书感，抒发了作者春风得意的惊喜、欢快心情。诗中的“万里”“千阶”及“茫茫”“细细”为数字，叠字巧用，“策马兼程”“拿云揽月”为动词活用，为表情达意起了很好的强化、催化作用。全诗意象妙接，意境新美，形象生动，练字锻

句，用功颇深。颔联、颈联用语尤佳。此诗堪称语言美与音韵美“二美具”“二合一”之佳作。

秦先生诗词的音韵美，主要表现在以下几点：一是平仄合律的声调美；二是对仗工整的结构美、整齐美；三是用韵严格的韵律美、铿锵美。请看七律《回归路上怀邓公》：“长夜天开旭日明，阴霾扫尽踏新程。香江回首悠悠恨，慈母思归切切情。合浦还珠伸正义，神州雪耻展荆旌。金瓯一统欢歌日，南海传书慰小平。”此诗盛赞香港回归，缅怀邓小平的丰功伟绩，寄托金瓯一统的厚望。全诗平仄合律，对仗工整，用韵讲究。诗中的韵脚“明”“程”“情”“旌”“平”采用平水韵下平声“庚”韵，符合韵律要求。这几方面的有机结合，使全诗呈现出声调和谐、结构整齐、音韵铿锵的艺术美感与艺术魅力。

再看《诉衷情·国庆五十周年感怀》（五首选一）：“惊雷十月震长空，赤县荡春风。山山水水青秀，喜雪化冰溶。　铺白纸，绘霓虹，灿尧封。翻身奴隶，众志成城，跃虎腾龙。”此词上片欢庆祖国解放，下片讴歌祖国建设，寓沧桑之感、喜悦之情于叙事、绘景之中。全词为双调，四十四字。上片四句，三平韵，二十三字。下片六句三平韵，二十一字。此词平仄、用韵等皆合词律，词的用语精练、准确，词境壮美，气势恢宏，同样体现了语言美与音韵美的完美结合和有机统一。

除诗词外，本书还选入了楹联、诗钟、诗话、论文等。从总体看，楹联写得有高度、有深度、有内涵、有气势，其平仄和对仗等均符合联律通则。各种文章尤其是诗话和诗词赏析文章，旁征博引，资料翔实，见解独到，文采飞扬，令人信服。限于篇幅和别于体裁，对书中的楹联、文章等未做具体评论和赏析，但上述诗词的五个美学特点即“五个统一”的基本精神，

用之于楹联和文章也是合适的、恰当的。

我深信，《昌杰作品集》的出版，一定能得到领导、专家和广大读者的青睐和喜爱。我热切期盼该书早日面世。

谨此为序。

2013 年 7 月于桂林

（宿富连，中山大学哲学系毕业，享受国务院特殊津贴的哲学教授，广西毛泽东哲学思想研究会会长，桂林诗词楹联学会副会长）

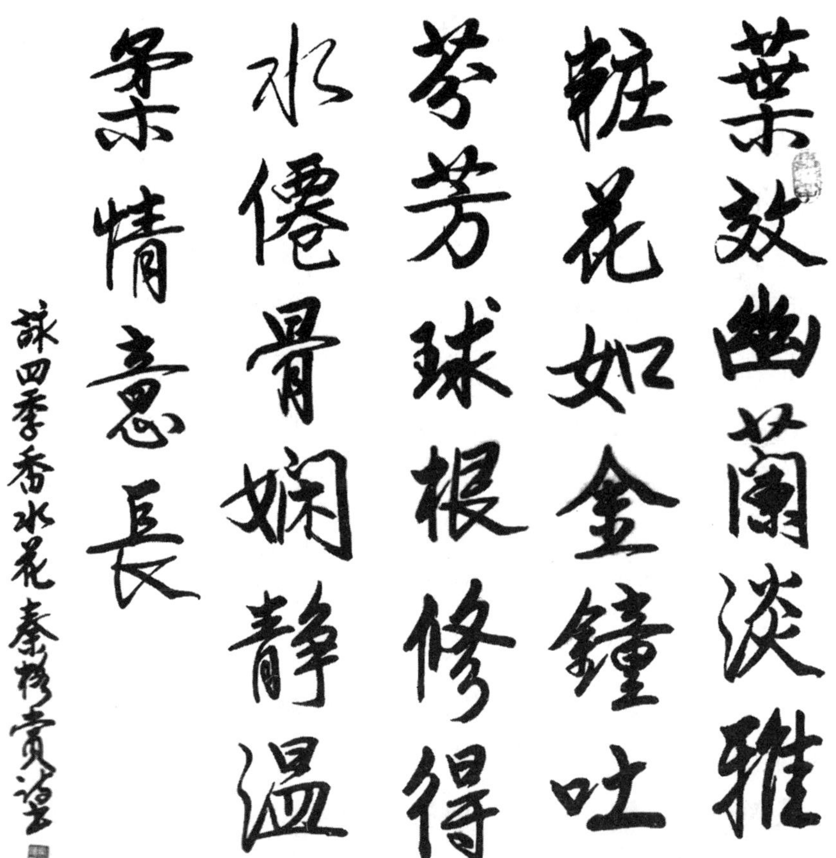


此书法已入编“首届中国文艺金墨奖作品集”

自序

# 诗艺无止境　拙勤永攀峰

诗曰："人生如梦惜光阴，鬓发飞霜悟更深；鸿爪雪泥何所寄，诗章词句总精心。"回首风风雨雨的人生旅途，恍如过眼烟云、南柯一梦。把人生经历和世间百态用文字记下来，把"梦"中所见所闻所感记下来，或许让后人能从中得到借鉴，也许有点积极意义。这本《昌杰作品集》是我对自己如梦人生粗略的记录，虽不算精品，更不能与名家名作相提并论，却是我倾尽毕生精力和心血浇灌培育出来的一盆花。何故名为《昌杰作品集》。昌杰是本人的名字。20世纪80年代家族刻碑，要求按家族族谱辈分取名，我们这一代人是昌字辈，所以我取名秦昌杰。

早在小学阶段，在村里业余剧团学唱桂剧时，就觉得剧本里的唱词台词是押韵的，很好听，这大概就是我"诗心"的萌芽吧。到高中阶段我就尝试着写诗。当时我写了一首以《红岩》中江姐这个人物为题材的白话诗，抄在作文簿上，交给语文老师，老师批了几个字，说中学生不宜提倡写诗，我也因此而罢手。上大学以后，处于"文革"期间，停课闹革命，我因体质差，不适应过那种日子，便成了逍遥派。于是就学习毛泽东的诗词。几乎把当时已公开发表的三十几首诗词全部背熟。为了能正确理解诗词的含义，便找一些名人方家解读毛泽东诗词的文章来学习。后来逐步学习古人诗词。找了一些唐诗宋词和《白香词谱》学习。久而久之，自己模仿写点诗词，但对格律不甚了解，误认为以普通话的声韵写诗词就可以了，直到参加诗

词学会以后才知道不是那么一回事。所以加入桂林诗词学会对我写诗是一个大的转折。从那以后，就严格按照格律诗词的要求来写诗填词。工作繁忙，主要是利用业余时间学习和创作的。经数十年的不懈努力，至2020年2月，共写了1088首诗词。选入本书的为1071首，尚有17首纯属应酬之作，没有意境更无佳句，故未入选。

本诗集分诗蕊词葩、楹联拾粹、佳句格言、诗话随笔、诗艺探索、辞赋园地、诗坛花絮、诗外杂谈、后记、书法、新增诗文等十一大部分。诗蕊词葩部分又分江山览胜、缅怀歌颂、实感杂咏、嘤鸣酬赠、古贤今咏、名胜古迹等六个栏目。其中缅怀歌颂和古贤今咏的区别，前者是歌颂新中国时期的人和事，而后者是解放以前的贤能志士。大部分作品是本人亲身经历后写的，有些是凭外地寄来的征稿函所介绍的简况写的，有些是就某些社会现象写的，古贤今咏是根据通信网络查得的资料而写的。不管哪种情况，都不容易写好。诗词作品有在外地刊物发表的，也有在《桂林诗词》和本地一些报刊上发表的，在《桂林诗词》发表的诗词本书一般不再注明，在其他刊物上发表的均已注明刊物名称。楹联多为风景联和春联及新婚联，为数不多，其中有发表的，也有刻在景点的。诗话主要是评论作品，评论诗人的还没有。论文不多。诗话和论文有在外地刊物发表的，也有在《桂林诗词》发表的。诗、词、文都有来不及发表的。1998年，本人曾作为桂林诗词学会代表，参加中华诗词学会在新疆生产建设兵团（石河子市）召开的，全国第十一届中华诗词研讨会时，提交给大会的论文，已由中华诗词学会和新疆生产建设兵团诗词楹联家协会联合将大会论文汇编成册公开发表，书名《春风早度玉关外》(周笃文和星汉主编)。

莽莽乾坤，孕育出秀丽山川；悠悠岁月，演绎出纷纭史迹。茫茫人海，寻觅到友谊和亲情；漫漫人生，耕耘着荒山和良田。所有这些，无不与诗结缘。写诗填词，陶情冶性，既是学习，又是寄托。倾注平生精力，浇灌心中花朵。数十年的写诗经历，使我明白为诗之道：想象丰富，章法严谨，意境深远，行笔自然，语言含蓄而朴实，方为上也。吾每上下求索，推敲章法，琢磨字句。吟山咏水，如何寄情言志；歌功颂德，怎样避俗求雅？酬赠唱和，实中求华，所有这些，都要费尽心思。尽管如此，有的作品仍然不是很满意。有的也许当时满意，过了一段时间又觉得某些句子某些字词欠妥。如《永遇乐·夜泛桂林两江四湖》一词："淡淡清风，盈盈湖水，骚客欢渡。烟树楼台，芳滨馥渚，灯火阑干处。笙歌助兴，喷泉簇锦，碧落雪花飞舞。画桥众、浓妆异彩，江风湖韵新谱。　　玉簪罗带，名城山水，岭表千秋盛誉。故郡始安，人间仙境，历代名流慕。蓬莱重整，宏图巧绘，梦笔生花难赋。明珠灿、天涯游侣，频添乐趣。"该词末尾八个字原稿是"昌隆国运，民心向聚"。原稿是经过文成子在青狮潭活动时集体讨论修改定稿的（文成子此次活动有十七人，是集体讨论修定两江四湖诗词初稿的会议），多年来也一直用原稿在很多刊物上发表。前不久我才发现，原稿末尾八个字欠妥，主要是与前面的意思没有内在联系，显得不够协调，所以改成现在的稿子。还有《桂海碑林》原稿是："龙隐岩中翰墨林，纷纭史迹此中寻。悠悠岁月含褒贬，醒世恒言说到今。"也在一些刊物上发表过，后来几经反复推敲，把第三句修改成为"悠悠岁月惊回首"我觉得比原稿好得多。类似这样的情况不少，所以，其他刊物上的作品凡与本书不符的，均以本书为准。一首诗写成初稿后，要反复好几次修改才能敲定。据说毛

泽东有一首词，发表二十五年以后还改了一个字。伟人尚且如此，何况平民寒士乎？从此以后，我更加认识到，诗词艺术和其他文学艺术一样，只有更好，没有最好。真是“两句三年得，一吟双泪流”啊！

本书收入的1000多首作品，有些自我感觉较好。如《贺香港诗词学会成立》：“铜驼洗尽辛酸泪，饮露荆花烂漫开。南海欢歌千迭浪，香江和韵畅吟怀。”此诗基本上做到“语言含蓄，章法严谨”，通篇运用形象思维。又如《秦淮夜泛》：“秦淮碧水泛霓霞，夫子庙边乐万家。千里姻缘非梦境，眼前儿媳是吴娃。”得到网友们的好评。此外，有些作品还得到方家好评，并推荐为欣赏作品，如《游南普陀》：“双塔凌空玉镜开，禅林佛殿五峰偎。人间净土皆虚拟，天下僧尼尽俗胎。”就被《世界实力派诗词艺术家代表作辞典》一书列入欣赏作品。《一剪梅·长滩坪水电站》：“万壑千山一水淙，岸竹葱茏，岭树葱茏。一天三变雨晴风，山雾朦胧，山月朦胧。　　铁管横斜腾巨龙，跃出龙宫，飞向蟾宫。银河引渡电机隆。仰看星空，俯瞰星空。”被《二十世纪中华词苑大观》《漓江日报》等六家报刊刊载，并被《当代中华诗词文库辞典》推荐为欣赏作品，同时被网友评为优秀作品。《捣练子·山居》：“幽谷翠，木楼空，溪水喧哗昼夜同。辗转寻诗人不寐，轻寒夏夜月溶溶。”载《二十世纪中华词苑大观》《中华历代名诗品鉴》等五六家刊物。且《中华历代名诗品鉴》品曰：“实中出虚，虚中见实，意中之景，景中之意，浑脱超妙，恬静淡远，超诣而忘机。”七律《游都峤山景区》：“九龙饮水绣江边，云岭深藏世外天。栈道盘旋阶八百，岩龛层叠佛三千。丹霞地貌堪称绝，胜境人文更可怜。泉润青山终不老，侨乡风景媲婵娟。”被《中华经典诗篇》《新时代诗词艺术家辞典》等八家刊物刊载，并被《中国实力派诗词艺术家代表作辞典》和《跨越五十五周年诗词联大观》两种刊物推荐为欣赏作品。《满庭芳》词："秦晋交亲，鸳鸯结侣，春风喜气门庭。彩帘新柜，衣被叠床盈。纸币镶成二喜，管弦歌舞荧屏。宾三百，筵连邻里，炮竹震山鸣。　　当醒。回首看，债台高筑，借贷求情。休讲排场阔，何顾虚荣？僻壤穷乡复古，新风不立旧风升。君知否，同心连理，贵在百年诚。"也被《中华诗词大辞典》《中国文学精品典藏》《中华诗词史鉴》等八种刊物刊载，并被《中华美德诗词集锦》一书推荐为欣赏作品。

《共和国诗典》刊载本人十二首诗，其编委会对所用作品也给予很高评价，说"您的《夜浴贺州温泉》《游贺州玉石林》《观贺州瀑布》《游贺州清溪湾》《游昆山亭林公园》《阳澄湖品大闸蟹》等作品清雅别致，寓意隽永，文言修辞也相得益彰，把生活中的百般感触与共鸣遣于笔端，是当今诗坛难得佳作，现已悉数入编。编委会为表彰您为国家文化外交做出的突出贡献，特授予您'中国文化领军人物'荣誉称号"。《伟人颂典》编委会对上述作品也给予了充分肯定，并说："构思巧妙，意境轻灵，格调高亢，个人真情实感得到自然的流露和抒发，且拿捏精准，是不可多得的佳作。可见功底深厚，必将是未来业界传奇的领军人物。"由国家史志办、中国国学文化发展研究中心、中国人民大学、北京师范大学、北京博文图书编著中心等单位联合组成的《中国国学史》编委会对我的作品也做了中肯的评价，曰："秦格赏同志的作品，语言生动，内涵丰富，寓意浓郁，视野宽广，清新自然，善于运用形象思维营造意境，具有很大的艺术张力和较强烈的感染力，既与时俱进又不失传统，给人以别开生面柳暗花明的感觉。是一位能够弘扬国学文化、

彰显时代精神的优秀国学艺术家。”编委会并授予丁芒、林从龙、秦子卿、秦格赏等五十位名家“国学文化传承人”荣誉称号。桂林诗词楹联学会第一届至第四届连任四届会长的李育文先生（广西诗词学会顾问、中华诗词学会理事、退休前为桂林市群众艺术馆馆长），为本学会十几位诗友写诗，其中为本人写的诗是《赠秦格赏诗友》:“力穷骚理读骚经，继宋承唐步后程。韵墨香浓欢至友，篇篇佳作吐真情。”云云。显然这是编委会和李老前辈对我的鞭策和鼓励而已，但我想同时也是他们读了本人作品以后的感受。

本诗集收入的作品，绝大多数已公开发表，发表的刊物有《中华诗词》《中华诗词年鉴》《中华名诗全集》《中华诗词史鉴》《中华国学艺术家大辞典》《世界知名作家大辞典》《新中国诗词三百家》《百年经典诗词选》《二十世纪中华词苑大观》《中华历代名诗品鉴》《中国国学史》等。据不完全统计已在近百种刊物上发表，有些还获了奖。如《回归路上怀邓公》诗获首届国学创新银奖、《望海潮·银滩学泳》词获“国际优秀作品”奖。在“黄河魂·中国梦——全国诗词艺术大赛”中荣获“黄河艺术创作二等奖”，等等。2004 年《中国国情研究会教育培训中心》和《新时期党颂诗词联大观》编委会联合颁发授予的“新时期爱国诗词艺术家”荣誉称号纪念章一枚，是免费寄给我的，我视获至宝妥善保存着。是已足矣。当然，好作品并不多。写了几十年的诗，积累了一些经验，应该说是得心应手。但我却觉得越来越难写。为什么呢？因为难就难在要“立新意”，不要人云亦云，随波逐流。而且每一首诗，必须各有各的写法，不能千篇一律，而且力求作品当中要有佳句警句，以求更好。

中国国际文艺家联合会寄给我《飞虎杯艺术中国六十年叱

咤风云榜获奖通知》，通知我荣获文艺类金奖。并在末尾附上组委会提名词，曰："天生我材，自当不同凡响，是上天的恩赐，更是后天努力，孜孜以求，勤能补拙，融合人类智慧的结晶。深思熟虑，心中早有乾坤，自然出手不凡；师古从今，博采众家之所长，又自成一家，当然鬼斧神工，点墨成金。精于心，隐于形，谓之经典。艺无止境，永攀高峰，也是纯粹如金的品质。快意人生品味书香雅趣，感悟翰墨豪情。"这是对我的鼓励和鞭策，我当永记"勤能补拙"和"艺无止境，永攀高峰"的教诲，不断探索求新。

雁过留声，人过留名。人到暮年，心存韵律，自我回顾，自我总结。赋诗一首：

形象思维数十年，人间万象入诗篇。

何时借得青莲笔？写出心香飘满天。

水平有限，欢迎各位方家给予指正和点评。是为序。

2010 年 7 月初稿<br>
于桂林市骝马山北巷桂林水文局

2011 年 10 月修改<br>
于上海市徐汇区三江路 301 弄

2020 年 3 月定稿<br>
于灵川县龙头岭县政务服务中心大院

# 目录

## 古贤今咏 

# 诗蕊词葩

古柏穿雲遍嶺
森英雄浩氣滿
山林群芳艳艳
春風蕩一塔巍
巍天地欽臺閣
飛霞光佛海雨
花凝血警人心
红旗指引青年
祭豪壮國歌唱
到今

南京雨花臺春遊賞
詩書己丑夏於桂林

# 江山览胜

## 门前流水（新声韵）

门前渠水映朝霞，流进茅棚驱马达。
谷粒筐筐成白米，电灯盏盏照农家。

1974年7月于全州“双抢”期间作

## 大王滩水库二首（古风）

大王滩上不见滩，库水汪汪淹翠峦。
干旱之年渠水淌，灌区产量喜翻番。

渠水似河滚滚流，穿山过岭到田头。
两岸诗画数不尽，诗人画家遍神州。

**注**：大王滩水库在邕宁县，当时库容为二亿多立方米。吾在大王滩水库参加区水电厅举办的理论学习班学习。

1977年4月作

## 忆秦娥·游橘子洲

游长岛，微风拂面湘江抱。湘江抱，高楼群立，树梢啼鸟。　　橘林深处人欢笑，洲头亭畔风光好。风光好，千帆竞发，争分夺秒。

1977年12月作于长沙

## 游伏波山（古风）

菊黄竹翠掩亭楼，漓水嗽崖滨江头。
千佛岩中佛千态，还珠洞里珠还留。
曲曲石径登山顶，历历桂林一眼收。
莫谓伏波山矮小，敢同独秀比风流。

注：独秀，指桂林独秀峰，在王城内，与伏波山对峙。

1981年10月作

## 登梧州白云山

饮罢冰泉云里行，苍茫烟雨锁山亭。
空蒙两眼来峰影，浩荡三江送笛声。
落地风筝犹有思，伏崖猛虎岂无情。
天公应解游人意，再度登临足迹清。

注：冰泉——白云山麓有冰泉豆浆馆；猛虎——塑像虎。思，读仄声。

1987年11月作

## 咏青狮潭水库

### 大坝

拔地入云人造山，甘棠锁定巨龙潭。
衔枝精卫填沧海，射日英雄断碧川。
电启闸扉银汉落，泉翻涵洞虎声传。
尤欣坝顶蟾宫美，水上餐厅桂酒酣。

1988年3月作

## 地下水力发电站

东海龙宫何处觅？水帘幽洞隐深山。
四台机组团团转，一股洪流滚滚湍。
苍昊明珠沉壑底，碧潭光电照尘寰。
桂林儿女多奇志，壮举长留天地间。

1988 年 5 月作

## 水库

（一）

苍松翠竹万峰鲜，遍岭嫣红赏杜鹃。
樵唱渔歌山应奏，白云深处袅炊烟。

1988 年 5 月作

（二）

罗带玉簪互绕钳，渔槎叶叶傍崖旋。
前行游艇疑无路，数转山湾水接天。

1988 年 5 月作

（三）

囊括三江水，琼浆六亿方。
良田千顷惠，不雨亦丰粮。

1988 年 3 月作

## 秋游青狮潭水库

杲杲朝阳照翠微，湖光潋滟鸟低飞。
船头放眼黄花岸，几处新楼绿映堤。

1988 年 9 月作

## 碧莲峰夜景

烟笼翠叶月笼花，古渡幽闲石径斜。
情侣亭台窃窃语，灯光点点是人家。

1988 年 3 月作

## 咏骆驼山

沙漠迢迢到古城，风尘一洗入丹青。
为酬长饮漓江水，化作青山不再行。

1988 年 3 月作

## 题桂林隐山（新声韵）

一掬盘龙花木蓁，青莲骨朵吐芳芬。
遗僧重返佛烟袅，白雀前飞岩府深。
六洞玲珑通雾霭，一湖清澈映山林。
范公招隐无人应，捧日当空照彩坤。

1988 年 4 月作

## 游桂林西山

宝戟排空刺破天，登临四望画图悬。
葱葱花卉藏樵径，栩栩崖雕入眼帘。
广厦千山添古色，高楼一邑展新颜。
苍松翠柏怀英烈，国际悲歌奏凯旋。

注：千山——山名，西山五峰之一；广厦——桂林博物馆，位于千山之麓。

1988 年 4 月作

## 隐山朝阳洞卧佛

蓬莱仙境景幽然，招引高僧洞府眠。
沧海桑田山外事，醒逢盛世笑开颜。

1988年4月作

## 花　桥

琉璃明净玉盘圆，支起长亭白玉轩。
一道彩虹花簇拥。徐妃金粉古今传。

1988年7月作

## 题元风洞

淙淙石罅似鸣琴，潭水源头无处寻。
洞府清风明四季，春秋冬夏总宜人。

1988年8月作

## 正宫小梁州·元佑党籍碑

千载贤良仰此碑，史迹扣心扉。奸雄得势忠良非！谁之罪，六月雪花飞？　　昭平错案忠魂慰。喜今朝，旧制成灰，民主立新规。依法治国，大众归。不分贫贵，不分权位，法制显神威。

1988年8月作

## 登月牙楼

苍翠丛中一画楼，春光远近悦双眸。
千峰绿野击天浪，一水清湾泛客舟。

游乐场中童兴奕，栖霞洞外紫云浮。
七星秀美添新彩，引得嫦娥愿久留。

1988 年 8 月作

## 春　游

二月长郊丽日开，东风伴我踏春来。
江波荡漾心随远，山野青新客畅怀。
万象生机春气暖，三声牧笛夕阳瑰。
香飘苗圃花千树，尽是园丁着意栽。

1989 年 2 月作

## 秋　兴

习习金风拂旷原，秋光耀眼展新颜。
丹枫缀岭烘千树，紫雁排空唱九天。
漓畔桂香熏客醉，阳坡黄菊斗霜妍。
芦苇撒下鲜花种，喜结来年春雨缘。

1988 年 9 月作

## 登独秀峰

奇峰拔地自嵬然，四野群山仰此间。
紫气连城千户乐，朝霞映树万株鲜。
风霜雨雪呈钢骨，螺蹬云梯上碧天。
琅琅书声催奋进，漓江秀纳八方泉。

**注：**独秀峰在广西师范大学内，故琅琅书声。

1989 年 10 月作

## 漓　江

曲曲弯弯千百滩，重重叠叠万峰拦。
为奔大海何辞险，无限风光在此间。

1989 年 2 月作

## 雨中游青狮潭水库

云翻雾滚荡群峰，雨打船篷漫卷风。
山色湖光人醉处，烟波迷岸影朦胧。

1988 年 10 月作

## 迎春诗会

月牙楼上望漓江，柳拂春澜舸启航。
绿水青山新画卷，凭君裁剪入诗囊。

1993 年春作

## 登伏波山听涛阁

江边杰阁傍嵯峨，无限春光好放歌。
昂首凭轩拾远翠，临流乘筏荡清波。
芳汀绿树婆娑舞，悦耳灵禽尽兴哦。
万国游人花里笑，五洲四海慕漓河。

1989 年作

## 七星公园新春瑞雪桂花开

蟾宫玉桂傲寒开，仙女琼英撒下来。
素裹银装新世界，绿披黄缀妙瑶台。

千年灵气呈祥兆，五谷阳春育瑞胎。
纵有东皇施雨露，丰收尚待汗培栽。

1990 年作

## 乘车参观尧山电视发射塔

破雾穿云跃上巅，春花烂漫悦心田。
巍巍铁塔冲霄汉，荡气回肠歌欲仙。

1990 年作

## 春日登楼

风清日丽上层楼，处处丹青尽醉眸。
削玉群峰掀绿浪，飘绫一水抱瀛洲。
梅公瘴说成陈事，禹甸龙腾灿故瓯。
文采流长添妙韵，名城点缀惹神游。

注：添妙韵——指 1990 年向海内外征集桂林山水名胜楹联之举。

1990 年作

## 游龙母峰观湘漓二水之源

孤峰突兀矗平畴，树木参天景致幽。
尼寺幽幽烟袅袅，岩泉汩汩鸟啾啾。
湘漓同脉源斯处，石壁遗碑志此流。
龙母涓涓南北泽，汪洋重合共沉浮。

1990 年秋作

## 渔歌子·漓江民族之夜

水冷天寒鼓乐喧，霓虹流彩满江船，歌宛转，舞蹁跹，洞箫吹得月儿圆。

1991 年作

## 游漓江

晶莹漓水浣罗帏，杲杲朝阳照翠微。
碧玉莲峰笼瑞霭，冠岩泉液闪金晖。
九天飞马九霄志，万壑藏幽万卷诗。
神笔巧描奇幻景，书童疾写物华机。

1991 年作

## 桂林三岩

欣然地下逛仙宫，洞内流连洞外风。
混沌凿开凭鬼斧，玲珑雕就仗神功。
瑶台客乐蟠桃宴，芦笛歌萦碧玉峰。
岩府奇观看不足，漓江更献画情钟。

1991 年作

## 象山夜泛

桃花着意赋漓流，丹桂飘香到客舟。
两岸华灯辉玉宇，溶溶水月广寒秋。

1991 年作

## 象山水月洞

婵娟卧浴银河里，神象酣醪戏未羞。
惹得诗人题妙句，风骚水月两悠悠。

1991 年作

## 还珠洞怀古

孤峰突兀镇狂澜，一箭穿山敌胆寒。
最是伤心冤苡薏，挥刀断石恨犹缠。

1991 年作

## 桂海碑林

艺苑明珠光邃洞，文华字隽感人真。
七星芦笛景相似，桂海碑林别有神。

1991 年作

## 春游尧山

茫茫云雾幻群峰，莽莽苍苍傲太空。
塔拥鹃花连广宇，悠悠仙乐醉天公。

1991 年作

## 春游青秀山

邕江水暖抱群峦，一片葱茏似海翻。
古道题诗留胜迹，清泉引凤上花山。
松涛笑语瑶池韵，亭榭楼台画里栏。

牛女八仙南国聚，游人如织去犹还。

1991 年作

## 一剪梅·长滩坪水电站

万壑千山一水淙，岸竹葱茏，岭树葱茏。一天三变雨晴风，山雾朦胧，山月朦胧。　　铁管横斜腾巨龙，跃出龙宫，飞向蟾宫。银河引渡电机隆。仰看星空，俯瞰星空。

1992 年 1 月作

## 南山牧场雪霁夜

雪海银涛涌碧天，寒光辉映玉盘圆。

空明宇净瑶池夜，玉带天街绕牧圈。

1992 年 1 月作

## 念奴娇·雪霁南山行

峰回路转，冒严寒、踏碎千山冰雪。倒海翻江掀巨浪，望不断云山迭。足底银涛，谷中岚雾，拥我游仙阙。乾坤莽莽，寒光辉映明月。　　丰富水力资源。湘南桂北，沟壑清溪冽。高峡平湖收万涧，点点波光莹洁。玉带飘飘，天河倾泻，直向人间泄。木楼苗寨，电灯棋布星列。

1992 年 1 月作

## 山乡即景

村连数十岗，一户一山梁。
竹掩木楼静，庭观溪水长。
客临家犬吠，蹊旅野鸡翔。
幽谷三千丈，云峰四壁苍。

1992 年 1 月作

## 桂林南门桥

飞桥坦坦道康庄，比艳三虹引凤翔。
砌玉雕栏涟弄影，含苞绽蕊卉流香。
霓灯璀璨月华暗，车马繁忙桂树苍。
广厦千间江畔立，榕城又改旧时装。

1992 年 5 月作

## 桂林空中花园

旋宫百转到重霄，俯瞰山城似玉雕。
天帝流连临上苑，琼花胜比素娥娇。

1992 年 5 月作

## 满江红·桂林南门桥新韵

破浪凌空，飞架起、彩虹三迭。凭栏处、雕云刻柱，银轩列列。馥卉离离妆大道，华灯烨烨羞明月。喜身边，车辆正奔驰，无休绝。　　通南北，雄关接；承今古，榕城崛。引文明双凤，筑巢营穴。桂树婆娑

迎远客，东风骀荡传新捷。伫桥头，指点象山青，桃江澈。

1992 年 7 月作

## 漓江烟雨

细雨霏霏烟霭笼，面纱羞掩黛娥容。
青罗带系群仙女，万国衣冠醉意朦。

1992 年 8 月作

## 踏莎行·冠岩

四壁琳琅，幽花石铸。清流缓缓轻舟渡。紫金古洞接江开，岩中石燕穿空舞。　　碧水深潭，平台洲渚。青峰云影岩前俯。暗河百折破重关，欢歌奔赴桃源路。

1992 年 8 月作

## 花桥

四轮明月伴芙蓉，半入澄江半化虹。
花好月圆情缱绻，长亭恰似广寒宫。

1992 年 8 月作

## 尧山春

千顷波澜荡碧天，险峰幽壑漫云烟。
松风轻送流莺韵，万绿丛中赏杜鹃。

1992 年 8 月作

## 隐山六洞

六洞玲珑八面风，人穿幽径好舒胸。
风流太守遗音在，山色湖光逸兴浓。

1992年8月作

## 木龙古渡

叠彩巍峨漓水柔，空明一洞径通幽。
苍崖拥翠琼楼秀，竹筏摇波渔兴悠。
有意洪痕留石壁，含情佛塔记沉浮。
尧山绿海描新画，古渡徘徊舒远眸。

**注：**洪痕，出于防洪需要，由本人执笔，在石壁上划上历史洪水痕迹印并注明发生年月日。

1992年8月作

## 游七星岩

七星真境漫烟霞，满目奇观石乳花。
古树小桥龙抱柱，碧空大海浪浮槎。
水帘仙洞猴孙乐，涧壑云山星月斜。
三级龙门全力跳，蟠桃宴后闯天涯。

1992年8月作

## 捣练子・榕湖漫步

修竹翠，古榕苍。浓荫笼堤卉溢香。九曲小桥连画阁，琼楼四面映湖光。

1992年8月作

## 芦笛仙宫

光明山下神仙府，灵气逢春阙复开。
高阔洞天园艺巧，缤纷珠玉苑宫瑰。
当年避乱蛮荒穴，今日逍遥歌舞台。
笛韵悠悠传四海，人间此处是蓬莱。

1992 年 8 月作

## 咏桃花江

夹竹桃花四季娇，长裙系在美人腰。
飞鸾桥畔鸾飞远，千古状元万世标。

1992 年 8 月作

## 壬申中秋登高望远

锦绣榕城淡淡烟，万家灯火列胸前。
嫦娥也爱人间美，乐洒清辉饰大千。

**注**：九月九日吾参加桂林市书协、诗词学会、房屋开发公司联合举办的，有市委、市政协领导参加的中秋赏月晚会，故有是作。

1992 年 9 月作

## 桂林地下商业街

南城广厦接苍穹，金碧辉煌地下宫。
莫道凡人借鬼斧，敢夸巧匠赛神工。
清风习习人身爽，巷道深深贸易荣。
商品琳琅缭乱眼，龙庭闹市乐融融。

1992 年 9 月作

## 江城子·三里店漫步

卌年回首话凄凉，驿残墙，路高芒。杳杳人烟，野岭暮鸦翔。鬼火高低风瑟瑟，荒草地，乱坟岗。　　琼楼玉宇遍城厢，一行行，接穹苍。街道纵横，无处不花香。天马啸迎千里客，七星秀，驼峰昂。

1992年10月作

## 梧州西江之夜

船灯点点泛金波，疑是繁星灿汉河。
汽笛声声相唤侣，游龙戏水似穿梭。

1992年12月作

## 咏阳朔书童山

城外漓滨境自幽，孜孜不倦把知求。
书山有路勤为径，学海无涯苦作舟。
寻觅乌沙寻觅利？乐当公仆乐当牛。
砚台磨尽江中水，巧绘宏图献大猷。

1992年8月作

## 咏阳朔西郎拜玉姑景

玉女西郎一院中，青梅竹马旧时踪。
须眉拜缔山盟约，粉黛相思桂水东。
昔有董郎缘淑女，今无寒舍娶娇容。
终身遗憾当年事，每触情怀忆梦钟。

注：桂水东——指漓江东岸的东郎，漓江又名桂江。

1992年9月作

## 昭州桂江航

丛丛岸竹掩江村，楼宇青山伴水雯。
牛鸭成群船侧戏，渔姑晒网向朝暾。

1993年2月作

## 游穿山公园

平生淡泊一沙鸥，不踏鹏程逐水流。
皓月名山常做伴，清波浣羽洗闲愁。

1993年3月作

## 游冠岩

幽深水府曲无踪，光怪陆离紫霭朦。
莫道人间仙境杳，轻槎泛入水晶宫。

1993年5月作

## 拿云亭放歌

叠彩峰头天帝邀，罡风拂袖任逍遥。
瑶簪翠岫仙乡缈，玉带青罗足底飘。
下海擒龙何所惧，拿云揽月更堪豪。
江山会景蓬莱处，引我诗情到碧霄。

1993年4月作

## 永遇乐·游青狮潭水库

水上公园，三湖通畅，昆明微小。峻岭簪山，田庄农舍，罗带青青绕。杉松竹茂，巉岩幽壑，烟笼鹃

花啼鸟。山湾里，渔舟几许，网落网收鱼跳。　　无边美景，望中犹记，遍地英雄铁镐。虎岭推平，甘棠斩断，星月三春早。峥嵘岁月，韶光易逝，赢得仙山琼岛。重游处，难寻旧貌，碧波淼淼。

1993 年 5 月作

## 踏莎行·龙胜温泉

银练排空，飞泉股股。群山环抱林深处。温泉神水小瑶池，销魂游客无穷趣。　　去疾怡情，消疲除虑，灵泉总把冰肌护。瑶乡玉液胜华清，贵妃醒把游人妒。

1993 年 5 月作

## 榕荫亭怀古

曦照平湖晓雾开，清流树影杂楼台。
绕亭春水年年绿，忠骨诗魂何处埋？

1993 年 5 月作

## 南溪雨霁

玉屏高耸一溪风，新霁瑶光映彩虹。
放眼白龙行雨处，岩花烂漫树葱葱。

1993 年 5 月作

## 桂林民俗风情园

金鸡彩凤舞翩翩，民俗风情春满园。

竹阁木楼凌汉表，漓江秀色映阶前。

注：1992 年中国首届金鸡百花奖电影节在此举行。

1993 年 5 月作

## 南山行二首

绿海茫茫岚雾轻，千旋百转到天庭。
牛群漫食悠闲草，一水喧腾万籁鸣。

燕子呢喃剪水飞，鹃花五月绿苗肥。
庭前梨树垂青果，厚朴成林上翠微。

1993 年 5 月作

## 游桂平西山

千秋风韵梦中萦，难得思灵画里行。
秀阁幽岩松树古，香茶怪石乳泉清。
通天曲径人生路，求福灵庵世俗情。
极目田畴原野阔，悠悠黔郁抱新城。

注：黔郁，指黔江和郁江。

1993 年 6 月作

## 贵港市郁江大桥夜景

郁水湾湾夏露凉，阑干灯火映波光。
江滨歌舞消长夜，隐隐船篷犹弄航。

1993 年 6 月作

## 桂海碑林

龙隐岩中翰墨林，纷纭史迹此间寻。
悠悠岁月惊回首，醒世恒言说到今。

1993年7月作

## 南溪山刘仙岩

幽洞新秋已觉寒，碑铭养气妙方残。
今人远比刘仙巧，鸡犬升天不炼丹。

1993年8月作

## 龙泉洞钟乳石二首

三生有幸逛琪宫，沐浴瑶台月色融。
谁把玉山移桂海，龙泉引梦韵无穷。

一盆一景万千姿，琼玉山头醉赋诗。
造化神灵钟俊秀，丹青难写此间奇。

1993年9月作

## 龙泉洞“一骑红尘妃子笑”景

红尘一骑替谁忙，醉梦华清国色藏。
早识渔阳情有变，荔枝抛却战沙场。

1993年9月作

## 龙泉洞望夫石

共剪西窗几度秋，鸳鸯拆散恨悠悠。
年年愁似漓江水，雾锁春山障远眸。

1993年9月作

## 龙泉洞赤壁景

周郎得意借东风，赤壁犹存烈火红。
浪激千秋豪杰志，尤添一曲大江东。

1993年9月作

## 龙泉洞八仙过海景

八仙过海显神通，万险千难亦可攻。
蜀道如今何坦坦，元元智慧夺天工。

1993年9月作

## 百龙宫友仙斋

友仙斋里众嘉宾，促膝不分官与民。
窗外湖光波点点，座中游侣酒频频。
龙宫戏觅龙王面，西子乐呈西子春。
休问关山明日路，相逢一醉胜汪伦。

1993年10月作

## 百龙宫咏鱼亭

水阁虚凉境，平湖景色幽。
睡莲摇曳处，自在看鱼游。

1993年10月作

## 采桑子·百龙宫

花轩水榭环湖立，古雅玲珑。古雅玲珑，画栋雕梁映碧空。　　光摇朱户壶天月，不是龙宫。胜似龙宫，唤雨呼风藏百龙。

1993年3月作

## 沁园春·游漓江

百里丹青，九域仙乡，万古妖娆。看千峰竞秀，岩奇石美；疏篱萦舍，瀑急珠高。玉带青罗，铺银串翠，恰似天仙绮绣飘。烟纱帐，有群姬掩面，缈缈缥缥。　　画廊举世魂消，引无数英贤赋楚骚。忆太平天国，中山北伐，文人志士，诗书历朝。海晏河清，川平岫翠，万国游人共弄潮。抬望眼，喜画山九马，直上云霄。

1994年3月作

## 踏莎行·尧山索道

驾雾腾云，扪星摘斗。榕城杂技蓝天走，恰如哪吒火轮飞，嫦娥奔月飘香袖。　　鸟瞰冈峦，红稀绿茂，丹青一片浓如酒。飘来仙乐荡心扉，诗魂直上重霄九。

1994年6月作

## 捣练子·山居

幽谷翠，木楼空，溪水喧哗昼夜同。辗转寻诗人不寐，轻寒夏夜月溶溶。

1994 年 6 月作

## 深山月夜

千山新霁秀，苍昊晚逾清。
斗宿繁珠灿，银盘耀眼明。
超尘除俗虑，静境孕诗情。
浊世如斯洁，人间尽海瀛。

1994 年 6 月作

## 蝶恋花·云雾山庄即景

清静楼台烟嶂抱，石径弯弯，溪水庄前绕。庄外桐花啼谷鸟，阶前柳絮迷芳草。　　阡陌纵横村落小。翠拥千峰，漓水苍崖峭。梦断武陵无处找，而今迈步桃源道。

1994 年 6 月作

## 山　行

茫茫云海接遥天，华盖扶摇九百旋。
涧瀑木楼桥隐隐，斜阳托在万山巅。

1994 年 8 月作

## 题桃江宾馆

甲山灵秀境清幽，别墅园林绕碧流。
绿叶红花相簇拥，风光占尽桂林秋。

1994年8月作

## 登桂林西山公园西峰亭

西峰亭外夕阳瑰，闲步寻幽上翠微。
石径崎岖阶百级，青莲绰约绣千堆。
珠明夜市星繁灿，节届中秋月满规。
摩诘陶潜传妙笔，题诗作画苑生辉。

1994年9月作

## 登桂林西山公园两依亭

朱栏碧瓦水中浮，纵览风光上翠楼。
邀得盘龙相对饮，湖山明月野风秋。

1994年8月作

## 桂林西山公园西湖

春光妩媚每忘归，玉镜生辉映翠微。
柳暗花明蜂蝶乱，游船激浪满湖飞。

1994年8月作

## 题桂林西山公园熊本馆

园林玉宇古城西，丹桂樱花香欲迷。

更有隐山湖上月，年年相望两依依。

1994 年 9 月作

## 题桂林博物馆

水上浮宫白玉堂，纷纭文物史辉煌。
桂林不是蛮荒地，早向中原引凤凰。

1994 年 9 月作

## 游海底水晶宫

好个水晶宫，珍鱼游兴充。
沧溟多险恶，静境乐融融。

1994 年 9 月作

## 归　途

岳麓清溪绕小庄，几家红绢挂新梁。
山坡铃响牛群戏，一路茶花到旺塘。

注：旺塘，作者家乡。

1994 年 11 月作

## 游阳朔寿阳公园

独自寻芳趁夕阳，浓荫盖地桂花香。
蝉吟鸟唱舒愁臆，路曲岩幽绕翠冈。
玉女山前歌舞醉，清溪竹畔钓翁忙。
碧莲朵朵迎新月，英烈丰碑仰国殇。

1995 年 6 月作

## 题贵阳甲秀楼

坐压银河伴岫浮，彩云追月逐兰舟。
牛郎织女牵衣过，胜似鹊桥七夕秋。

1995 年 7 月作

## 黄果树瀑布

轰鸣十里震山丘，浪激琼花雨雾稠。
平卧彩虹渊壑里，横空大幕演西游。

1995 年 7 月作

## 贵阳花溪公园

依稀花市乱人瞳，郁郁晴峦淑气融。
绿幔曲堤喧浣女，若耶溪暖笑春风。

1995 年 7 月作

## 贵州石板房

白云铺就鲤鱼鳞，绿掩柴扉垒玉银。
紫气祥光荣四世，春风满面布衣人。

1995 年 7 月作

## 车过红枫湖

山环绿水水环山，点点青螺道道湾。
几处琼宫衔远翠，湖光潋滟白云闲。

1995 年 7 月作

## 龙　宫

雨洗千山秀，风侵一洞凉。
龙随溪水出，翘首跃黔乡。

1995年6月作

## 秋夜游漓江两首

江上生明月，清辉浴碧蓉。
桂林山水美，人在画图中。

1995年9月作

丹桂飘香漓水清，玉簪罗带荡歌声。
婵娟美酒良宵乐，缱绻瑶台慰此生。

1995年9月作

## 夜宿书童山乡村俱乐部

漓畔清幽兴味酣，青罗星外系群簪。
风情民俗仿蒙古，鸟语花香透夕岚。
林竹云轩悬壮锦，鸬鹚渔火恋深潭。
书童日夜勤攻读，金榜何时题彦男？

注：书童山附近有秀才看榜一景。

1996年6月作

## 雁山公园相思江畔漫步

红豆树前小姐楼，鸳鸯曲榭恋曾游。
人间多少相思泪，汇入清江静静流。

1996年6月作

## 杨堤观瀑布

葱茏峻岭势恢宏，银汉飞来万壑中。
不是庐山黄果树，蓬莱漓水与天通。

1996 年 6 月作

## 阳朔小石林

嶙峋辉映彩云中，俏石如林别有风。
想是曹公招学子，读书岩畔聚书童。

注：曹公，即曹邺，唐代阳朔诗人，读书岩因之得名。

1996 年 6 月作

## 游华清宫公园（变体）

瑶池水暖凤曾临，胜迹千年诱客心。
华清虚殿经桑海，骊岫丛林变古今。
舞迷春梦渔阳绝，肠断君王蜀道森。
盛世来游仍感慨，一歌长恨后人吟。

1996 年 12 月游，1997 年 4 月作

## 蝉鸣荔熟

琼浆甘露出仙胎，蝉唱绿瀛醉绛腮。
再识春风妃子面，华清移到岭南来。

1996 年 8 月作

## 草　坪

群山环抱小平畴，暮霭朝岚古镇幽。

游艇穿梭渔唱晚，阶前漓水拍崖流。

1997 年 3 月作

## 冠岩游

桃红李白漫群峰，蜀栈雄关隐绿丛。
璧玉生辉撩醉眼，金冠引梦探迷宫。
舟穿三峡邀神女，车贯五云呼蛰龙。
一脉琴泉音律荡，秦人洞里有渔翁。

1997 年 3 月作

## 冠岩五咏

### 乳洞览胜

乳石琳琅满洞天，嶙峋绚丽各争妍。
人间万象凭君拟，梦引幽思韵味鲜。

### 峡谷飞车

海底飞车穿峡谷，天悬绝壁尽珊瑚。
锦屏奔涌开新眼，哪吒当年未识途。

### 龙宫会仙

金碧辉煌水底天，龙宫何事聚群贤？
蟠桃宴会樽樽满，谁见风流饮八仙？

### 暗河探险

轻艖暗探万重关，混沌迷茫六月寒。
惊听猿声三峡怨，近观云壑抱深潭。

## 曲桥听涛

忽如万马战犹酣，又似蛟龙卷巨澜。
泉壑叮咚琴悦耳，阳关三叠久回环。

**注：**冠岩有五大洞天，故有五咏，每咏标题即为洞天名。

1997 年 5 月作

## 北海行二首

### 望海潮·银滩学泳

堤长岸曲，风柔潮软，海滩千里银沙。雪浪层层，波光片片，漫天瀛水喧哗。海畔霓灯奢，喜水龙射月，喷玉鸣笳。万里晴空，正分月色到人家。　　人生难绽心花。恨年来岁去，虚度芳华。尘海迷蒙，沧溟湛洁，逍遥是夜休嗟。买棹效游蛙，挺身排迭浪，一任舟斜。夙怨新愁，遣随流水逝天涯。

1997 年 7 月作

### 夜宿银滩观涛阁听涛

深山炮竹乱声高，滚滚春雷卷怒潮。
海市蜃楼难入梦，诗情驾浪上云霄。

1997 年 7 月作

## 菩萨蛮·漓江晨韵

伏波山麓滨江路，绿荫树下尽歌舞。金碧耀长空，媪翁兴正浓。　　水清鱼见贯，浪静群姑浣。江水戏鸳鸯，天然游泳场。

1997 年 9 月作

## 秋夜游象山

人间天上两难分，斗宿街灯错落陈。
夜市迷人舒彩画，嫦娥戏象舞长裙。
崖边桂树馨香远，船里笙歌游客醺。
佛塔犹存思舍利，云峰寺外好耕耘。

1997 年 9 月作

## 咏南圩穿山岩

仙翁芒履扣天扉，绝壁幽岩乱石巍。
秀水清溪归隐处，中英探险出山湄。

**注**：1986 年中英两国探险潜水考察队从草坪冠岩潜入，一星期后便从此岩出来，证实了由此洞流入的水是从冠岩流出的民间传说无误。

1997 年 10 月作

## 文城诸子自阳朔逆水游漓江两首

### （一）

彩船轻泛溯漓川，一路奇峰排翠莲。
云水人家山月伴，诗情画意总缠绵。

### （二）

明媚秋光染玉关，漓江秀色景千般。
文城诸子觅佳句，诗在青山碧水间。

1997 年 11 月作

## 念奴娇·黄果树瀑布

银河堤溃，破天门、万仞横空倾覆。震耳雷鸣三百里，断壁悬崖危谷。雪溅珠飞，云蒸霞蔚，雾蔽群山绿。数虹辉映，万千气象相续。　　疑是花果山中，水帘内外，梦幻神仙国。五岳峨眉天姥绌，雁荡庐山折服。争教当年，谪仙偏爱，不咏蓬山瀑？黔乡溢彩，五洲骚客怡目。

1997 年 10 月作

## 桂林四季诗

### 春

清明时节绵绵雨，天织罗衣美大千。
万座奇峰多梦幻，鹃花艳艳吻漓川。

### 夏

石洞生风暑亦凉，荷花艳丽映朝阳。
湖光山色多情月，长伴闲人夜纳凉。

### 秋

云淡天高雁几行，群峰滴翠入漓江。
蟾宫桂树婆娑舞，一夜金风满市香。

### 冬

湘桂走廊啸朔风，阴云冷雨累相逢。
败鳞残甲漫天舞，莽莽尧山卧玉龙。

1998 年 4 月作

## 车过乌鞘岭

峰回路转白云间，放眼高原景壮观。
色彩斑斓舒麦浪，铺天盖地漫群峦。

1998 年 8 月作

## 吐—乌—大高速公路即景二首

### （一）

茫茫戈壁路纵横，光缆潜身欧亚行。
千顷油田荒野沸，绵绵雪岭与天平。

### （二）

冉冉秋光草木妍，羊群浮动彩云边。
天山雪水流千里，火焰山中瓜果鲜。

1998 年 8 月作

## 雨中游天山天池

昨夜瑶台宴请谁？兰房王母醉罗帷。
诗人巧舞生花笔，争与仙姬画柳眉。

1998 年 8 月作

## 河西走廊

走廊地处大河西，千里绿洲望欲迷。
羌笛悠悠新曲美，凉州无复古时凄。

**注：**古凉州，即今武威市。

1998 年 8 月作

# 荔浦银子岩风光三首

## 银阁览胜

何须世外觅桃源？百亩桃花耀眼前。
万座莲峰浮碧水，广寒深处袅青烟。

## 游银子岩

莲花山下秀岩开，五彩珠光遍石崖。
玉卉琼枝仙鹤侣，蟾宫艺苑凤凰台。
金堆银垒环流水，霞蔚云蒸绕碧阶。
胜境神奇迷恋处，一帘幽梦到蓬莱。

1999 年 4 月作

## 鸳鸯石柱

龙柱成双气势雄，风风雨雨两心同。
夫妻当异林中鸟，祸福不移初恋衷。

1999 年 4 月作

# 游板峡水库

四面青峰映画屏，轻舟漫荡绕芳汀。
碧波万顷渔当酒，明月一轮鹭洗翎。
灯透烟林山寨静，槽输库水稻花馨。
尘嚣市远心神爽，人寿年丰地气灵。

1999 年 9 月作

# 题广西永福百寿岩

群山岩畔列青荷，洞邃碑奇费琢磨。

康寿无须神佛佑，期颐今世逐年多。

1999年9月作

## 永福凤巢山

山环水绕抱城关，楼宇参差拥翠峦。
闹市繁华无昼夜，引来四海凤凰攀。

1999年9月作

## 桂邕高速公路行

一幅绸绫穿八桂，掠窗花卉彩云飞。
稀疏村落藏幽翠，远近青山舞伴随。

1999年9月作

## 游兴安灵湖公园

四面青山藏殿阁，几湾绿水泊渔舟。
鹊桥欢渡人间侣，绮丽风光处处幽。

注：灵湖公园为支灵水库，去兴安县城东南约三公里。

1999年10月作

## 游云南石林

歧蹊三百迷魂阵，玉树八千神手雕。
艺术琼宫浮碧海，风光奇特美南诏。

1999年10月作

## 游古东源

夹涧群峰树木森，岩泉轻唱伴鸣禽。
碧潭银瀑相交错，栈隐桥横云水深。

2000 年 2 月 5 日（正月初一）作

## 桃江漫步

飞鸾桥畔好徜徉，两岸青峰照夕阳。
缕缕炊烟萦碧树，横吹芦笛小牛郎。

2000 年 5 月作

## 题沙湖景区三首

### （一）

山色湖光接远天，蒹葭杨柳弄轻烟。
珍禽无数撩人醉，万朵荷花耀眼前。

### （二）

贺兰山下最奇观，碧海平沙簇锦团。
缱绻低吟摩诘句，频惊鱼鸟激清澜。

### （三）

大漠风光湖海天，五洲旅客竞流连。
江南美景陇中得，毓秀山川出自然。

注：沙湖风景区在宁夏。

2000 年 5 月作

## 观七星公园荷花展

酒壶山下酒人墓，灼灼桃花成碧树。
锦绣中华日日新，莲香洒满公园路。

2000 年 7 月作

## 万乡河泛舟

冈峦黛色画屏幽，夕照金波古渡头。
解甲他年何所事？眼前烟渚慕渔舟。

2000 年 7 月作

## 夜游上海外滩

银河两岸竞豪华，玉宇嵯峨千万家。
戏水游龙飞彩凤，群星灿烂泛流霞。

2000 年 8 月作

## 登上海金茂大厦

瞬息扶摇天府临，茫茫云雾海风侵。
车行千道街如网，琼铸万宫厦似林。
一夜繁星申市灿，廿年善政物华骎。
洋场租界今何在？紫气东来朗朗吟。

2000 年 8 月作

## 苏州市

小桥流水遍姑苏，古雅园林各有殊。

才子遗风丝韵在，评弹歌女唱三吴。

2000 年 8 月作

## 阳朔福利镇

背靠青山俯碧流，乡间古镇自清幽。
诗翁题句漓江畔，绮景人文尽雅悠。

注：诗翁——天光，阳朔人，镇上刻有其撰书的诗联。

2000 年 9 月作

## 阳朔鉴山寺新韵

重建梵宫云集山，月光长照玉龙环。
千峰耸翠楼台静，九曲回廊画壁宽。
暮鼓晨钟萦紫阁，香烟岚雾绕神坛。
岭南佛地堪称首，赢得五洲僧侣参。

注：寺前有月亮山和玉龙河。

2000 年 11 月作

## 题尧帝园

天赐田边万象春，清明扫墓感情真。
蓬莱卧骨音容在，化作山花笑慰亲。

2000 年 11 月作　已刻于桂林尧帝园

## 桂林宝贤湖

郁郁群峦碧水融，楼台烟雨隐仙宫。
画船摇碎荆关月，天上人间此处同。

2001 年 3 月作

## 题桂林解放桥

彩虹绚丽舞长空，东渡春澜弃短篷。
罗带玉簪添锦绣，车如流水马如龙。

2001 年 4 月作

## 解放桥志兴

彩旗飞舞乱长天，桥面江干百卉妍。
游客穿梭频指点，新编壮锦胜空前。

2001 年 10 月作

## 题文昌桥

水月清波映象山，云罗霞锦绕江干。
文昌桥上千姿卉，丹桂飘香出广寒。

2001 年 4 月作

## 题木龙湖

环碧园中玉镜开，木龙铁佛共徘徊。
当年白鹤归难认，万国衣冠荡桨来。

2001 年 4 月作

## 题桂林古榕桥

四面琼楼锦里排，花榕竹柳绕堤阶。
鹊桥横卧西湖上，情侣双双照影来。

2001 年 4 月作

## 题贺兰山岩画

飞禽走兽舞翩跹，石窟幽藏不计年。
生态平衡今日事，纵入山林护自然。

2001 年 5 月作

## 题桂林阳桥

榕树楼前绿意稠，蘑菇亭畔舞姿柔。
杉湖十子翻新韵，文采风华写桂州。

2001 年 5 月作

## 建党八十周年游漓江

百里航行不计难，一滩一险一奇观。
莲峰座座镶罗带，万国游人笑语欢。

2001 年 7 月作

## 青狮潭水库即景

青山绿水两茫茫，点点渔舟垂钓长。
晓雾夕烟无倦意，横拖霞彩绕村庄。

2001 年 7 月作

## 游融水香山

清幽苗岭画屏开，石径横斜上碧阶。
寺庙碑亭辉映处，夕阳绚烂照高台。

**注：**融水县离退休职工为纪念香港回归，捐资筑纪念碑和正气亭于斯，以表赤子情怀。

2001 年 10 月作

## 游荔浦丰鱼岩（排律）

拔地群峰秀，云崖逼月宫。
峥嵘四壁阔，鲜艳万桃红。
拾级闻天籁，跻身入绿丛。
千姿百态集，一洞九山空。
瑞霭流金石，银泉映彩虹。
神针宁大海，石塔刺苍穹。
锦帐歌仙女，瑶台绽玉蓉。
迎宾开宇殿，播雨有神龙。
三峡长流水，诸湾众桨篷。
蜃楼兼海市，胜境印仙踪。
浑沌暗河古，迷糊鱼目松。
奇观撩醉眼，妙乐伴洪钟。
旖旎风光处，幽深鬼斧工。
七星芦笛美，伊岭冠岩雄。
佳景誉天下，盛名播远东。
明珠光灿灿，游客兴冲冲。
紫府僻乡隐，荒山野草蒙。
当年避乱地，今日逍遥宫。
石上苔痕重，树梢绿意浓。
时明天日见，一笑展芳容。

2001年5月作

## 游老子山

丹江河畔千寻壁，融水城边万仞山。
古刹幽深尘世隔，众僧清静佛光环。
修行因果孽根尽，悟得禅机心地宽。
未读经书思解脱，无私无畏总开颜。

2001年10月作

## 纪念王正功“桂林山水甲天下”诗句八百年

宋代诗人名句出，桂林山水誉寰中。
清江百里荆关画，绿野千峰璧玉容。
桥拱湖环穿闹市，琼雕银砌聚迷宫。
古城焕彩西施貌，锦上添花处处逢。

2001年10月作

## 游都峤山景区

九龙饮水绣江边，云岭深藏世外天。
栈道盘旋阶八百，岩龛层叠佛三千。
丹霞地貌堪称绝，胜境人文更可怜。
泉润青山终不老，侨乡风景媲婵娟。

**注：**都峤山，在广西容县，九龙饮水，景点名。绣江，河名。人文，有佛教梵宫及赵朴初亲笔书写的大佛字和全国名家书法碑刻数十幅。赵朴初写的“佛”字有108米长（佛教有108个罗汉）。

2001年8月作

## 自北海乘船赴海口

汽笛三声卷巨澜，疏星淡月夜漫漫。
凝眸不见前程路，扑面霜风正倚栏。

**注：**漫漫，读平声。

2001年10月作

## 过万泉河

五指山深椰树茂，一河泉众急滩多。
眼前平静江中水，犹听当年娘子歌。

2001年10月作

## 游天涯海角

苍昊悠悠岂有涯？茫茫大海浪淘沙。
碧波万顷摧征艇，乱石千堆破晚霞。
贬谪儋州苏轼恨，恁分天界女皇差。
南疆一柱经风雨，笑傲狂潮卷雪花。

2001年10月作

## 咏海南岛

绿满山川翠满原，风和日丽四时暄。
天公造就蓬莱岛，黎族耕耘植物园。

2001年10月作

## 夜宿兴隆

小镇清幽照夕阳，槟榔椰树好秋光。

青青野草潇潇雨，沐浴温泉入梦香。

2001 年 10 月作

## 游亚龙湾

七柱图腾抱喷泉，赤橙黄紫万花鲜。
椰丛果下妻留影，破浪征轮没远天。

2001 年 10 月作

## 参观海南热带植物园

横铺碧玉三千顷，交错幽蹊八百条。
树种珍稀寰宇少，花枝艳丽果香饶。
咖啡陆羽迎嘉客，橡树槟榔舞细腰。
海韵椰风春不老，名扬南亚景妖娆。

2001 年 10 月作

## 游三亚大东海

三面葱茏陈璧玉，一湾澄碧到天涯。
连云樯橹烟波浩，潜水宾朋兴趣佳。
黎子沙滩嬉雪浪，村姑海畔弄鱼虾。
时逢霜降无秋色，万树枝头春意哗。

2001 年 10 月作

## 游黄山

拔地摩天气势雄，翻腾雾海乱长空。
千山错落岩如笋，万壑幽深嶂阻鸿。

曲径凌渊惊客胆，奇松钻石傲天公。
何时再上光明顶？信步云边旭日红。

2001 年 12 月作

## 鼋头渚望太湖

冬阳和煦水光柔，浩渺烟波拥翠楼。
仙岛迷离神恍惚，蠡园缱绻境清幽。
卧薪尝胆千秋敬，孕越包吴万古流。
饮恨西施何处觅？三城史剧思悠悠。

**注：**三城——中央电视台为拍摄电视剧《唐明皇》《三国演义》和《水浒传》而建的唐城、三国城和水浒城，均在无锡太湖边上，三城相连成为独特的景点。

2001 年 12 月作

## 游无锡三国城（新声韵）

群雄崛起争天下，逐鹿中原祸九州。
分久必合今古意，台湾海峡挂心头！

2001 年 12 月作

## 咏屯溪

宋朝繁盛遗风在，深巷幽街翰墨香。
中外嘉宾迷恋处，文房四宝荟群芳。

2001 年 12 月作

## 游西湖

三面群山一面城，风和日丽水光莹。

观鱼花港牡丹艳，环碧青荷画阁精。
九拱凌波堤缀锦，三潭映月柳闻莺。
断桥残雪传佳话，游客常生仰慕情。

2002年6月作

## 游千岛湖三首

（一）

西子三千入画屏，青螺碧玉百芳汀。
湖天群鸟瀛洲聚，梁祝遗情蝶梦馨。

（二）

银光辉万顷，琼岛一千多。
水上公园美，怡神泛碧波。

（三）

曲径通幽环绿水，修篁流韵伴松涛。
竹棚宾馆三星级，酒兴诗情逐浪高。

2002年6月作

## 永遇乐·夜泛桂林两江四湖

淡淡清风，盈盈湖水，骚客欢渡。烟树楼台，芳滨馥渚，灯火阑干处。笙歌助兴，喷泉簇锦，碧落雪花飞舞。画桥众、浓妆异彩，江风湖韵新谱。 玉簪罗带，名城山水，岭表千秋盛誉。故郡始安，人间仙境，历代名流慕。蓬莱重整，宏图巧绘，梦笔生花难赋。明珠灿、天涯游侣，频添乐趣。

**注**：2002年6月1日晚，桂林两江四湖改造工程竣工庆典。6月6日晚桂林市政府委托两江四湖改造工程指挥部宴请桂林诗词楹联学会领导班子，并游两江四湖，予有幸参与，因填是词以记。

2002年6月作

## 游桂林两江四湖志兴

四位西施笑靥迎，风情万种客心倾。
桃江漓水千钟酒，乐与红颜醉太平。

**注**：钟的其中一种解释是古代装酒的器具，故可用钟。

2002年8月作

## 桂林榕湖玻璃桥

湖映冰雕玉一堆，溢光流彩水晶瑰。
龙王添得新宫殿，四海宾朋共举杯。

2002年8月作

## 游青狮潭水库

巍峨一坝锁三江，万壑千山着翠装。
绿水翻波鱼跳跃，蓝天飘伞客飞翔。
花香林静闲村落，湖暖阳和大浴场。
昔有精禽填碧海，瑶池今日好风光。

2002年8月作

## 夜宿青狮潭

翠岫环成大浴盆，交融水月好消魂。
诗人醉卧平湖里，王母瑶池不足论。

注：文城子十七人在青狮潭水库讨论为两江四湖征集的诗词，就宿青狮潭。

2002 年 8 月作

## 鹊桥仙·题杉湖双塔

纤云戏顶，流星穿户，八面花窗玉柱。雕龙画凤列飞檐，水中并、金镶银镀。　　莲台施雨，佛光照世，六道轮回无据。真情为善永恒人，便胜过、西天佛祖。

2002 年 9 月作

## 信步七星桥

玉柱华灯九曲栏，雕云刻卉映波澜。
湖光潋滟晴方好，小岛蓬莱锦一团。

2002 年 8 月作

## 宝贤桥（藏头诗）

宝中玉石砌成栏，贤士精心镌凤鸾。
桥下行船兼便道，好游花市览群峦。

2002 年 9 月作

## 西清湖桥

双蛟出水比雌雄，昂首并肩飞向东。
泛起波光银汉里，行云播雨送春风。

2002 年 8 月作

## 木龙湖览胜

依稀又见上河图，错落参差有宋都。
环碧园中多趣事，游船升降走江湖。

2002 年 9 月作

## 过木龙湖吊桥

独树一旗生面开，游人到此费疑猜。
闸门升启兰舟降，旖旎漓江迎面来。

2002 年 9 月作

## 丽泽桥

丽霞辉映护城河，泽畔名山骝马坡。
桥接通途龙虎跃，平湖惹得艇穿梭。

2002 年 9 月作

## 桂林榕湖新韵

竹影榕声欣焕彩，江郎才气恨无缘。
横陈玉体诸桥艳，遍布诗碑百代鲜。
茂树繁花铺壮锦，良朋快艇荡清涟。
灯光灿烂迷人处，曼舞嫦娥下九天。

2002 年 9 月作

## 桂林杉湖新韵

葱茏嘉树草萋萋，环水画廊高复低。

佛塔凌空辉日月，清泉破石作山溪。
恋花蝴蝶翩翩舞，览胜轻舟冉冉移。
觅句正功难下笔，杉湖十子苦寻诗。

2002 年 9 月作

## 过广西东兴北仑河桥

中越边城肩并肩，金桥坦荡国门连。
两邦旗艳辉星月，一水波平散雨烟。
商贸交流通口岸，海关验证保安全。
游人往返遂心意，闹市欢歌笑语还。

2002 年 9 月作

## 龙胜龙脊梯田

驱车破雾转千弯，村巷连蹊入广寒。
几处梨花春袅袅，万条龙脊岭漫漫。
前峰日出身边雨，邻壑泉流石上滩。
待到秋来枫叶灿，银河两岸米粮川。

注：漫漫，读平声。

2003 年 4 月作

## 游龙胜矮岭温泉

山深岭峻树葱葱，池内清泉薄雾笼。
浴体怡情男共女，欢声笑语越城中。

注：越城，即越城岭，五岭之一，横贯兴安龙胜两县。

2003 年 3 月作

## 桂林冬雪

一夜苍山白，千家老幼欢。
长空花乱舞，大地玉团团。

2003 年 1 月作

## 北海天湖酒店凭栏远眺

错落群楼似玉峦，葱茏花卉锦团团。
潜身光缆穿溟底，戏水游人乐海滩。
笛震南疆船点点，云横苍昊水漫漫。
白鸥相逐心随远，浩渺烟霞锁巨澜。

注：漫漫，读平声。

2003 年 4 月作

## 兴安小溶江行

绿水青山分外明，平桥木筏古风情。
村姑结伴泅崖下，涧壑潺潺百鸟鸣。

2003 年 7 月作

## 福　州

闽水南横三面丘，满城榕树伴高楼。
温泉入户家家乐，历史名城名士稠。

2003 年 12 月作

## 游福州鼓山

涌泉滋古岭，长磴卧群峦。

树茂浓荫广，岚清眼界宽。
碑林开艺苑，花草饰仙山。
健体登临众，晨昏月不寒。

2003 年 12 月作

## 游鼓浪屿

蓬莱芳岛郁葱葱，街道纵横生意隆。
异样楼台惊旧梦，依稀史迹忆英雄。
日光岩上日光灿，鼓浪屿前春景融。
遥望金门烟瘴里，崖边堡垒影朦朦。

2003 年 12 月作

## 游南宁青秀山

林海邕江畔，崎蹊岫岫幽。
凤台飞彩凤，亭榭缀芳丘。
铜鼓壮乡色，董泉涧壑流。
南天娱妙韵，聊以解新愁。

2003 年 12 月作

## 游桂林乐满地

水绕山环花木葱，欢歌笑语沐金风。
激流勇进千重浪，曲轨轻旋百丈龙。
似燕飞人腾碧落，如飙卷海荡艨艟。
楼台亭榭凤城色，胜过帝王游乐宫。

2004 年 8 月作

## 游神龙谷

翠岭清溪峡谷深，花香鸟语露沾襟。
铺天瓜果迎宾客，振羽鸾凰下玉簪。
植物迷宫寻古迹，亭台吻鳄壮娃心。
神龙播雨漓江畔，稻浪千重一片金。

2004年秋作

## 游金鞭溪

峡谷幽深游道长，奇峰怪石树苍苍。
清流汩汩山溪水，描绘武陵一画廊。

2004年11月作

## 列车湘西行

雾锁群峰未见曦，农家棋布每依溪。
频穿隧道临深壑，橘树连坡果满枝。

2004年11月作

## 游张家界

五岳雄奇何足奇？黄山峻险不足险。
驾雾腾云瞰武陵，群峰似戟还如剑。
波澜壮阔山成海，嶙峋嵯峨势逼天。
万面峭壁猿不到，千堆玉垒鹰盘旋。
山如彩画天连地，壑似迷宫地裂渊。
孤石成柱又成峰，峰林石柱满太空。

兀岭尖山均险峻，奇形怪状各称雄。
天神布下迷魂阵，猴帅招集百万兵。
百万雄师申正义，清除匪患乌龙晴。
地质公园殊世界，森森嶂壑六魂惊。
千古湘西藏宝地，珍稀物种繁衍生。
山川形胜出真龙，开天辟地有元戎。
地灵人杰风光好，游乐仍怀将帅功。

2004 年 11 月作

## 雨中观恭城西岭桃花

红雪盈空泛紫霞，万千西子着婚纱。
春风袅袅承甘露，琼玉仙乡瑶族家。

2005 年 3 月作

## 桂林宝贤湖

骝马山前玉镜开，葱茏花树漫堤栽。
繁灯焕彩辉星汉，曲栈凌空连榭台。
遣兴清歌鱼鸟乐，怡神闲步妇孺谐。
名城闹市壶天净，潋滟波光涤俗胎。

2005 年 6 月作

## 题平南花洲腾龙

龙腾苍昊起花洲，天国义旗卷九州。
从此庙堂倾砥柱，金田豪杰美名留。

2005 年 6 月作

## 咏平南乌江

洪流奔涌大河浊，一派乌江水自清。
世外桃源红雨落，不随恶浪到南溟。

2005年6月作

## 平南六陈水库

横空巨坝揽群泉，碧海银川峻岭间。
精卫巧牵龙王走，稻掀金浪漫无边。

2005年6月作

## 灌阳米珠山梨花园

云涛雪浪卷群峦，倾泻银河壮大观。
十里仙乡非幻境，元元巧手绣江山。

2006年3月作

## 灌阳米珠山第三届梨花会志兴

### 梨花

天施春雨绽琼花，瑞雪横空舞月华。
待到金风吹大地，丰收硕果惠农家。

2006年3月作

### 浪淘沙

盛会喜空前，歌舞翩翩。诗书画影绘山川。花树丛中群别墅，农舍田园。　　耀眼锦团团，花海绵绵。

春风春雨润甜甜。今日雪梨非贡品，农户财源。

2006 年 3 月作

## 桃源漫步

漓江两岸奇峰列，叠嶂重峦拥碧天。
游艇穿梭波泛泛，艳阳沐野鸟关关。
修篁翠掩半边渡，金谷香飘百卉园。
放浪形骸饶逸兴，桃花源里学耕田。

2006 年 4 月作

## 游古东源景区

叠翠重峦一坝横，疑为三峡荡歌声。
清溪幽壑森林茂，崎径深潭天籁清。
踏瀑攀岩添勇气，登峰行索赏蓬瀛。
将军风骨青山秀，曲水流香万古情。

2006 年 5 月作

## 过半边渡

蓁蓁崎径到迷津，绝壁巉岩路断辚。
野渡无人漓水阔，渔翁一筏泛阳春。

2006 年 4 月作

## 桂林夜景

织锦繁灯杂宿排，银河漓水费疑猜。
蟾宫歌舞龙王醉，金粟飘香满御街。

2006 年 6 月作

## 百鸟园志兴

仙鹤洞边林木稠，花香鸟语庆中秋。
飞禽善解人情味，呼伴翩翩迓客游。

注：百鸟园在桂林叠彩山公园内。

2006年中秋作

## 桂林至昆明航班机上即景

疑是冰封万里遥，银堆玉垒遍浮雕。
神奇苍昊真精彩，海市蜃楼幻九霄。

2006年11月作

## 云南石林二首

乱石穿空景万般，群姬仙女舞苍峦。
天庭哪有人间好，女织男耕代代欢。

千帆竞发彩云南，万马征程战正酣。
西部而今开发快，雄关险道勇勘探。

注：探读平声。

2006年11月作

## 大理古城

古朴城楼古堞长，玲珑典雅众民房。
石砖铺道衔新路，不见当年大理王。

注：古代有大理王国，其国都就在大理。

2006年11月作

## 游洱海

苍山洱海沐朝阳，久仰名川游兴长。
歌舞翩跹欣四座，湖光潋滟诱千樯。
葱茏两岛繁花艳，华丽群楼百族康。
箫鼓齐鸣船送客，清辉玉兔洒秋霜。

**注**：两岛——指观音阁岛及南诏风情岛。

2006 年 11 月作

## 大理蝴蝶泉

苍山脚下清泉水，滋树成林诱蝶飞。
白族青年泉畔戏，疑是庄周梁祝归。

**注**：20 世纪电影《五朵金花》反映大理地区男欢女爱的故事片，其主题歌词有“大理 3 月好风光，蝴蝶泉边好梳妆，蝴蝶飞来采花蜜，阿妹梳头为哪桩”，曲调极为优美。蝴蝶泉因此名扬四海。蝴蝶泉边有蝴蝶树。

2006 年 11 月作

## 云南丽江古城

（用中华诗词编辑部公布的中华新韵）

小桥流水赛江南，柳暗花明市井繁。
户户彩楼皆榭阁，街街银玉诱云鬟。
灯笼华似元宵夜，歌舞胜于上海滩。
民族风情承远古，明珠璀璨耀人寰。

2006 年 11 月作

## 看《印象丽江》（雪山篇）

横空出世筑高台，飞舞玉龙惊九垓。

先祖摩梭开混沌，纳西骄子扫阴霾。
三杯土酒乾坤渺，几曲狂歌骏马催。
历尽艰辛逢盛世，艳阳晖照雪峰皑。

**注：**《印象丽江》系张艺谋导演的以纳西族的历史为题材编导的大型实景戏，在玉龙雪山下海拔 3100 米的野外大型舞台表演。传说摩梭人是纳西族的一个分支。玉龙，即玉龙雪山，至今无人征服。

2006 年 11 月作

## 参观南京长江大桥

浩荡银河万古忡，牛郎织女不相逢。
中华豪气冲霄汉，吴国山川绘彩虹。
梦幻六朝金粉迹，人歌一曲大江东。
桥头笑看千重浪，天堑飞车过太空。

2006 年 12 月作

## 游永福金钟山岩洞

芦笛七星幽境好，金钟紫府更绝妙。
永福罗锦西南隅，车逾绿野奔山道。
一碧澄泓四面山，青螺几许壶天小。
峦岫青青玉芙蓉，麒麟莽莽繁禽闹。
苍崖悬瀑挂珠帘，下自成溪水涓涓。
一蹊潜入神仙府，光怪陆离任流连。
造物钟情惠南国，琳琅满目藏洞天。
歌仙三姐传技艺，男欢女笑韵甜甜。
玉垒珍琦如珊瑚，美人照影浴清泉。

凿石攀岩行栈道，拓荒引水造梯田。
农夫耕作笑春风，国运昌隆免税钱。
人勤地肥稼穑旺，神龙播雨造丰年。
深谷幽壑生态好，雄鹰展翅任盘旋。
原始森林沐曙光，灵芝涵露吐芬芳。
仙禽嬉戏金盔上，不见当年旧战场。
几处乱石围幽潭，大小深浅洌不寒。
财神仰慕福寿地，携来银山列路旁。
金银珠宝饰仙境，世道明时才开放。
好逸恶劳休幻想，勤劳能抱金凤凰。
福天寿地多俊杰，处处都是栋和梁。
玉柱擎天排排立，欣然一派好风光。
永宁芳州人有福，群贤主政富城乡。

2007 年 3 月作

## 灵川九屋龙门瀑布

潺潺涧水人家绕，岚雾迷茫苍昊杳。
神造龙门拥万峰，飞流泻玉云崖峭。

2007 年 2 月（正月初四）作

## 冠岩瀑布

泻玉流银斜石床，排洪开闸倒三江。
春雷滚滚山河动，大圣龙宫鏖战忙。

2007 年 3 月作

## 携家游八角寨（排律）

名山久仰梦中寻，纵览奇观慰夙钦。
蜀栈秦关萦万嶂，天梯龙脊上千嵚。
狂涛怒海吞幽壑，巨石悬崖吻大襟。
遍野钢盔兼铁柱，盈眸玉垒尽螺簪。
仙人棋艺天公授，地貌丹霞日月侵。
峭壁横空光一线，陡峰裸体醉花阴。
龙头不断香烟客，寺院时传贝叶音。
一步畅游湘桂境，群鲸戏闹晓岚岑。
神工造就自然景，苍昊编成大地衾。
地质公园承远古，国家瑰宝灿当今。
雄浑壮美景无际，奥妙精深韵沁心。
两岁半孙勤举步，全家五口共登临。
艰难险阻逾峰顶，缱绻清狂逗彩禽。
休叹春华霜露水，且弹秋色伯牙琴。
行空饱览天庭画，摄取云台啸傲吟。

注：八角寨，又名云台山。

2007年5月作

## 湖南崀山蜡烛峰

一炬擎天耀碧霄，光明永照不辞劳。
尊师重教传千古，育就英才佐舜尧。

2007年5月作

## 湖南崀山辣椒峰

绝壁参天铁柱峰，丹霞凝聚一金龙。
移来珍品天庭物，从此湘肴辣味浓。

2007 年 5 月作

## 国庆假期游兴坪

家车驶入神仙境，万国衣冠伴我游。
古镇翻新千户乐，乱山凝碧一江收。
画舫竹筏劈波溯，云影天光潜水浮。
胜似渔翁人放浪，晚霞绚丽灿金秋。

2007 年 10 月作

## 蝴蝶谷

临桂中庸幽谷嘉，为寻野趣向山崖。
欢歌涧水穿瑶寨，引蝶春风逗菜花。
崎径依溪桥数座，古楼观景竹无涯。
盘王凤舞挽群瀑，拥翠漂流荡彩霞。

2008 年 3 月作

## 随次子志国新婚夫妇游瘦西湖

芬芳芍药柳绵皋，沁染烟波廿四桥。
亭榭楼台争雅致，画船歌舞竞妖娆。
红肥绿茂春风暖，眉皱带宽西子娇。
媳孝儿贤偕敬老，翁媪相随逸兴饶。

2008 年 5 月作

## 游深圳锦绣中华园

中华锦绣满园春，美景玲珑韵入神。
历史辉煌凭古杰，前程远大有经纶。

2008年9月（中秋节）作

## 游深圳世界之窗

窗含世界万花筒，博大精深旷世工。
文化交流增友谊，他山宝玉造龙宫。

2008年9月（中秋节）作

## 上海麻雀

拂晓窗前闹，白天街巷跑。
逢人随步行，三两台阶绕。

2008年10月作

## 游上海漕溪公园

高架路边树木森，繁华闹市可清心。
休闲伴侣踏幽径，健体读书童叟欣。

2008年11月作

## 游上海桂林公园

桂树成林掩榭楼，枝头群鸟赛歌喉。
公婆怪石迎遐客，满面春风话绿洲。

**注**：园中有“石公石婆”两怪石高耸入云。

2008年11月作于上海

## 上海人民广场即景

广厦如林破碧霄，车流似水涌人潮。
畅通地铁全城达，市府门前国帜飘。

2008 年 11 月作于上海

## 上海外滩即景

明珠璀璨耀东方，隧道横穿黄浦江。
广厦连云游客盛，金融贸易有他邦。

注：此处有数家外国银行。

2008 年 11 月作于上海

## 中秋廊桥赏月

四排红柱架长廊，溢彩流光跨大江。
桥似飞龙乘揽月，万千思绪一冯唐。

注：廊桥，指绍兴风则江廊桥。

2009 年中秋节作于上海

## 游上海世纪公园

湖光潋滟晴空朗，四面蜃楼海市真。
芳草塑人添雅趣，桂花香里一乾坤。

2009 年 10 月作于上海

## 参观大禹铜像

风雨征程一帝王，顶天立地主尧疆。
赴汤蹈火除民难，英名业绩永流芳。

2009 年 10 月作于上海

## 游绍兴东湖

千寻峭壁削群峰，秀水高秋游客丰。
画阁长堤阴绿柳，清波翠鸟逗乌篷。
诸桥古朴秦皇迹，三洞幽深鬼斧工。
改造自然垂典范，元元智慧永无穷。

注：东湖为历代修筑城墙开山取石而成。

2009 年 10 月作于上海

## 上海高架路

罗带飘空绕万家，纵横交错几层斜。
风驰车辆天街驶，玉帝凭栏赏物华。

2010 年 3 月作于上海

## 上海地铁

轨道纵横潜沪坤，幽深地府巨龙奔。
辉煌宫殿人潮涌，昼夜繁华消客魂。

2010 年 3 月作于上海

## 随次子一家游上海中山公园

草长莺飞嫩柳飘，风筝竞与彩云翱。
楼台照镜湖如画，花卉迎宾香染袍。
几处笙歌传逸兴，一亭玉像似神雕。
满园春色游人众，三代温馨童趣饶。

2010 年 3 月作于上海

## 沁园春·上海新外滩

白渡桥头，黄浦江滨，都市画廊。看银河两岸，高楼万幢；华灯十里，花卉千行。情侣嘉宾，凡夫雅士，惬意闲游神采扬。雕栏外，喜轮船争渡，昼夜繁忙。　　外滩历尽沧桑，忆小小渔村踞野荒。恨狂涛恶浪，险滩湾道，纤夫驼背，曲径愁肠。陷作殖民，划分租界，似狗华人禁入疆。煎前耻，仰明珠高耸，世界东方。

**注：**白渡桥，苏州河汇入黄浦江前的桥，有内白渡桥和外白渡桥，这里指外白渡桥，处于新外滩边。

2010 年 3 月作于上海

## 参观上海植物园花展

清明日丽草茵茵，植物繁多更品珍。
百国芳菲争艳丽，和平使者喜逢春。

**注：**此次花展有一百多个国家的花卉参展。

2010 年 4 月作于上海

## 游苏州山塘街

黛瓦银墙七里街，小桥流水胜秦淮。
画船柳絮笙歌漾，花卉飘香绕玉阶。

2009 年 1 月作

## 游北京北海公园

太液池滨垂柳葱，荷花盛勇笑秋风。

堆云积翠蓬莱境，泛海娱情苍昊中。
御苑物华遗韵在，帝王人逝画楼空。
巍巍白塔邀新客，四海宾朋游兴充。

2010 年 9 月作

## 参观苏州留园

庭院深深古雅风，曲廊幽径映花丛。
田园山水依亭榭，人造蓬莱闹市中。

2011 年 3 月作

## 游江苏周庄

水乡泽国江南镇，月映诸桥溪柳迷。
商海沉浮成巨富，满街唯见万三蹄。

**注：**万三，即沈万三，明代江南巨富。朱元璋巡视江南时沈用炖猪脚一菜招待皇帝，朱问沈这道菜的名字时，沈不敢说是炖猪脚，便灵机一动，说叫万三蹄，以后，这道菜便成了名，一直流传至今。

2011 年 3 月作

## 游上海大观园五首

### 纵览大观园

太虚幻境曹翁设，后世痴情拟作真。
庭院幽深饶古韵，红楼萦梦满园春。

### 怡红院

怡红快绿爽心斋，幽雅芸轩诗话裁。
邀月通灵闲听雨，鲜花翡翠剑琴排。

**注：**院内有邀月亭、听雨楼和通灵书房。

## 大观楼

省亲别墅辉煌殿，缀锦楼前列凤凰。
百鸟含芳高阁拜，顾恩思义总情长。

**注：**正殿前有铜麒麟、铜凤凰排列，顾恩思义大殿中央观礼台上有百鸟朝凤大屏风。缀锦楼与含芳阁相对。

## 潇湘馆

丛林茂竹掩潇湘，有凤来仪溪水长。
月洞龙吟承秀玉，梨花春雨古琴扬。

**注：**有凤来仪系此处建筑群中的主屋，前有龙吟亭。秀玉轩系林吟诗下棋会客之处，梨花春雨系林操琴读书之处。

## 蘅芜院

院内藤萝四壁苍，假山秀巧洞悬淙。
鸳鸯水榭荷花艳，蘅芷清芬入梦香。

**注：**悬淙，即瀑布，淙，佩文诗韵归江韵，读床音。蘅芷清芬为薛宝钗卧室。

以上五首 2011 年 3 月作于上海

## 观上海世纪公园梅花展

一树梅花三四色，芳园绚丽锦绵绵。
驱寒傲骨迎红日，笑领春风暖大千。

2011 年 3 月作

## 题永福凤巢山

凤翥龙翔地，同朝两状元。
文星辉北斗，武首荐轩辕。
一石添云锦，三江泽故垣。
芳峦欣焕彩，福寿乐桃源。

**注：**（1）凤巢山在广西永福县城，现辟为公园。该县委宣传部为公园门楼在全国范围内征集到楹联400余副，并通过桂林市文联，聘请桂林诗词学会秦格赏等三人作为评委参加评选，最终评出20副作为入围作品，供录用刻挂，以诗记之。（2）宋代永福县出了一个文状元和一个武状元。（3）山上有一石，刻有“福”字。三江，即洛清江、百寿河、茅江。

2011年4月28日作

## 龙头岭新居小景

曲廊碧瓦境清幽，亭榭楼台倚柳柔。
叠石成山悬瀑布，月光如水诱鱼游。

2011年5月作

## 瑶池异彩

桂林山水画中身，天上人间两不分。
王母瑶池添异彩，文城诸子振骚魂。

2002年6月作

## 游柳州龙潭公园

四面峰峦列画屏，澄潭玉液滟光莹。
苍崖韵雅诗添彩，风雨桥长客逸情。
村寨鼓楼民族色，兰舟樵径野禽嘤。
雷塘刺史留芳迹，雨露甘棠岭岭青。

**注：**刺史，即唐代柳宗元，在柳州任刺史期间曾在雷塘为民求雨。

2011年6月作

## 夜浴贺州温泉

溪流涧瀑水潺潺，新月疏星树影斑。

玉液舒身情缱绻，仙乡净土绝尘寰。

2011 年 8 月作

## 游贺州玉石林

琼林如柱遍山腰，形态各殊如素描。
一线天梯云彩里，俯观春笋列浮雕。

2011 年 8 月作

## 观贺州瀑布

幽谷悬崖峻岭葱，银河奔泻万山中。
斜阳不照飞空练，天籁琴声笑语融。

2011 年 8 月作

## 游贺州清溪湾

小桥流水赛江南，岳麓清溪几道湾。
览胜休闲皆乐事，观鱼结伴立江干。

2011 年 8 月作

## 游昆山亭林公园

翠岭横陈似马鞍，江东碧玉画中看。
苍松古柏浓荫广，异卉奇葩粉蝶繁。
三色龙泉添气势，一方昆曲耀梨坛。
名园秀色迷人眼，更仰前贤一寸丹。

**注：**亭林公园始建于 1906 年，初名马鞍山公园，1936 年为纪念明清爱国学者顾炎武先生更名为亭林公园，顾炎武字亭林。园内有顾的塑像，有龙泉池，白青黄三

个龙头喷出水柱，直泻水池，气势壮观。梨坛即梨园，昆曲，地方戏曲，源于昆山。

2011 年 10 月作于上海

## 阳澄湖品大闸蟹

湖光潋滟映朝阳，水上餐厅户户忙。
金爪黄毛香千里，诗情蟹兴不需觞。

**注：** 阳澄湖距上海市 60 千米，湖滨和水上众多餐厅，均以大闸蟹餐饮为主。金爪黄毛，当地对大闸蟹的称谓。古人有以蟹送酒吟诗的雅兴。

2011 年 10 月作于上海

## 上海畲山国家森林公园

修篁密布树葱葱，秀道浮屠映碧空。
四季如春情缱绻，清幽宁静九莲峰。

**注：** 有秀道者塔高耸于西凤山上，园区有九座山峰。

2012 年 10 月于上海

## 登苏州太湖缥缈峰

太湖三万六千顷，七十二峰推作崇。
放眼烟波弥漫处，缥缥缈缈梦情钟。

2012 年 10 月于上海

## 苏州太湖桥

玉带横拖似卧龙，碧波万顷涌长虹。
车如飞艇银河里，三岛穿连气势雄。

**注：** 苏州大桥位于吴县太湖，济南大学设计，1992 年 10 月动工，1994 年 10 月通车。薄结构低照明白玉装饰，全长 4308 米，宽 12 米。

2012 年 10 月作于上海

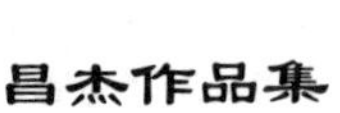


## 咏桂林穿山月岩

神箭穿山玉镜圆，将军功绩至今传。
中华代代英才出，何惧东瀛卷巨澜！

2013 年 4 月作于龙头岭

## 过上海长江大桥

茫茫东海长江水，飞越遥空一巨龙。
耀眼彩虹飘玉带，拉锚钢架抗台风。
公交轨道同平面，主塔箱梁异技工。
气势恢宏兼秀美，申城两岛路欣通。

2013 年 10 月作于上海中海馨园

## 过上海长江隧道

江水滔滔头上过，车流地府似穿梭。
华灯绚丽琼宫灿，世界辉煌技术多。
宽敞能驰三车并，幽深胜似万龙窝。
海浪江涛何所惧？岛市相通不渡波。

2013 年 10 月作于上海中海馨园

## 游崇明岛

东海瀛洲鱼米乡，长江门户好风光。
芦苇环岛森林茂，吉贝连云瓜果香。
百里蛟龙平恶浪，几条渠水绕新庄。
风清水洁天然景，生态和谐沐艳阳。

**注**：百里蛟龙，指海边护堤。

2013年10月作于上海中海馨园

## 黄河颂

（律诗联句，组委会出第一、四、五、八句，诗友完成第二、三、六、七句）

九曲奔腾入海流，而今羌笛乐悠悠。
涛推樯橹千帆逝，名与中华万古留。
天地沧桑情未老，圣贤衍绎业犹稠。
魂牵故国兴亡事，恰似摇篮梦里头。

2013年7月作

## 登鹳雀楼

（名诗添字。全国诗词艺术大赛组委会要求，在原诗基础上，每句前加两个字，赋予新时代意义）

融融白日依山尽，浩浩黄河入海流。
新秀欲穷千里目，中华更上一层楼。

2013年7月作

## 黄河魂

（嵌字七绝。第一句和第四句为全国诗词艺术大赛组委会所创，要求续第二、三句，并嵌入“黄河魂”三字）

神州大地百花妍，黄河魂系古今贤。
骄子神舟遨宇宙，月因中国梦常圆。

2013年7月作

## 游上海观海公园

南汇①巨龙横，沧溟风浪平。

移山填海志，挥汗扩申城。
司南[2]鱼记趣，经纬线巡行。
放眼天连海，高帆又远征。

**注：**①南汇，地名，位于东海之滨。②司南，古代指南针，形状像鱼，是该园的标志性建筑。

2013 年 10 月作于上海中海馨园

## 灵川甘棠江风雨桥

四虹相接贯长空，疑是飞天一巨龙。
信步澄阳桥上望，青山绿水簇花丛。

2015 年 3 月作于龙头岭

## 钗头凤·游横琴湾海洋王国

鱼群跳，烟花啸。海洋王国珍奇妙。霓灯幻，景观泛。海底人游，头颠鱼窜。看，看，看。　　横琴岛，粤疆宝。海滨芳苑繁华俏。儿孙伴，心花绽。东隅霞彩，夕阳光焕。灿，灿，灿。

**注：**2015 年广西民歌节，和老伴随长子一家到广东珠海横琴湾海洋王国游玩，时逢其开业一周年庆，更是热闹，以是词记之。

2015 年 4 月作

## 咏灵渠

灵渠源远水流长，功勒当年秦始皇。
分水塘中波滟潋，泓滋八桂与三湘。

2015 年 7 月作于龙头岭

## 与家人夜游桂林四湖

万家灯火耀银河，织女牛郎曼舞歌。
玉宇鹊桥三塔灿，佛光环照福音多。

**注：**四湖，即杉湖、榕湖、宝贤湖、木龙湖。

2015 年 10 月作

## 游龙胜金坑梯田

群山环翠拥天罡，老汉攀登野径长。
金佛峰头惊四顾，嫦娥悬彩满千岗。

2015 年 10 月作

## 咏桂林独秀峰

灵山毓秀气幽娴，雨雪风霜只等闲。
历尽沧桑情不改，只将春色暖人间。

2016 年 1 月作于龙头岭

## 游中科院西双版纳热带植物园

森森古树蔽长天，藤蔓纵横柯石连。
保护雨林稀物种①，罗梭江②畔景常鲜。

**注：**①稀物种，指热带雨林中珍稀植物和动物。②罗梭江，澜沧江最大的支流。

2016 年 2 月春节作

## 过西双版纳雨林谷空中走廊

越壑凌渊穿茂林，飞桥铁索网槽深。
行空天马疑猴戏，天籁幽幽似鼓琴。

2016 年 2 月春节作

## 谒西双版纳勐泐寺大佛

莲山禅院气恢宏，贝叶南传盛亚东。
千里敬香求佛佑，安康老幼业兴隆。

2016年2月春节作

## 游曼亭公园

流水桥亭环翠微，民欢御苑沐朝晖。
人文白塔相辉映，舞蹈迷人大象嘻。

2016年2月春节作

## 十六字令·游昆明花城

芳，走兽飞禽百卉妆。缤纷景，新奇美画廊。

2016年2月春节作

## 看微信视频《航拍南京梅花山》

绚丽缤纷遍地花，冲寒傲骨尽奇葩。
春风万里游人盛，笑与群芳演彩霞。

**注：**微信视频《航拍南京梅花山》由毛永平亲家发来。

2016年2月作于龙头岭

## 桂林监狱观桃花

春风骀荡暖横塘，百亩桃花沐艳阳。
自古铁窗凄楚境，今朝芳苑胜天堂。

**注：**横塘，桂林监狱所在地。

2016年2月作于龙头岭

## 山区公路行

千山竹木林荫道，天籁悠悠悦耳声。
幽谷停车游泳处，妇孺消暑胜华清。

2016 年 7 月作

## 新疆游（代人之作）

探亲览胜两情牵，塞外风光处处妍。
大漠孤烟今焕彩，天山南北好家园。

2016 年 7 月作

## 游漓江之源大峡谷

涧壑潺潺幽径斜，修篁遍岭有人家。
九天飞瀑烟霞幻，满眼丹青乱石花。

**注**：石花，此处石头均为花岗岩。

2016 年 8 月作

## 三亚至桂林航班机上寄兴

银棉铺大海，白浪盖蓝天。
瑞雪盈空舞，冰山遍野连。
凌云非壮志，借翼学神仙。
搏昊成高洁，休同黑雾旋。

2016 年 9 月作

## 自驾小车从海洋至小平乐途中寄兴

盘山公路似长龙，破雾穿云越险峰。

万壑千崖窗侧逝，寻芳览胜闯天宫。

2016年11月作于龙头岭

## 咏海洋银杏

花间百鸟奏瑶琴，茂树连天避暑阴。
瑟瑟秋风收硕果，山乡遍地尽黄金。

2016年12月作于龙头岭

## 游紫云英花海

青狮潭水育奇葩，万紫千红绘彩霞。
不与牡丹争富贵，甘当野草献风华。

注：紫云英，花名。

2017年3月作于龙头岭

## 大圩古镇

磨盘山麓漓江碧，父子岩前古镇幽。
五里长街青石板，千层小瓦贾商楼。
七星群墓藏铜剑，万寿高桥会女牛。
杵响渔歌融鸟语，清真寺内信徒修。

2016年12月作于龙头岭

## 游西安大唐芙蓉园

曲江清水胜桃源，御苑风光耀眼前。
宫殿楼台萦紫气，蓬莱仙境乐群贤。
诗魂书艺雕工巧，夜幕银屏梦幻鲜，

鼎盛王朝赢世界，绵绵丝路万邦连。

**注**：芙蓉园，是中国第一个全方位展示盛唐风貌的大型皇家园林式文化主题公园，是在原唐代芙蓉园遗址以北，仿照唐代皇家园林重新建造的大型公园，园中有蓬莱山，夜间有水幕幻灯播演。

2017 年 4 月作于龙头岭

## 游西安大唐芙蓉园诗魂景

纷呈异彩遍山崖，书艺唐诗尽奇葩。
御苑金声千古秀，风流遗韵励中华。

2017 年 4 月作于龙头岭

## 游荔波大七孔景区

两岸悬崖云汉间，浓荫栈道半空旋。
幽深峡谷湍流急，万丈天桥翠岭穿。

2017 年 5 月端午节作

## 游小七孔景区鸳鸯湖

千峰耸翠抱瑶池，水上迷宫龙亦痴。
王母相邀翁泛艇，环游数岛似童嬉。

**注**：鸳鸯湖，在小七孔景区内。

2017 年 5 月端午节作

## 端午前夕游小七孔景区卧龙潭二首

翠染群峰幽谷森，神龙酣睡莫相侵。
因防浅水遭虾戏，故卧深潭静养心。

屈子沉渊避恶风，忠贞傲骨化为龙。
人文胜景相辉映，励志怡情意会融。

**注：**卧龙潭，在贵州荔波县小七孔景区。

2017 年 5 月作

## 题小七孔桥

青山绿水小桥奇，乱石洪流志不移。
百载畅通黔桂路，休忘七女建功时。

**注：**传说此桥由当地瑶族一奇男子和七位姑娘奋战四十九天建成，男子只有一个手指，但有奇异功能，能碎石溶石，次日又能使碎石溶石坚硬如初。女子将碎石砌拱桥，各筑一拱，共七拱，砌好后石坚如初。

2017 年 5 月作

## 人月圆①·游小七孔景区

神奇梦幻幽深谷，多景秀玲珑。洞林湖瀑，龟山野鸭，巨石横空。　　古桥遗事②，仙姬奋力，小伙神功。江山春媚，宾朋乐度，鹊惠③三农。

**注：**①人月圆，散曲名。②古桥遗事，传说小七孔桥，系由一位能点石成泥的小伙子，和七位仙女般美丽的少女，共同奋斗四十九天修筑而成，目的是为了当地农民耕田种地。来往过河方便。③鹊，指铜鹊桥，在樟江河上新建一座桥。

2017 年 5 月作

## 网游青海湖①

碧海长天连草原，风情万种荐轩辕。
雪山花鸟诗入画，两岛三湾②绣乐园。

**注：**①青海湖，在青海省刚察县南部，为国家 5A 级景区。②两岛三湾，即鸟

岛、沙岛和仙女湾、金沙湾、银沙湾，均为青海湖景区名。

2017 年 8 月作于龙头岭

## 正宫·塞鸿秋
## 中秋游灵川九屋龙隐峡

村旁峡谷山苍翠，深潭几处清泉汇。溪流鸟语瑶琴配。　　中秋旅客痴情醉，客戏九渊欢，邀与蛟龙会，共浴瑶池水。

2017 年 10 月作于龙头岭

## 越调·天净沙
## 与长子一家游灵川蓝田仙女沟

苍峦翠谷溪清，修篁村寨鸡鸣。闲坐滩头写生，长孙绘画，美山川绣丹青。

2017 年 10 月作于龙头岭

## 丁酉重阳游漓江

碧水蓝天尽兴游，一家乘筏溯中流。
清风拂面精神爽，茂竹钳江景致幽。
百鹭翩跹迎客舞，群山欢悦敞襟讴。
蹉跎岁月七三启，坦荡人生乐晚秋。

**注：**本人生日为农历九月十一日（2017 年为星期一），为不影响儿子媳妇们正常上班，今年重阳节为休息日，故利用重阳节提前为我祝寿，出行旅游，晚餐寿宴。此次游的江段为平乐县境内的普地河段。

2017 年 10 月 29 日作

## 游恭城红岩村

瑶乡生态胜桃源，绿水青山万亩园。
月柿灯笼盈旷野，琼楼旅馆缀朱轩。
三农政策和民意，八桂春风送党恩。
但愿村村奔富路，甘泉赐福惠儿孙。

2017 年 10 月 31 日作于龙头岭

## 元旦前夕登天门山①

一线天梯上碧空，凌渊踏脊②亦从容。
远山缥缈轻烟漫，且喜斜阳焕彩虹。

**注：**①天门山，在桂林市资源县。②脊，天脊，观景走廊，就建在天脊之上。2017 年 12 月 31 日登山。

2018 年元旦作于龙头岭

## 咏灵渠

海洋河水上苍①来，流到兴安三七开。
汇入湘漓通楚粤，江山一统赖雄才②。

**注：**①上苍，即天。俗话说，兴安高万丈，海洋在天上。②雄才，指秦始皇。

2018 年 1 月 5 日作

## 咏黄河

冲天穿峡下高原，浩荡狂涛东海奔。
吐雾吞云鸣壮志，千回百转荐轩辕。

2018 年 1 月作

## 长江赋

青藏高原在天上，唐古拉山极雄壮。
沱沱河水哗哗淌，万壑千山难阻挡。
穿峡绕岭如飞龙，驾雾破雪奔向东。
笑纳百川兼四湖，浩浩荡荡气势雄。
万里征途奔昼夜，不分春夏与秋冬。
横贯中华十多省，养育炎黄献精忠。
航运千帆承远古，乳泉源源惠农桑。
鳗鲡松江鲈鱼美，千秋诗韵颂华章。
三峡工程惊世界，葛洲坝上灯火煌。
南水北调成壮举，西电东送破天荒。
愚公精卫今胜昔，改天换地福炎黄。

**注：**长江发源于“世界屋脊”青藏高原的唐古拉山脉各拉丹冬峰西南侧。干流流经青海、西藏、四川、云南、重庆、湖北、湖南、江西、安徽、江苏、上海十一个省、自治区、直辖市，于崇明岛以东注入东海，全长约 6300 千米。

2018 年 1 月 15 日作

## 在海南岛过春节

西山脚下石梅湾，别墅成群万绿间。
游侣欢声潮水涌，心宽于海享天年。

**注：**艾美休闲度假酒店，在海南岛万宁县石梅湾，背靠西山面朝大海，系五星级酒店。我一家八人大年初一入住其间。

2018 年 2 月 17 日（大年初二）作于艾美休闲度假酒店

## 海滩漫步

放眼银滩八九湾，游人云集尽贪欢。

春风早暖蓬莱岛，千里寻芳到海南。

2018 年 2 月 19 日（大年初四）作于艾美休闲度假酒店

## 宿分界洲岛

百级阶梯路纵横，千寻峭壁更嵘峥。
山楼别墅凌崖布，绝顶凭栏看日升。

**注**：分界洲岛，在海南岛香水湾，系两座小山的海中孤岛，呈马鞍形横卧在蓝色的大海中，属海南省陵水县管辖。

2018 年 2 月 21 日（大年初六）于分界洲岛店

## 滇池看海鸥

轻盈飞舞万千鸥，尖嘴白毛唱不休。
借问灵禽何处好，心随候鸟漫天游。

2018 年 2 月 22 日（大年初七）作于昆明滇池畔

## 乘索道缆车游南岳衡山

天马行空仰祝融，英贤业绩古今崇。
群山拥翠迎嘉客，窗外轻云曼舞从。

**注**：祝融，衡山祝融峰，祝融峰是根据火神祝融氏的名字命名的。相传祝融氏是上古的火神，黄帝任命他为管火的火正官。黄帝又封他为司徒，主管南方事物。他住在衡山，死后又葬在衡山。

2018 年 10 月 4 日作于龙头岭

## 衡山赋

五岳独秀数衡山，今喜登临壮大观。
满眼森林松柏挺，九曲公路玉龙盘。

莽莽苍苍八百里，巍巍叠叠七二峰。
擎天捧日千秋秀，揽月追辰八表雄。
岩台叠翠俯溪涧，朝日辉金浴画屏。
水帘洞珠飞玉泻，会仙桥泉流兽鸣。
万壑幽幽闻天籁，千崖嶙嶙宿流莺。
人文圣境传远古，寺院佛经育南宗。
火神留迹青山茂，祝融参天世人崇。
六朝古刹今犹在，七祖道场更繁荣。
磨镜悟禅凭灵感，佛教传经利苍生。
麻姑仙境山花美，灵芝美酒王母诚。
花果山中果鲜美，水帘洞内瀑轰鸣。
江山秀丽游人盛，不忘抗日将士名。

2018 年 10 月上旬作于龙头岭（国庆节游览）

## 游灵川双潭陈伯田村葵花园

葵花朵朵向阳开，百亩芳园众手栽。
圆梦齐心奔富路，春华秋实上高台。

2018 年 10 月 6 日作于龙头岭

## 题衡山水帘洞

紫盖香炉仙洞幽，山泉飞瀑自天流。
晴雷夏雪真虚境，神隐湘妃福永留。

**注：**衡山水帘洞，自南岳镇向东北约四公里。在吐雾、香炉两峰之间。水由紫盖峰分支而来。经山涧入石洞。水帘洞瀑布源头是湘妃深隐处。

2018 年 10 月上旬作于龙头岭

## 春游神岭

拾级登阶峭岭葱，山泉群瀑育林丛。
深潭涧水悬崖伴，一股清流下碧空。

**注：**神岭，灵川神岭风景区，在灵川县三街镇容流村。

2019 年 2 月 5 日（正月初二）作于龙头岭

# 缅怀歌颂

## 中秋忆祖母（古风）

冢上西风斗蒿莱，中秋晦雨游子哀。
一生节俭人皆晓，两手勤劳胄永怀。
幼小饱经贫困磨，晚年犹育子孙才。
艰辛历尽福犹远，一股黄泉没骨骸。

**注：**祖母卒于1964年中秋前夕，时余在读高中，怕影响我的学习，父母未通知我。寒假回家才知最疼爱我的祖母已去世，实时泪流满面数日，以后常在梦中相见而流泪。

1969年作于成都

## 菩萨蛮·国庆夜登高远眺锦城烟火

良宵美景年年有，银花火树今尤秀。礼炮又轰隆，虹光耀九重。　　当空花烂漫，震落星千万。装点夜芙蓉，芙蓉花更红。

**注：**成都盛产芙蓉花，有蓉城之称。

1969年作于成都

## 参观毛泽东旧居（古风）

陈设简朴旧门庭，豪杰离去豪气盈。
当年拨亮灯一盏，光焰无穷照征程。

**注：**吾在北京大学学习结束赴武汉实习期间，参观毛泽东旧居武昌都府堤41号，

其卧室中桌上有普通煤油灯一盏，毛泽东在此灯下写下了《湖南农民运动考察报告》一文。

1976 年 2 月作于武汉

## 参观武昌农民运动讲习所

农民运动功千古，黉巷辛勤育栋梁。
一火点燃千把火，烽烟滚滚遍山乡。

**注：**黉巷——现在的红巷，在武昌城内为中央农讲所所在地，系 1927 年毛泽东创建。

1976 年 2 月作于武汉

## 百花争艳报春晖

延安讲话放光辉，文艺新花从此开。
几度征途驱瘴雾，十年浩劫叹悲哀。
惊雷一响动天地，青帝九州暖舞台。
烂漫芳园无限好，百花争艳报春晖。

1976 年 11 月作

## 读《陈毅诗词选集》

百年革命建奇功，文武双全举世雄。
马列剖胸常自勉，昂扬斗志暮心红。

1977 年 12 月作于南宁

## 看纪录片《一九七五年河南特大暴雨》（古风）

雷鸣电闪日昏昏，洪漫百川水库崩。
恶浪狂澜卷千里，残垣断壁废万村。

大军扑救泗民难，天使送来领袖恩。
重建家园回天力，八方相助有仲昆。

1977年12月作于长沙

## 自度曲·瞻仰毛泽东故居

怒绽心花，得瞻仰红太阳家。韶山冲、松竹掩映，泥砖青瓦；两扇朱扉通万户，一轮红日照天下。见故居思念伟人情，泪沾颊。　　寻真理，走天涯；救苍生，跨战马。把乾坤扭转，披以朝霞。唤起五洲驱霸主，勤挥椽笔绘宏画。喜承先启后有来人，美华夏。

1977年12月作于湖南

## 清明遥祭祖母（古风）

与世长辞近廿年，音容笑貌在眼前。
医疾每用辣椒水，伐薪常于大雨天。
徒手操劳持家业，满门兴旺靠祖先。
眼泪化作清明雨，洒向坟头到九泉。

1983年清明节作

## 自度曲·读《洒向人间都是爱》

黄土冢前，扫墓者，络绎不绝。号啕哭，声声呼唤，忠魂英烈。卌四春秋瞬息过，一代丰碑永不灭。真为人民尽瘁鞠躬，一腔血。　　对工作，兢兢业；待患者，胜娘爷。负癌医人病，呕心沥血。

洒向人间都是爱，赢得三县万民悦。问文明楷模缘何树？为人杰。

注：《洒向人间都是爱》系《广西日报》文章，报道陆祥嘉同志为人民行医的动人事迹，催人泪下。

1986 年 7 月 1 日作

## 参观桂林八路军办事处（古风）

桂林有独秀，一柱擎南天。
烽火焚倭寇，五岳皆相连。

1978 年 8 月作

## 悼家荣兄

野卉凄凄谷雨寒，青山暗暗泪痕斑。
温和行善亲邻里，望重德高返讲坛。
文体夺标输赤胆，癌躯施教献忠肝。
蛟龙游去迹犹在，兰蕙凋零香不残。

注：荣兄原为教师，曾一度被精减回家，后又返校执教。

1989 年 3 月作

## 江城子·哭胞姐

同台演戏走邻庄，少年郎，未曾忘。烧饭砍柴，携手入寒窗。谷雨凄凄霜露冷，天作孽，泪千行。　　耙田犁地女中强。养猪郎，盖新房。勤俭持家，唯待女儿扬。莫念阳间儿女小，雏燕子，定能翔。

注：家荣兄为胞姐招郎夫君，于谷雨时节去世，胞姐于当年霜降时节西归，一年双逝，惨极。

1989 年 9 月作

## 赞赖宁

烈火纯金赞赖宁，雷锋品德育新人。
幼苗茁壮堪欣慰，蓓蕾芳馨费苦辛。
银汉星光昭日月，英雄气概贯乾坤。
春风化雨千秋业，万代长怀主义真。

1990 年春作

## 迎亚运

亚运今秋莅北京，炎黄后裔喜盈盈。
集资捐款营新厦，炼技锤功越旧程。
小小乒乓推世变，欣欣体育促邦兴。
亚洲团结人心向，接力长明圣火灯。

1990 年作

## 咏广西第三届“三月三”文化艺术节

五彩缤纷遍桂林，山欢水笑迓嘉宾。
红男绿女千般巧，文采丰华百族精。
蜜意柔情浑欲醉，狂歌劲舞本经心。
歌仙三姐云中看，新秀胜过天上星。

1990 年作

## 贺桂林诗词学会成立三周年

桂花书墨两飘香，漓水情深画意长。

借得青莲潇洒笔，词雄诗伯写仙乡。

1990 年作

## 庚午端阳诗会

似火榴花沐艳阳，落盘珠玉响叮当。
龙川泉液滋都岭，阳朔莲峰映桂江。
平乐红颜雏凤韵，环湖古月老榕苍。
悠悠漓水龙舟竞，豪诵漫吟胜屈郎。

1990 年作

## 亚运雄风

圣火燎红赤县天，亚洲健将战幽燕。
龙争虎斗群情激，人舞鸽飞新月妍。
华夏兴隆钟毓秀，体坛崛起奋扬鞭。
英豪报国雄风永，史册新章壮丽篇。

1990 年作

## 贺全国外贸运输卌周年书画展

踏遍山川韵味长，桂花翰墨两飘香。
金桥焕彩通寰宇，漓水钟情引凤凰。

1990 年作

## 全国第四届当代诗词研讨会<br>于辛未诗人节在桂林召开二首

（一）

怀沙死谏挽三湘，长使诗人泪满裳。
颂橘佩兰扬美德，问天忧国育华章。
九州生气腾千马，四海名家聚一堂。
锦绣榕城丹桂茂，高山流水白云乡。

（二）

唐宋金声万古传，弘扬大雅众心坚。
春兰秋菊馨芳圃，海燕山鹰翥碧天。
建设文明光故国，研磨玉律谱新篇。
漓江绮丽饶诗画，联袂登攀叠彩巅。

1991 年端午节作

## 念奴娇·赈灾有感

天公作祟，百年遇、倾盆大雨无竭。市井田庄沦苦海，耕读工商荒歇。风雨同舟，情牵四海，十亿同心结。八方捐赈，春风又绿吴越。　　遥想黄泛当年，哀鸿遍地，人或为鱼鳖。家破人亡妻子散，尸骨鸦叼寒彻。斗转星移，尧天舜地，噩梦从兹绝。人间春暖，九州同度凉热。

1992 年 4 月作

## 赞退休水文职工抗洪测流

解甲归田历数秋，西峰夕照景悠悠。
风号雨骤惊残梦，浪卷澜狂测巨流。
老眼昏花操熟业，忠心赤胆献新猷。
胸装滚滚漓江水，情系抗洪排众忧。

注：7月5日漓江出现1952年以来大洪水。

1992年7月作

## 贺桂林诗词学会成立五周年

独秀巍峨漓水长，榕湖艳丽古榕苍。
桂林十景添新韵，芦笛声悠震八方。

1992年9月作

## 中国首届李商隐学术研讨会代表游漓江

玉簪罗带耀人寰，媚态风姿百代酣。
烟雨漓江商隐韵，奇峰秀水雾中探。

注：探，读平声。

1992年11月作

## 首届中国金鸡百花奖电影节在桂林举行

潋滟榕湖玉桂馨，繁星璀璨古榕城。
壮乡竹阁秋光好，民俗风情漓水清。
银幕育人评世事，金鸡唱晓报蓬瀛。

东君送暖梨园茂，万树花开耀眼明。

1992年11月作

## 灵川中学五十周年校庆

妖桃艳李满庭芳，云集甘棠共举觞。
黉宇年年输俊杰，群贤岁岁报家邦。
无声细雨滋苗圃，活水清源育栋梁。
改革东风催奋进，良辰互勉跃龙骧。

**注：**11月20日为校庆日。

1992年11月作

## 参观桂林市清风实验学校

黉宇新姿八桂高，春风化雨育青苗。
琴棋书画手工艺，舞蹈诗歌漓水潮。
情暖芳园桃李茂，果丰蕙圃黛眉骄。
微机影相施科教，求实求精树异标。

**注：**该校教师大部分为女青年教师。

1992年11月作

## 参观北京蜡像展

栩栩如生假乱真，汗毛血管眼传神。
女娲留得泥人艺，唤醒先贤共度春。

**注：**蜡像均为历史名人。

1992年12月作

## 桂林四美园

深宫国色出蛮荒，玉笛青锋遗兴长。
四美风流人共仰，琼楼倩女展伊装。

1993 年 5 月作

## 贺《桂林广播电视报》扩版

七年艰苦路盘盘，攀上尧峰壮大观。
世界风云蜗室变，银屏歌舞子孺欢。
花繁圃小茎难插，味美肴丰众可餐。
面目一新孚众望，扬鞭跃马锦程宽。

注：1993 年 9 月 14 日参加扩版座谈会。尧峰，电视台设在尧山。

1993 年 9 月作

## 瞻仰毛泽东遗容

（步杜甫《蜀相》韵）

主席遗容远道寻，天安门外柏森森。
玉堂肃穆含钦意，灵鸽翩跹送好音。
扭转乾坤天下计，繁荣华夏伟人心。
思源饮水黎民念，昔日农奴泪满襟。

1993 年 12 月作

## 纪念毛泽东诞辰一百周年

文才武略两风流，扭转乾坤伟业留。
带砺河山谁点染？韶山红日照千秋。

1993 年 8 月作

## 缅怀著名书法家伍纯道二首

弄罢吴钩从艺军，勤描龙凤翥青云。
无私奉献人师表，斩棘披荆汗马勋。
墨洒天涯交谊广，汗浇桃李烛光曛。
月牙山下龙飞去，胜迹留岩仰客群。

丰纯劲秀放毫光，书艺德仁共溢芳。
漓水悠悠丹桂茂，一城翰墨一城香。

**注**：伍纯道数次赴日本作书法义展，所得收入全献给广西师范大学创办艺术系之用。

1994 年 6 月作

## 贺新郎·六省洪灾

六省汪洋处，不忍看、千村万落，良田万亩。疑是银河崩大堤，遍地洪流乱注。顿时百业无人主。鸿雁不飞车又阻，盼团圆、浪里寻归路。苍天恨，情难诉。　　敢同玉帝争胜负！挥长缨，群情振奋，把苍龙缚。看我长城英雄汉，直捣龙宫水府。知多少，李冰大禹？柳暗花明闻鸟语。建家园，再植桑和黍。一曲曲，英雄谱。

**注**：六省，指湖南、广西、广东、江西、福建、浙江，是年六月洪灾。

1994 年 6 月作

## 缅怀周总理

莽莽乾坤何处寻？神州大地寄容音。

山清水秀长城壮，柏翠松苍根土深。
泪洒清明花满地，情牵黎庶夜呕心。
和平原则睦邦国，赢得五洲四海钦。

1994 年 10 月作

## 感　时

滚滚惊雷动地声，春风吹得玉关晴。
浓云化作滋花雨，霞彩纷呈映日旌。
海峡扬帆连彼岸，仲昆携手步新程。
披肝沥胆情深厚，两岸和谐玉宇明。

1995 年 3 月作

## 捣练子·第三届桂林旅游节观船灯

人浪涌，画船摇，五彩缤纷处处娇。火树银花花似海，漓江秋夜卷春潮。

1994 年 11 月作

## 咏孔繁森

别母抛雏西域去，挚情豪气化冰山。
光昭日月英灵在，死做鬼雄今不还！

1995 年 5 月作

## 贺新郎·纪念抗日战争胜利五十周年

梦绕神州路，总难忘、八年烽火，强梁倭虏。虎踞龙盘形胜地，塞北江南血雨。三光策，城狐社鼠。

国破家亡无限恨，耻百年、东亚共荣苦。山岳吼，江河怒。　　泱泱古国焉能侮？缚苍龙、长缨漫卷，妇孺镰斧。凝聚散沙成磐石，钢铁长城威武。虽三户，亡秦有楚。万里沙场惊敌胆，正义师，扫尽狼和虎。存浩气、擎天柱。

1995 年 6 月作

## 庆祝福建龙江吟社成立一百六十周年

百载诗坛逾甲子，沧桑几度易神州。
春花霜叶龙江水，涌上笔端韵味稠。

1995 年 6 月作

## 抗日战争胜利五十周年感怀

八年鏖战挽狂澜，血雨腥风齿发寒。
渡尽劫波东海阔，两邦重好月重圆。

1995 年 7 月作

## 题郑州二·七纪念塔

浩荡黄河铭史册，参天宝塔铸青山。
而今极目乾坤秀，犹记当年血泪斑。

1996 年 7 月作

## 贺新郎·香港回归赋兴

痛饮黄龙府！雪当年、金陵耻辱，丧权膏土。鸦片烟笼天日暗，空有林公抱负。辛酸泪、百年难诉。

浩荡东风摧寒暑，庆回归，锦瑟笙歌聚。举世瞩，龙人舞。　　补天能手开新宇。更周公、殷勤吐哺，普天人附。月照香江波弄影，应是九龙翻翥。奇迹壮，南天一柱。日月潭边人去处？弃前嫌、旧曲翻新谱。当省识，春风路。

1996年8月作

## 母　乳

沦落魑魔岁月长，慈亲日日挂心肠。
甘泉乳汁春晖暖，灼灼紫荆飘异香。

**注：**香港淡水奇缺，长期主要靠内地供应。

1996年11月作

## 回归路上怀邓公

长夜天开旭日明，阴霾扫尽踏新程。
香江回首悠悠恨，慈母思归切切情。
合浦还珠伸正义，神州雪耻展荆旌。
金瓯一统欢歌日，南海传书慰小平。

1997年3月作

## 观秦皇兵马俑

阵似当年吞六国，雄师百万尽挥戈。
干城不御苛政虎，二世咸阳听楚歌。

**注：**政，读平声，通征。苛政，一为征税，二为征伐。正是苛政使秦灭亡也。干城，盾牌与城墙，喻捍卫者。

1996年12月作

## 念奴娇·红军长征胜利六十周年

（步苏东坡《大江东去》韵）

铁流万里，撼山河、不愧世间英物。漫道雄关，逾万险，更破追兵围壁。社稷危亡，生灵涂炭，此恨凭谁雪？倚天仗剑，延安多少豪杰。　　跨纪遥路新征，弄潮江海，亿万舟齐发。航道标灯光闪闪，惯看涛生云灭。玉璧完归，金瓯一统，雪耻欣华发。神龙高翥，天涯同醉明月。

1996 年作

## 欢呼党的十五大召开

都邑中秋聚国英，鸿猷再展步云程。
一邦政事行双制，特色家园富万丁。
地上清流归大海，天空北斗拱群星。
同心同德开新纪，理论明灯邓小平。

1987 年 9 月作

## 学会十周年赋

金风玉露桂花香，诗蕊词葩韵味长。
树木十年欣叶茂，天声振铎永流芳。

**注：**桂林诗词学会于 1987 年 8 月 23 日成立。

1997 年 10 月作

## 水调歌头·广西水文百年庆

八桂江河水，百载弄潮人。征程万里回首，豪气

盖乾坤。洪水翻江倒海，雷电掀天劈地，搏浪抖精神。敢与天公斗，铸得杰雄魂。　　玉皇敬，龙王服，民众欣。洪涝忧患，防治结合总迎春。水漫金山旧寺，今日安于风雨，川洁健民身。科技催人奋，策马坦途新。

1997 年 10 月作

## 题桂江水质预警预报系统软件

桂水遭污泛黑龙，居民受害祸无穷。
绸缪未雨新科技，一曲清江电脑中。

1997 年 10 月作

## 贺第六届桂林山水旅游节二首

### （一）

金风送爽桂林游，贵客嘉宾来五洲。
水笑山欢披壮锦，情深人美放歌喉。
商行荟萃琳琅展，经贸洽谈生意稠。
璀璨明珠添凤翼，名城更上一层楼。

### （二）浣溪沙

火树银花灿九霄，歌声唤取七仙娇。人间天上乐陶陶。　　罗带玉簪迎远客，旅游搭起彩虹高。桂林四面架金桥。

1997 年 11 月作

## 纪念周总理诞辰一百周年

一代英豪盖世雄，兴邦建国有奇功。
征途历险扶轮手，魔窟运筹斗虎熊。
智勇双全惊敌胆，坚贞无畏护诸公。
和平共处睦寰宇，尽瘁鞠躬千古崇。

1998年3月作

## 抗洪歌

戊寅六月频频雨，漓江水位高步步。
倾盆骤雨连三日，越城万壑山洪怒。
青狮潭水迫库危，泄洪恰似银河注。
诸河咆哮下漓江，锦绣名城遭祸殃。
数万市民困苦海，千吨物资待转藏。
废田废地废禾黍，塌路塌桥塌民房。
交通受阻电源断，铁鸟艟艨不启航。
水患凶残人送暖，榕城卫士斗志昂。
市委市府两班人，分赴前沿筑铜墙。
水文布下连环阵，测天测水擒龙王。
桂林驻军警备区，公安民警皆虎将。
万马千军胜大禹，龙潭虎穴毅然闯。
劈波斩浪斗蛟龙，可歌可泣豪情壮。
沧海填平精卫勇，狂澜砥柱长城长。
阎罗宵遁死神逃，红旗展处喜若狂。
八十三年两大洪，洪水无异人不同。

日出东方光禹甸，风雨阴晴总同舟。
一方有难八方助，情同骨肉与娌妯。
回天有力中枢策，预报高超水文猷。
雨洗山城山更绿，群峰巍峨景致幽。
邀来总统克林顿，画里漓江尽兴游。

1998 年 7 月作

## 中华诗词学会第十一届当代诗词研讨会在新疆生产建设兵团召开（二首）

古塞风光别样娇，天山聚凤乐逍遥。
龟兹歌舞驼铃月，丝路绵绵诗兴饶。

劲旅当年拓大荒，伊河戈壁换新装。
英雄豪气化诗韵，漫卷吟旌国粹扬。

1998 年 8 月作

## 贺屯垦戍边五十周年及新疆生产建设兵团成立四十五周年（三首）

屯垦戍边五十年，乡关萦梦梦如烟。
中华大业双肩重，愿把天山作故园。

茫茫瀚海渺无踪，万里边关春意浓。
手织乾坤成锦绣，东皇尽在柳营中。

万里长城出峪关，龙城飞将护阴山。
军民一体开先例，功冠千秋震宇寰。

1998年8月作

## 赞兵团农六师一〇三团哈密瓜

哈密鲜瓜金凤凰，香甜可口世无双。
瑶台宴上群仙赞，胜过蟠桃御液浆。

注：金凤凰，哈密瓜品种名。

1998年8月作

## 车过戈壁滩

似火骄阳烤野原，无边戈壁泛轻烟。
休言大漠无春色，滚滚原油到世间。

1998年8月作

## 戈壁滩风力发电

玉柱排排立大荒，蜻蜓无数欲高翔。
长空搏击狂风夜，闹市边城灯火煌。

1998年8月作

## 观维吾尔族民间歌舞二首

葡萄院内兴悠哉，绿女红男情满怀。
曼舞轻歌民族色，宾朋四座笑颜开。

倩女忽来深鞠躬，邀吾伴舞庆相逢。

诗人未解梨园艺，辜负春风情意浓。

1998 年 8 月作

## 葡萄沟遐思

谁言戈壁尽荒芜？十里青沟满眼珠。
玉树摇钱堪致富，囊装归播万千株。

1998 年 8 月作

## 谒石河子王震铜像

南泥湾里老英雄，屯垦戍边第一功。
西域绣成南国景，霓灯深处仰青松。

1998 年 8 月作

## 谒石河子周总理纪念碑

清风林樾温馨语，雨露春光壮幼苗。
德政爱民黎庶敬，昆仑莽莽月轮高。

1998 年 8 月作

## 参观石河子军垦第一犁铜像

盘古开天第一犁，春风袅袅玉关西。
人耕大漠千层浪，汗透荒原三尺泥。
屯垦戍边光史册，披荆斩棘造瑶池。
鸿图已展江南景，铜像逼真后裔师。

1998 年 8 月作

## 参观军垦农场

放眼青纱帐，丰收欣在望。
东君春意浓，戈壁成新样。

1998年8月作

## 石河子颂

地窝扫尽数高楼，戈壁荒滩变绿洲。
翠婉红娇街垫锦，风平沙静树鸣鸠。
银棉茂黍平畴沃，明镜清渠玉液流。
十万英雄多壮志，长征路上展新猷。

1998年8月作

## 融水县公路测设三首

重山峻岭白云深，幽谷村屯林海森。
独木桥横沟壑险，崎岖荒径古通今。

蜀栈难行终有道，悬崖陡壁我来量。
青山踏遍邀星月，越寨过村乡接乡。

一线横牵万座山，千年古寨更奇观。
苗瑶侗壮交杯酒，同贺新程大道宽。

1998年11月作

## 澳门同胞庆回归二首

荆棘铜驼四百年，凄风冷雨透心寒。
从今抹净新亭泪，无限风光暖玉关。

1999 年 3 月作

岂知女娲能补天？还珠犹赖邓公贤。
一邦两制华人喜，莽莽尧封大团圆。

1999 年 3 月作

## 悼念我驻南斯拉夫使馆殉难烈士

誓扫烽烟伸正义，敢将强弩射天狼。
群魔舞爪思吞日，铸得英魂誉五洋。

**注：**许杏虎、邵云环、朱颖于 1999 年 5 月 8 日遇难。

1999 年 5 月 10 日作

## 纪念桂林市建城<br>两千一百一十周年

清漓源远水流长，石器纷陈馆内藏。
战国春秋荆楚地，巡南虞舜壮瑶乡。
秦嬴政设始安郡，李世民开临桂章。
十县而今归一市，桂花万点永流香。

**注：**馆，指桂林博物馆。1998 年秋桂林地市合并。

1999 年 7 月作

## 欢庆澳门回归

明廷无力拒葡商，一缺金瓯痛断肠。
南海悲鸣残月冷，胡旌漫卷外夷狂。
凄凄长夜迷归路，眷眷慈亲盼返航。
雪化冰消莺燕舞，春风吹过零丁洋。

1999 年 9 月作

## 国庆五十周年怀台湾同胞

金风送爽桂飘香，火树银花玉宇装。
歌舞升平连港澳，心潮澎湃颂炎黄。
遥怜台岛罹天祸，难寄亲情过海洋。
渡尽劫波烟雾散，乾坤朗朗共康庄。

注：天祸，指地震。

1999 年 10 月作

## 瞻仰红军长征<br>突破湘江烈士纪念碑

丰碑高耸入云天，阵阵松涛诉昔年。
尸断湘江盈旷野，敌营壁垒漫硝烟。
国仇未报心添恨，道义担来铁铸肩。
萧瑟秋风今又是，山花烂漫听啼鹃。

1999 年 10 月作

## 盛世莲花

擎天玉柱绽奇葩，众手浇开幸福花。

历史风霜羞记取，一枝红艳耀中华。

**注：**澳门回归之日，中华人民共和国中央人民政府将《盛世莲花》大型玉雕赠给澳门特别行政区政府。

1999 年 12 月作

## 迎千禧龙年新春

兔年除夕立龙春，笑语欢歌祝酒频。
两制繁荣光禹甸，五星闪烁导征轮。
神舟载客游寰宇，科技兴邦育后人。
千古江山腾紫气，三阳开泰绿如茵。

2000 年 1 月作

## 哭岳父

恶疾袭来痛断肠，十天监护众儿郎。
千呼万唤不开眼，百药诸医未转祥。
忠厚仁慈邻里爱，廉明公正世人彰。
匆匆乘鹤游仙境，美德长存日月光。

**注：**岳父俸光忠因突然昏倒抢救无效卒于 2000 年 1 月 6 日。

2000 年 1 月作

## 赞道班工人

锹锹砂土补坑洼，遥路条条绕壑崖。
酷暑严寒勤养护，源源车马到天涯。

2000 年 5 月作

## 哭　父

皓首苍颜岁月侵，为人憨厚总真心。
开荒植稼髫龄始，学戏扫盲而立忱。
腹内愁肠因子断，泷冈阡表感吾深。
儿孙罗列群山迭，哭倒灵前泪不禁。

**注**：父生于1919年农历六月十四，卒于2000年农历五月初六七时左右，初九（阳历6月10日）出殡。

2000年6月作

## 中华颂

中华上下数千年，谱写文明灿烂篇。
五帝三皇基业广，九州四术宇寰先。
哲人代代开新路，盛世朝朝出俊贤。
一统尧封参北斗，鲲鹏展翅搏云天。

2000年7月作

## 谒陈光烈士墓

灵剑清溪泽八方，七星北斗耀穹苍。
英雄血染江山碧，浩气长存日月光。

2000年7月1日作

## 贺中国共产党诞生八十周年

八十年来天地翻，东君着意绣江山。
鼎新革故欣开放，一统尧封富路宽。

2001年5月作

## 西沙"岛花"

横流沧海育新葩，驾浪心潮逐彩霞。
通讯电波传广宇，西沙万里见京华。

**注：** 2001 年 7 月 31 日《桂林日报》载海军某基地七名女通信兵，5 月中旬开始驻防西沙永兴岛，成为我军首批驻守西沙群岛女兵。

2001 年 8 月作

## 参观灵川县"国家农村饮水解困工程"

井泉干涸连三月，数里崎蹊历苦辛。
千载遥岑空逝水，引来农舍乐乡亲。

**注：** 余随灵川县水电局的同志看了几处国家农村饮水解困工程，很有感触，以诗记之。

2003 年 7 月作

## 贺北京申奥成功

十亿炎黄热泪倾，春风圆梦紫禁城。
燎原圣火擎天手，奉献中华世纪情。

**注：** 申奥——申请第二十九届（2008 年）奥林匹克运动会主办权。有五个候选城市，它们是日本的大阪，法国的巴黎，加拿大的多伦多，中国的北京和土耳其的伊斯坦布尔。2001 年 7 月 13 日国际奥委会在莫斯科召开第 112 次会议选定主办城市，在第一轮选举中大阪被淘汰。第二轮投票选举中北京以过半数优势赢得了主办权。当萨马兰奇宣布北京为 2008 年奥运会主办城市时，聚集在莫斯科世界贸易中心的中国人及全国各族人民和海外侨胞到处一片欢腾，欢庆申奥成功。

2001 年 7 月作

## 看中央四台纪录片《最后的马帮》

雪盖群山路不存，马帮豪气镇乾坤。

逾渊排险抬骡马，宿野餐风走寨村。
蜀道艰难猿亦惧，藏民英勇世堪尊。
开机修路青霄里，扫尽千年万骑痕。

**注：**①骑，读平声。②纪录片摄于 1998 年 12 月。

2002 年 12 月 25 日作

## 参观合浦县西沙联围<br>标准海堤工程

祖国南疆第一堤，巨龙镇海已如期。
广西水利功千古，洪汐风灾险化夷。

**注：**西沙联围海堤，由西场围和沙岗围联围而成，位于合浦县西场沙岗两镇的南面，围内面积 95.8 平方千米，堤总长 38.713 千米，保护人口 79300 人，保护耕地面积 10.31 万亩。是广西水利“万千百十”工程计划十大重点项目之一。

2003 年 4 月作

## 贺深圳海丽达<br>国际幼教中心成立十周年

幸福花儿盈卉圃，嫣红姹紫遍天涯。
初开混沌烛光灿，长使天真笑靥华。
雨润阳和苗茁壮，歌甜舞美字横斜。
十年艰苦忧同乐，育李培桃志可嘉。

**注：**该幼教中心在上海和广州等地都有其下属机构，故云遍天涯。

2003 年 8 月作

## 满江红·贺神五航天归来

绝代英豪，开宇宙、洪荒新页。傲太空，群星肃立，任凭翻阅。九万里晴空震撼，一千河神舟激越。

最风流，大漠造英雄，冲天阙。　　航天道，神难掘；三代策，呕心血。卅三年风雨，阴晴圆缺。壮志穷探无限宇，笑谈横扫天边月。贺今朝，壮士宇航归，军民阅。

**注**：一千河，指宇宙间诸多星河。

2003 年 10 月作

## 贺我国首次<br>载人飞船飞航成功

宇宙苍茫亿万年，太空探索古今玄。
扶摇火箭神舟健，巡视星河美梦圆。
万户雄心长励志，九州豪气正冲天。
嫦娥牛女迎歌舞，举世人心慕酒泉。

**注**：2003 年 10 月 15 日，我国自行研制的“神舟”五号载人飞船飞航圆满成功。绕地球十四圈历时 21 小时 23 分，宇航员为杨利伟，辽宁省绥中县人，之前为强击机和歼击机飞行员，系在 1500 名现役飞行员中选拔出来的。万户，明代人，立志升天，做了许多探索，终归失败，其精神可嘉。

2003 年 10 月作

## 萱堂满八十大寿有作

幼女无辜成赌本，秦公有幸纳新人。
柴门屋漏床床湿，婆媳刀耕岁岁辛。
九次临盆身弱弱，一场避乱月蓁蓁。
躯残心亮柔肠断，情系儿孙数十春。

**注**：母亲生日正月初八。母幼小时因我外祖父赌博将她输给我祖父当童养媳，长大后与我父亲成亲。母生吾第三朝即避倭寇于山洞和荒野，风吹雨打，历尽艰辛。

2003 年 2 月作

## 谒陈嘉庚墓

浪迹天涯念故园，倾心黉院本为先。
丰碑集美扬天下，俯首身藏大海边。

注：陈嘉庚，旧时知名爱国华侨，卒后葬于厦门海滨，墓形为无头乌龟状。

2003年12月作

## 纪念邓小平同志诞辰一百周年

三度沉浮旷世贤，阴霾扫尽亮尧天。
红船稳舵开新路，民富国强亿万年。

2004年8月作

## 纪念抗日战争胜利六十周年二首

卢沟桥下清江水，曾载炎黄血泪流。
万里长城存浩气，休教胡马再回蹂。

血雨腥风忆昔年，金戈铁马扫狼烟。
中华民族牢团结，保卫和平美故园。

注：教，读平声。

2005年7月作

## 神六赋

六号飞船别酒泉，人间天上总情牵。
双龙五日巡银汉，不是神仙胜似仙。

2005年11月作

## 挽　母

二竖缠身卅四年，而今驾鹤去西天。
菩提树下勤修炼，康健来生石上缘。

**注**：母于1973年因青光眼失明，1994年患脑栓塞瘫痪，经本人医治，转为半瘫痪，即拄拐杖能行走，用汤匙能吃饭。2003年跌了一跤后又转为全瘫痪长年卧病在床，直至2006年3月1日辞世。前后共34年疾病缠身。

2006年3月1日作

## 参观永福苏桥工业园区

洛清江畔展鸿猷，后起也能争上游。
福寿迎来新产业，厂房盖遍古荒丘。
招商智巧排风险，引凤心诚抛绣球。
大道纵横通四海，春风绿野鸟声柔。

2007年3月作

## 应邀观看中国歌剧舞剧院赴永福“三下乡”慰问演出

凤巢丹凤引春风，雨润阳和草木葱。
曼舞轻歌融旷野，元元福寿五洲崇。

**注**：2006年永福县千叟宴创吉尼斯纪录。

2007年3月作

## 香港荣归十周年庆

十年怀抱慈恩重，百载铜驼苦雨深。
分水岭头回首望，惊心旧梦泪涔涔。

2007年5月作

## 建军八十周年庆二首

### （一）

风雨如磐晦上苍，滕王阁畔巨龙翔。
赣江浪激罗霄碧，星火原燎日月光。
八载驱倭惊敌胆，三年开国谱华章。
神舟志士遨寰宇，钢铁长城世不双。

### （二）

军民携手筑铜墙，鱼水情深似海洋。
洪患解难排恶浪，雪原修路到天堂。
戍边屯垦千秋业，守卡巡逻万里疆。
眼亮心明扬浩气，英雄辈出铸辉煌。

2007年8月1日作

## 庆祝桂林诗词楹联学会成立二十周年

众手勤耕逐笑颜，温馨蕙圃百花妍。
雏莺老凤多神韵，李杜苏辛喜觉鲜。

2007年8月作

## 旺塘三章

一条马路穿南北，四面峰峦几小庄。
火种刀耕承远祖，旱摧禾槁望泉塘。
民风淳朴憨情厚，文教洪荒睁眼盲。
代代辛劳茅屋漏，凄凄冷雨夜茫茫。

雄鸡一唱白东方，和煦春风沐梓桑。
黉宇育才欣百姓，铁牛耕地实千仓。
琼楼僻壤开新市，电视手机谋小康。
马路整修通国道，私家车辆运输忙。

半纪韶华容易抛，儿时犹记觅柴烧。
今朝电气家常事，岭上松风银汉潮。
春满杏林人健寿，艺高村妇地丰饶。
工商兼顾农为本，幸福鲜花汗水浇。

**注：**旺塘，作者家乡，原名望塘，新中国成立后更名旺塘。

2007 年 9 月作

## 庆祝广西水文一百周年三首

### 七律二首

百年回首历沧桑，风雨征程勇拓荒。
破庙栖身伤往事，洪魔作祟挂心肠。
测天测水豪情壮，为国为民资料详。
滚滚江河湾直路，龙舟劈浪不迷航。

时代风熏花万千，水文事业谱新篇。
琼楼别墅江边立，情报蓝图网络传。
缆道测流多普勒，抗洪防汛耳目先。
江湖清澈明如镜，水患民忧不歇肩。

2007 年 11 月作

## 今日大禹

江河泛滥历千秋，百姓遭殃血泪稠。
今把龙王擒在手，新科治水有良谋。

2007年11月作

## 登南京雨花台

古柏穿云遍岭森，英雄浩气满山林。
群芳艳艳春风荡，一塔巍巍天地钦。
台阁飞霞光佛海，雨花凝血警人心。
红旗招引青年祭，豪壮国歌唱到今。

2008年5月4日作

## 北京奥运赋

圣火祥光耀九州，人文奥运写春秋。
逢凶化吉英贤力，拭泪振衣家国谋。
圆梦激情欢赤子，练功比武占鳌头。
和平世界同维护，友谊鲜花灿五洲。

注：逢凶化吉，指汶川地震。

2008年6月作

## 赞北京奥运健将陈若琳

十米跳台悬半空，嫦娥飞舞似蛟龙。
浪花如雪潜波底，挥动国旗映彩虹。

2008年9月作

## 赞北京奥运健将何雯娜

三尺蹦床大舞台，英姿飒爽展雄才。
彩霞炫目凌空幻，纤手夺金振九垓。

2008 年 9 月作

## 贺桂林诗词楹联学会与桂林联发公司联合举办《联发杯》诗词大奖赛

猎猎吟旌二十年，陶朱助兴谱新篇。
漓江神韵钟灵秀，红榜光辉桂岭巅。

**注：**时余为评委成员。

2008 年 8 月作

## 七夕日谒父母墓

打草驱蛇把路开，青山脚下觅泉台。
蝉吟高树声凄谷，手抚青碑泪湿苔。
茹苦含辛培栋木，无知不孝是驽才。
双亲随我回家看，玉盏常明亦快哉。

**注：**家乡习俗，每年农历七月初七起至七月十五止，各家堂屋悬挂佛画，画面上列各先祖灵位，每日三餐香烛食物供奉，以此方式缅怀先人。

2008 年 8 月作

## 庆“神七”凯旋

飞天路上越高峰，信步悠然傲太空。
三杰三天圆美梦，神州十亿庆丰功。

**注：**翟志刚、刘伯明、景海鹏三位航天员于 2008 年 9 月 25 日 18 时许驾神舟七号宇宙飞船由酒泉升空，按预定轨道绕地球运行，于 27 日下午按预定计划出舱在太

空行走，于 28 日 14 时 38 分在内蒙古四子王旗主着陆场安全着陆。

2008 年 9 月作

## 过中共一大会址处

树德明灯兴业路，阳光一缕破寒天。
燎原星火从兹始，扫尽妖氛拓福泉。

**注：**会址设在上海市兴业路树德里。

2008 年 11 月作

## 咏河伯源渠

当代愚公扬武威，裁开峻岭挽龙归。
溪渊水溯秦人洞，天籁声传帝子闱。
金谷山村嘻浣女，果林芳卉映庭扉。
儿时干旱瘠贫地，渠灌农田岁岁肥。

**注：**河伯源渠在冠岩景区内，为人工开凿的水渠，系 20 世纪 70 年代在冠岩内建筑大坝抬高水位然后开山修渠而成。

2009 年 9 月作

## 重瞻红军长征突破湘江烈士纪念碑

万水千山足迹稠，苍天洒泪忆湘陬。
藩篱已破烽烟漫，民族危亡社稷优。
国难当头添内战，英雄斩浪砥中流。
红军血染长征路，事业传承代代讴。

2009 年 7 月作

## 建国六十周年感怀

六旬寒暑一挥间，回首峰峦满目鲜。
探月嫦娥游广宇，兴农惠政破千年。
铁龙雪域行天路，猛士边关卫国权。
奥运雄风寰宇振，民殷国富乐甜甜。

2009年8月作

## 沁园春·参观中国2010年上海世博会

黄浦江滨，世博园区，智慧花都。赏五洲风月，轻歌曼舞；百年科技，纵目鸿图。展馆缤纷，精工华丽，玉塑琼雕尽艺庐。嘉宾盛，外夷诸元首，与庶同娱。　　文明古国唐虞。东方冠、明珠世界殊。看文明足迹，探寻之旅；新程低碳，拓展通衢。鼎盛中华，博渊文化，恰似琼花烂漫舒。真精彩，梦游三千界，胜入蓬壶。

**注：**（1）有一些国家元首参加了世博会开幕式，有一些国家元首参加了自己国家馆馆日庆祝活动。（2）中国国家馆外形雄伟，人称东方之冠，馆内分“东方足迹”“寻觅之旅”和“低碳未来”三个主题展出。（3）界，领域，如科技界文化界等。

2010年5月作于上海

## 参观世博会日本馆<br>看机器人演奏《茉莉花》曲

体壮神憨一狡童，提琴肩负手拉弓。
高山一曲清流水，汇入申江春意浓。

2010年5月作于上海

## 参观世博会荷兰“快乐街”展馆

羊迷草地皇冠顶，八字悬街绕北辰。
变幻多姿呈异彩，四围开放景常新。

2010年5月作于上海

## 参观世博会法国展馆

水上浮宫线网包，溪流韵味孕花娇。
银墙影像文明史，名画风流万世标。

**注：**展馆外壳用新型混凝土材料制成的线网抱着。

2010年5月作于上海

## 参观世博会中国国家馆看《清明上河图》

清新名画展奇观，百米银墙泛碧澜。
宋代繁华非幻景，高科唤得古人还。

**注：**原《清明上河图》长5米，世博会展出的《清明上河图》长100米，图中河水、人物、动物均系活动的，真是栩栩如生。

2010年5月作于上海

## 中秋夜在国家大剧院看演出

人民大会堂西侧，溢彩流光一蛋壳。
平湖环绕波光滟，幽燕穹庐似银岳。
水上明珠耀尘寰，超越想象世先端。
冬不结冰夏无藻，技术先进水质好。
庭院深深地府殿，龙王惊讶未曾见。
耗资超过廿六亿，国力强盛才如愿。

地下龙宫真宽敞，灯火撩人精神爽。
公共大厅音乐厅，歌剧戏剧两分呈。
宾朋满座数千众，鼓乐管弦纵情弄。
美人沉睡一百年，醒来惊喜月儿圆。
千里来坐大剧院，心情更比月饼甜。

**注：**（1）周恩来任总理期间就打算建国家大剧院并初步选定地址，只因国家财力有限才未建成。（2）本人中秋夜看的芭蕾舞剧为“睡美人”。

2010 年 9 月作

## 参观中国人民革命军事博物馆

武器缤纷撩眼花，英雄据此演中华。
国防工业高科技，骄子欣乘宇宙槎。

2010 年 9 月作

## 桂林颂

漓水牵情，象山引梦。
英雄俯仰，黎庶称颂。
物华天宝，桂蕊香重。
社会和谐，腾龙聚凤。

**注：**此诗系根据桂林市文联电话通知，要求为江泽民来桂林题词而写的预选稿件。

2010 年 12 月作

## 鸟巢闲坐

门形钢架筑新巢，光照柔和气自调。
奥运雄风犹在眼，宾朋十万涌心潮。

**注：**鸟巢为2008年奥运会主要场馆之一，现为国家体育场。其观众席位固定者八万个，临时性二万个，共十万个。

2010年9月作

## 纪念辛亥革命一百周年三首

列强逞霸破尧封，腐朽清廷志已穷。
民族危亡担道义，武昌起义建奇功。

三民主义顺人心，聚杰同盟万众钦。
帝制千年均扫尽，共和行政九州欣。

百载沧桑易神州，兴华遗志喜今酬。
和谐两岸齐昌盛，煦煦春风暖故瓯。

2011年10月作于上海

## 贺《神九》与《天宫》一号对接成功

宇宙茫茫何处寻？天宫神九觅知音。
航天事业高科技，对接成功举世钦。

2012年6月作于灵川龙头岭

## 咏阿炳[①]

幼小伶仃未识愁，一生坎坷艺精求。
廿年惊梦知身世，双目失明离道畴。
振振歌词[②]驱日寇，铮铮铁骨傲王侯。
《二泉映月》誉天下，琴韵心声万古留。

注：①阿炳，即华彦钧，道士，盲人（1893—1950年12月），中国当代著名民间音乐家，江苏无锡人。据说阿炳一生创作700多首音乐曲谱，但留传下来的只有《二泉映月》等三首二胡曲谱和《大浪淘沙》等三首琵琶曲谱。为纪念这位有民族气节的民间艺人，现已建阿炳陈列馆（雷尊殿内）和阿炳纪念馆（惠山阿炳墓旁）。②歌词，抗日战争时期阿炳自编歌词并谱曲然后沿街游唱，揭露日寇罪恶，宣传抗日战果。

2014年1月作于上海中海馨园

## 一剪梅·缅怀邓小平

鏖战沙场领万军。民族精英，开国元勋。伏天飞雪暗乾坤，迷雾重重，白日昏昏。　　溶化寒冰又沐春。社会和谐，重展经纶。同邦两制弟兄情，圆梦中华，祭慰英魂。

2014年6月作于龙头岭

## 沁园春·看电影《百团大战》有感

九域苍生，百度红羊，万户哀号。恨黄河上下，硝烟滚滚；大江南北，血海滔滔。倭寇豺狼，人间魔鬼，烧杀奸淫逐浪高。三光策，使炎黄儿女，水火煎熬。　　人民八路英豪。反围剿，降魔有绝招。破囚笼政策，交通网络；雕楼据点，日伪军巢。一代英雄，百团勇士，横扫千军奋斩妖。铭史册，要无忘国耻，警惕东条。

注：八路，指中国共产党领导的八路军。

2015年9月作于龙头岭

## 咏邓稼先

文章读罢泪沾襟，两弹元勋举世钦。

自古英雄酬壮志，精忠报国献丹心。

**注：**微信文章“有一种爱情叫（国家机密）”，载邓稼先离家为国从事两弹研发工作，感人至深。

2015 年 8 月作

## 题雅西高速公路

锦绣山川耀眼前，宏图千里彩云间。
银河天路难分辨，玉帝相邀访婵娟。

**注：**雅西高速公路，指雅安至西昌高速公路。

2015 年 5 月作于灵川龙头岭

## 纪念抗日战争胜利七十周年

战火烟消七十年，华人回首痛依然。
山河破碎家何在？民族危亡志愈坚。
小米步枪驱日寇，穷乡闹市作前沿。
警钟长响炎黄裔，靖国阴魂新鬼怜。

2015 年 6 月作于灵川龙头岭

## 长相思·看央视“等着我”节目感赋

泪水流，苦水流。痛断愁肠无尽头。结怨人贩仇。　　央视谋，贤士谋。人海茫茫亲子搜。相逢笑语稠。

2015 年 3 月作于灵川龙头岭

## 咏南水北调工程

万里长城亘古雄，灵渠引粤入尧封。

愚公精卫今尤健，北国江南一水通。

注：一水，指长江水系。

2015 年 4 月作于灵川龙头岭

## 谒灌阳新圩烈士纪念碑二首

万丈深渊地下河，伤员活葬恨妖魔。
我来凭吊心潮涌，碧血丹青发浩歌。

湘江战役惨人寰，无数忠魂入广寒，
宇宙飞船邀烈士，故园歌舞尽开颜。

2015 年 4 月作

## 诉衷情·告慰先烈

长征接力有人筹，精英已领头。强国小康民愿，美梦定能酬。　行两制，泛同舟，乐千秋。航天潜海，一流技术，享誉全球。

2015 年 8 月作于龙头岭

## 江头村赏荷花

荷叶田田遍地苍，亭亭玉立艳群芳。
青莲世界周公愿，美德传承日月光。

注：周公，即周敦颐，《爱莲说》作者，湖南道县人，其后裔移居江头村后设有祠堂并种植大面积荷花，以示纪念。青莲，与清廉谐音，清廉正是荷花的品质。

2016 年 7 月作于灵川龙头岭

## 看微信丹桂照片

嫦娥撒下鲜花种，漓畔飘来丹桂香。
皓月长空传友谊，天涯遥望是同窗，

2016 年 10 月作于龙头岭

## 庆祝中华诗词学会成立三十周年

艳丽吟旌五岳飘，旧瓶新酒醉吾曹。
长江后浪推前浪，追梦欢歌胜海潮。

2017 年 1 月作于龙头岭

## 守望天路

横穿雪域振尘寰，岭壑冰川闯险关。
绝壁悬人开大道，英雄励志破群山。
天公作祟强兵患，精卫衔枝瀚海删。
八百忠魂长守护，丝绸新路永登攀。

**注：**央视纪录片《秘筑中巴公路——守望天路》(中国至巴基斯坦)，记载了修建中巴公路（从新疆喀什市到巴基斯坦塔科特市）的惊人事迹。中方由新疆生产建设兵团组织施工。公路于 1966 年动工，1978 年建成通车。2005 年因巴方地震，公路被损坏。2006 年决定维修并扩建。全长 1224 千米，中国境内 415 千米。在修建过程中，中巴双方由各种自然灾害造成的死亡人数共 800 人，死者就地埋葬，但均列为烈士。事迹感人至深，故命笔题诗。此公路为世界八大奇迹之一。

2017 年 3 月作于龙头岭

## 庆祝桂林诗词楹联学会成立三十周年

玉簪罗带水云乡，百里画廊天下扬。
胜景迷人诗韵美，雄浑典雅永流芳。

2017 年 2 月作于龙头岭

## 庆祝中国人民解放军建军九十周年

南昌义帜启征鸿，猛士如云唱大风。
钢铁长城安故国，神州百姓庆丰功。
擒龙骄子潜深海，揽月精英遨太空。
捍卫和平行正道，天兵锐智冠寰中。

2017年4月作于龙头岭

## 太空育种

航天育种出新招，非转基因产量高。
传统农耕新路巧，尖端科技赞天骄。

**注：**太空育种，也叫航天育种，经过太空遨游的农作物种子返回地面种植后，不仅植株明显增高增粗，果型增大，产量比原来普遍增长，而且质量也大为提高。

2017年3月作于龙头岭

## 悼国耀兄

噩耗传来泪眼朦，秦川游客叹长空。
同窗乡友西天去，往事音容忆梦中。

**注：**国耀（1945年10月23日—2017年4月2日），乳名筛荀，旺塘上村毛家人。旺塘小学同班同学，同在大圩初中和灵川（三街）高中读书，虽不同班，但往返均一路同行。今年广西“三月三”民歌节和清明节连在一起，吾随长子志斌一家旅游，由桂林乘高铁动车到贵阳后坐飞机到西宁，在西宁住两晚，再坐飞机到西安，在西安接到田才微信，知国耀二日凌晨去世，即吟成此诗，发在高中同学微信群聊中。

2017年4月2日作于西安市

## 庆祝香港回归二十周年

母乳鸿恩福海源，紫荆花艳灿尧天。
欣奔时代复兴路，携手同耕桑梓田。

2017年5月作于龙头岭

## 沁园春·丝路[1]畅想

岁月悠悠，丝路迢迢，史绩昭昭。忆前贤博望，英雄介子，缪侯郑吉，名将班超[2]。举世闻名，大唐盛世，海陆兼行架彩桥。宋元后，有郑和船队，海上高招。　　航船再卷惊涛。行寰宇，和谐互利邀。使全球贸易，自由流动；经营融合，文化相交。政策沟通，东西互济。中外繁荣共富饶。复兴路，望宏图远景，宽广妖娆。

**注：**①丝路，即丝绸之路。当今丝绸之路，指丝绸之路经济带和海上丝绸之路。②博望，即博望侯张骞，西汉卓越探险家旅行家和外交家。介子，即傅介子，西汉勇士和外交家。郑吉，西汉会稽人，将领。班超，东汉时期著名军事家和外交家。他们对古代丝绸之路均做出卓越贡献。

2017 年 5 月作于龙头岭

## 贺新郎·中国辽宁舰航母编队[1]进入香港，庆祝香港回归二十周年

南海欢歌舞。看今宵，维多利亚，军民同聚。灯火辉煌辽宁舰，七百官兵心语[2]。仪仗队，英姿威武。秀丽明珠东方耀，海陆空，钢铁长城固。黎庶乐，登航母[3]。　　沧桑风雨堪回顾。百年耻，辛酸泪水，苦情难诉。腐败清廷藩篱[4]破，忍辱屈从割土。母乳哺，廿年功著。世界风云多变故，任凭他，暴雨狂涛怒。何所惧，狼和虎？

**注：**①辽宁舰航母编队，亦称辽宁舰航母战斗群，是中国第一个航母战斗群，由辽宁号航母、沈阳号和石家庄号两艘防控驱逐舰、烟台号和潍坊号两艘护卫舰组成。②心语，700 名官兵在辽宁舰甲板上排成“香港你好”的字样驶入维多利亚港。③登

航母，7 月 8 日和 9 日，辽宁舰对香港民众开放，香港群众纷纷登上航母，感受祖国强大的喜悦，据网上报道，还有台湾民众也在其中。④藩篱，本指篱笆或门户，在古诗中喻国防。　（原载《世界艺术经典名家名作》《广西水文水资源》2017 年第 1、2 期合刊）

2017 年 7 月作于龙头岭

## 声声慢·谒红军长征突破湘江烈士纪念碑园

苍松翠柏，绿野青山，三枪顶天肃立。栩栩群雕，再现当年功绩。湘江战役惨烈，遍野尸、血漫天际。围追堵，三路强寇袭，鬼哭神泣。　唤醒英魂无数，看今朝、江山秀黎庶喜。沉睡雄狮，长吼一声惊世。神舟遨天揽月，入深海、航母威力。英灵慰，我中华、天下无敌。

2017 年 7 月作于龙头岭

## 咏柳亚子[1]

书香门第育奇葩，论世心声诗韵嘉。
南社精英担道义，行吟泽畔[2]为中华。

**注：**①柳亚子（1887—1958），江苏省苏州市吴江区北库镇人。爱国诗人，创办并主持南社。②行吟泽畔，本意是屈原行吟泽畔。抗日战争时期，柳亚子流亡重庆、桂林、香港，他自喻行吟泽畔的屈原，故云。

2017 年 8 月作于龙头岭

## 纪念十月革命一百周年

天外奔雷传广宇，故园甘雨沐春森。
风云变幻青松挺，特色雄狮举世钦。

2017 年 8 月作于龙头岭

## 双调·折桂令
## 庆祝中国共产党十九大胜利召开

对长空仰望天罡。团聚英贤，国策相商。切记初心，无忘使命，民富军强。行两制同邦政策，继千年根脉文光。法制监航。治党从严，世代隆昌。

**注：**中共十九大于2017年10月18日召开，于24日闭幕。此诗应聚焦十九大题贺活动组委会特邀而作。

2017年10月19日作于龙头岭

## 参观秧塘飞虎队遗址公园

自愿援华抗敌顽，长空虎啸震人寰。
青山绿水千年秀，中美情深生死关。

2017年11月10日作于龙头岭

## 永遇乐·赞钱学森

两弹惊天，一星探月，辉煌业绩。科学尖端，宇航玄秘，天下无人敌。大千宇宙，一腔心血，霜鬓凌云展翼。英雄汉，中华四父，报国志情何激。　　炎黄骄子，航天领袖，民族脊梁高德。祖国萦怀，丹心向党，破困欣归国。健儿心切，慈母恩重，送暖情深朝夕。标千古，太空神探，精神不息。

2017年12月20日作于龙头岭

## 念奴娇·古今通信

天南地北，问征鸿、书信何时能阅？极目长空，

思万里、望断云山千迭。友谊难忘，亲人牵挂，情寄天边月。千秋如此，谁人能够超越？　　科技时代欣然，当今通讯网、天涯相接。微信视频、随意发，图片录音心悦。朋友群聊，家人话短长，语亲情切。并非神话，尖端科学称绝。

2017 年 12 月 25 日作于龙头岭

## 咏梅兰芳

梨园骄子一名家，启后承前造玉葩。
文化交流增友谊，精深曲艺万年华。

**注：**梅兰芳（1894—1961）本名澜，又名鹤鸣，小名裙子、群子，字畹华，一字浣华，别署缀玉轩主人，艺名兰芳，祖籍江苏泰州。他是我国现代杰出的京剧表演艺术家，也是一位受人尊敬的社会活动家。为祖国戏曲艺术的发展和国际文化交流做出了卓越的贡献，成为享誉中外的文化名人，是京剧梅派艺术的创建者。

2018 年 1 月 28 日作

## 回母校①

同窗结伴到灵中，往事依稀情谊浓。
漫步校园寻故迹，仰观琼宇展新容。
青山默默苍松劲，漓水悠悠芳草葱。
昔日书生成媪叟，烛光仍旧暖心胸。

**注：**①母校，指在灵川县三街石象脚的灵川中学，吾于 1962—1965 年在此读高中。同一届有三个班。2018 年 4 月 24 日，本届三个班部分同学相邀同回母校探视。载《2018 中国诗词年选》

2018 年 4 月 28 日作于龙头岭

## 港珠澳大桥

伶仃洋上巨龙翔，海底飞车隧道长。
技术高超惊世界，连通三地壮南疆。

**注：**港珠澳大桥，连接香港、珠海、澳门的桥隧工程，位于中国广东省伶仃洋区域内，为珠江三角洲地区环线高速公路南环段。2009 年 12 月 15 日动工建设，2018 年 9 月 28 日试运，2018 年 10 月 24 日正式通车。桥隧全长 55 千米。

2019 年 2 月 27 日作于龙头岭

## 山区高速公路

长龙曼舞伴婵娟，万壑千山一线牵。
隧道幽深宽爽亮，愚公精卫胜空前。

2019 年 4 月 8 日作于龙头岭

## 建国七十周年感怀

满目疮痍旧尧封[①]，苍生罹难祸无穷。
摧残民体施鸦片，赔银割土拆弟兄。
八国联军如猛虎，烧杀抢劫及凡童。
圆明园里成焦土，千年文物全盗空。
倭寇猖狂掀恶浪，张牙舞爪围剿凶。
南京屠杀尸遍野，血染东海海染红。
民不聊生饥寒夜，苦海茫茫岁岁同。
十月惊雷动天地，北斗光辉照亚东。
嘉兴南湖波光滟，红船领航向前冲。
神州俊杰齐奋斗，改天换地伟业丰。
扫尽千秋封建制，一轮红日耀华中。

妖魔鬼怪均灭掉，奴隶翻身主人翁。
四海升平国安泰，安居乐业重农工。
继往开来人心愿，强军富民百姓崇。
接力长征七十载，雄关漫道岭岭葱。
钢铁长城惊敌胆，科研技术探月宫。
两弹一星②惊寰宇，航天英杰③遨太空。
加强海防固长城，航空母舰振雄风。
高铁飞车神速达，天涯海角网络通。
南水北调旱地福，开发西部电东送。
火眼金睛非神话，中国天眼④宇宙通。
铜驼洗尽辛酸泪⑤，伶仃洋上飞彩虹⑥。
医保健身全民福，桑麻⑦免税惠三农。
一国两制开先例，九二共识两岸从。
一带一路交谊广，锦绣中华美梦宏。
风云变幻何所惧，众志成城不可攻。
初心坚守民为本，使命担当情笃钟。
清正廉明严党纪，各族同胞乐融融。

**注：**①尧封，即中国，旧尧封，即旧中国。②两弹一星，指原子弹、导弹和人造卫星。③航天英杰，有神舟五号杨利伟；神舟六号费俊龙、聂海胜；神舟七号翟志刚、刘伯明、景海鹏；神舟九号景海鹏（二度登天）、刘旺、刘洋（中国首位女航天员）；神舟十号聂海胜（二度登天）、张晓光、王亚平（中国第二位女航天员）；神舟十一号景海鹏（指令长）和陈冬。④中国天眼，设在贵州省平塘县。⑤铜驼句，指香港和澳门回归祖国。⑥伶仃洋句，指港珠澳桥隧工程（2009 年 12 月 15 日动工，2018 年 9 月 28 日进行三地联合试运，桥隧全长 55 千米）。⑦桑麻，泛指农事。

2019 年 6 月作于龙头岭

## 建国七十周年庆典观感

火树银花赤县天，欢歌劲舞史无前。
民殷国富军威壮，接力长征岭岭鲜，

2019 年 10 月 2 日作于龙头岭

人間脆弱
体生命賴
為源營養
称佳品全
民福祉添

詠蛋丙申立秋日龍頭
嶺秦格賞詩書

# 实感杂咏

## 芙蓉别

二竖缠身何所为，三番五次令相催。
今辞锦邑还乡去，指望芙蓉迎我归。

**注：**芙蓉——成都市盛产芙蓉花，素有芙蓉城之称。

1966 年 3 月作于成都

## 归途中，朝天门码头抒怀

昨在锦城今客渝，山城三月雾中墟。
两江狂浪一津碎，九曲愁肠五腑虚。
漫道平生难自料，沧桑尔后应何如？
黄精熟地经年服，待看芙蓉可有余？

**注：**两江——指长江和嘉陵江，二者在朝天门码头汇合。

1966 年 3 月作于重庆

## 题陈列馆照片

湖边垂柳欲抽芽，一叶轻舟荡彩霞。
黉宇琼楼收瑰宝，年年桃李报中华。

**注：**是年余在家过五四青年节，暇间翻阅照片，见成都地质学院 1966 年元旦贺年片中本院陈列馆照片，思绪万千，感而作此诗。瑰宝——各种矿石标本及四川合江马门溪恐龙化石均陈列于此馆中。

1966 年 5 月 4 日作于旺塘

## 返校（古风）

手持休书依依去，脚踏烽烟悻悻归。
地院战旗红似火，隔年同窗问安危。

1967年3月作于成都

## 无题（古风）

湖堤少柳尽婆娑，路岸荒菊贱亦华。
处处芬芳桃伴李，霜蓉但爱九月花。

1968年秋作于成都

## 鹧鸪天·病中寄远

旧雨逢离岁已三，盛情厚谊寄频函。人生祸患谁能料？厄运灾殃我难担。　新病魔，旧疾翻。内侵暑热度难关。天生贱骨长受罪，撑住残躯赖药丸。

**注**：毛初昌同学于1966年与吾在潮田街上相见即别，至今时有三载已，今夏吾患“暑热内侵”病住在学校医院，收到其来信，感而填是阕。

1969年夏作于成都

## 题菊花

几番风雨闯阵来，头顶严霜独自开。
不管将行冰雪路，根存叶在笑盈怀。

1969年秋作于成都

## 怀　人

更深夜静朔风呼，寒袭痴人倍觉孤。

不见蜡丸难入梦，星沉了却万言书。

1972年1月作于桂林

## 看电影《祝福》，咏祥林嫂（古风）

断肠忧患已三番，霜剑风刀日摧残。
门槛一条难赎罪，阴间众鬼尚纠缠。
勤劳温善遭人厌，乞路蹒跚没雪间。
千载陈规一扫尽，孤孀唤醒共开颜。

1978年8月作

## 春节寄家荣兄并示家人四首（古风）

（一）

去年春节客乡过，而今不归缘子拖。
举觞欲饮念双老，遥祝家里人安乐。

（二）

子多母苦人常说，更有孪生腰累驼。
昼无暇时夜难寐，省吃俭用过生活。

（三）

苦读寒窗十七载，无职无业度春秋。
始信人生属命运，但谋生计无他求。

注：时吾尚无固定的技术岗位，只是无名分地在领导身边。

（四）

萁豆相煎旁人欺，以沫相濡亦为稀。

昆仲齐荣父母愿，和睦互助是吾希。

1980年春节作

## 夜叹（古风）

贫时亲不亲，忧至泪沾巾。
老父索酒款，羸妻哺乳婴。
孪生靠调养，痨体赖黄精。
负重老牛苦，长嘘对昊鸣。

1980年7月作

## 七一杂感五首（古风）

### 红船

一声笛响震长空，红船劈破浪无穷。
千帆稳舵依航进，迎来旭日满天彤。

### 长江

滚滚长江水，奔腾日夜忙。
三峡锁不住，一泻注汪洋。

### 二度梅

谁见六月天飞雪？由来人间有窦娥。
今日喜看二度梅，吐艳高唱新春歌。

### 脉相与小康

中医看病诊脉相，虚实寒热要适当。
国民经济失比例，调整建设奔小康。

## 攀登

珠峰亦有顶，白云不为高。
四化揽月日，嫦娥舞相邀。

1981年7月1日作

## 咏　梅

百花凋谢独鲜妍，不卖风骚总傲天。
苦雨袭枝香更盛，寒霜压顶树昂然。
人情冷暖横眉对，世态炎凉自幼嫌。
曲直是非随议论，铮铮铁骨乐山间。

1984年春节作于桂林

## 自学夏普PC—1500计算器二首（古风）

电算开班我无缘，挑灯翻卷自钻研。
字符输入编程序，成果打出流甘泉。

电算语言碑斯客，人机对话全凭它。
字符指令不得错，计算神速准不差。

注：碑斯客，英语BISI的音译。

1987年5月作

## 入会喜赋

喜讯传来卧病时，高贤得谒满城驰。
龙年入会学吟艺，宿将行家尽我师。

注：予患病住医院期间，得悉有桂林楹联诗词学会这一组织，不禁欣喜万分。经

四处打听，方得拜谒李育文等师长并蒙赐教，乃入学会。

1988 年 5 月作

## 瓶插水养吊兰

寒闺淡雅静无瑕，秀发披肩新着葩。
不与群芳争寸土，一杯清水献丰华。

1989 年 3 月作

## 读《桂林诗圃》唱和诗感赋二首

流水高山萦故乡，诗贤酬唱赞商羊。
榕城处处升歌舞，桂海年年飘桂香。
甘雨千丝滋古邑，成城众志战寒霜。
鸿猷共展操胜券，百业兴隆建梓桑。

血气方刚闯异乡，哪堪回首历红羊。
寒风冷雨摧花蕊，暗箭明枪乱学堂。
岁月蹉跎书剑废，青春耗尽热心凉。
悬梁刺股情何激，学海行舟韵味长。

1989 年 8 月作

## 学诗二首

年逾不惑遂诗心，公务繁忙何足论？
道是人勤天不负，能教铁杵磨成针。

1988 年 5 月作

孩童学步大人扶，吟咏无师智亦愚。
欣得诗贤传韵艺，耳聆神会手勤书。

1988 年 10 月作

## 诗友集会伏波山公园欢庆元宵

漓江春汛早，叠彩碧云霄。
聚友名园里，诗吟两岸潮。

1989 年 4 月作

## 画 眉

美食棂栊巧语甜，羽毛不艳艳眉尖。
与人欢乐吾同乐，哪管鱼鹰浪里颠。

1989 年 4 月作

## 路边菊（古风）

杨柳妖滨渚，桃李媚高枝。享尽春光福，惹得骚客诗。
且看路边菊，风摧志不移。未把东君怨，焉求青女惜。
糟践身心苦，化作金缕衣。莫言不足道，美德为人师。

1989 年 4 月作

## 台湾归人

隔海茫茫四十秋，归来无觅旧村陬。
新楼满眼穿云表，思绪盈怀月一钩。

1990 年 10 月作

## 无　题

天赐良缘结蜡梅，何妨风雨雪相摧？
幽香阵阵遗原野，换取春光不老晖。

1990 年 10 月作

## 咏塑料花

几经熔炼铸奇葩，姹紫嫣红赛百花。
风雨炎寒终不谢，长将春色暖人家。

1990 年 10 月作

## 马年咏马

志在取雄关，征鞍化雪寒。
休言蜀道险，踏破万重山。

1990 年作

## 咏钢筋

僻野荒丘是故乡，离山百炼变成钢。
纤纤躯体却坚韧，能屈能伸做栋梁。

1990 年作

## 咏洛阳牡丹

天香国色下瑶台，根扎荒原烂漫开。
迁谪上林何怨恨？栽花自有后人来。

1990 年作

## 咏　鱼

沧海横流入大千，冲涛击浪几经年。
龙门三级寻幽径，水族千般共乐园。
珠眼辨航防网饵，金鳞固体闯礁滩。
浊清难折鸿冥志，欲化鲲鹏上碧天。

1990 年作

## 眼儿媚・塘荷

仙姿绰约玉芙蓉，酒晕染冰容。寒塘月淡，泥污水浊，蛙噪虫汹。　　年年岁岁春光薄，一任雨兼风。冰心玉洁，叶宽茎直，总发香浓。

1991 年夏作

## 天仙子・家山路

岭峻蹊崎禽闹树，涧底潺潺峰顶雾。青松林外向阳坡，春光煦，山花露。几片柑林蔬圃附。　　廿五年前常履处，野兔山猪尝客遇。妻儿嘻我旧时踪，情难诉，云山赋。岭接天涯芳草路。

注：20 世纪 60 年代初吾挑柴担米每经此山路去大圩初中读书。辛未年正月初一与妻儿由旺塘走此山路经大圩回桂林。

1991 年春节作

## 忆抗旱

龙骨水车丈二长，骄阳送走送天罡。
江河路远塘泉吝，垄亩禾苗穗待扬。

1991 年夏作

## 咏空调机

经纶满腹立边厢，寒暑为人运转忙。
冷暖从来心自得，何愁世态有炎凉。

1991 年 7 月作

## 咏　竹

毛竹青青上碧霄，扎根深土立身牢。
结成排筏浮沧海，敢效轮船逐浪潮。

1991 年 12 月作

## 春　蚕

绵绵丝缕死方休，不惜为人作嫁绸。
粉蝶黄蜂迷国色，老蚕银茧写春秋。
尘寰小住无奢取，奉献长存万众讴。
商隐名言千古诵，文光蜡炬耿吾俦。

1992 年 4 月作

## 壬申除夕

忙忙碌碌又过年，两鬓青丝夹雪悬。
炭火驱寒寒不退，萱堂治病病依然。
长城已上非雄汉，方帽何需饰玉蝉。
鞭炮迎春山郭沸，闻鸡起舞接新天。

**注：**1992 年桂林水环境监测中心分析室获全国水利系统“全优分析室”荣誉称号，为此，是年冬吾赴京参加表彰大会并领奖，本人亦获水利部水文司荣誉证书。

1993 年 1 月（春节）作

## 咏金樱子花

刺藤引蔓架青蓬，根扎荒原僻壤中。
休慕盆花深得宠，冰肌玉骨抖春风。

1993 年 4 月作

## 舞　场

赤橙黄绿青蓝紫，色彩斑斓昏暗悬。
醉梦人生天外曲，须眉书剑化云烟。

1993 年 6 月作

## 咏蒲公英

贫地枯茎叶卷茶，风飘白絮路无涯。
高墙院落深难进，撒向荒郊绽野花。

1994 年 2 月作

## 贺新郎·独木桥

寂寞深山路。更哪堪、凄清涧壑，昏鸦晓雾。冬雪秋霜严相逼，剑雨风刀酷暑。凭瘦骨，凌涛连渚。纵使无情来往客，也渡他、柳暗花明去。经岁岁、默无语。　　横波犹把层林慕。想当年、生机如许，翠微苍树。穿破刺蓬腰身壮，绿叶婆娑曼舞。东风里，轻吟歌赋。僻野无须营楼宇。月色朦，幽谷巉岩浦。寒水急、光阴度。

1994 年 6 月作

## 学治母病二首

忍看慈亲脑血栓，头昏语哑半身瘫。
三餐饮食须人喂，双目失明凭耳勘。
病重年高何处治？家贫市远我尤难。
寸心为报春晖暖，学制舒经活络丹。

中西结合最为珍，输液煎茶费苦辛。
逼上梁山非绝路，难寻妙手亦回春。

1994 年 10 月作

## 望月思

人间天上隔参商，密雾浓云障眼量。
三五银辉情缕缕，万千感慨路茫茫。
春风几度宵潜梦，桃李卅年鬓欲霜。
咫尺天涯何怅惘，石缘无刻枉摧肠。

1995 年 9 月作

## 采桑子·酒席间观人独舞

丰姿绰约颜如玉，婀娜婆娑。舞似嫦娥，揽得银河飘绮罗。　　灯旋七彩撩花眼，把酒听歌。潘鬓消磨，碌碌人生苦日多。

1995 年 12 月作

## 五十初度

从丛荆棘路难开，傲骨何须再脱胎？
万里风尘悲瘦马，千年春色薄寒梅。
韶光流水滔滔去，发鬓银丝暗暗来。
苦育三儿攻韵语，精神安慰亦为财！

1995 年 5 月作

## 无　题

串串葡萄赖架生，软藤依树步云程。
岩松天赋钢筋骨，挺立人间风雨晴。

1996 年 1 月作

## 迎新年

玉龙助兴酒开怀，得意春风暖我斋。
策马兼程行万里，拿云揽月上千阶。
茫茫尘海迎雏燕，细细山泉出石崖。
树木十年欣叶茂，登科范进费心栽。

**注：**丙子新年前夕，吾获高级工程师职称，志斌儿半年后将大学毕业，已提前落实工作单位，是为双喜。诗以记之。

1996 年 2 月作

## 贺新郎·画山九马

来往江中客，指苍崖、寻姿审势，纷纭形色。风雨年年摧画卷，只剩残肢淡墨。何人辩，完驹几匹？冷雾阴云晨昏锁，更无猿、攀得摩天壁。樯橹过，群

山寂。　　良骁宝马江干匿。怅征途、风尘万里，笃情何激。伯乐王良均是古，赢得大荒伏枥。任漓水、湍湲曲直。猴巧媚人非马性。孰羡他、牛实千箱质？能唤出，受长策。

1996年9月作

## 无　题

洪水凭天肆虐狂，淫威无羁祸泱泱。
山中自有清泉水，流向田间灌稻粱。

1996年10月作

## 看电视剧《裸情恨》

爱河泛滥卷狂涛，祸起萧墙伦理糟。
剑影刀光残手足，不堪人事变萧条。

1996年10月作

## 无　题

萍水相逢酒一盅，庄生蝶影意无穷。
何堪折柳天涯去，孤旅漫漫野雾中。

**注**：漫漫，读平声。

1996年10月作

## 赏　菊

东篱岁岁战霜神，自古诗人吟咏频。
科技如今翻异样，携来傲骨夺阳春。

1996年8月作

## 瓶插水养万年青

哪管贫寒富贵门，不须泥土与陶盆。
一茎擎起青莲志，四季淹凝翠柏魂。
桃李春风心自淡，晨昏杯水韵丰存。
无花无果蝶蜂远，雅洁宜当兰蕙论。

1997年1月作

## 满庭芳

秦晋交亲，鸳鸯结侣，春风喜气门庭。彩帘新柜，衣被叠床盈。纸币镶成二喜，管弦歌舞荧屏。宾三百，筵连邻里，炮竹震山鸣。　　当醒。回首看，债台高筑，借贷求情。休讲排场阔，何顾虚荣？僻壤穷乡复古，新风不立旧风升。君知否，同心连理，贵在百年诚。

1997年1月作

## 矿山行三首

### 矿山即景

工棚棋布隐芦丛，日夜机声震耳聋。
驮水越峰怜骏马，纵横窿道欲山空。

1997年1月作

### 夜间执勤

又是钢枪握手时，书生文弱力难支。

千山冷雨皆沉寂，注视工场神不移。

1997年1月作

## 清平乐·矿山除夕

竹棚低小，饥鼠床边绕。年货丰盈鸡报晓，工崽伴吾烧炒。　迎春不见春联，家家礼炮冲天。鸡祭幽深窿道，祈求滚滚财源。

**注：**矿山没有鞭炮，用炸药装上雷管和引火索燃放，迎接新春到来。

1997年除夕作于河池矿山

## 见人供神有感

泥塑木雕假作真，摇身一变即为神。
胸无半点通灵术，愧对纸钱愚弄人。

1997年1月作

## 看电视连续剧《水浒传》

小人得势好人囚，内乱纷纷不可收。
官吏仗权如虎豹，英雄聚义闹神州。
替天行道君王愿，惩腐镇邪黎庶讴。
水泊而今升陆地，梁山史迹鉴千秋。

1998年2月作

## 清明扫墓

年年扫墓短松冈，列祖坟前祈赐祥。
冢畔鹃花红岁岁，布衣未改旧时装。

1998年4月作

## 初 夏

时寒时暖雨潇潇，满地残红泪湿袍。
岁月蹉跎人近老，灵台无计把春招。

1998 年 7 月作

## 异域乡心

久住他邦客，常怀赤子心。
情思随月返，电视报乡音。

1998 年 7 月作

## 别轮台

北湖南雁两依依，丝路天山梦里诗。
塞外风光看不足，来年相会是何时?

1998 年 8 月作

## 咏戈壁滩小草赠新疆生产建设兵团

斗罢疾风驱酷暑，消除积雪抗洪流，
旱魔难折凌云志，誓变荒滩作绿洲。

1998 年 8 月作

## 送次子之苏州大学二首

漓畔秋高子夜凉，飞车远去紫云乡。
寒山寺外太湖水，冷暖于今牵我肠。

玲珑小巧众园林，旖旎风光游客歆。
缱绻欢娱君记取，当年费尽匠人心。

1998 年 9 月作

## 中秋盼月

金乌西下望东山，遮断阴云眼欲穿。
天上银盘明昼夜，人生盼月几回圆。

1998 年中秋节作

## 贺新郎·看湖南卫视《玫瑰之约》节目

不约黄昏后。电磁波、胜鸿赛雁，寰球飞透。红线牵来天下客，着意寻双择偶。湘江畔、玫瑰竞秀。艳艳繁花春骀荡，播芳馨、只把伊人诱。情意合，良缘就。　洞房一夜恩深厚。慕鸳鸯、晨昏伴侣，一生相守。古有钟情难圆梦，梁祝恨遗荒臼。沈园会、肝裂人瘦。薄幸郎君陈世美，弃糟糠、负义攀新柳。连理树、期长茂。

1999 年 8 月作

## 参观 1999 年中国昆明世界园艺博览会场馆二首

何须远道访他邦？万国鲜花一院香。
回首百年经两战，而今和睦处滇厢。

林茂花繁映碧天，亭楼园艺傍崖泉。
环球污染信能治，巧夺神工赛自然。

1999 年 10 月作

## 送小儿赴两江水文站

调令初持喜欲狂，夫妻替子捡行装。
山花带笑含朝露，洛水铺银沐艳阳。
事业平凡甘淡泊，洪流凶险莫仓皇。
谦虚谨慎诚为贵，起舞闻鸡迎曙光。

**注**：志民儿于广西税务学校毕业，未分配工作，打工一年多，今幸被招为水文工人。洛水，即洛清江，发源于临桂县宛田乡，流经两江去永福。

1999 年 11 月作

## 千禧年春节宿旺塘小学

别梦依稀四十秋，归来恰似异乡游。
琼楼取代当年寺，希望工程豁远眸。

**注**：原校舍为寺庙。载《当代诗人诗词选萃》《中国吟坛（第三卷）》《新千家诗词赏析辞典》

2000 年 2 月 5 日（正月初一）

## 无题二首

### （一）

半亩荒塘玉镜明，无花无蝶更无名。
春风又荡平寒水，一夜翻腾旧浪声。

### （二）

物换星移卅五春，怜心长系漓江身。

丽日和风兼雨雾，明媚多姿赛女神。

2000 年 2 月 7 日（正月初三）作

## 忆祖母畲种

茂草蓬荆石弄多，骄阳斗笠雨披蓑。
镰刀劈出人生路，秋实春花满坳坡。

2000 年 4 月作

## 深　夜

梦断三更听远鸡，哪堪辗转未眠时。
心空似壑虚无底，愁结如肠鬓有丝。
卅载蹉跎徒堕泪，一生淡泊枉吟诗。
天公不解痴人苦，寒雨潇潇倍觉凄。

2000 年 3 月作

## 骝马山新居两首

### （一）

老人山麓绿茵茵，闹市壶天不染尘。
蝶戏岩花香入室，闲云做伴鸟为邻。

### （二）

秀色堪餐入酒卮，画眉歌舞在高枝。
清风两袖邀明月，伴我潜心读楚辞。

2000 年 3 月作　载《百年经典诗词选》

## 访坪厄独山岩

斯岩去家四里许。母生余第三朝，即避倭寇入其窟半月余，后又转到深山幽谷中，历尽风霜，染疾一身。抚今追昔，感慨万千。

披荆攀石到山腰，古洞凄凉悲思饶。
羸母褓婴霜露冷，荒原秋草野风凋。
国无宁日家家恨，民不聊生处处萧。
五十余年凶浪静，休教东海再狂飙。

**注**：思，读去声。

2000 年 5 月作

## 落　叶

叶落归根肥本树，老回故里爱中华。
炎黄赤子天涯客，望月思乡掉泪花。

2000 年 7 月作

## 满江红·与会代表[①]考察长江入海口

沧海横流，欣寥廓、水天相接。风烟淡、海潮奔涌，浪花千迭。岛屿玲珑陈碧玉，江轮高大浮宫阙。看长江，滚滚向东流，无休歇。　环境美，人心切；江湖水，何时洁？想源头巍立，铭文石碣[②]。经济腾飞生态好，文明建设中华崛。待从头、治好旧山河，炎黄悦。

**注**：①与会代表，指参加 2000 年长江流域水环境监测网工作会议的代表。②铭文石碣，指《长江源头》石碑。

2000 年 8 月作

## 参观上海大剧院

玉殿巍峨耀太空，中西文化一炉融。
舞台面向新时代，雨润繁花绿映红。

2000 年 8 月作

## 上海南京路漫步

两面高楼插九天，繁华都市惹人怜。
霓虹灯下心能净，拒腐防微好八连。

2000 年 8 月作

## 游某地“世外桃源”

小船划破玉龙溪，燕子岩中景不奇。
民俗桃花均是假，盗名欺世更迷离。

2000 年 11 月作

## 无　题

（集唐寅诗句成七绝）

貌娇命薄两难全，莺老花残谢世缘。
桃叶参差谁问渡？听风且喜晚来恬。

2001 年 6 月作

## 电冰箱

堂堂正正气轩昂，世俗趋炎我爱凉。
大肚宽容藏百味，只缘忌恶自凝霜。

2001 年 8 月作

## 书　愤

当年战犯列神俦，后裔躬身拜不休。
请听卢沟桥下水，怒潮未息诉前仇。

2001 年 10 月作

## 咏牡丹

自古人称富贵花，春风得意灿如霞。
秋霜冬雪严寒日，国色天香成土沙。

2002 年 1 月作

## 勉志国儿考上公费研究生

攀崖越壑逾三岭，前路秀峰次第高。
壮志虚怀方致远，白云深处更妖娆。

2002 年 8 月作

## 老年饮食

寡晕多素老宜倡，疏酒禁烟少吃糖。
盐减脂低清淡味，寒温饿饱做文章。

2002 年 6 月作

## 车祸后寄语汽车司机

大难临头浑不知，飞来横祸刹那时。
仓皇夺取逃生路，迅速寻求治病医。
人命国财双手握，亲情爱意儿家凝。

三分一秒铭心底，首要安全宁肯迟。

**注**：三分一秒，指宁让三分不抢一秒的交通安全规则。本次车祸全因超车所致。

2003 年 2 月 11 日 ( 春节后上班第一天 ) 作

## 过 年

吾生三子，长男志斌大学毕业，现任电子工业部第三十四所讯通公司副总工程师，已婚；次子志国为苏州大学在读公费研究生；小儿志民与次子为双胞胎兄弟，因本人无能力送小儿读高中和大学，中专后打工一年多，后被招为两江水文站工人，吾深感愧疚。因小孩读书和购房背债两万多元达七八年之久，终于年前还清。

儿归千里远，债去一身轻。
除夕亲家聚，茅台盛意倾。
桑榆枝叶茂，媳妇孝心诚。
今世过平淡，两江愁梦萦。

**注**：除夕句，年三十吾全家在亲家家中吃年饭，得到热情款待。过，读平声。

2003 年春节作

## 养 生

忧烦哀怨易伤身，寡欲清心少费神。
宽以待人关系好，勤劳勤学保青春。

2003 年 6 月作

## 刺五加片

气虚体乏肾阳差，多梦失眠食不佳。
衰弱神经调理好，强身固体储精华。

2003 年 10 月作

## 六味地黄丸

肾阴亏损耳常鸣，腰痛头晕又泄精。
盗汗骨蒸消渴症，此方滋补病除清。

2003 年 10 月作

## 天王补心丸

心阴不足觉心慌，多梦失眠又健忘。
滋补应当除便燥，安神养血是良方。

2003 年 11 月作

## 参观桂林市首届兰花展

本是山中崖畔草，风霜雨袭满啼痕。
移成闹市盆栽景，富贵荣华更有神。

2004 年 1 月作

## 立家谱

大树根深枝叶茂，湘源分派水流长。
族兴廿代寻先祖，碑历三朝辨室房。
史料无存缘世变，亲情未了割阴阳。
持家勤俭方为本，开创精神要发扬。

2004 年清明节作

## 退休前重游桂平西山

美景依然似画图，乳泉香茗醉屠苏。

通天大道苍龙迹，隐吏甘棠野史书。
回首群峦笼薄雾，滋林涧水失荒芜。
焚香拜佛非吾愿，骝马山前归敝庐。

2004 年 4 月作

## 贺志斌儿新居

层楼大厦伴金鸡，花好月圆龙凤栖。
玉笋簇峰天地合，村屯隐树野原夷。
新居喜缀新城景，鸿志拓宽鸿业基。
丽日和风莺燕舞，紫微辉照栋梁楣。

**注**：金鸡，桂林市金鸡岭，志斌儿工作单位激光研究所所在地。此诗已请著名书法家张开政先生写成书法作品用镜框镶好挂在新居正厅。

2004 年 6 月作

## 义江缘山庄垂钓

翠岫延绵义水长，偷闲垂饵入山庄。
翻云覆雨天多变，昂首劈波鸭自狂。
眼底沧浪连画阁，钩端大鲤返深塘。
沽名钓誉他人计，美酒三杯乐未央。

**注**：浪，读平声。

2004 年 7 月作

## 勉志国儿赴瑞士考察学习

广宇晴空传喜讯，骄儿异域报平安。
辛勤掘取他山玉，拼缀神州锦万般。

2004 年 9 月作

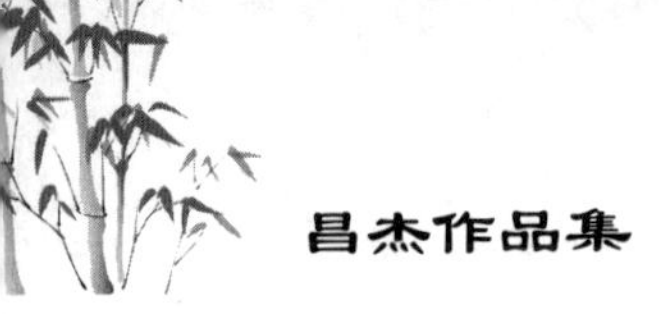



## 优生遐思

沈园一别红酥手，落尽芳菲春树朽。
纵使鸳鸯共白头，也应难免痴呆后。

2004 年 10 月作

## 六十初度

重阳送我迎花甲，菊蕊经霜绽玉葩。
欲涸崖泉仍润岫，庭前茂树接明霞。

**注：**重阳节为农历九月初九，本人生日为农历九月十一，故云。

2004 年 10 月作

## 中秋祝福

河清海晏迎佳节，但愿人圆事亦圆。
我寄深情明月里，清辉送暖到君边。

2004 年中秋节作

## 喜得长孙赋

皇天行健赐男孙，更望麒麟振族魂。
有志蟾宫能摘桂，春风化雨铸乾坤。

**注：**长孙健恒生于 2004 年 11 月 23 日 8 时。

2004 年 11 月作

## 调笑令・孙趣

襁褓，襁褓，掌上明珠乖巧。可人仪表堂堂，手舞足蹈凤翔。翔凤，翔凤，花树轻摇入梦。

2005 年 2 月作

## 春节前夕单位组织吃年饭

年关将近聚华堂，笑语欢歌酒肉香。

众志成城奔大道，人生难得老来狂。

**注：**在此宴会上，吾朗诵毛泽东词《沁园春·雪》得到好评。

2005年1月作

## 沁园春·连宋访问大陆

半纪冰封，万里春融，霞映重霄。看高层聚首，群情振奋；贤能探路，愿景妖娆。力化干戈，勤为玉帛，勇搏横流浑似蛟。同携手，为民谋福祉，开创明朝。　　陆台亘古同胞。喜度尽劫波恩怨抛。要复兴华夏，和平稳定，交流经贸，政治通饶。志在中华，眼观寰宇，国富民殷胜美曹。经纶手，任风云变幻，矢志毋挠。

**注：**连宋，即台湾连战和宋楚瑜。

2005年5月作

## 连宋谒中山陵随感

风雨下钟山，秦淮水不寒。

六朝成旧事，两岸结新欢。

后裔酬遗愿，中华耀宇寰。

九泉堪慰藉，春暖玉门关。

**注：**连宋，即台湾连战和宋楚瑜。

2005年5月作

## 宋楚瑜祭黄帝陵随感

桥山祖柏雄今古，天下飞龙共此源。
历尽沧桑情不改，同将热血荐轩辕。

2005年5月作

## 咏荷花

牡丹富贵君王赐，风雨寒塘谁得知？
茎直心通香溢远，污泥不染丽人肢。

2005年6月作

## 游愚自乐园

艺术琼雕各有神，匠心奇妙感情真。
精繁简朴均含理，大智如愚乐自纯。

**注：**愚自乐园，位于桂林市大埠乡，台湾曹某建，取愚人自乐之意。园内陈列海内外雕塑家艺术作品若干。游此园系诗词学会组织的活动。

2005年8月作

## 牛吟三首

### （一）

欣承祖德事农桑，春夏秋冬未敢忘。
烈日风霜耕垄亩，顽童户主束鞭缰。
充饥唯有山中草，哺乳长呈腹内浆。
我为民殷甘吃苦，休教硕鼠袭丰仓。

### （二）

铁牛耕作技高强，吾辈让贤理也当。

后浪前涛勤代谢，中华历史铸辉煌。

（三）

英雄舞剑太凶狂，只为虚荣置我亡。
一世功劳全不顾，忘恩负义中山狼。

2005 年 9 月作

## 咏野菊花

星移斗转又重阳，耿耿秋光沐梓桑。
红枫烂漫风瑟瑟，丹桂幽馨野苍苍。
清霜冷月送归雁，白苇红蓼絮飞扬。
皇天播下傲骨种，战地黄花分外香。
年年岁岁承霖露，岁岁年年斗雪霜。
蛩蛙蝉鸟惊蝶梦，雨雾阴晴溢芬芳。
茎细叶微花不媚，情浓神奕志弥刚。
一瓣心香融月色，五更醒梦迓朝阳。
不效盆花邀世宠，却将芳魂荐玄黄。
落叶为泥犹固本，残花铸金再放光。
不凭陶令生花笔，一样高风神韵长。

2005 年 10 月作

## 退休感怀

弹指一挥六十秋，如烟往事梦悠悠。
红羊浩劫摧黉教，沉疴长吟负远筹。
沥胆披肝天日鉴，挑灯伏案稻粱谋。

冯唐剑胆琴心在，满目青山尽兴讴。

2005 年 11 月 1 日作（退休开始日）

## 南京大屠杀纪念日感怀

碧血染红东海水，尸骸叠似紫金山。
冤魂夜夜惊残梦，史鉴今朝神社顽。

2005 年 12 月作

## 看电视剧《京华烟云》二首

烟云岂只暗京华？九域沉渊祸万家。
虎去狼来官吏恶，国衰民怨外夷邪。
英雄无泪情难诉，赤子同仇志可嘉。
苦海迷茫何处好？鸡鸣风雨向天涯。

三生石上好姻缘，棒打鸳鸯椿与萱。
情到痴时头可断，途穷末路鬼来绵。
相思泪水心中血，梦幻人生浪里颠。
神矢不穿尘世俗，深山古寺觅桃源。

2005 年 12 月作

## 翰墨缘二首

自古诗书是一家，潜心翰墨学无涯。
寻章敲句求精品，遣兴挥毫扫暮鸦。

笔耕纸砚忘冬夏，撇捺横挑点竖钩。

与世无争何所得，修身养性乐悠悠。

2006 年 2 月作

## 咏　马

四蹄轻捷驾长风，昂首奔驰形似龙。
酷暑严寒劳日夜，重关险道破荆蓬。
识途未踏青云路，伏枥争逢伯乐公。
济世情深绵薄力，休凭成败论英雄。

2006 年 3 月作

## 莺啼序·长孙玩具轿车

豪华轿车小巧，逼真精工造。嫩黄色、鲜艳怡眸，左右前后灯耀。坚而稳，徐徐驾驶，犹如检阅兵车貌。遥控兼自驾，大方气派灵俏。　　遥想当年，贫寒门第，祖先穷潦倒。曾祖父[①]、少小耕耘，含辛茹苦到老。叹人间，为人父母，辛酸泪、泷冈阡表。十七年，苦读寒窗，父恩难报[②]。　　温馨雨露，和煦春风，蓓蕾艳阳照。温室蕊，未经霜雪，常受呵护，情系全家，视掌上宝。圭璋载弄，麒麟厚望，梦中笑语连三代，育婴书、熟读护襁褓。童车耀眼，父母不惜千金，天涯网上淘宝。　　门前院内，老幼逢迎，见者齐称好。小孙子，眉开眼笑。数码机携，老朽笨拙，经心拍照。迎眸美景，怡神管弦，祖孙相伴无穷乐，任逍遥，心旷湖边绕。天真幼小心灵，诱导无忘，引光明道。

注：①曾祖父，即作者之父。②父恩难报，指作者难报父恩。

2006年10月作

## 题家乡独秀峰

梓里崎蹊上翠峰，贫畴毓秀入苍穹。
孤峰独秀群峦敬，山外青山醉眼朦。

2006年11月作

## 参加桂林市文联成立五十周年庆祝大会感赋

回首云山千万重，峥嵘苍翠舞群龙。
老夫勤作黄昏颂，翰墨飘香韵味浓。

2006年12月作

## 秦淮夜泛

秦淮碧水泛霓霞，夫子庙边乐万家。
千里姻缘非梦境，眼前儿媳是吴娃。

注：吾与老伴为次子志国订婚赴南京与儿媳毛茜同游夫子庙夜泛秦淮。

2006年12月作

## 偶　成

剑胆琴心未肯休，问君还有几多求？
青山满目长空碧，涧水杂污银汉流。
名利浮云恁杳杳，儿孙绕膝乐悠悠。

炎凉世态横眉对，古韵新声赋好秋。

2007 年 1 月作

## 除　夕

人侵疏影暗香中，央视笙歌四海融。
雀跃儿孙门口戏，冲天炮竹闹春风。

2007 年 2 月（除夕夜）作

## 题《红楼梦》

国色天香泪满巾，百花争艳不成春。
红楼云梦清虚幻，先泽皇恩贵府珍。
宝玉无瑕沉佛海，凡尘污浊乱天真。
人生命运非由己，飞鸟投林自在身。

2007 年 4 月作

## 题《西游记》

万险千难意志坚，取经拜佛赴西天。
妖魔鬼怪全除掉，玉帝菩萨尽助怜。
信仰崇高登上界，天堂美好在心田。
众生普度谁能见，扬善惩凶大圣贤。

2007 年 4 月作

## 题《三国演义》

逐鹿中原七十秋，武装割据裂金瓯。
山河锦绣烽烟漫，骨肉情深血泪稠。

华夏无光尧舜哭，英雄造孽政权谋。
三分天下终归一，历史长河勿倒流。

2007 年 4 月作

## 题《水浒全传》

庙堂无策官场暗，逼上梁山路不穷。
仗义结盟成大器，替天行道是英雄。
蒙冤受屈忠心在，落草招安赤胆同。
寄语铁窗真汉子，脱胎换骨好成龙。

2007 年 4 月作

## 吹葫芦丝

滥竽充数又何妨，老朽痴迷逸兴狂。
春到草原腾骏马，牧歌瑞丽美南疆。
竹林深处晚霞恋，蝴蝶泉边月夜妆。
岁月蹉跎休叹息，知音相伴促心康。

**注**：春到草原，牧歌，瑞丽美，竹林深处，晚霞，蝴蝶泉边，月夜，均为葫芦丝曲谱名。

2007 年 11 月作

## 悼某诗友

万家温暖欢娱夜，为伍波臣谁得知？
一卷豪吟漓水逝，只缘俗子薄情思。

2007 年 11 月作

## 次子志国新婚祝福

七载同窗赏月圆，两心相映结良缘。
象山漓水添芳锦，玄武秦淮醉管弦。
举案齐眉家睦顺，尊贤敬业意诚虔。
闻鸡起舞朝霞灿，鸾凤和鸣翥碧天。

2008 年 5 月作

## 在志国毛茜新婚宴上即兴

凤凰台上凤凰飞，志在天涯未忘归。
忠孝两全嘉伉俪，双亲把酒笑于眉。

注：婚宴设在南京明都凤凰台大酒店。

2008 年 5 月 3 日作

## 无　题

春风何事入罗帏？庄蝶依稀款款飞。
既是南辕北辙路，参商应是永相违。

2008 年 6 月作

## 参加《桂林近四百年名家诗词选》编辑工作有感三首

### 七律

解甲何人再问津？庄周幻影竟成真。
寻芳探路逾寒暑，审古评今费苦辛。
妙句华章传逸兴，青山绿水悦骚人。
春花秋月晨昏转，一卷编成慰老身。

## 临江仙

玉树琼花深谷锁，凄风冷雨昏鸦。阴霾迷雾几重遮。黄蜂难觅路，粉蝶枉嗟呀！　　芳卉移栽苗圃里，古韵新声奇葩。春光妩媚好年华。园丁心血灌，蜂蝶乐无涯。

## 七绝

世事沧桑四百年，皇权演变作民权。
前贤遗韵情犹在，吸取精华写大千。

2008年7月作

## 春　节（排律）

炮竹声中辞旧岁，梅花香里接芳春。
楹联满屋山村乐，歌舞连台央视亲。
美酒佳肴酬贵客，良辰吉语迓财神。
年关躲债《白毛女》，游子还乡漓水滨。
野菜充饥怜祖辈，羽绒作袄暖吾身。
祥光普照花锦簇，紫气东来鸟语频。
勤俭家风添百福，和谐社会泽黎民。
一元胜景苍天赐，千古江山气象新。

2008年8月作

## 忆秦娥·清明节

清明节。年年扫墓荒碑谒。荒碑谒，探源族系，寻根枝叶。　　鹃花遍岭红如血，江山秀丽怀英杰，

怀英杰，宏彪史册，广开新页。

2008年8月作

## 莺啼序·戊子中秋

良宵一轮皓月，照人寰玉洁。南海畔、深圳新城，广厦胜似宫阙。国门户、龙腾虎跃，文明建设成先列。昔日边镇小，当今世界奇绝。　　璀璨明珠，花园城市，似梦今欣阅。增游兴、锦绣中华，画图斑斓集结。博精深、窗含世界，珍稀物、游人争说。大浴场、群龙舞嬉，浪花千迭。　　良辰美景，团聚沙滩，天伦尽愉悦。品月饼、举杯畅饮，瀚海碧空，月色溶溶，喜庆佳节。珠江口岸，伶仃洋侧，紫荆花艳馨香远，听香江、高奏飞空乐。铜驼荆棘，回首残梦惊魂，同邦两制优越。　　天涯极目，浩渺烟波，海峡心飞彻。手足意、同胞脉血。变幻烟云，今月难测，阴晴圆缺。坚冰已破，双方赢利，同遵九二共识好，促三通、实现凭人杰。何当把酒临风，联袂同欢，赏中秋月。

**注：**同邦两制，指“一国两制”。

2008年9月作

## 四季香水花

叶效幽兰淡雅妆，钟形花蕊吐芬芳。
球根修得水仙骨，娴静温柔情意长。

2008年12月作于上海

## 喜得次孙赋二首

雾瘴重重过险滩，双亲送暖破天寒。
相濡以沫情深厚，妙手回春迷玉关。

申江和暖柳条新，如愿欣添掌上珍。
千里姻缘收硕果，秦淮漓水沐芳春。

**注：**次孙健博生于2009年3月31日10时18分在上海国际和平妇幼保健医院剖腹产而生。

2009年3月作

## 河伯源村摘李子

花果山中鸟语喧，若椰溪畔胜桃源。
老夫手眼犹灵便，踏上枝头学少年。

**注：**河伯源村在冠岩景区内。若椰溪，借指人工开凿的河伯源渠。

2009年3月作

## 东风第一枝

斗室安身，亲情恋予，开怀三代童趣。若狂似醉顽翁，全神为他贯注。斯文英俊，最乖巧、迷人如许。活宝儿、手眼机灵，梦里笑融孙祖。　　催返雁，诗盟传语。怀爱意，祖孙别绪。吟坛护帜经心，怜麒捧珠惜璐。勤吟廿载，难割舍、诗朋词侣。又怎忍、顾得虚名，却把小孙来误？

**注：**桂林诗词楹联学会电话催我回桂参加换届选举，想尽办法终未成行，固有是阕。

2009年11月作于上海

## 八声甘州

问人生何故难圆梦？偏径恁辛艰！十年风雨路，守江踏浪，昼夜难眠。电闪雷鸣雨骤，烙印在心间。寂寞人生路，江雾漫漫。　　破釜沉舟孤注，闯天涯海角，如许心坚。只茫茫尘海，何处是仙山？愿东君，驱寒输暖，百花香、雏燕舞翩跹。盼来日，征鸿传讯，笑在眉尖。

**注：**某君原在事业单位工作，工作对象主要是江河，于 2009 年辞职。

2009 年 12 月作于上海

## 声声慢（平声韵）

阴阴雨雨，冷冷清清，昏昏暗暗沉沉。寒夜长空，孤雁唤召知音。同窗成就旧雨，卌余年，断断寻寻。今日里、越万水千山，搅乱平心。　　咫尺天涯遗恨，听惊鸿怨语，声似瑶琴。愁绪绵绵，遣幽怀只暗吟。遥思漓边蕙圃，沐熏风、桃李春深。蝶梦断，曙光明，犹自拥衾。

2009 年 12 月作于上海

## 天道吟

乌云蔽日，黑土埋金。
春花人赏，秋菊霜侵。
天道如此，且自宽心。

2009 年 3 月作

## 退步行治腰椎病

世人自古朝前走，老朽于今退步行。
莫笑愚翁违世俗，前行后退是人生。

2010 年 5 月作于上海

## 《昌杰作品集》序言诗二首

人生如梦惜光阴，鬓发飞霜悟更深。
鸿爪雪泥何所寄？诗章词句总精心。

形象思维数十年，人间万象入诗篇。
何时借得青莲笔？写出心香飘满天。

2010 年 9 月作

## 北京行

一路温馨软卧中，儿贤媳孝长孙童。
中秋剧院良宵乐，北海颐和岸柳葱。
闹市商场王府井，长城军馆鸟巢宫。
紫禁城里频留影，金水桥前仰国风。

**注：**志斌儿因公赴京开会，顺便陪父母及妻儿京城一游。军馆，军事博物馆。鸟巢，2008 年奥运会场地之一，现为国家体育场。赴京时间为 2010 年 9 月 18 日至 24 日。

2010 年 9 月作

## 携长孙信步清华园

御苑金秋树木葱，万泉河畔列黉宫。
春风化雨群星璨，华夏增辉百载雄。

今古贯通航路广，中西结合世人崇。
幼苗培作厦梁栋，咬定西山不放松。

2010年9月作

## 咏牡丹

国色天香誉最佳，春风春雨育奇葩。
芳名岂只凭姿色？入药根皮惠万家。

2011年4月作

## 全家参加桂林电视台组织的《扮美春天》植树活动

蒙蒙烟雨满园春，植树全当是育人。
教导童孙培好土，桃花来岁美乾坤。

**注：**此活动在桂林园林植物园进行。

2011年3月6日作

## 天人合一保家园

苍天作孽何时了？地震洪狂兼海啸。
若要地球成乐园，天人合一倡环保。

2011年4月作

## 重学拉二胡

旧雨相违四十年，情丝不断续前缘。
人因贫贱知音少，倾吐心声对两弦。

**注：**读高中时参加过班上的文艺活动，学习过二胡演奏，大学阶段借同学的二胡也学习过，毕业后，因忙于工作和家务，加上二胡价格昂贵，舍不得买，一晃40

余年矣，退休后，几次想买，仍下不起手。今去柳州旅游，在老伴敦促下，终于买了一把苏州二胡，聊遣情怀尔。

2011 年 6 月作

## 龙头岭今昔

荒山土岭忆当年，走兽飞禽沐野烟。
今日街衢如网状，琼楼广厦逼云天。

2011 年 7 月作

## 无　题

九霄晴万里，低昊雾云朦。
五岳生幽壑，阴森禽兽凶。

2011 年 9 月作于上海

## 桂圆莲子汤

莲子核桃龙眼汤，清心养胃肾能强。
补脾润肺精神爽，常服定能身健康。

2011 年 10 月作于上海

## 药膳遐思

药膳经年当早餐，酸甜苦涩味千般。
修身养性求安健，世味汤头一样看。

注：看，读平声。

2011 年 10 月作于上海

## 忆小学时进山砍竹尾做扫帚

远望东方盘古山，横亘百里接云端。
勤工俭学儿时事，晨踏清霜夕照还。

2011年11月作于上海

## 忆秦娥·忆儿时随父当挑夫到潮田为本村供销合作社挑货

霜晨月，寒风刺骨肌肤裂。肌肤裂，肩挑饭箩，脚踏冰雪。　　崎岖山路苦翻越，双肩磨破人非铁。人非铁，饥寒交迫，力疲精竭。

2011年11月作于上海

## 忆大圩初中师生勤工俭学到黄泥江①捡茶子

独木桥横锁大江，师生岭岭捡茶忙。
霜晨涧壑闻莺语，月照山楼榛②糯香。

**注**：①黄泥江，今属灵川县大镜乡，与恭城县交界处。②榛，俗称椎梨，野生植物，榛子糯饭，香甜可口。

2012年1月于上海

## 净土探

烦恼人生数十秋，飞霜两鬓又添愁。
陶翁枉做桃源梦，净土宜当心底求。

2012年2月作

## 盆　菊

浓妆金缕焕新衣，似画如雕态亦奇。
不效春芳招粉蝶，清香默默惠秋时。

2012 年 2 月作

## 吟二胡

南胡秀巧手中操，弦妙琴音四指调。
流水高山知己曲，春风秋雨卷心潮。

注：南胡，二胡的别称。

2012 年 4 月作

## 题葫芦丝

三管齐穿大小球，双簧七孔乐音柔。
老夫闲作黄昏颂，福禄加身莫妄求。

2012 年 4 月作

## 夕阳颂

雾障云遮千万重，风霜雨雪漫长空。
惊天雷电狂嚣后，绚丽霞光耀秀峰。

2012 年 5 月作于龙头岭

## 集二胡曲谱名成绝句二首

汉宫秋月江河水，北国之春渴望奢。
铁血丹心狂剑舞，病中吟恋一枝花。

梁祝山村变了样，敖包相会度良宵。
三潭映月小花鼓，春暖花开步步高。

**注：**汉宫秋月，江河水，北国之春，渴望，铁血丹心，剑舞，病中吟，一枝花，梁祝，山村变了样，敖包相会，良宵，三潭映月，小花鼓，春暖花开，步步高，均为二胡曲谱名。

2012 年 6 月作于龙头岭

## 遣愁遇龙河

两岸群山碧水浮，纷纭游侣戏中流。
儿孙相伴逐烦恼，忘却日前遭小偷。

**注：**老伴不幸遭小偷，失去现金上万元及银行工资卡医保卡及身份证等证件。儿子孝顺带我们出游遣愁。

2012 年 6 月作于龙头岭

## 阳朔城郊赏荷

水上芙蓉盛艳芳，亭亭玉立满荷塘。
蜻蜓蝴蝶花间绕，美景摄来镶画框。

2012 年 6 月作于龙头岭

## 忆初中师生参加<br>修建青狮潭水库东干渠

冲天干劲学愚公，虎岭推平渠水通。
刺骨风霜何所惧？战旗辉映满天红。

2012 年 6 月作于龙头岭

## 迷　茫

“玲玲宝塔不寻常”，赠语恭维不敢当。

老朽迷津凭指点，红尘佛海两茫茫。

**注：**2012 年国庆长假期间，游上海朱家角古镇时到城隍庙拜佛抽签，得一“人生赠言”佛签，上云：“玲玲宝塔不寻常，八面玲珑尽放光。劝君志心勤顶礼，作美龙天降吉祥”，经大师解读后吟成此诗。

2012 年 10 月作于上海

## 咏三角梅花

风雨频摧气宇昂！何须绿叶巧梳妆？
天生丽质青松骨，一片丹心报艳阳。

2013 年 5 月作于龙头岭

## 梦　叹

梦断三更何处寻？翻来覆去独拥衾。
苍天不许如人愿，诗遣情怀亦枉吟。

2013 年 12 月作于上海中海馨园

## 记六十九岁生日

心比蛋糕甜，烛光辉笑颜。
子孙歌祝寿，英汉语贻言。
平板中男赠，手机头媳添。
今世蹉跎过，桑榆结福缘。

**注：**平板，即平板电脑。

2013 年 10 月作于上海中海馨园

## 旅游过大年（排律）

申城八桂路途遥，银燕飞翔穿九霄。

中海馨园家乐聚，葡萄美酒宴丰烧。
血缘伦理情无价，妯娌仲昆亲似胞。
孙子天真两手足，夫妻恩爱一春宵。
人生坎坷怜幺子，兄长仁慈费辛劳。
瑞雪纷飞居室暖，牡舟频绽卉香饶。
往年春节家门守，今日江南名胜邀。
黄浦外滩连玉宇，明珠苍昊耀江皋。
情人墙下心肺语，白渡桥边沪江潮。
科技馆中成果盛，宇航天际壮心豪。
私车两辆九人坐，胜景诸城万客瞧。
祈福灵山明心意，谒贤同里忆前朝。
姑苏拙政园风丽，狮子林琼俏石娆。
秀美西湖迎远客，大型史剧卷惊涛。
江南人杰英贤众，吴越地灵景色娇。
贫困儒生交好运，桑榆美景乐逍遥。

2014 年 2 月作于上海中海馨园（1 月 31 日为大年初一）

## 山歌动鬼神

国家三项重点工程落地防城港市港口区，需要迁坟才能开工兴建，他们用山歌打动群众心灵，为迁坟扫除障碍。

曲曲山歌动鬼神，绵绵细雨润乾坤。
千秋伟业诗开路，情韵唤来处处春。

2014 年 3 月访问防城港诗词学会后作

## 盼慈航

凶来顺受苦难当，忍气吞声肚若洋。
行事言词须谨慎，佛爷怜我引慈航。

2014 年 5 月作于龙头岭

## 甲午情思

甲午烽烟载史篇，至今回首尚凄然。
清廷腐朽金瓯破，日寇凶残血海延。
忍辱丧权添国耻，赔银割土暗尧天。
东瀛恶浪无休止，赤县成城众志坚。

2014 年 5 月作于龙头岭

## 咏　兰

幽谷悬崖雾瘴深，凄风苦雨总相侵。
灵根瘦叶坚贞骨，依旧芬芳万古钦。

2014 年 6 月作于龙头岭

## 古稀初度

七十人生今不稀，登临独秀晚霞琦。
休言一览众山小，锦绣川原万卷诗。

注：本人时任《桂林诗词》执行主编，故有登临句。

2014 年 10 月作于龙头岭

## 长孙贺我入古稀

鼓声清脆似洪钟，央视评优赛小童。

争占鳌头赢奖券，天伦情趣醉诗翁。

**注：**长孙健恒参加中央电视台《非常6+1》栏目主办的架子鼓选拔赛，获优秀奖，得100元奖金券，设宴贺我入古稀之年。

2014年10月作于龙头岭

## 随　感

文弱书生执着翁，无才怎可补苍穹。
阴晴雨雾由天定，甘作糊涂一小虫。

2014年10月作于龙头岭

## 咏　竹

春雨勤施破土生，扎根贫地步云程。
虚怀若谷亲荒草，俯首倾听野鸟声。

2014年11月作于龙头岭

## 参加广西诗词学会第六次会员代表大会感赋

邕市西园万树荣，花香郁郁笑相迎。
雅士名流临盛会，百鸟欢欣尽兴鸣。

2014年11月作于龙头岭

## 羊年咏羊

温柔和善心灵巧，五谷无侵吞野草。
跪乳知恩孝道行，文明礼义人师表。

2014年11月作于龙头岭

## 闻石塘村用上自来水喜赋

从来饮水靠肩挑，坎坷崎蹊苦力熬。
今喜愚公酬壮志，龙王牵上半山腰。

2015 年 1 月作于龙头岭　已碑刻于石塘村

## 小儿新婚志喜

喜酒三杯庆善缘，幺儿倩女慰椿萱。
春成南国常青树，鸾凤和鸣到百年。

注：婚宴在小南国酒店举行。

2015 年 1 月作

## 弟兄情

萁豆相煎日月昏，民间孝悌喜犹存。
黄金有价情无价，难得今生是仲昆。

2015 年 1 月作于龙头岭

## 人生路

乾坤莽莽雾茫茫，荆棘丛生路已荒。
苦读寒窗情意笃，一朝分手转凄凉。

注：某君学非所用，用非所学，日久年深，学业荒芜，人生旅途漫长，何日步康庄?

2015 年 3 月作于龙头岭

## 呈某君

中华民族几千年，沧海桑田血泪篇。
史迹纷纭休细问，通途但愿接云天。

2015 年 5 月作于灵川龙头岭

## 审编《广西诗词选当代卷桂林分卷》感赋二首

诗稿如山百卉开，登临直上凤凰台。
华章胜似兰亭集，愚叟全无逸少才。
任重力微神贯注，更深人静月吟裁。
蟾宫金粟传仙种，八桂香飘满九垓。

**注**：逸少，王羲之，《兰亭集序》作者。

2015年7月作

桂林山水五洲钦，独秀峰高咏古今。
翰墨豪情江海浪，雄浑典雅续唐音。

2015年8月作

## 复寄清样稿感赋二首

欢庆驱倭七十秋，东瀛狂浪未曾休。
警钟长响史为鉴，莫作商机巧运筹。

风烛残年诗韵悠，沽名钓誉岂能谋。
任凭鱼饵抛长线，固守荒塘不上钩。

2015年8月作

## 读兰亭集序感赋

（集其中文字成七绝）

群山峻岭俯清流，曲水流觞咏兴幽。

游目骋怀嗟感慨，崇贤晤世一生修。

**注：**晤，通悟。

2015 年 8 月作

## 无　题

梧桐高大凤凰栖，野菊低微傍曲蹊。
待到秋来霜降后，黄花欢笑鸟巢凄。

2016 年 3 月作

## 斥绞杀王

高大葱茏数百春，围攻绞杀倍精神。
忘恩负义非君子，霸道横行太不仁。

**注：**绞杀植物，指一种植物以附生来开始它的生活，然后长出根送进土壤里（可以在空气中发芽）变成独立生活的植物，并杀死原来借以支持它的植物，这种现象叫绞杀。云南西双版纳热带雨林谷就有这种现象，其中有一棵最大的榕树靠绞杀而生，至今有 300 多年，故称绞杀王。

2016 年 2 月春节作

## 咏　荷

堤柳春风舞细腰，塘荷污水不沾袍。
惊天雷雨频摧后，玉洁冰清万世标。

2016 年 7 月作

## 随　笔

莽莽红尘岁月悠，纷纭世事不胜愁。
阴阳矛盾平衡好，社会和谐百姓讴。

2016 年 8 月作

## 咏　蛋

人间圆弱体，生命赖为源。
营养称佳品，全民福祉绵。

2016 年 8 月作

## 记　梦

天涯海角喜重游，宇宙苍茫无尽头。
巨浪翻腾如世路，胸宽于海任沉浮。

2016 年 9 月作

## 咏　史

纷纭史迹几千秋，权者为王随意修。
司马[①]毫端多少事，皇天难辨伪真猴[②]。

**注：**①司马，即司马迁，《史记》编撰者。②伪真猴，即《西游记》中的真假猴王，此处指人世间很多事真假难辨。

2016 年 11 月作于龙头岭

## 丙申重阳梧桐墅[①]登高

翠染孤峦拥小亭，金风送爽桂花馨。
沧桑历尽身犹健，极目长天望沪[②]京[③]。

**注：**①梧桐墅，生活小区名。②沪，上海，次子居地。③京，京城，长子由工作单位派送到北京培训学习。

2016 年 10 月作于龙头岭

## 咏《红楼梦》二首

### （一）

不是荒唐语，千秋宝鉴篇。
红尘幽梦幻，说尽苦和冤。

### （二）

鸿篇醒世言，流尽辛酸泪。
不是曹翁痴，焉知尘海味。

2016 年 12 月作于龙头岭

## 咏　梅

夭桃秾李占春光，梅骨冲寒斗志昂。
暴雪冰霜何所惧，精神抖擞献芬芳。

2017 年 2 月作于龙头岭

## 咏公鸡

昂首红冠着赤袍，挺胸方步咏声高，
风霜雨雪等闲看，唤醒苍生破寂寥。

2017 年 2 月作于龙头岭

## 咏母鸡

孵卵卧窝虔，群儿翼下眠。
勤寻襁褓食，咯咯福音绵。

2017 年 2 月作于龙头岭

## 盼鸡鸣

漫漫长夜几时明？冷雨凄风两不停。
安得雄鸡来报晓，艳阳高照柳莺鸣。

**注：**漫漫，形容词，读平声。

2017年2月作于龙头岭

## 杞人忧天君莫笑

杞人深怕老天倾，世俗相传不合情。
环保于今成国策，预言千载是精英。

2017年3月作于龙头岭

## 泉边闲坐

群山排列耸蓝天，草木丛中汩汩泉。
鸟唱枝头鱼戏水，形骸放浪醉桃源。

2017年4月作于龙头岭

## 摘枇杷

茂树成林满果园，金丸串串诱人怜。
莺嘲老朽肢无力，且看高枝学野猿。

**注：**金丸，枇杷的美称。

2017年5月作于龙头岭

## 天净沙①·晚年养生

按摩爬地梳头②，胡琴③书法勤修。药膳禁烟少油，退行④稀酒，新声古韵⑤悠悠。

注：①天净沙，散曲名。②趴地每天早上 100 多米，梳头，按摩式梳头，重点在百会。③胡琴，指二胡。④退行，每天退步走 3000 多步。⑤新声古韵，即写诗填词写当代内容用古诗韵和格律。

2017 年 7 月作于龙头岭

## 乌柏滩野炊

悬崖峭壁耸江干，漓水清悠绕翠峦。
柏叶漫天邀客照，欢歌鹰雁贺宾餐。

注：乌柏滩，在下竹江村，属于漓江洲滩。

2017 年 12 月 5 日作于龙头岭

## 山村翁媪摘柑橘

云绕山梁绿隐庄，连阴果树遍仙乡。
辛勤育得丰收景，剪取金丸乐夕阳。

2018 年 1 月 31 日作于龙头岭

## 人生叹二首

人生感慨是真言，岁月悠悠度百年。
富贵贫寒皆命定，心宽体健学神仙。

2018 年 2 月 22 日（大年初七）作于海南至昆明途中

茫茫尘海人生路，尝尽千般酸和苦。
世外桃源何处寻？僧家净土潜心悟。

2018 年 2 月 26 日作于龙头岭

## 诗韵记春秋

两句三年得，一吟双泪流。
不求人尽赏，苦乐记春秋。

**注**：“两句三年得，一吟双泪流，知音若不赏，归卧故山秋。”为唐代贾岛诗。吾改后两句，自成一绝。

2018 年 7 月作于龙头岭

## 读诸葛亮《诫子书》有感

诫子千秋经典篇，修身养性铸华年。
德才兼备人珍重，事业辉煌意志坚。

2018 年 7 月作于龙头岭

## 无　题

深山大树栋梁侪，雨雪风霜育壮怀。
霹雳一声雷袭后，飞禽走兽戏残骸。

2018 年 8 月 30 日作于龙头岭

## 游览衡山中华万寿大鼎随感（排律）

巨鼎巍然立寿峰，仙台放眼极舒胸。
钟灵毓秀群山抱，迎鹤寻芳远客恭。
长者延年家业旺，中华盛世福运隆。
金瓯一统炎黄喜，民族和谐仁政通。
强国富民根底壮，除贪反腐众心崇。
军工科技尖端领，欣保国旗万代红。

**注**：国庆节游衡山。寿峰，即大鼎所在的驾鹤峰。

2018 年 10 月 10 日作于龙头岭

# 记生日两首

## （一）

农历九月十一为本人生日。恰逢灵川县政府撤出为庆祝国庆而设的花圃，经有关人员同意，我与老伴获取数十株鲜花，拿回家摆在阳台上，为生日增添了喜悦气氛。

似锦繁花笑靥迎，祝吾增寿步新程。
国强民富桑榆茂，雨润阳和乐晚晴。

## （二）

百寿岩中灯火煌，桃花艳丽沐春光。
儿孙欢聚衷心愿，和睦家庭福寿长。

**注：**百寿岩，本在永福县，此处系饭店包厢名称。寿宴设在“百寿岩”包厢，墙上绘有盛开的桃花。

2018 年 10 月 19 日作于龙头岭

火樹銀花赤
县天欢歌劲
舞史無前民
殷國富軍威
壮接力長征
岭岭鮮

建國七十周年庆典
观感昌杰詩書己
亥秋于龙头岭

# 嘤鸣酬赠

## 和张济川己巳中秋再寄各国诗友二首

和平建设诚为贵，树静阴风未肯休。
卅载炎寒经得住，一场雷雨不须愁。
山清水秀宾天下，花好月圆岁序周。
故土萦怀珍赤子，遥空雁递寸心忱。

浩荡东风温大地，弘扬国粹赖群谋。
豪情系世斥邪腐，妙笔凝心写乐忧。
两制一邦鸿业振，五洲千载好吟酬。
天涯共赏中秋月，邀举金樽倾尽瓯。

1989 年 9 月作

### 附：张济川原诗（二首）

持平国策和为贵，扰攘相煎世未休。
百载干戈元气竭，一生飘荡异乡愁。
还期海晏天行健，再见月圆岁序周。
仁爱为怀珍赤子，从来郅治夙先忧。

天声振荡到穷陬，敦厚风开世闭谋。
坦荡襟期斯有德，平和国是始无忧。
兰言厚贶诗心永，竹气交流雅士酬。
最是仲秋花月好，澄明大块灿金瓯。

**注：**张济川，广东潮安人，新加坡华侨。

## 桂林诗词学会与美国<br>纽约四海诗社结成姐妹诗社

并蒂莲花格外娇，大洋两岸涌诗潮。
潇潇春雨连寰宇，喜见新芽上柳梢。

1989 年 4 月作

## 和某诗友《六七抒怀》

时明岁月乐观过，老骥扬蹄有几何。
艺苑操劳埋怨少，毫端潇洒汗珠多。
真金不怕炉熔炼，铁汉能经难折磨。
坐爱红霞夕照晚，山城骝马任高歌。

**注：**过，读平声。

1990 年作

## 山水迎宾

山水钟情诱客心，沓来纷至仕如林。
漓江秀色同欣赏，烟波深处觅知音。

1991 年作

## 贺某君宿玉桂宾馆

大象酣瞟伴客居，推窗诗意韵无余。
万家灯火不眠夜，水月生辉沁肺舒。

**注：**玉桂宾馆，在桂林，离象鼻山不远。

1991 年作

## 浪淘沙·读《桂林景赞》

百阕浪淘沙，景句皆佳。幼遐遗韵续奇葩。字里行间摩诘画，幅幅堪夸。　　枯树绽新花，春雨施权。荒田育出好桑麻。老骥扬蹄鸣玉宇，魂系天涯。

**注**：幼遐、荒田均为《桂林景赞》笔名。

1990年2月作

## 和某君六十寿辰诗

雨雨风风月缺圆，今逾花甲再延年。
为鲸敢卷汪洋浪，作牯勤耕桑梓田。
夜竹凄寒潍县泪，黎元冷暖热肠悬。
河清海晏廉明政，老骥新途奋着鞭。

1990年作

## 鹧鸪天·赠黎明同学

笔走龙蛇纤手功，风姿似与旧时同。象山松沐漓江月，舞榭人歌桃李红。　　青杏老，赤枫隆，霜天万里看飞鸿。少年志气今犹壮，摘桂擒蟾闯月宫。

**注**：象山——指母校灵川中学所在地灵川三街石象角之山。

1990年作

## 和李育文吟长《外孙降临喜赋》诗

神韵诗翁喜弄孙，红莲一朵掌中珍。
书香门第春常在，灿烂文光照后生。

1991年9月作

### 附：李育文原诗　外孙降临喜赋（二首）

（一）

年近古稀喜见孙，弄璋弄瓦概为珍。
血缘三代歌今日，乐极忘忧慰此生。

（二）

娇婴丽质自天成，喜事盈门实快心。
欲以栋梁酬当世，循循善诱育精英。

## 步韵奉和汪民全《留别》诗<br>兼呈与会诸位代表

空前盛会择贤招，怠慢无妨逸兴饶。
旧友不嫌茶水淡，初交更觉韵音调。
桂山得雨千峰翠，芦笛翻声万里遥。
地北天南情谊厚，心香瓣瓣化为桥。

**注**：盛会——在桂林市召开的由中华诗词学会主办的全国第四届当代诗词研讨会。

1991年6月作

### 附：汪民全原诗<br>留别李兄育文唐兄甲元杨兄怀武<br>王兄必显秦君格赏

感君厚意盛相招，老友重逢逸兴饶。
不说斯文原共脉，只凭道义已相调。
青山过眼飞窗近，碧水牵肠入梦遥。
桂北桂南千里路，万家灯火到天桥。

1991年6月作

## 遵嘱题《桂林山水诗联三百首》

山青水秀尽情讴，一卷吟笺灿桂州。
人读诗章临胜境，梦遨云海荡轻舟。
清风两袖研诗艺，新体六行探韵猷。
桃李芬芳酬祖国，衔山楼里度春秋。

**注**：六行新体诗为该诗友提倡的诗体。

1991 年作

## 整理某君遗作

虽是同人未识卿，理君遗作见精神。
音容笑貌今何在，似听吟哦感慨声。

**注**：桂林诗词楹联学会会员某君已故，其子女将其遗作交学会整理，学会转交本人完成整理工作。

1991 年冬作

## 诗会期间闻某君口技鸟语

桃花江畔画眉喧，几许诗人觅鸟源。
寻遍云崖禽影渺，乱真口技满芳园。

1991 年 6 月作

## 月夜送人归

为规划中的南山水电站收集水文资料，予到龙胜县尾江乡甘甲村作水文观测，在此度过春节和元宵，返桂前夕，与同事月夜送人归，得此律。

群峰静静拥婵娟，涧水长长崎径延。
昨夜油茶兼薯酒，今宵野味待村贤。
玩狮唱调新春里，说笑谈天壮举篇。

一曲山歌酬别后，苗乡欢聚在何年？

1992年2月作于龙胜南山

## 浣溪沙·新春到苗家喝油茶

苞谷花生又米花，彩珠串串糯粑粑，仙丹配制煮油茶。　　好客苗乡春气暖，火塘围坐笑声哗，琼浆玉液倍神嘉。

1991年2月作

## 祝首届全国文企全协代表大会在桂林召开

文企联姻展锦屏，桂林山水更多情。
漓泉美酒添游兴，独秀峰高引凤鸣。

1992年4月作

## 和田翠竹先生八十自寿诗

坠地无声听世声，熔炉炼就武文生。
沙场激战输良将，艺苑挥毫享盛名。
白石丹青千古秀，洞庭湖水万年清。
逢霖老竹尤苍翠，春笋成林护锦城。

**注：**田翠竹为湘潭白石诗社社长，曾任教于桂林（李家村）中央军校六分校，自云出生时无哭声。

1992年5月作

## 酬法国薛理茂赠《八十长寿集》

传书鸿雁翥天涯，松柏长青映彩霞。

历尽沧桑知世味，几经辗转浣金沙。
胸存两万神州客，汗洒三千桃李花。
四海联盟扬国韵，冰心耋耄发春华。

1992年6月作

## 贺资源老山界诗社成立一周年

资江碧绿染群峰，雨润阳和岭岭葱。
莺啭鹂鸣花万树，老山界上咏春风。

1992年6月作

## 贺《桂林山水诗联三百首》一书问世

高楼万仞户衔山，欲领风骚壮大观。
振翅雄鸡啼晓韵，玉簪罗带卷诗澜。

**注：**作者书房名为衔山楼。

1992年12月作

## 叠彩诗社新年诗会

集贤登叠彩，翠岫绿茸茸。
漓水相辉映，群山处处融。

1993年1月作

## 象山诗社鸡年新春诗会

水月悠悠韵味浓，清波碧玉染危峰。
金鸡引颈漓江岸，沐浴春光唱大风。

1993年2月作

## 酬薛理茂赠《巴黎龙吟诗社诗选》

云高气爽接新年，读罢诗章望远天。
欧亚关山千万里，拳拳赤子总情牵。

1994 年 1 月作

## 次韵奉和薛理茂先生《为自塑山水盆景而作山水情七绝四首》

（一）

奇峰秀水赋天声，几许深情晓梦惊。
秋月春花流水去，人生寡欲自心清。

（二）

清晖淑气室生花，四季如春锦似霞。
细细山泉无限韵，通幽曲径数峰遮。

（三）

群峰寂寂路茫茫，露重霜寒野卉香。
雁逐浮云空怅惘，斜晖默默晓风凉。

（四）

苦行僻径石呈林，岭树岩花慰寸心。
候鸟啼猿惊蜀道，沾衣湿处白云深。

1994 年 1 月作

## 江城子・新年聚友

良宵淑气荡春光，共飞觞，话衷肠。须眉巾帼，尽

是旧寒窗，退日挥戈今夜里，酣歌舞，少年狂。　象山一别卅年长，战玄黄，历风霜。寻常书剑，化作栋和梁。劳燕分飞争暖树，梧桐翠，凤朝阳。

注：象山，指广西灵川县三街石象角，灵川中学所在地。

1994 年 2 月作

## 百龙宫诗词吟唱会

春雨丝丝锦瑟弦，高山流水有新篇。
绕梁三日飞金凤，惊醒百龙腾紫渊。

1994 年端午节作

## 参加张开政先生咏花诗书展开幕式

万紫千红撷一囊，暗香浮动斗牛光。
诗酣粉靥蜂迷蕊，笔走龙蛇凤满堂。
明月峰高重叠彩，梅花倩馥几经霜。
漓江一夜兰亭雨，百卉枝头看盛装。

1994 年 5 月作

## 酬蔡春草先生赠诗二首

陵园一度翻新貌，瑞气呈祥百卉嫣。
玉井丰功惊雅士，琼楼盛事赖君贤。
文章自古关民事，诗兴由来结世缘。
联谊天涯吟咏客，唯求颓笔有佳篇。

蔡氏名楼翰墨林，文城俗子表微心。

涂鸦偶识韩荆士，献韵为扬玉井荫。
贫贱交朋明月洁，忘年联谊世人钦。
龙江漓水同归海，细浪涟涟若奏琴。

1994年5月作

### 附：蔡春草先生原诗（二首）

### 谢桂林秦格赏先生见惠

桂林山水甲天下，烟火纸花工艺嫣。
更有骚坛来硕士，欣逢盛世聚名贤。
文章华国光文苑，诗礼传家翰墨缘。
叨蕙珠玑情独厚，铭碑千载百家篇。

### 谢桂林骝马山北里秦格赏先生见惠

一见钟情自桂林，宛如知己结同心。
千重云水涵幽景，百色梅兰伴月阴。
山斗高崇咸敬仰，诗书联谊众皆钦。
人生难得相和咏，自是名家乐奏琴。

## 奉和泰国谢慧如先生《八一抒怀》原玉

异域风光又一秋，闲来回首话沉浮。
韶华易逝人生短，功业难成天地悠。
善德于名传后世，芳心如故系神州。
寿辰感慨知多少？遥望乡关热泪流。

1994年8月作

### 附：泰国谢慧如原诗（八一抒怀）

放眼乾坤八一秋，荣枯得失任沉浮。
坐忘悟入空观谛，立善换来德业悠。

最喜藏经传后世，还看泰殿荫神州。
人生到底知何似，滚滚韩江日夕流。

## 桃江宾馆雅集

诸子新秋雅兴高，桃花江畔乐陶陶。
玲珑翠玉甲山秀，绚丽青罗仙女袍。
别墅幽深无故主，诗人荟萃续离骚。
扬清激浊评天下，煮酒论诗情更豪。

**注**：桃江宾馆原为李宗仁公馆，1991 年全国第四届当代诗词研讨会在此召开。本次雅集于 1994 年 8 月 19 日至 20 日，参加者有张开政、李育文、孙光西、刘克嘉、蓝少成、欧阳若修、唐甲元、张佑民、万章利、刘国勦、秦格赏、周瑞宣、陈家彦、沈家庄、杨怀武。桂林市委书记陈雨萍、市长袁凤兰到会讲话。过后评潭下吟诗初稿。人们把桂林山水喻为美少女，把桃花江喻为这位少女身上的长裙。

1994 年 8 月作

## 庆祝福建龙江吟社一百六十周年

百载诗坛逾甲子，沧桑几度易神州。
春花霜叶龙江水，涌上笔端歌未休。

1995 年 6 月 18 日作

## 贺黎明君新居

平地蜗居久，登梯上碧霄。
庆云梅韵逸，翰墨凤姿飘。
帘卷山城景，窗含漓水潮。
凭栏花锦簇，仰看月华娇。

1995 年 11 月作

## 贺骆罡书法展

笔注春心托素宣，行云流水任回旋。
豪情疑是兰亭序，破壁蛟龙出九渊。

**注：**骆罡，永福人，系吾灵川中学（三街）高二十三班同班同学，桂林市书法家协会秘书长。

1996 年 2 月作

## 贺李育文会长七十大寿

金戈铁马壮征程，艺苑文坛一老兵。
三尺龙泉豪气在，吟旌猎猎桂林城。

**注：**李育文，湖南人，退休前为桂林市群众艺术馆馆长，历任中华诗词学会理事、广西诗词学会顾问、桂林诗词楹联学会一届至四届会长。

1996 年 3 月作

## 贺唐甲元先生七十一大寿

沉寂廿年后，夕阳红满天。
晚成推白石，先杰励今贤。

1996 年 6 月作

## 与国耀兄相聚

丽日和风暖古城①，高山流水诉衷情。
青春结伴寒窗路②，华府举杯垂老兵。
手缺龙泉忧世弊，心存杞国惧天倾。
江河汛猛暂浑浊，污去沙沉水必清。

**注：**①古城，指兴安县城。②寒窗路，少年时，担柴挑米，越岭翻山，到大墟读初中，每与兄同行，其中甘苦两心知。

1998 年 2 月作

## 呈刘奭兄

（刘奭，即秦耀辉，又名田才）

几曲狂歌兴未阑，金兰如故鬓毛斑。
巴山夜雨舒鱼雁，榕市校园歇马鞍。
欲娩糟糠忧子夜，扰惊临社报平安。
羞将往事吟诗句，留与儿孙带笑看。

**注：**余在川五载，每有书信往来，往返川桂时常在兄所在拱极路小学借宿。报平安联，妻怀双胞胎，已届产期，一日因家荣兄之事，余与之同赴刘兄处，直至深夜于刘兄处留宿，时因社会治安欠佳，妻见吾深夜未归，忧心忡忡，乃报告领导，领导派同事荷枪实弹深夜寻吾，一路上村犬狂吠，扰得四邻不安，找到临社小学，见吾与兄同寝无恙。此事一时传为佳话。

1998 年 3 月作

## 步韵和潘教授七十初度诗

今生幸入古来稀，休叹乌纱与布衣。
廿载风寒存骨健，一朝日暖笑情痴。
女书古艺高超技，吟苑新声雅俗诗。
潇洒桑榆天地外，雄心不老故人知。

1998 年 8 月作于乌鲁木齐至西安列车上

### 附：潘慎教授七十初度诗

残年喜值古来稀，达观浑忘泪点衣。
廿载楚囚终化吉，一生然诺转疑痴。
步能弃杖频携屐，笔不生花妄撰诗。
潇洒世间行此度，甜酸苦辣自家知。

## 致某同学二首

旧友鹏程海外翔，书来相告十年祥。
鸿飞万里思巢旧，好报春晖灿梓桑。

当年北大共书窗，劳燕争春事业昌。
环保于今成绩著，功名不记水文郎。

注：该同学与吾同时参加水利部委托北京大学举办的水环境监测培训班学习。

1998 年 12 月作

## 致陆振欧同志

少年壮志搏云天，乐引春风度玉关。
情化天山千载雪，欣酬万代拓甘泉。

注：陆振欧同志系广西扶绥人，随王震部队入新疆屯垦戍边。

1998 年 8 月作

## 千禧年新春同学聚会

龙岁新年聚一堂，月牙楼上好风光。
漓江秀色来天地，铁路精英灿梓桑。
朗朗乾坤春骀荡，巍巍楼宇市辉煌。
举杯互祝前程美，水远山高情谊长。

2000 年 2 月 7 日（正月初三）作

## 赠某同学

畅游商海据鳌头，光灿梓桑呈大猷。
龙岁蟾宫多摘桂，来年更上一层楼。

**注**：该同学现任中国铁路工程总公司总经理。桂林解放桥重建工程由其部属承担。春节期间来桂检查工作，邀吾等相聚。

2000 年 2 月作

## 赠壶品茗诗会

文城诸子聚华堂，春雨绵绵情意长。
独具匠心镌雅句，每添陆羽忆甘棠。
秋光水淡漓江美，夜月波清诗兴昂。
榕市骚坛生趣事，兰亭盛会永流芳。

**注**：陈雨萍、张开政、刘克嘉三位老领导从江苏宜兴带回一些紫砂壶，每壶均刻有诗句和受赠诗友名字（雨萍句、开政书、克嘉刻。如授予本人的壶刻有："夜月波清，秋光水淡"字样），2000 年 4 月 29 日招集受壶诗友于榕湖饭店授壶。受壶者有李育文、张佑民、杨怀武、唐甲元、蓝少成、万章利、秦格赏、刘国勦、曾秋鹤、林军、林叶萌、黄蓓蓓、黄小甜、秦健华。缺席有萧瑶、欧阳若修、廖家驹。

2000 年 4 月作

## 咏兰赠留兰阁女士

空谷幽深发异香，移来画阁巧梳妆。
秋霜冬雪添诗韵，玉魄芳魂逐雁行。
屈子行吟馨蕙佩，木兰仗剑柳眉扬。
花繁叶茂精神爽，好报春风过女墙。

**注**：梁玉芳女士，平乐诗社领导，赠我《留兰阁吟草》诗集，故作此诗赠之。

2000 年 10 月作

## 奉和冯先生咏母诗

思亲泪水透征袍，茹苦含辛母德高。
但使泉台圆好梦，精忠报国不辞劳。

**注**：冯光成先生将其《北溪吟》诗集赠我并祈赐诗，因其诗集中有咏母诗，故奉和而成。

2001 年 2 月作

## 题某建筑公司

良工辛苦勇登攀，樵采云峰逾险关。
建树非凡人敬仰，筑成广厦耀尘寰。

**注**：此诗系遵某君所嘱而作藏头诗。

2000 年 12 月作

## 题某公司

客商南粤聚，雅量胜珠江。
一道腾飞日，山中出凤凰。

**注**：此诗系遵黎明君所嘱而作藏头诗。

2001 年 6 月作

## 北京申奥

创寰球水准，展赤县雄风。
交体坛良友，腾经济巨龙。

**注**：此诗系应《中华名人申奥献词签名大典》编辑部之约而作。

2001 年 7 月作

## 贺玉融诗社成立二十周年

贝江清澈万山中，竹木鲜花绿映红。
苗族人勤桑梓茂，嘤鸣婉转闹春风。

2001 年 10 月作

## 奉和黄龙言先生《盛世感怀》原韵

老眼昏花字迹斑，兴观群怨感千般。
冥思苦想推敲句，覆去翻来斟酌篇。
诗写民忧情自笃，词诛世弊志尤坚。
生花梦笔勤挥洒，眼底山川分外妍。

**注：**黄龙言，荔浦“晚霞”诗社社长。

2001年10月作

## 示　儿

（代黎明君作）

雏鹰别母远飞翔，胡域曾惊骤雨伤。
商海行船须稳舵，酒楼观舞莫寻芳。
鸿图锦绣经心绘，世事纷繁放眼量。
反哺赢来千古敬，心香一瓣报炎黄。

**注：**胡域句，指美国五角大楼被恐怖分子用飞机撞废事件。因其子正在美国。

2002年3月作

## 赠毛茜

叠彩山头望欲奢，秦淮河畔泛红霞。
轻盈绰约颜如玉，娴静端庄品自嘉。
巾帼心存鸿鹄志，渔歌晚唱古筝琶。
良缘喜结百年好，虎踞龙盘佑我家。

**注：**毛茜，二儿媳，南京人，时尚未结婚。

2004年8月作

## 赠李力

良母贤妻何处寻？眼前儿媳感人深。
相夫教子双肩重，养性修身三代歆。
博览群书才不露，每怀仁爱广施荫。
家庭和睦春常在，乐向夕阳漫抚琴。

注：李力，大儿媳。

2004 年 12 月作

## 除夕赠亲家毛永平先生

金鸡报晓接新春，万事称心长健身。
乐享天伦情意暖，中华美德有传人。

注：毛永平，毛茜之父。时彼接老母一起过年，我未能，感而作此诗赠之。

2005 年 2 月 8 日晚（除夕夜）作

## 贺唐甲元诗集出版

春回华夏放歌喉，吟苑廿年写晚秋。
一卷编成为大器，阴魂可慰乐诗俦。

2005 年 2 月作

## 参加米珠山第三届梨花会赠灌阳诗友

都庞岭下花如海，吟友挚情比海深。
花润春霖凝硕果，情浇诗蕊结知音。

2006 年 3 月作

## 冰霜不改青山秀

（与韦新智同学共勉）

蜀道难行如上天，邕江恶浪欲翻船。
冰霜不改青山秀，无限风光耀眼帘。

**注：**本人在大学期间身患重病，几经磨难，方越险关，新智同学于知天命之年后亦患重病，幸能脱险，今均已过花甲，儿孙绕膝，是为乐矣。

2006年11月作

## 赠桂林某公司老总

雅士游商海，纵横搏浪宽。
经营兼逸兴，直上白云端。

2008年8月作

## 邕城别新智同学

清歌曲曲见真情，愧我无才难合声。
巴蜀青春交挚友，邕城花甲做嘉宾。
浮名未逐随烟逝，老朽犹存面壁忱。
一别关山千里远，康宁相祝享天伦。

**注：**此次南宁之行系为诗词学会办理《桂林诗词》准印证，得到新智老同学的热情招待，并通过其友邀来广西艺术学校师生若干前来唱歌助兴。余无以报答，以诗赠之，聊表情怀耳。

2006年11月作

## 赠汪济华同学

天涯岁末问平安，残梦依稀客锦官。
厄运缠身忧祸患，真情待我胜金兰。

苦经桑海成斑鬓，欣有儿侪溯上滩。
八桂山翁今有望，江南观景共凭栏。

注：汪济华，江苏常州人，系我在成都上大学时同班同学，我患重病期间曾得到他的热情关怀和帮助，毕业后37年无音讯，2007年2月14日接其问候的电话，十分高兴，故吟成此诗以酬，当日用短讯发送过去。

2007年2月14日作（2月17日为除夕）

## 忆秦娥·缅怀蓝少成诗友

三秋别，音容宛在诗章叠。诗章叠，笔传神韵，情怀高洁。　　客家骄子杏坛杰，文光灿烂烛光烨。烛光烨，芬芳桃李，葱茏枝叶。

注：蓝少成，广西师范大学已故教授，其女为父出版诗词书籍，邀吾写纪念作品，因成是阕。

2006年6月作

## 贺灌阳龙川诗社成立二十周年

龙卷祥云施雨露，川流不息鱼丰富。
诗萦绿水绣青山，社会和谐歌伴舞。

2008年9月作

## 贺志国毛茜上海新居

遍地琼楼接远天，浦江育就古今贤。
公交铁道东西近，医药商场里弄连。
七载姑苏勤面壁，三年云岭欲登巅。
倚窗极目双鹰健，搏击长空永向前。

2008年12月作于上海

## 步韵奉和钟家佐《八十初度》二首

### 言彼

诗章叠叠意常新，勤奋耕耘到八旬。
至理名言心每悟，行云流水翰长亲。
经纶济世输肝胆，正义为怀斥鬼神。
风雨征程欢笑过，嘤鸣合唱九州春。

### 言己

花开花落几番新，岁月蹉跎逾六旬。
世演荧屏昏老眼，情牵后裔是严亲。
养生健体推拿术，弄管吟诗意境神。
斗室温馨窗外绿，枝繁叶茂胜芳春。

2009 年 6 月作

**附：钟家佐原诗　八十初度（征和）**

儿时幻梦忆犹新，倏忽衰龄步八旬。
对镜萧疏关塞远，开怀坦荡友情亲。
且斟杯酒酬风雨，自许平生鄙鬼神。
品茗笑谈桑海事，放歌高唱九州春。

2009 年（五月初五）作

## 贺香港诗词学会成立

铜驼洗尽辛酸泪，饮露荆花烂漫开。
南海欢歌千迭浪，香江和韵畅吟怀。

注：此诗为代黎明君所作。

2009 年 5 月作

## 答友人

芬芳桃李好年华，劳燕分飞枉自嗟。
梦里相逢愁夜短，天涯遥望恨云奢。
枝头簇簇欣秋实，鸟语关关乐晚霞。
联袂吟诗评世事，真诚友谊绽心花。

2009 年 5 月作

## 酬杨联君伉俪赠《书艺根雕》集

根书艺苑展奇观，振翅齐飞龙凤欢。
耐得深山林海寂，春风引渡玉门关。

2009 年 7 月作

## 与骆罡贺丽明同学聚会，听骆罡谈书法

施家园内聚文房，四壁琳琅翰墨香。
半纪沧桑存厚谊，一身书艺展华章。
传经示范虔诚意，临帖潜心基本方。
万象生机求善变，行云流水逐春光。

**注：**骆罡与贺丽明均系吾灵川中学（三街）同班同学，自 1962 年入学至今近五十年矣，均为书协会员和诗词学会会员。

2011 年 5 月作

## 贺外甥仕国新婚四首并序

吾在沪带次孙期间接到大妹子电话，说其次子仕国很快就要结婚，请吾书写新婚对联。吾用了一天半时间写了这四首律诗作为他新婚堂屋横幅用，连同写好的对联一并寄给她，作为新婚贺礼。

沪桂遥空传喜讯，婚联副副寄真情。
鸳鸯相伴一江水，鸾凤和鸣万里程。
美酒交杯听蜜语，欢歌悦耳宴嘉宾。
桃源秀色添新韵，花好月圆锦绣萦。

梅花吐艳送春来，漓水欢歌情满怀。
两岸青山传鸟语，八方贵客宴香醅。
一朝情侣姻缘配，百载夫妻情意偕。
父母恩深儿女孝，天伦之乐笑眉开。

良辰今日汝成家，父母弟兄心绽花，
善待高堂行孝道，勤耕田地植桑麻。
贤良妯娌家庭睦，恩爱夫妻老少嘉。
世上桃源仙女到，春风一夜育奇葩。

今宵一刻值千金，笑语温情似乐音。
月下灯前形影伴，天涯海角梦中寻。
同甘共苦真情贵，合力齐心举世钦。
比翼双飞家业旺，春花烂漫树成林。

**注**：桃源，外甥所在的农村名为桃源村，在漓江边半边渡附近。

2011 年 11 月于上海

## 呈林从龙诗家

运交华盖奈其何？岂有闲情唱牧歌？

体健心宽同一愿，桑榆岁月任蹉跎。

**注**：吾与林先生联系，他同意为本人的《昌杰作品集》做序言，吾将整理好的《昌杰作品集》寄给他，然而他回信说，近半年来都在医院度过，先是右手臂跌断开刀治疗，后是前列腺手术治疗，再是胆结石开刀治疗。本人也不幸连遭厄运，先是遭扒手偷去上万元现金，而后本人阑尾炎住医院治疗，再是老伴胃息肉在上海手术住医院治疗。读其来信后吟成此诗以呈。

2012 年 8 月于上海

## 贺宿富连教授七十初度

桃李繁星灿，杏坛豪杰崇。
拿云擒玉兔，施雨送春风。
契友盈天下，芳名冠宦中。
夕阳休叹息，犹照万山红。

**注**：宿富连，广西兴安县人，中山大学哲学系毕业，原桂林地委党校校长，系享受国务院特殊津贴的教授，其将《七十初度》诗示予，故有此作。宿教授常配合形势到基层宣讲党的方针政策或宣讲党的重大会议精神。

2013 年 8 月作

### 附宿富连原作：七十初度

对镜惊人老，回眸晚照中。杏坛甘与苦，宦路雨兼风。
桃李园多艳，妻儿情更浓。兰交酬雅唱，韵律共求工。

## 贺广西社会科学专家文集宿富连集出版

鸿篇哲学经，心得圣贤精。
春雨滋芳甸，千山百啭莺。

2013 年 8 月作

## 贺桂林与防城港诗词学会<br>结为友好诗会二首

北部湾滨承古韵，漓江水月续唐音。
诗人联袂春风里，禹甸山光共畅吟。

美酒佳肴饯我行，欢歌笑语意真诚。
从今两地诗牵念，万水千山递笃情。

2014 年 3 月访问防城港诗词学会后作

## 贺防城港市荣获全国<br>“诗词之市”称号

十载艰辛梦已圆，金声古韵满黉园。
山村城市能诗赋，猎猎吟旌赤县鲜。

2014 年 3 月访问防城港诗词学会后作

## 致诸同窗

半纪流光旧雨亲，相逢笑语总情真。
天伦乐趣桑榆茂，颐养身心永驻春。

2014 年 9 月作于龙头岭

## 贺桂林医学院诗词分会成立

悬壶济世显真情，医术高明好品行。
猎猎吟旌传古韵，白衣天使赋心声。

**注：**桂林医学院诗词分会于 2014 年 11 月 9 日在临桂二塘桂林医学院分校成立。该校罗放副院长宣布诗词分会成立并授旗，并为分会主要干部佩戴会徽。桂林诗词楹

联学会正副会长及顾问到会祝贺。

2014 年 11 月作于龙头岭

## 羊年春节赠国耀兄

穷乡僻壤两书生，涉水翻山一路行。
半纪沧桑流水逝，寒窗永结仲昆情。

2015 年 2 月作于龙头岭

## 羊年春节赠刘奭兄

乡情缕缕千丝茧，友谊根深万仞山。
五十年前巴蜀路，仁兄相助解疑难。

2015 年 2 月作于龙头岭

## 赠书家黎明君

凤翥鸾翔豪健雄，行云流水醉诗翁。
程门立雪君何意？学步邯郸无所从。

2015 年 6 月作

## 高中同学毕业五十年后在桂林重聚

三载同窗半纪情，今朝欢聚话平生。
光阴易逝重言别，望月相思到五更。

**注：**灵川中学高二十三、二十四、二十五班，于 1965 年毕业，至 2015 年足足 50 年矣。今三个班同学共 40 余人在桂林重聚，十分难得。诗以记之。“相思”一词，多用于男女青年想念，但也不局限于此，如古诗云“客从远方来，遗我一书札。上言长相思，下言久离别”。又李白诗，“长相思，在长安……”指的都不是恋人。

2015 年 10 月 9 日（10 日重聚）作于龙头岭

## 同窗情

天苍苍，野茫茫。雁阵翔，芦花扬。
头凝雪，鬓飞霜。西峰夕照艳翠岗，
象山依旧恋漓江。漓江清水万里长，
恰似同窗之情汇海洋。

2016年10月作

## 赠健恒宝宝

自古西湖名胜地，人文丽景冠寰中。
欣为艺苑新桃李，锦绣前程彩笔功。

**注**：今年暑假，长孙健恒小学毕业，赴杭州培训，赋诗勉之。

2017年7月作于龙头岭

## 大学同学群聊传来奇花图片，观后作

异草奇葩入眼来，缤纷绚丽悦情怀。
同窗友谊如花好，半纪沧桑仍盛开。

2017年12月24日作于龙头岭

## 赠廖倩倩

雷劈山前桃李花，春风拂面映朝霞。
蟾宫摘桂成骄子，网络赢民献岁华。
忠孝铭心人品善，丹青拿手叙文佳。
谦虚谨慎温和态，恩爱夫妻和睦家。

**注**：廖倩倩，作者小儿媳。雷劈山，桂林监狱所在地。倩倩父母为桂林监狱管理人员，故雷劈山是倩倩出生及学生时代的生活所在地。

2018年11月4日作于龙头岭

## 赠内人

携手持家卌五年，酸甜苦辣总情牵。
参禅学佛诚修性，以沫相濡到百年。

2018 年 11 月 6 日作于龙头岭

## 北斗领航

长子志斌由桂林市选拔，参加“北斗领航”计划高层次人才教学经济专题研修班，赴浙江大学公共管理学院学习，其间他发来在杭州西湖赏荷花照片，观后感而作此诗。

荷花艳丽迓君开，西子熏风拂面来。
北斗领航新路广，拿云亭畔筑高台。

**注：**拿云亭，在桂林市叠彩山顶。

2019 年 6 月 12 日作于龙头岭

# 古贤今咏

## 咏武训

枯椿褴褛运沉渊，百载飘零乞路颠。
走市过村遭白眼，餐风宿露度穷年。
莘莘学子春风雨，戚戚孤孀禾黍田。
贫贱卑微何足论？真情济世即为贤。

2004年3月作

## 咏孔丘

泰岱巍峨秀色幽，诸峰仰止几千秋。
儒家学说文明祖，薪火传承益五洲。

2009年7月作

## 读电影剧本《浣纱女》四首（古风）

### 西施

越溪浣纱女，报国馆娃宫。
谁解心头恨，知音唯范公。

### 范蠡

力挽狂澜费苦辛，忠君报国舍情人。
患难同担福不共，博大胸怀退路新。

## 勾践

卧薪尝胆雪国耻，发奋图强振越邦。
须眉欲酬凌云志，不辞蹈火与赴汤。

## 夫差

利令智昏兵入库，荒淫无道抱娇娃。
祸起枕边酣梦里，忘却忠臣乃冤家。

1982年春作于桂林

## 鹧鸪天·诗人节怀屈原

屈子当年恨未休，行吟泽畔感千秋。离骚血泪忧和怨，社稷生灵溺与浮。　红日灿，彩霞悠，百川秀丽竞龙舟。神州浩荡春风里，任意挥毫兴更稠。

1988年6月作

## 咏钟馗

终南进士龙楼客，破帽蓝袍出莽榛。
壮志凌云惊地府，忠肝盖世作门神。
人间魑魅形形色，宦海包公代代尊。
法网恢恢扬正气，英雄捉鬼净寰尘。

2002年4月作

## 咏陶渊明（三首）

隐退躬耕度此生，田园逸兴胜衙庭。
桃花源里仙乡美，菊酒诗中肝胆诚。

猛士刑天精卫志，高风靖节素琴情。
言词柔淡诣深远，纯朴文风北斗星。

手中金饭碗，打破另谋生。
脱俗超尘远，平淡美心灵。

昏暗官场奈若何，清风两袖隐山窝。
天然五柳田园韵，淡远优柔万代歌。

2016年8月作于龙头岭

## 一剪梅·咏李清照

聪颖多才隐绣楼。无限相思，两处情愁。家亡国破恨难收。泪涌泉流，刀割心头。　　婉约词章冠九州。情意悠悠，韵味悠悠。文光词艺耀千秋。诗侣词朋，会意吟修。

2014年6月作于龙头岭

## 咏文成公主

天仙丽质锁深宫，一别长安驾彩虹。
世界高峰①昭日月，中原吐蕃共尧封。
车轮滚滚怜螳臂，江水滔滔向海东。
指点迷津骚乱者，大昭寺②内仰尊容。

注：①世界高峰，指珠穆朗玛峰。②大昭寺，在拉萨城中，内有文成公主塑像。

1989年4月作

## 咏秦皇

赫赫威名气势雄，金瓯无缺乐融融。
一川秀水疏南北，万里长城固西东。
指点江山形胜地，论评功过笑谈中。
文明古国翻新样，众志成城胜祖龙。

1989 年 4 月作

## 咏伏羲（新声韵）

人首龙身天赐神，文明始祖定乾坤。
甘棠传世民称颂，华夏繁荣万代春。

**注：**伏羲，又叫太昊伏羲，《史记》中称伏栖，是华胥氏踩了雷泽中雷神的足印生出的儿子，是中华民族敬仰的人文始祖，居三皇之首。

2017 年 6 月作于龙头岭

## 咏周敦颐[1]

幼小丧椿母子怜，遗孤依舅志尤坚。
阴阳理学开山祖，仁德操行并蒂莲。
正义当头冲恶势，慈心授业育高贤。
爱民勤政师宗范，先哲灵光耀万年。

注：①周敦颐，北宋著名哲学家，学术界公认的理学派开山鼻祖。著作有《爱莲说》《太极图说》和《通书》。

2017 年 7 月作于龙头岭

## 咏鲁迅[1]

苦海迷茫指路灯，领航群雁步云程。

图新除旧挥长剑，俯首为牛孺子耕。

**注：**①鲁迅(1881—1936)，原名周樟寿，后改名周树人，字豫山，后改豫才，“鲁迅”是他1918年发表《狂人日记》时所用的笔名，浙江绍兴人，著名的文学家、思想家、教育家，五四新文化运动的重要参与者，中国现代文学的奠基人。

2017年8月作于龙头岭

## 咏马君武

慈亲苦育栋梁材，文理工科奇异才。
博学多能非政客，诚交良友上云台。
浑身正气传千载，一代师宗惠万斋。
思想求新除旧制，兴邦教学两情怀。

**注：**马君武（1881—1940），汉族，祖籍湖北蒲圻，出生在广西桂林。学者、政治活动家、教育家。广西大学创建人和第一任校长，中国近代获得德国工学博士第一人。参与同盟会组建者，历任中华民国临时政府实业部次长、孙中山革命政府秘书长、广西省长、北洋政府司法总长、教育总长。后淡出政坛，精力投入教育事业，先后担任大夏大学、北京工业大学、中国公学、广西大学等学校校长。马君武以其改造中国的封建教育体制、力推现代高等教育的理念奠定他在中国近代教育史上的地位。

2017年8月作于龙头岭

## 有为引思

维新变法树雄心，一枕黄粱空好音。
暴雨狂风松挺立，泥沙淘尽见真金。

**注：**有为，即康有为（1858—1927）又名祖诒，字广厦，号长素，又名长素、明夷、更甡、西樵山人、游存叟、天游化人，广东南海人，晚年别署天游化人，清光绪年间进士，官授工部主事。出身于仕宦家庭，乃广东望族，世代为儒，以理学传家。近代著名政治家、思想家、社会改革家、书法家和学者。康有为是参与戊戌变法的重要人物之一，戊戌变法失败即逃亡日本，回国后成为保皇派。

2017年8月作于龙头岭

## 咏诸葛亮[1]

躬耕陇亩隐隆中，三顾茅庐翥卧龙。
抗魏联吴烧赤壁，登基为相[2]献精忠。
辅佐刘禅心力尽，讨征南乱孟雍[3]穷。
七伐祁山身病故，贤臣才智古今崇。

注：①诸葛亮（181—234），字孔明，号卧龙（也作伏龙），汉族，徐州琅琊阳都（今山东临沂市南县）人，早年丧父，他与弟弟由叔父诸葛玄抚养，叔父病逝后，诸葛亮与弟弟移居隆中（今襄阳，一说南阳），隐居乡间耕种，维持生计。诸葛亮是三国时期蜀汉丞相，杰出的政治家、军事家、散文家、书法家、发明家。东晋政权因其军事才能特追封他为武兴王。其散文代表作有《出师表》《诫子书》等。曾发明木牛流马、孔明灯等，并改造连弩。刘禅追谥为忠武侯，是中国传统文化中忠臣与智者的代表人物。②登基为相，刘备称帝后，任诸葛亮为丞相。③南乱孟雍，指诸葛亮南征讨伐雍闿（音 kǎi）和孟获一事。

2017 年 8 月作于龙头岭

## 纪念谭嗣同就义一百周年

绚丽霞光海外天，慈禧专横井蛙眠。
陈规不破神州暗，新政推行志士坚。
乐遣赤心开正道，何须俯首畏强权。
人间改革风云涌，更励今贤慰古贤。

注：禧，读平声。横，读去声。

1998 年 7 月作

## 咏蔡文姬

才华盖世运不佳，初嫁当年即守寡。
东汉末年天下乱，匈奴南侵猎奇葩。
横遭恶辱心溃死，失身异域又亡家。

俗殊心异身难处，寒夜茫茫漫风沙。
戎羯相逼成其室，遂生二子归路遐。
两国交欢罢兵戈，羌胡踏舞共讴歌。
弃儿归汉五内崩，情牵异域望天涯。
胡笳十八眼哭瞎，骨肉相逢梦亦奢。
家园白骨荆艾加，鬼哭狼嚎惊魂化。
薄命相托依新人，新人犯罪死刑罚。
蓬头赤脚跪求情，为救董祀闯府衙。
魏王开恩免一死，董祀感恩情更嘉。
聪颖机灵记性强，背诵古籍四百章。
人生坎坷均历尽，相濡以沫隐山乡。
沧海桑田几千年，今胜古时大中华。
长城内外是一家，儿孙兴旺莫牵挂。
繁荣昌盛复兴路，文光灿烂似朝霞。

**注：**蔡文姬，名蔡琰，字文姬，又字昭姬。生卒年不详。东汉陈留郡圉县（今河南开封杞县）人，东汉大文学家蔡邕之女。初嫁于卫仲道，不足一年夫死，无子女，蔡文姬便回到自己家中。后因匈奴入侵被掳走，嫁给匈奴左贤王生有二子，十二年后曹操统一北方。蔡邕是曹操老师和好友，曹操用重金将蔡文姬赎回，并将其嫁给董祀。后董祀犯了死罪，蔡文姬找曹操给董祀求情，董方免死刑。蔡文姬同时擅长文学、音乐、书法。是东汉末年一才女。归汉后作有《悲愤诗》两首（五言体和骚体）和音乐《胡笳十八拍》，在曹操的要求下，凭记忆抄写古籍400余篇。今陕西蓝田县三里镇乡蔡王庄村西北约100米处有蔡文姬墓和文姬展览馆，为省级文物保护单位。

2017年8月作于龙头岭

## 咏曹操

雄才大略一精英，奋臂挥戈乱世平。
重视桑麻农税减，新栽艺卉建安兴。

贤能是举人皆赞，权贵休迎心自明。
依法施行持正道，感恩千载有余情。

**注：**曹操（155—220），字孟德，小名吉利，小字阿瞒，沛国谯县（今安徽省亳州市）人，东汉末年著名的军事家、政治家和诗人。三国时期魏国的奠基者和主要缔造者，在世时担任东汉丞相，后封魏王，去世后谥号武王。其子曹丕称帝后，追尊武皇帝。

2017 年 8 月作于龙头岭

## 咏司马相如①

子虚吟罢上林呈②，文采风流汉帝倾。
丹凤求凰惊四座③，瑶琴传韵遁三更④。
安边建业⑤垂青史，习剑攻书惠众生。
历尽寒门凄苦后，苍天赐福显功名。

**注：**①司马相如（前 179—前 118），西汉辞赋家、文学家和杰出政治家，字长卿。蜀郡成都（今四川成都）人。②子虚、上林，即司马相如写的《子虚赋》和《上林赋》，其中《子虚赋》得到梁王赏识，《上林赋》得到汉武帝刘彻赏识。③丹凤求凰。即琴曲《凤求凰》，司马相如在宴席上倾心演奏《凤求凰》。④遁三更，司马相如演奏《凤求凰》时深深打动了富豪卓王孙之女卓文君，卓文君从门缝偷看之，发现司马相如长得很英俊，便产生爱慕之情，于是当晚两人私奔。被誉为“世界十大经典爱情之首”。⑤安边建业，司马相如出使西南夷，将西南民族团结统一于大汉疆域，被称为“安边功臣”，名垂青史。

2017 年 8 月作于龙头岭

## 咏卓文君①

龙凤和鸣争暖树②，情丝万缕诉三诗③。
风流才女兼灵智，相伴鸳鸯千古思。

**注：**①卓文君（前 175—前 121），原名文后，西汉蜀郡临邛（今四川省成都市邛崃市）人，大富豪卓王孙之女，姿色娇美，精通音律，善弹琴，有文名。②争暖树，卓文君与司马相如私奔后，司马相如家徒四壁，卓文君曾当垆卖酒，后经卓王孙兄弟

和长辈的劝说，卓王孙才分给卓文君家奴 100 名，钱 100 万。卓文君就与司马相如回到成都，买了田地房屋，成为富有人家。③诉三诗，司马相如写《子虚赋》和《上林赋》得到帝王赏识被封为郎，不久打算纳妾，冷淡卓文君。于是卓文君便写了《白头吟》《诀别书》《怨郎诗》，司马相如见后终于打消了纳妾念头，与卓文君白头偕老。

2017 年 8 月作于龙头岭

## 长相思·王昭君

粉黛稠，春梦稠。日日思君龙凤逑，空房夜夜愁。　胡愿酬，妾愿酬。万里胡疆枕上筹，泉台延寿囚。

1991 年作

## 咏王昭君[①]二首

香溪清水育芙蓉，绰约风华甲汉宫。
贤德安能依恶俗，明妃犹可谓豪雄[②]。
不教胡马阴山度，全赖龙城健将攻[③]。
巾帼精英龙凤配。长留青冢古今崇。

妆台秋思[④]野茫茫，塞北江南皆故乡。
青冢千年情不断，子规[⑤]声里好春光。

**注**：①王昭君（约前 54 年—前 19），名嫱，字昭君，乳名皓月，西汉南郡秭归（今湖北省宜昌市兴山县）人。汉族，西汉元帝时和亲宫女，匈奴呼韩邪单于阏氏。昭君出塞的故事千古流传。②谓豪雄，明妃自愿出使匈奴和亲。③龙城健将攻，唐代诗人王昌龄《出塞》诗云：但使龙城飞将在，不教胡马度阴山。而昭君与匈奴和亲，胡汉和睦相处五十年。一女抵千军万马矣！④秋思，思，作名词用，读仄声。⑤子规，即杜鹃鸟。另，子规与秭归谐音。

2017 年 9 月作于龙头岭

## 咏貂蝉[1]

羞花闭月一奇才，智勇双全百事乖。
乱世锄奸人景仰，凤仪亭[2]里乐开怀。

**注：**①貂蝉，古籍上没有记载，但文学作品中多有描述，为汉末三国纷争中重要人物之一。由于无历史记载，关于她的姓名和籍贯，众说纷纭。其中一种比较流行的说法是，姓任，小字红昌，出生并州郡九原县木耳村。15岁选入宫中，她人才出众，聪敏过人，很快被任命为管理宫中头饰、冠冕的女官。由于这些头饰、冠冕的材料是用貂蝉制成，故称为貂蝉官，于是宫中的人们呼她为貂蝉，而她的真实姓名，则渐渐被人遗忘。“十常侍之乱”后，貂蝉因避难，逃离宫中，沦落到京城的一处乐坊，成为艺伎。一次偶然机会，让司徒王允认识。他对貂蝉出色的歌舞表演大为赏识，遂收至府中为歌伎。后来司徒王允利用貂蝉在董卓和吕布之间施行离间计，使义父义子之称的董卓和吕布反目成仇，最后董卓被吕布杀掉，为乱世除掉一奸贼，满朝文武欣喜若狂，长安百姓高兴得在大街小巷载歌载舞。貂蝉的最终命运如何也是众说纷纭，其真实结局无人知晓。②凤仪亭，故事出自《三国演义》，讲述了貂蝉和吕布在凤仪亭私会，被董卓撞破，董吕彻底反目成仇，吕布决心杀掉董卓。

2017年9月作于龙头岭

## 香港回归怀林则徐

威震虎门去国殃，天山月暗路茫茫。
千刀当剐昏君肉，万载难忘割土章。
雪耻全凭强国力，补天喜有众贤良。
钟声一杵惊寰宇，唤醒林公共举觞。

1997年5月25日作

## 咏杨贵妃

巫山云雨愿天长，已破中原舞梦乡。
千古风流千古恨，马嵬遗事任评章。

1994年11月作

## 纪念郑和下西洋六百周年

七渡重洋拓大荒，英雄盖世永流芳。
瀛涯列国钦华夏，智慧文明日月光。

2005年8月作

## 满江红·岳飞冤案[①]

（步岳飞《满江红》韵）

滚滚烽烟，挥戈激、天廷诏歇。回首看、千村寥落，万家惨烈。十二金牌成厄运，一双怒目观残月。奈若何、天日恁昏昏，空悲彻。　英雄恨，冤难雪。民情愤，谁能灭？看千秋冤案，法制奇缺。秦桧横施奸佞计，高宗痛饮忠臣血。怒难遏，报国尽精忠，冲天阙。

**注：**①岳飞，字鹏举。宋相州汤阴（今河南安阳汤阴县）人，南宋抗金名将，中国历史上著名军事家、战略家，民族英雄。宋高宗、秦桧一意与金求和，以十二道“金字牌”下令退兵，岳飞在孤立无援之下被迫班师。在宋金议和过程中，金人提出要求，先斩岳飞后议和。故岳飞遭受秦桧、张俊等人诬陷，被捕入狱，岳飞愤书“天日昭昭，天日昭昭”八个大字。1142年1月以“莫须有”的谋反罪名，与长子岳云和部将张宪同时被杀害。宋孝宗时岳飞冤案被平反，改葬于西湖畔栖霞岭，追谥武穆，后又追谥忠武，封鄂王。岳飞重视人民力量，缔造了“连结河朔”之谋，主张民间抗金义军和宋军互相配合夹击金军，以收复失地。

2017年9月作于龙头岭

## 纪念杜甫诞辰一千三百周年

三吏凶残三别愁，民情国是挂心头。
沧桑风雨千年后，诗圣光辉耀九州。

**注：**三吏，三别，即《石壕吏》《新安吏》《潼关吏》和《新婚别》《无家别》

《垂老别》，均为杜甫现实主义诗篇。

2012 年 3 月作于灵川龙头岭

## 咏戚继光①

蓬莱仙境育奇才，民族英雄扫雾霾。
陆海除倭安社稷，胡疆平乱畅民怀。
战船军器新工制，阵法兵书妙手裁。
睿智忠肝传后世，全歼来犯虎狼豺。

**注：**①戚继光（1528—1588），字元敬，号南塘，晚年号孟诸，卒谥武毅。汉族，山东蓬莱人。明朝抗倭名将，杰出的军事家、书法家、诗人、民族英雄。在东南沿海抗击倭寇十余年，扫平了多年为虐沿海的倭患，确保了沿海人民的生命财产安全，他在诗中写道："封侯非我意，但愿海波平。"后又在北方抗击蒙古部族内犯十余年，保卫了北部疆域的安全，促进了蒙汉民族的和平发展。写下了十八卷本《纪效新书》和十四卷本《练兵实纪》等著名兵书，还有《止止堂集》及在各个不同历史时期，呈报朝廷的奏书和修议。同时他又是杰出的兵器专家和军事工程家，他改造、发明了各种火攻武器；他建造的大小战船、战车，使明军水路装备优于敌人；他创造性地在长城上修建空心敌台，进可攻，退可守，是极具特色的军事工程。万历十三年（1585）遭张希皋弹劾，戚继光被罢免，回乡后病死。

2017 年 9 月作于龙头岭

## 吊屈原三首

正气妖氛杂两间，小人得势贬忠贤。
汨罗河水悠悠去，尽是灵均恨与冤。

满腹经纶志搏霄，忠肝空自赋离骚。
头颅换取天公泪，掷向江流化碧涛。

平生不遇真明主，蔽日阴云终未开。

恨地恨天还恨己，缘何我缺谄君才？

1998 年 3 月作　载加拿大《晚晴诗社双月刊》

## 咏药王孙思邈①

聪颖村童弱病身，勤研博学痴心珍。
千金药典人间宝，三圣名魁天上神。
淡泊仕途循道佛，推崇医德惠黎民。
开今鉴古真骄子，妙手回春代代遵。

**注：**①孙思邈（541—682），享年 102 岁（一说 141 岁）。汉族，京兆华原（现陕西铜川市耀州区）人，幼年体弱多病。唐代医药学家，被后人称为“药王”。出生在贫穷农民家庭，从小聪明过人，受老师器重。长大后开始爱好道家学说，探索养生术。20 岁时对“老子”“庄子”以及佛教经典已经无所不通。因社会混乱，隐居在秦岭太白山中，有很高声名。同时也博览众家医书，研究古方剂。济世救人为终生事业。为了解中草药的特性，走遍深山老林。搜集民间医疗经验，编有《千金要方》和《千金翼方》，还编著世界上第一部国家药典《唐新本草》。为祖国的中医发展建树了不可磨灭的功德，是中华医学发展先河中一颗璀璨夺目的明珠，千余年来一直受到人们的高度评价和崇拜。唐太宗李世民赞孙思邈“凿开径路，名魁大医。羽翼三圣，调和四时。降龙伏虎，拯衰救危。巍巍堂堂，百代之师”。宋徽宗敕封其为“妙应真人”。他拒官不仕，潜心中医药，重医德。系继张仲景之后第一个全面系统研究中医药的先驱者，对病人一视同仁。

2017 年 9 月作于龙头岭

## 姜子牙①颂

人生坎坷路茫茫，贤士民间卌载藏。
渭水古稀痴放钓，南山万籁引思量。
风云洞察寻君主，韬略深谋灭纣商。
一代雄才兴社稷，封神金榜永流芳。

**注：**①姜子牙（约前 1156—前 1017），活了 139 岁，姜姓，吕氏，名尚，一名望，字子牙或单呼牙，也称尚吕，别号飞熊。商朝末年人。出身贵族家庭，出生地主

要有东海说和河内说。他辅佐了西周王，称太公望，俗称太公。西周初年，被周文王封为太师（武官名），被尊为师尚父。姜子牙是齐国的缔造者，周文王倾商，周武王克纣的首席谋主，最高军事统帅与西周的开国元勋，齐文化的创始人，也是中国古代一位影响久远的杰出韬略家、军事家与政治家。历代典籍都公认他的历史地位，儒、法、兵、纵横诸家皆追他为本家人物，被称为“百家宗师”。主要著作有《六韬》，又称《太公六韬》《太公兵法》《素书》和《乾坤万年歌》（此书一说是清代文人所作）。一生坎坷，半生寒微，择主不遇，漂浮不定。在辽宁隐居了40年，后又到陕西终南山，72岁在渭水垂钓，后遇周文王，才得柳暗花明，施展才华。

2017年9月作于龙头岭

## 摸鱼儿·咏王半塘

历千年雅音能继，王公心血如许！十年铅椠功非浅，留与后人琴趣。欣慰处，看蕙圃、芳菲新卉连陈树。吟今吊古。当一酹前贤，半塘遗韵，魂返梓桑否？　　东风劲，吹散神州烟雾。桂山春暖风煦。榕杉夜月流光渚，燕舞莺歌花簇。繁锦布。仙境妩。波清鱼跃游人慕。兰舟频渡。把酒上金台，酣歌击筑，邀十子同赋。

2006年6月作

## 纪念孙中山先生诞辰一百四十周年

封建王朝百代传，金田义帜化云烟。
神州板荡黎民苦，南粤豪雄三策贤。
创立共和摧帝制，驱除鞑虏振尧天。
丹心耿耿留芳德，天下为公颂万年。

2006年9月作

## 纪念欧阳修诞辰一千周年

泷冈阡表感人深，萱草荫成梁甫吟。
横扫文坛靡怪俗，勤输翰院惠甘霖。
金声酣畅豪而婉，桃李芬芳茂与钦。
一代魁星光灿烂，千秋墨客仰高岑。

2007年3月作

## 看电视剧《文成公主》

情化冰山气贯虹，凌云壮志盖珠峰。
雄才大略沙场将，贤惠宽容淑女风。
力挽狂澜除弊政，心怀吐蕃固尧封。
滔滔江水滋芳草，亘古天罡照亚隆。

**注：**亚隆——松赞干布家乡，他英年早逝，文成公主隐居于此直到寿终。

2001年5月作

## 咏女娲①

炼石补天黎庶钦，笙篁奏乐似瑶琴。
辛勤穑稼农邦本，精细泥人圣母②心。
婚嫁成规传后世，芪根健体胜琼琳。
贤明一统江山丽，创世神灵誉古今。

**注：**①女娲，又称娲皇，女阴娘娘，《史记》称女娲氏，是华夏民族人文先祖，是福佑社稷之正神。相传女娲造人，以黄泥仿照自己抟土造人，创造人类社会并建立婚姻制度；因世间天塌地裂，于是熔彩石以补苍天，斩鳌足以立四极。她制乐器，教穑稼，芪除疾，命四时，树五方，建历法。她还是创造万物的自然之神，因此被称为大地之母，是被民间广泛而又长久崇拜的创世神和始母神。现实中的女娲是一个真实存在的历史人物，主要活动于黄土高原。生卒年为前7759—前7653年，出生地为风

州（今陕西宝鸡市凤县），在位时间为前7707—前7653年。立都凤城（今河南济源市西北）。她16岁时伏羲以一双精致的狐皮为聘礼向她求婚，二人结为夫妻，生了四个儿子，即羲仲、羲叔、和仲、和叔。罗奉十八年（前7707）伏羲去世，女娲被氏族联盟推举为帝，建都汝阳，帝号女皇（此时53岁），女皇二年（前7705）共公氏自立为帝，女娲命火正祝融率南方部族北伐共工氏。②圣母，此指女娲氏。

2017年9月作于龙头岭

## 咏炎帝[1]（排律）

牛首人身火德王，文明初祖绩辉煌。
农耕制耜衣麻布，草药行医试胃肠。
陶器精工新艺创，木弓威武远名扬。
市廛交货城乡惠，音乐娱情南北腔。
聪颖先贤民敬仰，龙恩福泽似天罡。

**注：**①炎帝，是中国上古时期姜姓部落的首领尊称，号神农氏，又号魁隗氏、连山氏、列山氏，别号朱襄（尚有争议，也有说朱襄部落曾有三代首领尊号炎帝）。传说姜姓部落的首领由于懂得用火而得到王位，所以称为炎帝。从神农起姜氏部落有九代炎帝，神农生帝魁，魁生帝承，承生帝明，明生帝直，直生帝牦，牦生帝哀，哀生帝克，克生帝榆罔。传位530年。所处时代为新石器时代。相传炎帝牛首人身，他亲尝百草，用草药治病，他发明刀耕火种创造了两种翻土农具，教民垦荒种植粮食作物，他还领导部落人民制造出饮食用的陶器和炊具。传说炎帝部落后来与黄帝部落结盟，共同击败了蚩尤，故华人（不仅汉族）自称炎黄子孙，将炎帝与黄帝共同尊为中华民族人文初祖。炎帝被道教尊为神农大帝。主要贡献：制耒耜，种五谷奠定了农业基础；尝百草，开医药先河；立市廛，首辟市场，以物易物；制麻为布，民穿衣裳；作五弦琴，以乐百姓；削木为弓，以威天下；制作陶器，改善生活。

2017年9月作于龙头岭

## 越调·天净沙　黄帝[1]颂

### 统一华夏

腥风血雨天涯，无辜百姓丧家。一统江山绝佳。和平友善，聚民心壮中华。

## 创建文字

声音耳听消亡，何能久记收藏？汉字贤君首创[②]。流传万古，载天地著文章。

## 创建音乐

悲欢喜怒哀愁，抒怀乐律随修。笛管琴簧放喉。狂歌曼舞，意绵绵韵悠悠。

## 黄帝内经

中医典籍源泉，阴阳五诊鸿篇。哲学人身大全。形神脏象，养身心享天年。

## 制造衣裳

茅皮树叶遮身，冬寒夏热同伦。缝制衣裳众欣。文明始祖，谱新篇造阳春。

## 创井田制

荒原野地纵横。公私利益纷争。井字分田清明。持平税制，旺桑麻乐躬耕。

## 推算历法

茫茫宇宙繁星，悠悠岁月难明。历法新规制成，农人世宝，便耕耘利苍生。

**注：**①黄帝（前 2717—前 2599），古华夏部落联盟首领，中国远古时代华夏民族的公祖。五帝之首。被尊为中华“人文初祖”。据说他是少典与附宝之子，本姓公孙，后改姬姓，故称姬轩辕。居轩辕之丘（今河南新郑），号轩辕氏，建都于有熊，亦称有熊氏。也有人称之为“帝鸿氏”。史载黄帝因有土德之瑞，故称黄帝。黄帝以统一华夏部落与征服东夷、九黎族而统一中华的伟绩载入史册。黄帝在位期间，国势强盛。政治安定，文化进步，有许多发明和制作，主要成就：统一华夏部落。发明创造：房屋、衣裳、车船、阵法、音乐、文字、历数、器具、宫室、指南车和井田等。

教导百姓播种五谷，兴文字，作干支配合十二地支以纪时沿用至今。农历六十年为一周期。代表作品：《黄帝内经》。

②创，平声，七阳韵。

2017 年 10 月作于龙头岭

## 中吕·阳春曲　咏唐尧[1]

### 德高望重

真龙所化人身见，富贵亲民简朴贤，德高望重仰苍天。常纳谏，明智又恭谦。

### 禅让帝位

求贤让位民心向，海内清明国运昌，许由洗耳[2]敬贤王。传美德，华夏福绵长。

### 治理水患

滔天水患苍生苦，淹没山岗稽稼无，芸芸百姓怎安居。心痛彻，除害意情笃。

### 设诽谤木

忠言逆耳听之少，诽谤欣求境界高，为官首选好情操。严律己，光耀九重霄。

### 四时成岁

农耕有序财能守，乱套空忙本尽丢，依时划季是高筹。传万代，勤垦定丰收。

**注**：①唐尧，从父亲帝喾继承帝位，五帝之一。《史记》说：尧帝“其仁如天，其知如神，就之如日，望之如云”。即接近他如太阳一般，远望他如云霞一样灿烂。富有而不骄横，高贵而不傲慢，能明驯德，以亲九族。尧设置谏言之鼓，让天下百姓攻击他的过错。他德高望重，严肃恭谨，光照四方，上下分明，和睦相处，为人简

朴，吃粗米饭，喝野菜汤，穿粗布衣，住茅草屋，深受人民拥护爱戴。他创禅让制，设立诽谤木，治理水患，制定历法，颁授农耕时令，制定四时成岁。完善政治，建立国家政治制度。他是古昔圣王，是治国安邦的君主楷模，是儒墨之宗，儒家和墨家均以尧舜为号召。尧与鹿仙女结鸾俦于仙洞之中。尧在位70年禅让舜登位，28年后去世。②许由洗耳，许由是一位品德高尚、淡泊名利的贤人，得到尧帝的尊重，尧帝多次向他请教为君之道，并把首领之位禅让给他。许由不但不接受，而且逃到颍水之滨隐居。后来尧又委任他做九州长，许由就跑到颍水边洗耳朵。

2017年10月作于龙头岭

## 双调·蟾宫曲　咏项羽①

英雄亘古扬名。八尺男儿，岁月嵘峥。神勇无双，吴中起义，巨鹿蜚声。华盖当头骓不骋，乌江流血浪难平。楚汉相争，广武沟②横。义帜联盟，甚不同兴？

**注：**①项羽（前232—前202），名籍，字羽，秦末下相（今江苏宿迁）人，楚国名将项燕之孙，他是中国军事思想“兵形势”代表人物（兵家四势：兵形势：兵权谋、兵阴阳、兵技巧），堪称中国历史上最强的武将之一，古人对其有“羽之神勇，千古无二”的评价。其身高八尺余，重瞳。与刘邦结拜兄弟，项羽年长为兄，刘邦为弟。早年跟随叔父项梁在吴中（今江苏苏州）起义，项梁阵亡后他率军渡河救赵王歇，于巨鹿之战击败章邯、王离领导的秦军主力。秦亡后称西楚霸王。而后汉王刘邦从汉中出兵进攻项羽，项羽与其展开了历时四年的楚汉战争，其间虽然屡屡大破刘邦，但项羽始终无法有固定的后方补给，粮草殆尽，有猜疑亚父范增，最后反被刘邦所灭。公元前202年项羽兵败垓下（今安徽灵璧南），突围至乌江（今安徽和县乌江镇）边自刎而死。②广武沟，即广武涧，在今河南荥阳县东北。秦末楚汉两军隔广武而阵，东广武为楚王城，西广武为汉王城。

2017年10月作于龙头岭

## 咏关公

智勇双全汗马功，忠君报国大英雄。
千秋武圣重情义，德艺高标四海崇。

**注：**关公（160—220），汉族，生于东汉桓帝延熹三年，字云长，本字长生，河东解良人（今山西运城市）。三国时期蜀汉著名将领，前将军，汉寿亭侯，军事家。

死后受民间崇拜，又经历代朝廷褒封，被人奉为关圣帝君，佛教称为伽蓝菩萨，尊称为关公。被后来统治者崇为武圣，与号为文圣的孔子齐名。后人称赞关羽为三国时期杰出的军事家和战略家，此外还被台湾同胞视为恩主神。中国和日本及美国华人所在地都有关公庙。

2017 年 11 月 2 日作于龙头岭

## 咏张飞

勇猛刚强侠义风，彪形大汉蜀英雄。
虎牢关上奉先败，长坂桥边魏旅穷。
严颜傲慢收为将，技艺精良书画功。
悲思两地分身首，相处和谐上下融。

**注：**张飞（168—221），字翼德，亦作益德，幽州涿郡（今河北省保定市涿州）人氏，三国时期蜀汉名将。刘备长坂坡败退，张飞仅率二十骑断后，据水断桥，曹军没人敢逼近；与诸葛亮、赵云扫荡西川时，于江州义释严颜；汉中之战时又于宕渠击败张郃，对蜀汉贡献极大，官至车骑将军领司隶校尉，封西乡侯。221 年为替二哥关羽报仇，同刘备骑兵伐吴，临行前因鞭挞士卒被部将范强、张达刺杀，卒年 55 岁，尸体埋在阆中，头埋在云阳，分别建有张桓侯祠和张桓侯庙。

2017 年 11 月 8 日作于龙头岭

## 咏唐太宗

济世安民文武身，亲征百战惜芳春。
虚心纳谏兼勤俭，史上贤明一国君。

**注：**唐太宗，即李世民（599—649），是唐高祖李渊和窦皇后的次子，祖籍陇西成纪，出生在今陕西武功的李家别馆。唐朝第二位皇帝。在位 23 年，年号贞观。李世民是杰出的军事家，对唐朝的建立与国家的统一，立下了赫赫战功，爱好文学和书法，并有墨宝传世。平定了薛仁杲、刘武周、窦建德、王世允等军阀，最终统一中国。他是历史上最著名的明君、虚心纳谏、厉行节约，使唐朝国泰民安，开创了中国历史上最著名的贞观之治，为后来的开元盛世奠定重要的基础。

2017 年 11 月 10 日作于龙头岭

## 中吕·满庭芳　咏诗仙李白

满怀激情，凌云壮志，气骨高昂。心存道教贤能士，宦海迷茫。揭腐败歌声愤忾，爱众生情义深长。诗清逸，雄浑浪漫，神韵永流芳。

**注：**李白（701—762），唐代诗人，被誉为诗仙，字太白，号青莲居士。绵州昌隆（今四川江油）人。安史之乱，李白在宣城庐山一带隐居。次年他怀着消灭叛乱恢复国家统一的志愿，应邀入永王李幕府。永王触怒肃宗被杀后，李白也因此获罪，入狱浔阳（九江），不久流放夜郎（贵州桐梓一带），途中遇赦得归，时已59岁。晚年流落在江南一带。61岁时听太尉李光弼率大军出镇临淮，讨伐史安叛军，还北上准备从军杀敌，半路因病折回。次年在他的从叔当涂（安徽）县令李阳冰的寓所病逝。李白诗歌散失不少，今尚存900多首，内容丰富多彩。他一生关心国事，希望为国立功，不满黑暗现实。其《古风》59首是这方面代表作品，对唐玄宗后期政治的黑暗腐败，广泛地进行了揭露批判，反映了贤能之士没有出路的悲愤心情，言多讽兴，气骨高举。不慕荣华富贵，相信道教，有超尘脱俗思想，同时又有建功立业的政治抱负。不少诗篇表现了对人民生活的关心和同情。

2017年11月13日作于龙头岭

## 咏曹雪芹

贫寒富贵两重天，显赫荣华是祖先。
织造江宁三代福，集修诗韵百家篇。
锦衣纨绔成云梦，瓦灶绳床伴草椽。
愤世红楼熬十载，辛酸泪水育高贤。

## 咏李时珍[1]

辞去高官返故乡，悬壶济世福炎黄。
千篇医籍诸贤鉴，万里山川百药尝。
本草经书[2]传异域，濒湖脉学导临床。

纯真刚直承家业，妙手回春送曙光。

注：①李时珍（1518—1593），字东璧，时人谓之李东璧。号濒湖，晚年自号濒湖山人，湖北蕲州（今湖北省黄冈市蕲春县蕲州镇）人，汉族，中国古代伟大的医学家、药物学家。李时珍曾参考历代有关医药及其学术书籍800余种，结合自身经验和调查研究，历时27年编成《本草纲目》一书，是我国古代药物学的总结性巨著，在国内外均有很高的评价，已有几种文字的译本或节译本，其著作有《濒湖脉学》。②本草经书，指《本草纲目》一书。

2017年11月20日作于龙头岭

## 评秦皇①

### 沁园春·功垂千古

七国争雄，九域凄凉，百姓哀伤。喜秦皇问鼎，扫平六合，政权专制，归统一邦。社会祥和，人民安定，万里长城固国防。灵渠水，连中原百越，开拓南疆。　　相同度量经商。车同轨，兴修大道长。喜钱同货币，经营贸易；书同汉字，撰写文章。弃旧侯国，立新郡县，千古江山始帝皇。光华夏，赞英雄盖世，伟绩流芳。

### 痴心妄想

东海蓬莱无处寻，长生不死枉费心。

人间万物皆期数，莽莽乾坤管古今。

### 咎由自取

水可承舟亦覆舟，人心所向苦筹谋。

当官执政民为本，暴虐苛政②自断头。

注：①秦皇，即秦始皇（前259—前210），嬴姓，赵氏，名政。秦庄襄王之子。出生于赵国都城邯郸，13岁继承王位，39岁称皇帝，在位37年。中国历史上著名的

政治家、战略家、改革家，首位完成华夏大统一的铁腕政治人物。建立首个多民族的中央集权国家，曾采用三皇之“皇”、五帝之“帝”构成“皇帝”的称号，是古今中外第一个称皇帝的封建王朝君主。秦始皇在中央创建皇帝制度，实行三公九卿，管理国家大事。地方上废除分封制，代以郡县制，同时书同文，车同轨，统一度量衡。对外北击匈奴，南征百越，修筑万里长城，修筑灵渠，沟通水系。还把中国推向大一统时代，为建立专制主义中央集权制度开创新局面。对中国和世界历史产生深远影响，奠定中国2000余年政治制度基本格局，他被明代思想家李贽誉为“千古一帝”。②政，读平声，音征。苛政，即过多过重的税赋。另，关于“焚书坑儒”问题，据网上介绍，“焚书坑儒”只见野史，正史未见，即不可考，故本诗不提。

2017年11月27日作于龙头岭

## 咏司马迁①

务实求真入铁窗，潜心史料一豪强。
桑田沧海三千载，谱写鸿篇永放光。

**注：**①司马迁（约前145—前90），字子长，西汉伟大的史学家，汉武帝时任郎中、太史令、中书令，所著《史记》是中国第一部纪传体通史，被鲁迅称为“史家之绝唱，无韵之离骚”。因替李陵败降之事辩解而受宫刑，后任中书令。继续发奋完成所著史籍，被后世称为史迁、太史公、历史之父。司马迁早年受学于孔安国、董仲舒，漫游各地，了解风俗，采集传闻。初任郎中，奉使西南。元封三年（前108）任太史令，继承父业，著述历史。他以其“究天人之际，通古今之变，成一家之言”的史识创作了《史记》（原名《太史公书》）。被公认为是中国史书典范，该书记载了从上古传说中的黄帝时期，到汉武帝元狩元年，长达三千多年的历史，为“二十六史”之首。

2017年11月30日作于龙头岭

## 咏刘邦①

农家子弟不寻常，大度雍容志气昂。
虎将精兵攻沛县，金秋鸿运纳秦王。
知贤任善成功业，废旧维新立法章。
胡汉和亲烽火息，八年称帝永流芳。

**注：**①刘邦，即汉高祖（前256—前195），沛丰邑中阳里人，汉朝开国皇帝，汉民族和汉文化的伟大开拓者之一，中国历史上杰出的政治家、卓越的战略家和指挥家。对汉族的发展、中国的统一和强大有突出贡献。他出身农家，为人豁达大度，不事生产。陈胜起事后不久，刘邦集结三千子弟相应起义，攻占沛县等地，称沛公，不久投奔项梁。公元前206年10月，刘邦军进驻坝上，秦王子婴投降，秦朝灭亡。刘邦废秦苛法，与关中父老约法三章。鸿门宴后封汉王，统治巴蜀地及汉中一带。楚汉战争前期，累累败北。但他知人善任，注意纳谏，能充分发挥部下的才能，又联合各地反对项羽的力量，终于反败为胜，击败项羽后统一天下。他建章立制采用休养生息之宽松政策治理天下，让士兵复员归家，豁免其徭役，重农抑商，雍容大度的文化基础。对匈奴采取和亲政策，开放汉与匈奴之间的关市缓和双方关系。称帝8年，在讨伐英布叛乱中，被流矢射中，其后病重不起，同年去世。

2017年12月10日作于龙头岭

## 包拯赞

为尽孝心甘隐居，双亲冢畔住茅庐。
牛舌悬案灵机破，端砚潜规严纪除。
屡谏贤君遴智仕，曾临险境驭高胥。
廉明清正标千古，腐败贪官利剑屠。

**注：**包拯（999—1062）或称包文正，字希仁，庐州合肥（今安徽合肥肥东）人。北宋官员，以清廉公正闻名于世。累迁监察御史，建议练兵选将，充实边备。历任三司户部判官，京东、陕西、河北路转运使。后世将他奉为神明崇拜，认为他是文曲星转世，死后成为地狱第五殿阎罗王。其黑面形象，亦被称为“包青天”“包黑子”“包黑炭”。早年至孝。最初考中进士，被授为大理评事，出任建昌贤德知县。因父母年纪都大了，包拯辞官不去上任。得到监和州税的官职，父母又不想让他离开，包拯就辞去官职，回家赡养老人。几年之后他的父母亲相继去世，包拯在双亲的墓旁筑起草庐，直到守丧期满还不忍离去，同乡父老多次前来劝慰勉励。清正廉明。包拯在任安徽天长知县时有个农民来告状，说有人割了他家耕牛的舌头，请求官府缉拿凶手。此等小案，于昏官不及一顾的。但爱民若子的包公深知一头牛对农民小户的价值，他受理了这个无头案。他沉思片刻，便对农民说，“牛被割了舌头，也活不长了，你先把牛杀了，卖牛肉赚回几个钱吧。但不要说是我同意你杀的牛，否则就破不了案”。那农民听了，不解其意。朝廷法令是“禁杀耕牛”的，既然是县太爷的吩咐，只好照办了。过不多久，便有人到县衙告状，说有人私自屠宰耕牛。包公立即升堂，大声喝问：“大胆歹徒，为何害其人。”这件事充分显示了包公的机智和办案能

力。包拯的人生渐入佳境，走上了仁宗时期的政治舞台。他的特点之一就是一生都在弹劾别人。据统计，在他弹劾下降职罢官的重要大臣不下 30 人，直至国丈。多次论述斥责权贵得宠大臣，请求免去一切由内廷施予的曲意恩赐、又依次递上唐魏郑公的三条奏疏，希望放在座位右侧，作为借鉴。又上言天子应当明于听取采纳，分辨朋党，爱惜人才；请求废除苛刻不宽厚的做法，抑制侥幸投机得官，正刑法明禁令，戒除兴建劳作，禁妖言妄说。朝廷大多加以施行。他不爱乌纱只爱民，赢得了世人的敬仰。宋仁宗派包拯为正使出使契丹，他到契丹后以不卑不亢的态度，强硬沉着稳健地挫败了契丹方面企图借机入侵宋朝的多次寻衅。他机智勇敢，舌战契丹皇上和大官们的指责和刁难使对方不得不以大礼相待。

2017 年 12 月 15 日作于龙头岭

## 杨门女将穆桂英①

南征北战大英雄，智破天门太后②穷。
古浪峡中悲惨壮，贤良报国尽精忠。

**注：**①穆桂英，穆柯寨穆羽之女，曾生擒杨宗保，并招之成亲，成为杨家将之一员。大破天门阵后，穆桂英等十二名杨门女将奉命出征西夏，在虎狼峡（今古浪峡）遭到西夏的阻击。为了探测敌情，穆桂英带了两名女将，沿一条小道爬过一座山头，穆桂英向峡口瞭望，只见峡口处密密麻麻到处都是西夏的兵马。穆桂英正看得出神，突然一阵密集的冷箭射来，穆桂英等三名女将当场中箭身亡。留守在崖下的其他几名女将见穆桂英中了埋伏，便赶紧一起上来救援，但是悬崖实在太陡峭，只有九名杨门功夫最好的女将爬了上去。由于寡不敌众，女将们最后全部牺牲在崖顶。穆桂英死后她和其他几位女将的首级被西夏人割去号令，无头尸体则抛到滴泪崖下。后来杨家从另一路进攻的女将杨满堂率领援兵赶来将穆桂英等人的无头尸体收殓安葬，这就是杨家将坟。佘太君闻讯赶来祭奠，追悼亡灵，悲恸而哭，声震山岳，感动了鹰嘴山崖，山神流泪不止，泪滴化作山崖石子沿崖滚下。后来，此崖就被人们叫作“滴泪崖”。现在当地还有滴泪崖、杨家将坟等古迹。②太后，指辽国萧太后率军发动天门阵，侵略北宋。

2017 年 12 月 29 日作于龙头岭

## 花木兰颂

替父从军巾帼身，冲锋陷阵战功频。
辞官归里清廉德，忠孝双全万代珍。

**注：**花木兰，隋代人，花木兰是河南省商丘市虞城营郭镇周庄村人。隋恭帝义宁年间，突厥犯边，木兰女扮男装，代父从军，征战疆场12载，屡建功勋，无人发现她是女子，回朝后，封为尚书。唐代追封为“孝烈将军”，设祠纪念。木兰祠始建于唐代，金代泰和年间（1201—1208），敦武校尉归德府谷熟县营郭镇酒都监乌林答撒忽剌又重修大殿、献殿各三间，并创塑了花木兰像。至元代元统二年（1334），睢阳府尹梁思温倡议，募捐二千五百贯，重修扩建。清嘉庆十一年（1806），由该祠僧人坚让、坚科和其徒田何、田桢、田松等，又募资修祠立碑。由于历代重修，祠宇占地面积1万平方米，祠地400余亩，住僧人10余人。可惜，这座古雅祠宇，1943年毁于战火。现幸存祠碑两通。花木兰的故事是一支英雄的歌，悲壮的诗。《木兰辞》被列入中小学课本，被千千万万的青年学生所诵颂；多年来，木兰的事迹和形象被搬上舞台，《木兰从军》长演不衰。

2017年12月30日作于龙头岭

## 咏唐玄奘

探本究源天竺行，年逾十六取真经。
男儿有志成功业，万死一生心不惊。

**注：**玄奘（602—664），通称三藏法师，俗称唐僧，姓陈，名祎，唐代洛州偃师（河南偃师市缑氏镇）人。祖父、父亲都做过官。玄奘30余岁时，已蜚声佛教界。随着学问的增长，他深感各派学说分歧，难做定论，决心赴天竺探本究源。唐太宗贞观三年（629），玄奘赴天竺。他从中国出发，行程达6.4万千米，途经阿富汗、克什米尔和印度北方等地。玄奘行至中亚细亚戈壁沙漠的边缘，西行远达撒马尔罕，然后转向南行，越过兴都库存什山脉进入印度。在印度，他作为佛学教学者受到欢迎。玄奘在旅途中多次遇险，几乎送命。危险来自恶劣的天气和高山。玄奘有一次在喝泉水时，差一点被箭射中丧命。后来他又在印度北方塔克西拉王国被投入狱中。为了逃命，他几乎冻死。玄奘的旅行是秘密进行的，因为当时的皇帝尚不允许中国人跨出国门到外界去旅行。后来，当玄奘回到中国后，皇帝命令他写一份旅行报告。这项工作占去了他余生的大部分时间。

2018年1月11日作

## 薛涛叹

泪别长安寓益州，迎来送往异秦楼。
芳菲世界诗魂铸，才女望春千斛愁。

**注：**薛涛（768—832），女，字洪度，唐朝长安人。因避安史之乱随父流寓成都。父死家贫，16岁遂坠入乐籍，脱乐籍后终身未嫁。蜀中四大才女之一，知音律，工诗词。8岁能诗，被称为诗伎和“扫眉才子”。花容月貌。创薛涛签，有诗集《锦江集》五卷，诗500首，以清词丽句见长，惜未流传下来。创吟诗楼，栖息于其上。与当时名士元稹、牛僧孺、张籍、白居易、令狐楚、刘禹锡、张祜、段文昌有往来。在其住处现有望江楼公园，内有薛涛纪念馆和薛涛井。

2018年1月20日作

## 叹王希孟①

千里江山入画图，珍藏国宝胜明珠。
少年天赋丹青手，何故画成音讯无？

①**注：**王希孟（1096—1119），北宋诗人，工山水画，作品罕见；十多岁入宫中“画学”为生徒，北宋晚期画家，画史无传，据《千里江山图》卷后蔡京题跋，知其18岁时为徽宗画院生徒，山水画创作曾得徽宗亲自指导。在政和三年（1113）之前，创作了“千里江山图”。此后便无音讯。清人曾推测他完成此画后不久即去世。“千里江山图”是他唯一传世作品，今藏故宫博物院，其宽51.5厘米，长1191.5厘米的绢本，全图以大青绿为基调，雄伟壮观。

2018年1月23日作

## 赞梁红玉

文武全才营妓身，庆功欢宴喜逢春。
传诏飞马平苗傅，击鼓施威泣鬼神。
义举惊天鲜美德，智谋胜敌大功臣。
华年早逝名千古，巾帼英雄励后人。

**注：**梁红玉（1102—1135），原籍安徽池州，生于江苏淮安，宋朝著名抗金女英雄，祖父与父亲都是武将出身，梁红玉自幼随父兄练就了一身功夫。因祖父和父亲在平定方腊之乱中贻误战机，战败获罪被杀。梁家由此中落，梁红玉也沦为京口营妓，即由各州县官府管理的官妓，但由于她精通翰墨，又生有神力，能挽强弓，每发必中，对平常少年子弟便多白眼相看，毫无娼家气息。韩世忠是陕西绥德县人，虎背熊腰，一身是胆，为人耿介，尤喜济人急难，是一个正直而勇敢的英雄人物。童贯平定

方腊后，班师回朝，行到京口，召营妓侑酒，梁红玉与诸妓入侍，就在席上认识了韩世忠。于是英雄美人成眷属。北宋灭亡后，金军大掠汴京而退，南宋建立后，定都临安，也就是今天的杭州。建炎四年，金军在粘罕的带领下由彭城入泗州，直抵楚州。宋高宗又仓皇往浙江一带逃跑，外忧引起内患，御营统制苗傅与威州刺史刘正彦拥众作乱，袭杀了执掌枢密的王渊，分头捕杀了宦官，强迫高宗让出帝位，内禅皇太子，由隆佑太后垂帘听政。在这次叛乱中，在秀州拥有重兵的韩世忠的儿子以及夫人梁红玉也被扣压在内。

事变发生之后，宋高宗的行动已是毫无自由，宰相朱胜非与隆佑太后密商，派梁红玉出城，驰往秀州，催促韩世忠火速进兵杭州勤王，并由太后封梁红玉为安国夫人，封韩世忠为御营平寇左将军。这里商量妥当，朱胜非就对苗傅说："韩世忠听到事变后，不立即前来，说明他正在犹豫，举棋不定，如果你能派他的妻子前往迎接，劝韩世忠投奔你，那么你力量大增，别的人就用不着惧怕了。"苗傅听后大喜，认为是一条好计，立即派梁红玉出城，梁红玉回家抱了儿子，跨上马背，疾驰而去，一昼夜赶到秀州。韩世忠在了解了一切情况后，当即会同张浚、张俊，带兵平定了苗傅等人的叛乱。宋高宗喜出望外，亲自到宫门口迎接他们夫妇，立即授韩世忠武胜军节度使，不久又拜为江浙制置使。南宋内乱，正好给了金军可乘之机。1130 年，金军长驱直入，攻入江浙。这时金军已经孤军深入 5 个多月，江南各地到处爆发了汉人的反抗，于是在大肆掳掠之后北返。金军开始北渡长江。韩世忠率军在江面上拦截。双方在江面上激战。梁红玉冒着箭雨亲自擂鼓。连续打退了金军的十几次攻击。金军始终不能渡江。金军以小舟纵火，用火箭射击宋军的船帆。宋军的海船无法开动都成了金军火箭的靶子。不一时全部都被烧毁。宋军大将孙世询、严允战死。韩世忠败回镇江。金军突围而去。梁红玉随韩世忠率领将士以淮水为界，旧城之外又筑新城，以抗击金兵。经过战乱的浩劫，楚州当时已遍地荆榛，军民食无粮，居无屋，梁红玉亲自用芦苇"织蒲为屋"。在寻找野菜充饥时，在文通塔下的勺湖岸畔，发现马吃蒲茎，便亲自尝食，并发动军民采蒲茎充饥。淮人食用"蒲儿菜"，相传即从梁红玉始。蒲儿菜因此称作"抗金菜"。由于韩世忠、梁红玉与士卒同劳役，共甘苦，士卒都乐于效命。梁红玉和韩世忠镇守楚州十余年，后来因岳飞蒙受莫须有之冤，遂辞去军职归隐苏州。韩世忠、梁红玉去世后，宋孝宗令竖碑建祠以纪念他们。今苏州市沧浪区枣市街小学即原蕲王祠，供韩、梁两尊塑像，壁上有"春祭韩王诞正月二十日，秋祭梁夫人诞九月初六日"。梁红玉家乡父老为纪念这位女中豪杰亦在其出生地建祠塑像以纪念她。

2018 年 1 月 25 日作

## 咏刘备

寄人篱下怀鹏志，忍辱屈从守国魂。

三顾茅庐贤士敬，英雄仗义转乾坤。

**注**：刘备（161—223年6月10日），字玄德，东汉末年幽州涿郡涿县（今河北省涿州市）人，西汉中山靖王刘胜的后代，三国时期蜀汉开国皇帝，政治家，史家又称他为先祖。曾在曹操和刘表处寄居。

2018年3月作于龙头岭

## 咏郑板桥

平生三绝诗书画，意趣为先情最真。
难得糊涂看世态，民间疾苦系终身。

**注**：郑板桥（1693—1765），名郑燮，字克柔，号板桥，清代著名画家。乾隆时进士，曾任山东范县潍县知县，书画史，有政声。江苏兴化人。为人疏放不羁，郑板桥工诗词，善书画。著有《板桥全集》，为扬州八怪之一。因岁饥为民请赈，忤大史，罢归，居扬州，声誉大著。去官后以卖画为生。

2018年4月作于龙头岭

## 马克思赞

奴隶千年苦海深，万般无奈枉呻吟。
擎天巨手除民难，思想光辉冠古今。

**注**：马克思（1818—1883），早期在中国被译为麦喀士，是犹太裔德国哲学家、经济学家、社会学家、政治学家、革命理论家、新闻从业员、历史学者、革命社会主义者。马克思在经济学上的工作解释绝大多数工人和资本家之间的关系，并且奠定后来诸多经济思想的基础。马克思亦是社会学与社会科学的鼻祖之一，在马克思的一生中出版过大量理论著作，其中最著名和具备超强影响力的两部作品是《共产党宣言》和《资本论》。

2018年4月作于龙头岭

## 苏武赋

汉朝使，中郎将。持旌节，处胡疆。
忍屈辱，不顺降。十九载，一群羊。
北海凄，匈奴狂。野草舞，大雪扬。

饥无食，卧无床。取野果，救命粮。
担使命，献衷肠。天苍苍，野茫茫。
处异域，梦梓桑。标青史，励儿郎。
国是母，民是王。古今同，不可忘。
弃祖国，居他邦。须谨慎，当思量。

**注：**苏武（前 140—前 60），字子卿，汉族，杜陵（今陕西西安东南）人，中国西汉大臣。天汉元年（前 100）苏武以中郎将身份奉命出使匈奴，被扣留。匈奴贵族多次威胁利诱，欲使其投降，苏武不从。后将他迁到北海（今贝加尔湖）边牧羊，扬言要公羊生子才放他回国。苏武历尽艰辛，留居匈奴 19 年持节不屈。至始元六年（前 81）方获释回汉。去世后，汉宣帝将其列为麒麟阁十一功臣之一。

2019 年 3 月作于龙头岭

漓水牵情
象山引夢
英雄俯仰
黎庶称頌
物华天宝
桂蕊香重
社会和諧
騰龙聚凤

桂林頌 格賞詩書

# 名胜古迹

## 游北京故宫三首（古风）

城铺一千八七亩，宇垂五百五十年。
金銮殿上游人众，九重天子去谁边？

玉阶雕龙栋画凰，京阙巍巍累山岗。
百千万众苦役死，四海无炊糠代粮。

深宫幽殿养天心，拜虎结狼欺庶民。
终教千年世道变，如今社会更荣欣。

1975 年 11 月作于北京

## 永遇乐·游灵渠

画里名渠，轻舟漫荡，游侣争渡。燕舞莺歌，琼花玉树，绿透春江路。湘漓分派，天平绝妙，铧嘴中流砥柱。凝眸处，烟波浩浩，风流万古堪慕。

青松树畔，夕阳辉里，长谒三将军墓。万里桥头，四贤祠内，屹屹丰碑著。秦皇伟略，中原百越，一统金瓯永固。缘何故，猪龙作祟，祖龙受诅？

1990 年作

## 登黄鹤楼

名楼再造更辉煌，直耸青云放眼量。
三镇雄风陈眼底，一桥天堑接遐方。
气吞吴越涵巴蜀，水纳嘉岷汇汉湘。
黄鹤归来应不识，人间历尽几沧桑。

1991年4月作

## 题西安大雁塔

沧桑历尽几千春，佛海无边不济民。
鸿雁归来欣世变，镰刀铁斧定乾坤。

1992年9月作

## 参观广西民族文物苑

苗乡瑶寨壮家楼，碓碾坊车涧水遒。
玉笛声中闺秀出，程阳桥上醉风流。

1991年10月作

## 游十三陵定陵

生时赫赫死亦强，地府仙宫做卧房。
一觉醒来天地变，金銮殿上客徜徉。

1992年12月作

## 登长城

雄关自古世无双，胡马犹曾踏汉疆。

民富国强安社稷，和平共处是金汤。

1993 年 5 月作

## 测绘全州县城防洪图登镇湘塔

古塔虚残兀大荒，登临绝顶海风凉。
群峰迭迭雁行远，一水湾湾思绪长。
苦忆狂澜吞市井，欣将铁臂锁龙王。
此行莫负元元托，踏破秋山万里霜。

**注**：湘，指湘江。

1993 年 11 月作

## 浪淘沙·题闽台玉井始祖蔡公十郎陵园纪念楼

沧海涌横流，板荡神州。闽台玉井护金瓯。斩得楼兰收宝岛，铁血春秋。　　始祖得封侯，几代风流。山河壮丽月明楼。三尺龙泉垂玉宇，浩气长留。

**注**：此词根据蔡春草提供的资料及和诗要求而作。

1994 年 5 月作

## 题汉霸二王城

霸王城上月如钩，往事烟消史迹留。
楚汉终归成一统，陆台何日泛同舟。

**注**：此诗根据征稿函资料写成。汉霸二王城位于郑州西北三十公里荥阳市境内的广武山上，是公元前 203 年汉王刘邦与楚王项羽在此对垒时筑的东西广武城，西城为刘所筑，叫汉王城，东城为项所筑叫霸王城，后人称汉霸二王城。二城间有一南北向的大沟，名广武沟，又名鸿沟。载《全球华人诗词大赛获奖作品集》《当代杰出诗人成名作精编》《中国黄河艺术大典》《新中国诗人档案》并荣获“黄河艺术创作二等奖”

1996 年 7 月作

## 观秦皇兵马俑

阵似当年吞六国，雄师百万尽挥戈。
干城不御苛政虎，二世咸阳听楚歌。

**注：**政，读平声，通征。苛政，一为征税，二为征伐，正是苛政使秦灭亡也。

1996 年 12 月作

## 读宿富连教授《一剪梅　参观柳州奇石馆》

补天奇石是良材，何故川原千古埋。
历尽风霜成美玉，明珠瑰宝上金台。

2020 年 11 月 20 日作于龙头岭

## 登大雁塔

寺塔巍峨入太空，沧桑洗尽旧时容。
佛经万卷垂青史，三藏精神千古崇。

**注：**大雁塔，为唐玄奘收藏佛经所建，在西安慈恩寺内。

1996 年 12 月作

## 交河故城

河谷深深绕故城，残垣满目路纵横。
当年战火繁华烬，留与后人论废兴。

**注：**交河故城，在新疆。时吾作为桂林诗词学会代表参加中华诗词学会主持召开的第十一届中华诗词研讨会，由会议安排参观游览。

1998 年 8 月作

## 坎儿井

古井星罗举世稀，幽深地脉露成溪。
清泉便是天山雪，潜入荒原惠黍黎。

**注**：坎儿井，在新疆。

1998 年 8 月作

## 寒山寺

古寺辉煌千百年，枫桥夜泊结良缘。
姑苏新貌超唐代，张继寻诗苦不眠。

**注**：寒山寺，在苏州市，寺内有张继塑像，势为半躺，似苦于寻诗不眠状。

2000 年 8 月作

## 枫　桥

石拱凌波古运河，铁铃关外画船多。
一从张继停舟后，墨客骚人梦里过。

2000 年 8 月作

## 铁铃关

战旗猎猎铁关牢，御寇将军尚握刀。
寄语兴风狂啸者，中华代代有英豪。

**注**：铁铃关在寒山寺与枫桥之间，为明代抗倭守城，现有当年抗倭将军塑像。

2000 年 8 月作

## 登普明塔望虎丘

古阊门外绿平畴，高塔登临舒远眸。
山色空蒙形隐隐，吴宫虚杳史悠悠。

丘茔虎踞王途尽，西子馆藏恩爱稠。
歌舞翻新深院闭，姑苏台上月如钩。

2000 年 8 月作

## 过断桥

烟柳朦胧忆许仙，千秋佳话意缠绵。
过桥情侣双双敬，贫贱夫妻生死缘。

**注：**断桥，即杭州西湖断桥。

2002 年 7 月作

## 谒恭城文庙二首

寂寞空庭半掩扉，香炉灰冷映斜晖。
步云桥上无人迹，唯有阶前野鸟飞。

才高八斗无人用，弟子三千有后贤。
嬴政坑儒千古恨，孔林茂叶接蓝天。

**注：**孔林，孔子墓地树林，为孔子弟子所栽。

2000 年 10 月作

## 谒柳州柳侯祠

忧国忧民空有志，四年德政惠穷乡。
衣冠冢伴罗池水，一往情深怀柳郎。

**注：**柳郎，唐代柳宗元，曾被贬到柳州当刺史。

2001 年 12 月作

## 真武阁

茅庐村寨火熊熊，南国黎元百代穷。
玉宇而今行处见，长留画阁沐春风。

**注：**古代容县人多住茅屋，常有火灾，故建真武阁以降火神，至今已四百年矣。

2001年8月作

## 谒岳王庙武穆像

威武英姿敌胆寒，蟒袍金剑发冲冠。
昏君不听奸臣语，痛饮黄龙不苟安。

2002年7月作

## 谒岳王墓二首

萋萋墓草发冲冠，天日昭昭六月寒。
罄竹难书奸臣罪，擒来解恨剖心肝。

精忠报国母情真，武略文韬壮士身。
百战沙场惊敌胆，名垂史册万年珍。

2002年6月作

## 谒秋瑾墓

秋风秋雨血模糊，巾帼英雄鼓与呼。
把剑裁天豪气在，长存玉魄美西湖。

2002年7月作

## 谒福州林则徐祠堂

祠堂闹市中，史迹见遗风。
德美慈恩重，才高建树丰。
边陲兴水利，科学习夷封。
宠辱心常态，平冤天不公。

2003年12月作

## 游南普陀

双塔凌空玉镜开，禅林佛殿五峰偎。
人间净土皆虚拟，天下僧尼尽俗胎。

注：五峰，五老峰，南普陀所在地。

2003年12月作

## 莺啼序·谒南京中山陵

钟山昨收雨雪，艳阳蓝天普。拾级上、三百台阶，苍松翠柏相护。冲牛斗、辉煌宇殿，龙蟠胜地中华柱。七尺玉棺静，衣冠敬仰千古。　　农舍麒麟，白衣天使，岂甘民疾苦？恨华夏、满目疮痍，夜漫漫群魔舞。念苍生、沉于水火，新亭泪、后庭遗曲。忍清廷、朽木粪墙，卑躬狐鼠。　　驱除鞑虏，救国复兴，扶桑曾羁旅。新政体，三民主义，联共联俄，扶助工农，几番风雨。春风乍暖，寒云骤起，倒行袁氏黄粱梦，看天下、谁做龙人主？雄师北伐，护法大纛高擎，所向披靡无阻。　　两厢石刻，绝世经纶，韶乐今续谱。

东南望、万千思绪。日照香江，荷艳濠水，神龙高翥。悠悠海峡，鸿沟深壑，风吹浪打蓬莱岛，何时清、阿里山中雾？叛逆小丑登场，欲破金瓯，哲人知否？

2004 年 12 月作

## 游南京夫子庙

冷雨初收暖日开，六朝如梦鸟飞来。
无情最是秦淮水，论古评今细细裁。

2004 年 12 月作

## 乌衣巷口即兴

朱雀桥边泛彩霞，乌衣巷口众楼华。
旧时王谢堂前燕，喧闹寻常百姓家。

2004 年 12 月作

## 参观南京总统府

六代豪华成旧梦，钟山风雨净尘寰。
楼空苑冷梅花落，墙外春城绿树环。

2004 年 12 月作

## 参观灌阳县文物馆

灌江源远水流长，人杰地灵史迹煌。
今日政通人意合，九天飞马共龙翔。

2006 年 3 月作

## 题骊山老母殿

圣殿巍巍祭女娲，捏泥炼石为中华。
而今海晏河清日，岂许阴谋裂汉家。

2006 年 7 月作

## 题骊山烽火台

贪娇授宠举狼烟，戏弄诸侯滥用权。
古迹长留悲夕照，玉人一笑失山川。
马援小女刘庄敬，西子愁肠社稷牵。
史鉴斧柯今日事，谋私太盛落深渊。

**注：**马援小女，汉明帝刘庄的妻子马皇后，系马援伏波将军的小女，她通达贤明，在当太后和皇太后期间，曾多次劝阻皇上为马家人封官加爵，为历代少见的贤明皇后。

2006 年 7 月作

## 骊山兵谏亭感怀

张杨正气已冲天，未许穹庐昏暗旋。
民族危亡担道义，英雄愤慨着先鞭。
逐倭携手泯恩怨，安内违心易管弦。
纵陷囹圄终不悔，骊山千古仰高贤。

**注：**张杨，即张学良和杨虎城。穹庐，南北朝民歌《敕勒歌》曰“天似穹庐，笼盖四野”。

2006 年 7 月作

## 骊山遇仙桥有思

周生赶考越群岭，观景遇仙步彩云。

但愿青衿皆得志，驰名中外建功勋。

**注**：以上有关骊山的四首诗系根据征稿函资料写成。

2007 年 8 月作

## 灵渠万里桥头览胜

渠水流觞输万里，始皇遗泽惠千秋。
秦城月下西施貌，古雅芳园画郭幽。

2006 年重阳节作

## 虎丘怀古

白云佛塔两悠悠，西子吴宫无限愁。
尝胆十年终报国，英雄志气励千秋。

2009 年 1 月作

## 游苏州拙政园

馆堂曲榭绕轻烟，水碧桥横幽径连。
荷叶田田霖沐蕊，绢花艳艳柳藏鸳。
芳林叠锦小山翠，竹坞映楼群鸟喧。
拙政还乡求自在，我来观景更悠然。

**注**：拙政园为明代御史王献臣因官场失意返乡而建。拙政，指在官场不善于周旋。

2009 年 1 月作

## 咏苏州狮子林假山

玉垒云堆假亦真，峰峦洞壑韵传神。
千姿百态迷宫趣，巧夺天工举世珍。

2009 年 1 月作

## 游苏州报恩寺

园林僧寺两流芳，风月怡情游兴长。
宝殿曲廊含古意，梵宫高塔映清光。
怜鸦反哺通人性，跪乳知恩念母羊。
君主黎民遵孝道，中华美德共传扬。

注：报恩寺系吴王夫差为报答其奶妈而建的寺宇，故名报恩寺。

2009 年 1 月作

## 中秋夜游沈园

当年一曲钗头凤，魂断香消梦不休。
谁见相思心底泪？今宵月上柳梢头。

2009 年 8 月中秋作

## 谒大禹陵

会稽山脉莽苍苍，华夏丰碑禹帝强。
受命临危担重任，披肝沥胆赴汪洋。
爱民如子诸神助，治国经心百姓康。
俯仰前贤心祷告，中华代代有炎黄。

2009 年 8 月作

## 参观鲁迅故居

三味书房闹市中，故居古朴孕真龙。
彷徨呐喊沉沉夜，感慨吟哦坦坦胸。
血荐轩辕酬壮志，眼观北斗亮朦瞳。

刀丛相逼横眉对，正气冲天唱大风。

2009年10月作

## 登雷峰塔

几经劫难更峥嵘，鸟瞰西湖万象荣。
浩浩烟波船点点，绵绵岭树绿莹莹。
三潭印月群芳岛，两道迎宾久盛名。
昔日断桥今不断，佛光普照护苍生。

**注**：雷峰塔，在杭州西湖景区。两道，指西湖的苏堤和白堤。

2009年10月作

## 游兰亭

会稽山下柳烟轻，修竹茂林遍地横。
曲水流觞承古韵，兰亭集序感人生。
右军书艺绝峰顶，清代御碑仰圣名。
放浪形骸情趣在，骋怀漫咏夕阳明。

2009年10月作

## 长城漫步二首

### 一、七　绝

群山莽莽仰飞龙，浩气冲天唱大风。
历尽千秋血泪史，胡疆汉土共尧封。

### 二、念奴娇

横空越岭，历千秋、阅尽春花冬雪。气势恢宏，

能抵御、多少英雄豪杰？遥想当年，中原塞北，对垒狼烟迭。神嚎鬼哭，寒尸残照凉月。　　烽火台上烟消，解秦皇汉武，忧思千结。扭转乾坤，融百族、内外弟兄亲切。喜沐熏风，山河万里锦，巨龙腾越。登临把酒，对长空祝新捷。

2010年9月23日作

## 念奴娇·故宫漫步

凤城重旅，蟠龙地、琉瓦玉阶宫阙。富丽堂皇，陈广宇、肃穆威严排列。画栋雕梁，龙飞凤舞，宝气珠光煜。花园御苑，春华醉梦秋月。　　遥想建宇当年，苛政猛似虎，民贫财竭。千万劳工，忙日夜，子室双亲强别。今日重游，皇宫宝座在，帝亡人灭。明清往事，一任游客评说。

**注：** 政，通征，读平声。任，平声。

2010年9月作

## 颐和园漫步

志士维新发浩歌，慈禧霸业又如何？
长廊曲折如清史，万寿山前万顷波。

**注：** 禧，读平声。慈禧太后为了镇压以康有为为首的戊戌变法革新派，将支持变法的光绪皇帝软禁在颐和园。

2010年9月作

## 谒贺州姑婆庙

姑婆神庙入云霄，祈祷年年风雨调。

为救生灵脱苦海，艰辛历尽不弯腰。

**注：**传说隋末唐初时期当地瘟疫流行，一青年女子的丈夫为救民脱离瘟疫，进天堂山采药，却一去不返，此青年女子多次进山寻夫，仍杳无音讯，但她每次进山都采药给村民治病，消除了瘟疫。此女子继续寻夫，终身不嫁。当地人为了纪念这位女子，把天堂山改为姑婆山，并立姑婆庙，香火不断，以示怀念。庙中有风调雨顺四大金刚。

2011 年 7 月作

## 桂林王城

朱子王宫异昔年，春风桃李舞翩翩。
读书岩伴漓江水，育就奇峰誉满天。

2012 年春作

## 题灵川江头村爱莲家祠堂

青砖泥瓦户朝东，门外荷花遍地红。
四野群峰齐敬仰，游人不绝古今同。

2016 年 7 月作于龙头岭

## 游黄姚古镇

青峰丛里三江碧，水绕清幽石板衢。
楼阁亭台兼观庙，人文胜景两明珠。

**注：**三江，即姚江、小珠江、兴宁河。观，读去声。

2016 年 10 月国庆节作

## 游塔尔寺

莲花山上寺辉煌，六百年来佛焕光。
宝塔经堂三学院，琉璃金瓦众禅房。

皇恩沐浴荣兴旺，师道传承智悟强。
但愿红尘皆净土，和谐友善孽根亡。

**注：**塔尔寺，在青海省湟中县莲花山，距西宁市25公里，是藏传佛教圣地，始建于1379年，至今已有600多年历史。同时，它也受到历代中央王朝的高度重视。根据记载，从清康熙以来，朝廷向塔尔寺多次赐赠，有匾额、法器、佛像、经卷、佛塔等。新中国成立后，塔尔寺受到国家重点保护，国务院公布为国家重点文物保护单位。人民政府历年拨款修葺，使之更加壮观，成为青海省最主要的旅游胜地。塔尔寺不仅是中国的喇嘛教圣地，而且是造就大批藏族知识分子的高级学府之一，寺内设有显宗、密宗、天文、医学四大学院。

2017年4月作

## 清平乐·西宁东关清真寺

描金涂彩，画栋雕梁再。大殿辉煌真气派，双塔灵光天外。　　毛毡遍地平铺，虔诚膜拜信徒。尘海迷茫愁苦，平生信仰归途。

**注：**再，再一次出现。西宁东关清真寺，始建于明洪武十二年（1379），在600多年的历史长河中几经战乱而毁，现在所见是1946年重建的。

2017年4月作

## 游南岳大庙

南国故宫千载名，沧桑历尽更嵘峥。
亭台楼阁香烟袅，儒殿道场禅院荣。
进化包容规矩并，自然清静礼仪行。
同兴三教成互补，社会和谐心意诚。

**注：**衡山南岳大庙，有南国故宫之称。始建于唐代，后经唐宋元明清6次大火和16次修缮扩建，于光绪八年（1882）形成现在98500平方米的规模。南岳大庙佛道共存东侧为8个道观，西侧为8个佛寺，中轴为儒家院落。这里常年香火不息。道家做事，佛家修心，儒家做人。道家说自然，佛家硕清净，儒家说礼仪。道家讲究进化，佛家讲究包容，儒家讲究规矩。

2018年10月作于龙头岭

# 登桂林逍遥楼[①]二首

## （一）

名楼耸立漓江畔，峭阁飞檐胜广寒。
罗带清悠渔唱晚，玉簪苍翠树鸣鸾。
东西古巷文光灿，王府儒风史迹繁。
几度沉浮风韵再，诗情画意卷波澜。

## （二）读李白《登金陵凤凰台》后作

登高眺远忆沉浮，雨雪风霜漓水流。
独秀书岩[②]陈古迹，象山水月伴孤舟。
成仁取义前人记，叠彩拿云[③]群客游。
浓雾迷茫遮丽日，烟波江上老人愁。

注：①逍遥楼最早建于唐代武德四年（621），由当时的桂州大总管李靖以独秀峰为中心修建桂州城，称为“子城”，逍遥楼就坐落在子城的城墙上，成为桂林东边的一个制高点。唐宋以来，逍遥楼一直是文人雅士登楼赏景、题诗作画、宴饮留别的绝佳场所。千百年来，逍遥楼历经风雨，屡毁屡建。宋崇宁元年（1102），广西经略安抚使程节，对逍遥楼进行了重新修建。因桂林在湘水之南，改名为“湘南楼”，不久之后，文化底蕴深厚的桂林人认为，“湘南楼”突出是地域上的建筑，缺失的是历史和人文驰怀，于是，仍旧恢复了“逍遥楼”的名称。入清以后，很难找到有关逍遥楼的文字记载，抗日战争期间，逍遥楼毁于战火。“逍遥楼”三字的榜书系颜真卿所撰。1972 年，桂林市文管会根据旧拓本，对逍遥楼石碑进行了修复。2014 年，重建逍遥楼。②书岩，即独秀峰的读书岩。③拿云，即叠彩山顶的拿云亭。

2018 年 10 月作于龙头岭

# 岳阳楼[①]

鲁肃阅兵登此楼，风风雨雨史悠悠。
烟波浩渺洞庭水，山岛依稀鹦鹉洲[②]。
唱晚渔歌成迭浪，翻波鳞锦越引翔鸥。

范公忧乐天下事，德政于民社稷优。

**注：**①岳阳楼始建于220年前后，其前身相传为三国时期东吴大将鲁肃的“阅军楼”，西晋南北朝时称“巴陵城楼”。北宋范仲淹脍炙人口的《岳阳楼记》更使岳阳楼著称于世。②鹦鹉洲，在今湖北省武汉市西南长江中。相传东汉末江夏太守黄祖长子射在此大会宾客，有人献鹦鹉，祢衡作《鹦鹉赋》而得名。唐代崔颢《黄鹤楼》诗：“晴川历历汉阳树，芳草萋萋鹦鹉洲。”此处借指君山。君山在岳阳市西南15公里的洞庭湖中的一个小岛，与岳阳楼遥遥相对。

2018年10月作于龙头岭

## 昆明大观楼①

秀丽风光壮大观，高人韵士尽情欢。
三春杨柳歌雏燕，百里滇池舞翠峦。
历代英雄皆俯仰，今宵霓彩②更纷繁。
亭台楼阁相辉映，盖世长联眼界宽。

**注：**①昆明大观楼，位于云南昆明市近华浦南面。清康熙二十九年（1690）由巡抚王继文兴建。乾隆年间，孙髯翁为其撰写180字长联，被誉为“天下第一长联”，毛泽东评价其“从古未有，别创一格”。大观楼因长联而成为与黄鹤楼、岳阳楼、鹳雀楼齐名的中国四大名楼之一。现为云南省重点文物保护单位，全国重点文物保护单位。②霓彩，指夜间霓虹灯辉映的光彩。

2018年10月30日作于龙头岭

## 读《滕王阁序》，网游滕王阁

朝云画栋两悠悠，世事沧桑江自流。
王勃骈文标万代，元婴遗绩惠千秋。
长天秋水翔龙凤，绿树湖光美城楼。
已老冯唐何所事？时来运去任天筹。

**注：**《滕王阁序》系王勃为滕王阁写的序言。滕王阁位于江西南昌市赣江东岸，始建于唐永徽四年（653），系唐太宗李世民之弟李元婴所建，李元婴曾被封为山东滕州为滕王，故名滕王阁。王勃在《滕王阁序》中提到冯唐、李广、贾谊等人不得志，

但要珍惜黄昏。从网上得知滕王阁周边风景，湖南北各有一亭，其天棚上各有八龙和八凤，周边绿树连荫。

2019 年 3 月 1 日作于龙头岭

## 游丹州古城

峰峦叠翠拥瀛洲，柚树芳林杂画楼。
小镇青幽兴宝岛，民居别致伴江流。
花街静美灯笼灿，文化精深史迹留。
秀丽风光添乐趣，形骸放浪荡轻舟。

**注：**丹州古城，在广西三江县，系融江的江心小岛。居民 200 多户，1000 多人口。

2019 年 4 月 8 日作于龙头岭

## 南乡子・游佛山梁园

（步苏轼《南乡子・春情》原韵）

晚景醉琼杯，满眼葱茏树作堆。小径弯弯迷客路，初来，艳艳平湖似渌醅。　　细雨洒楼台，百卉芳馨拂两腮。梁氏遗踪今漫步，惊回，锦绣前程砥砺开。

**注：**梁园，即佛山梁氏宅园，由 12 石斋、群星草堂、汾江草庐、寒香馆等多个建筑群组成。由梁蔼如、梁九章、梁九华、梁九图等叔侄四人于清代（1796—1850）陆续建成的私家庭园，为清代四大名园之一。

2019 年 5 月 5 日作于龙头岭

# 楹联拾粹

1. 国庆四十周年

万里尧天，阳光灿烂，燕舞莺歌，改革东风催战马；
卌年桑海，国运昌隆，山欢水笑，文明建设壮中华。

1989年作

2. 七星公园小蓬莱

长将榕市喻仙境；不信蓬莱胜桂林。

1990年作

3. 花桥（一）

水上浮宫明月夜；花间彩榭武陵溪。

1990年作

4. 花桥（二）

伴七星，邻象鼻，心随柔橹，神驰九马奔阳朔；
依叠彩，襟伏波，意念严关，魂仰四贤梦秦堤。

1990年作

5. 芙蓉石下小亭

翠竹青莲依浩月；小桥绿水绕芳亭。

1990年作

6. 襟江阁

崖阁参差悬一水；山峰远近涌千涛。

1990年作

7. 榕湖系舟亭

山谷系舟，千载古榕情若梦；
半塘遗韵，一湖新景境如仙。

1990年作　已刻挂于景点

8. 普陀精舍

忆往昔，普陀精舍，高僧满座，黄卷成山，香烟

袅袅，鱼鼓声声，难救涂炭生灵离火海；

看今朝，南国名园，瑞气盈峰，霞光映舍，洞府幽幽，琼花艳艳，常招逍遥游客赏蓬莱。

1990 年作

9. 隐山

山生六洞，玲珑剔透；
人用寸心，颖慧灵通。

1990 年作

10. 象山

象作城徽春不老；山含水月夜生辉。

1990 年作

11. 穿山岩洞口

仙宫独静；心迹双清。

1990 年作

12. 西山公园大门

湖水山光，久慕西峰夕照；
桂林文物，今欣大厦珍藏。

1990 年作

13. 穿山公园左边柱

山路崎岖，攀登可摘蟾宫桂；
东江渺小，涉渡能通南海波。

1990 年作

14. 伏波山听涛阁

倚峭壁，朝闻花木传鸟语；
瞰漓江，暮听渔歌伴涛声。

1990 年作

15. 象山公园云峰寺

云护太平，正气冲霄汉；
峰昭天国，功勋贯古今。

1990年作

16. 南溪山龙脊亭

龙门险要，金榜题名须尝胆；
脊骨铿锵，泰山压顶不弯腰。

1990年作

17. 七星公园摘星亭

摘星何止青年事；揽月犹存老骥心。

1990年作

18. 古南门

古南门外春波绿；榕树楼头翰墨香。

1990年作

19. 榕湖湖心亭

楼宇穿空，玉树婆娑，四面时花邀画阁；
鱼虾戏水，波光明静，一湖游艇荡蓝天。

1990年作

20. 叠彩山仰止堂

瞿张贞骨标千古；桂海青峰冠五洲。

1990年作

21. 叠彩山明月峰

抬头仰望，扪星探月乘风去；
俯首横观，击水渔舟破浪来。

1990年作

22. 花桥

一朵芙蓉娆淑女；四轮明月耀长空。

1990 年作

23. 七星公园逍遥亭

烦恼人生难自在；蓬莱仙境任逍遥。

1990 年作

24. 七星公园小蓬莱

前望平畴阔；后依峻岭高。

1990 年作

25. 七星公园碧虚阁

足底祥云浮动；头边峭壁欲飞。

1990 年作

26. 叠彩山四合院

紫阁琼楼餐秀色；婵娟仙鹤舞清风。

1990 年作

27. 长滩坪水文站（一）

绿水扬波歌旧岁；青山做伴接新春。

1992 年作

28. 长滩坪水文站（二）

云闲霞丽人轮转；竹茂山青水自流。

1992 年作

29. 长滩坪水文站（三）

漓水掀潮鸣壮志；长滩激浪和欢声。

注：和，读去声。

1992 年作

30. 长滩坪水电站

天马行空，金龙飞舞，指逼苍昊，群山莽莽，万壑幽幽，人间仙阙，机器轰鸣歌盛世；

烟霞漫谷，银河引来，直下长滩，修竹葱葱，一溪汩汩，武陵风光，明珠灿烂接新春。

1992 年作

31. 南山（一）

竹掩木楼静；庭观溪水长。

1992 年作

32. 南山（二）

山寨人情暖；苗乡气象新。

1992 年作

33. 南山（三）

云崖布谷催农事；檐脚梅花报早春。

1992 年作

34. 春联

雪润梅花山叠彩；民承党泽福盈门。

1992 年 1 月作

35. 百龙宫珠光阁

明珠辉日月；玉镜照楼台。

1993 年作

36. 百龙宫龙渊

潜伏紫渊蓄瑞气；扶摇碧落泛云涛。

1993 年作　已刻挂在景点

37. 百龙宫

群阁参差，画檐飞映瑶池日月；

百龙缱绻，壮志来酬漓畔瀛洲。

1993年作

38. 百龙宫友仙斋

凭栏醉酒乾坤小；处世交朋胸臆宽。

1993年作

39. 毛泽东诞生一百周年（一）

富国贫邦三世界；文才武略两风流。

1993年作

40. 毛泽东诞生一百周年（二）

处仙境犹怀开放事；看人间每望启明星。

1993年作

41. 西山公园两依水榭

湖底山衔月；楼前景醉人。

1994年8月作

42. 西山公园西峰亭

夕照千山秀；亭观八面风。

1994年8月作

43. 桂林博物馆

馆纳千秋史；物标万象春。

1994年9月作

44. 题炎帝陵

耒耜桑麻恩万代；医宗药草福千秋。

1995年5月作

45. 农户

门外青山，峻岭虚谷，飘云化雾，百花拥翠，四季常春，斯地胜于藏猛虎；

庭前绿水，清波明月，环野抱村，万象生辉，千秋润物，其中想必卧真龙。

1995 年 10 月作

46. 诗钟（一）诗人（三唱）

山青诗趣即成句；水秀人闲几欲仙。

1996 年 8 月作

47. 诗钟（二）菊酒（一唱）

菊寄东篱陶令颂；酒舒愁臆杜康功。

1996 年 8 月作

48. 应桂林电视台春节征联（一）

民意一心奔富路；梅花万点报新春。

1997 年 12 月作

49. 应桂林电视台春节征联（二）

五星映日荆花艳；三峡合龙景象新。

1997 年 12 月作

50. 应桂林电视台春节征联（三）

春光永照平安宅；幸福长留和睦家。

1997 年 12 月作

51. 应桂林电视台春节征联（四）

人勤赢得三春早；肥足方能五谷丰。

1997 年 12 月作

52. 桂林七星区穿山乡江东村文化室戏台

观今鉴古，英雄壮志；革故鼎新，好戏连台。

1997 年 12 月作

53. 桂林七星区穿山乡江东村文化室大门

月挂奇峰，翠绕流霞，玉满清溪，水色山光皆锦绣；
人奔富路，情温睦里，心怡紫府，精神物质两文明。

1997 年 12 月作　已刻挂于现场

54. 虞山公园舜帝庙

漓水含情歌舜德；虞山献秀拥仙宫。

1999 年 3 月作

55. 虞山公园集雅苑

闲置身心天地外，雅留情趣艺园中。

1999 年 3 月作

56. 虞山公园娥皇殿

娥妃泪染千竿竹，湘水波传万古情。

1999 年 3 月作

57. 虞山公园山顶亭

虞岳巍巍标德政，春风习习送韶音。

1999 年 3 月作

58. 挽父

泷冈阡表渗透辛酸泪水；家父恩情开来世代春光。

2000 年 6 月 7 日作　已刻于墓碑

59. 阳朔鉴山寺钟鼓楼

晨钟催日早；暮鼓报更深。

2000 年 11 月作

60. 桂林解放桥

訾家洲畔烟波绿；解放桥头集市兴。

2001 年 4 月作

61. 桂林西镇门桥

积宝成山寻古韵；架桥引水绕芳城。

2001 年 4 月作　获两江四湖征联优秀奖

62. 桂林木龙桥

两岸葱茏浮漓水；一桥坦荡接天街。

2001 年 4 月作

63. 桂林宝贤桥

红妆翠染，桂湖添锦绣；莺啭鱼翔，客梦荡轻舟。

2001 年 4 月作

64. 桂林迎宾桥

改千年旧貌；迎万国嘉宾。

2001 年 4 月作

65. 桂林榕湖古榕桥（一）

桥小堪衔月；波清可静心。

2001 年 4 月作

66. 桂林榕湖古榕桥（二）

闹中取静，赏心天地外；忙里偷闲，吟韵紫云乡。

2001 年 4 月作

67. 桂林榕湖观漪桥（一）

碧水蓝天，波光万点；苍山闹市，灯火千家。

2001 年 4 月作

68. 桂林榕湖观漪桥（二）

湖映青山观绿浪；人依曲榭逛新城。

2001 年 4 月作

69. 桂林龙隐桥

龙隐幽岩灵气旺；桥横绿水物华新。

2001 年 4 月作

70. 桂林阳桥

阳塘水润千年树；桂蕊香飘万里桥。

2001 年 4 月作

71. 桂林叠彩山大门

四峰叠彩，江山会景；一水环流，风月舒波。

2001 年 12 月作

72. 桂林叠彩山一拳亭

亭小月光满；境幽心地宽。

2001 年 12 月作

73. 桂林叠彩山蝴蝶馆

昔有庄周美梦迷蝴蝶；今观世界奇珍藏桂林。

2001 年 12 月作

74. 桂林叠彩山拿云亭

罗带绕青山，渔歌阵阵烟纱里；
星辰拱北斗，日月昭昭襟袖中。

2001 年 12 月作

75. 桂林叠彩山奇石馆（一）

娲皇不用休怀恨；慧眼挑来应报恩。

2001 年 12 月作

76. 桂林叠彩山奇石馆（二）

玉石如金多爱惜；明珠似宝久收藏。

2001 年 12 月作

77. 叠彩山成仁处前山门

登山先谒成仁处；尽职当瞻仰止堂。

2001 年 12 月作

78. 象山公园云峰岩前小亭

鸟唱云崖三面乐；竹摇月影一窗花。

2001 年 12 月作

79. 象山公园纵目亭（一）

远山近水八方画；明月清风满地诗。

2001 年 12 月作

80. 象山公园纵目亭（二）

把酒临风邀水月；凭轩观景对芳洲。

2001 年 12 月作

81. 象山公园纵目亭（三）

烟雨訾洲漓畔画；象山水月镜中花。

2001 年 12 月作

82. 象山公园会江亭（一）

桃花有意随漓水；神象多情恋桂林。

2001 年 12 月作

83. 象山公园会江亭（二）

桃花万片波光滟；漓酒千钟神象酣。

2001 年 12 月作

84. 桂林伏波山听涛阁

涛声依旧藏云水；景物常新艳古今。

2001 年 12 月作

85. 桂林伏波山钟亭

钟历沧桑曾警世；人居盛世可安心。

2001 年 12 月作

86. 桂林伏波山癸水亭山门

俯瞰繁华市；横披绚丽云。

2001 年 12 月作

87. 桂林伏波山千人锅

一锅馥馥千人饭；百业欣欣万户春。

2001 年 12 月作

88. 桂林伏波山观景廊联

青山环碧水，渔舟唱晚；
曲径入幽岩，游客寻珠。

2001 年 12 月作

89. 桂林伏波山大门

射箭穿山，雄风永驻；还珠扬善，美德长存。

2001 年 12 月作

90. 春联（一）

春潮奔涌迎新纪；华夏腾飞入小康。

1999 年 11 月作

91. 春联（二）

梅花数点春来早；财路千条手要勤。

2002 年 2 月作

92. 春联（三）

祥光永照平安宅；鸿福常临和睦家。

2002 年 2 月作

93. 春联（四）

北国南疆传喜讯；香花灵鸟闹新春

2003 年作

94. 春联（五）

梅花傲雪精神爽；滴水逢春气象新。

2004 年作

95. 书斋联

窗前鸟语青山秀；架上诗书韵味长。

2006 年作

96. 志斌儿新居

鸿雁排空迎旭日；松风引梦入帘栊。

2004 年作

97. 纪念邓小平诞辰一百周年

东君送暖花千树；黎庶思源祭百年。

2004 年 8 月作

98. 七星公园栖霞寺藏经阁

藏千章贝叶；造七级浮屠。

2003 年作

99. 七星公园栖霞寺观音殿

万有因缘果报；一生功德修行。

2003 年作

100. 七星公园栖霞寺大雄宝殿

佛地修行成善果；凡心觉醒悟真诠。

2003 年作

101. 长沙杜甫江阁（一）

江阁寄身，贫病交加，诗圣感时花鸟泪；
潇湘流韵，山川泽被，橘洲焕彩洞庭春。

2005 年 3 月作

102. 长沙杜甫江阁（二）

子美诗心怜百姓；上林春色艳三湘。

2005年3月作

103. 灌阳米珠山第三届梨花会

春风剪出珠山蕊；梨树汇成人海洋。

104. 唐甲元遗作《望山楼诗草》出版嘱题

望峰思绝顶；敲句欲传神。

2005年3月作

105. 叠彩山风洞

一洞清凉境；半山曲折蹊。

注：已刻挂在景点。

2001年12月作

106. 应征春联（一）

探月嫦娥惊宇宙；惠民国策壮神州。

横批：春暖花香

注：本春联获广西三等奖，由区党委、区文联等联合发给荣誉证书。

2008年1月作

107. 应征春联（二）

紫气东来迎奥运；艳阳高照送芳春。

2008年1月作

108. 应征春联（三）

百业兴隆歌盛世；万家和睦庆新春。

2008年1月作

109. 春联（一）

交融漓水秦淮月；和暖春风鸿福家。

注：次子新婚房门春联。

2008年2月作

110. 春联（二）

千里迎亲添百福；一家团聚乐三春。

2008 年 2 月作

111. 新婚联（一）

秋光艳丽笙歌曼舞；喜事祥和鸾凤齐鸣。

2008 年 9 月作

112. 新婚联（二）

月透帘栊情侣伴；花开绮室凤麟来。

2008 年 9 月作

113. 新婚联（三）

红楼春梦三更月；淑女香脂一朵花。

2008 年 9 月作

114. 亲情联

人老亲情重；树高根土深。

2009 年 7 月作

115. 醉经亭联

山亭常坐观风月；经卷勤研识古今。

2009 年 7 月作

116. 音乐厅联

高山流水源天籁；大吕黄钟合乐声。

2009 年 7 月作

117. 环卫联

扫尽街衢污浊物，誓为城市美容师。

2011 年作

118. 题永福凤巢山联

龙凤呈祥，千载名城福寿地；

山灵毓秀，一园胜景紫云乡。

2011年4月作

119. 厨房联

锅煮九州珍品，膳调七尺老身。

2012年春节联

120. 主卧春联

沪桂春深莺燕舞，天伦情暖福星来。

2012年春节联

121. 长子卧室联

金鸡岭上春光媚，漓水潮头景象新。

2012年春节联

122. 次子卧室联

申江春暖滋新柳，桂树根深吐艳芳。

注：次子志国从桂林到苏州再到上海成家。

2012年春节作

123. 桂林园博园西大门联

集桂海风光，山川秀丽，景观丰富；

显人文智慧，园艺精华，气韵清新。

2012年11月作

124. 桂林园博园山水园林

湾湾碧水江南景；簇簇青山金谷园。

2012年11月作

125. 桂林园博园大雁阁联

画阁春风迎大雁；粤西山水毓芳园。

2012年11月作

126. 庆十八大春联

十八历程强国梦；九旬岁月富民心。

2012 年 11 月作

127. 庆十八大春联

东君铺就康庄道；众手描成锦绣春。

2012 年 11 月作

128. 庆十八大春联

艳阳普照千山秀；赤县欢歌百业兴。

2012 年 11 月作

129. 学拉古典二胡曲谱

流水高山天籁曲；心潮琴韵古今情。

2012 年 10 月作于上海

130. 婚联（一）

东风骀荡，万里长征欣比翼；
情侣和谐，百年兴旺喜同心。

2014 年 4 月作于龙头岭

131. 婚联（二）

相思树结欢欣果；连理枝开幸福花。

2014 年 4 月作于龙头岭

132. 婚联（三）

龙凤呈祥家业旺；鸳鸯共枕子孙兴。

2014 年 4 月作于龙头岭

133. 婚联（四）

三阳开泰春光倩；双喜临门家业兴。

2015 年 1 月作于龙头岭

134. 婚联（五）

媳贤儿孝天伦乐；春暖花香气象新。

横批：迎亲接福

2015 年 1 月作于龙头岭

135. 题石塘村自来水工程

饮水思源，感恩共产党；

居山建塔，享福石塘村。

2015 年 1 月作于龙头岭　已刻碑于石塘村

136. 逍遥楼（一）

山青水秀，鸟语花香，连绵胜景；

人杰地灵，风和日丽，辈出英贤。

2015 年 4 月作于龙头岭

137. 逍遥楼（二）

偕伏波，邻象鼻，邀七星，眺尧峰，

锦绣江山迷醉眼；

映漓水，伴王城，倚独秀，迎雅士，

纷纭名胜耀新楼。

2015 年 4 月作于龙头岭

138. 逍遥楼（三）

历尽风霜雨雪，画阁琼楼依旧名扬天下；

游完塞北江南，人文山水至今首数桂林。

2015 年 4 月作于龙头岭

139. 东巷（盐街）

昔日商铺，盐业连湘桂；

当今花巷，宾朋逛古城。

2015 年 4 月作于龙头岭

140. 东巷（三号龙家一）

三元及第，由来龙人弟子；
无数名流，出自东巷先民。

2015 年 4 月作于龙头岭

141. 东巷（三号龙家二）

龙家兄弟，翰林双进士；
才女法师，佛界一精英。

2015 年 4 月作于龙头岭

142. 东巷（九号岑家）

迎凤栖梧岑公馆；驱法歼倭父子功。

2015 年 4 月作于龙头岭

143. 兰井巷七号谢家　谢和赓

重道德，行慈善，读诗书，兴家业；
居曹营，效汉宫[①]，明大义，尽寸衷。

注：①居曹营，效汉宫，即化用“身在曹营心在汉”成语。

2015 年 4 月作于龙头岭

144. 江南巷一号魏家　魏继昌

贫民子弟，平步青云，礼贤下士；
三朝长官，甜言善目，忧国爱民。

2015 年 4 月作于龙头岭

145. 东巷　十二号韦瑞霖

沙场健将诗书画；公仆园丁忠智廉。

2015 年 4 月作于龙头岭

146. 东巷　七号马启邦

仙乡琼阁乌衣巷；榕市龙城武警官。

2015 年 4 月作于龙头岭

147. 东巷老字号　药店

勤劳好学，神医如扁鹊；
诚信善良，高德救苍生。

148. 黄昌典毛笔

名扬湘馆黄昌典；艺继榕城玉兔毫。

149. 东巷总门

灯红酒绿随流水；叶茂花繁灿梓桑。

注：以上 139 至 149 有关东西巷联均系按东西巷改造工程指挥部召集桂林诗词学会领导班子开会时所布置的任务和所发的有关东西巷讲解材料而写的。但后来既未收集稿件，更未评选稿件，不了了之。

2015 年 4 月作于龙头岭

150. 春联

岁月更新人不老，江山焕彩景长春

2016 年 2 月

151. 纪念红军长征八十周年（一）

万里长征，千秋壮举；九州欢庆，百业荣兴。
横批：继往开来

2016 年 6 月

152. 纪念红军长征八十周年（二）

锦绣山川，遍洒红军碧血；
和谐社会，圆成远景蓝图。

2016 年 6 月作

153. 题大圩福星文化楼联（要求将福和星嵌入）

福似三江水，恩滋农户财源广；
星辉万寿桥，天赐文光韵味长。

注：万寿桥，文化室附近桥名。已刻挂在现场。

2016 年 12 月作于龙头岭

154. 贺龙胜诗词学会成立三十周年

桑江水碧群峰秀，诗韵情深诸士贤。

2016 年 12 月作于龙头岭

155. 题甘棠江风雨桥联（一）

龙宫悬彩遮风雨，牛女牵情会鹊桥。

2017 年 1 月作于龙头岭

156. 题甘棠江风雨桥联（二）

秀水穿城萦画阁，霓虹织锦缀花山。

2017 年 1 月作于龙头岭

157. 为大墟上西岸村《刘氏宗祠》撰联（大门联）

鲁裔光宗，桑田旺族，西岸英才鸿福地；
春风化雨，蜡炬生辉，门墙桃李教师村。

158. 为大墟上西岸村《刘氏宗祠》撰联（戏台联）

粉墨登场，戏似人生当史鉴；
儿孙立志，家承宗族续先贤。

注：该村至 2003 年 1 月共 39 户，210 人，有 47 人在外工作，其中 30 人执过教鞭。《广西日报》2003 年 1 月 16 日载《漓江边上教师村》一文，介绍该村情况。

2017 年 1 月作于龙头岭　以上两联已刻挂在现场

159. 春联（老人卧室）

春光妩媚桑榆茂；儿媳贤良幸福多。

2017 年 1 月作于龙头岭

160. 春联（长子卧室）

漓水清流滋万木；甘棠茂树沐三春。

2017 年 1 月作于龙头岭

161. 春联（次子卧室）

黄浦江边鸿福地；龙头岭上艳阳天。

2017 年 1 月作于龙头岭

162. 春联（小儿卧室）

冬雪冬梅除旧岁；春风春雨育新苗。

2017 年 1 月作于龙头岭

163. 春联（大门）

金鸡报晓寒冬去；玉犬迎春鸿运来。

2018 年春节作于龙头岭

164. 春联（老人房）

龙头岭上桑榆茂；骝马山前气象新。

2018 年春节作于龙头岭

165. 春联（长子房）

春风吹绿金鸡岭；旭日辉红漓水滨。

2018 年春节作于龙头岭

166. 春联（次子房）

春花香满御庭苑；福地风和桂海天。

注：御庭苑，次子在上海生活的小区名。

2018 年春节作于龙头岭

167. 春联（小儿房）

人勤家富年年乐；柳暗花明处处春。

2018 年春节作于龙头岭

168. 春联（厨房）

酸甜苦辣人生味；柴米油盐黎庶家。

2018 年春节作于龙头岭

169. 春联（要求与袭汇・千年桂林内容兼容）

袭千年文化宏开伟业；汇九域民情欢度新春。

横批：继往开来

2018 年 12 月作于龙头岭

170. 春联（要求与袭汇·千年桂林内容兼容）

桂山春色林如海；袭汇琼楼福满堂。

横批：春满人间

2018 年 12 月作于龙头岭

171. 春联（要求与袭汇·千年桂林内容兼容）

桂林山水天公画；袭汇春风福祉源。

横批：福星高照

2018 年 12 月作于龙头岭

172. 春联（要求与袭汇·千年桂林内容兼容）

文化千年袭紫气；桂林百业汇春风。

横批：雨润阳和

2018 年 12 月作于龙头岭

173. 庆祝建国七十周年

不忘初心，接力长征圆国梦，

担当使命，强军富庶壮中华。

2019 年 7 月作于龙头岭

## 格言二则

认真地总结过去，积极地面对现实，勇敢地开拓未来，理智的人应当如此。

2009 年 11 月作

世界很大很大，但同时它又很小很小，决定你命运的，往往就是你身边的人，其中有家人、朋友、同事，所以要善待每一个人。

2009 年 11 月作

# 诗话随笔

## 《夏日饮山亭》诗

元代初期诗人刘因《夏日饮山亭》诗："借住郊园旧有缘，绿阴清昼静中便（pian）。空钩意钓鱼亦乐，高枕卧游山自前。露引松香来酒盏，雨催花气润吟笺。人来每问农桑事，考证床头种树篇。"按书上介绍，此诗是写作者在山亭饮酒的乐趣。但仔细品读起来，除了首联和第三联符合题意外，第二联和第四联就有些偏离题目了。如一定要把它们与题目联系在一起，未免太牵强了。

## 《咏雪》诗

元代吴澄《咏雪》诗："腊转鸿钧岁已残，东风剪水下天坛。剩添吴楚千江水，压倒秦淮万里山。风竹婆娑银凤舞，云松偃蹇玉龙寒。不知天上谁横笛，吹落琼花满世间。"中间两联写得很有气势。瑕疵在第七句。《梅花落》，汉代横吹曲名。本笛中曲。李白《与史部郎中钦听黄鹤楼上吹笛》诗："黄鹤楼中吹玉笛，江城五月落梅花。"指的是五月间与郎中在黄鹤楼饮酒时，听见有人在楼中用玉笛吹奏《梅花落》乐曲，嘹亮的笛音萦绕在整个江城的上空，读之使人有闲静幽雅之感。作者将玉笛吹《梅花落》曲，用在咏雪诗里，虽然构思新颖，但与前面的磅礴气势欠协调。"战罢玉龙三百万，败鳞残甲满天飞"才具有"压倒秦淮万里山"之气势。

## 《羊肠坂》诗

金元时期的元好问《羊肠坂》诗："浩荡云山直北看，凌兢羸马不胜鞍。老来行路先愁远，贫里辞家更觉难。衣上风沙叹

憔悴，梦中灯火忆团圞。凭谁为报东州信，今在羊肠百八盘。”此诗行笔自然流畅，概括力强，旅途的艰难困顿历历在目，作者的心理状态跃然纸上，尤以中间两联最佳，情真意切，读来感人至深。看，胜均读平声。

## 《代父送人之新安》诗

陆娟《代父送人之新安》诗：“津亭杨柳碧毵毵（san），人立东风酒半酣。万点落花舟一叶，载将春色过江南。”古人分别，习惯以杨柳衬托依依离别之情，此诗除沿用传统写法外，也有它独特之处。如“万点落花”归一舟，进而随君“过江南”，构思奇特，十分浪漫，别开生面，惜别之情，不言而喻。

## 《寒夜作》诗

元初揭傒斯《寒夜作》诗：“疏星冻霜空，流月湿林薄。虚馆人不眠，时闻一叶落。”冻、流、湿、虚、闻字用得很好，把景写活了。行笔自然流畅，语言清丽，用字锤炼而不露斧痕。

**注：**以上作品引自《元明清诗一百首》。

## 《别子民》诗

清乾隆年间临桂廖方皋《别子民》诗：“二十年来老县官，亲民最久别民难。许多离酒含情咽，几处留碑忍泪看。童叟何痴频眷念，樯帆欲挂尚盘桓。从今我去无他属，且愿常将本业安。”作者在四川任县官，调离时写了这首诗。且不说诗中之事是否属实，就诗的本身而言，情感深厚，语言朴实，自然流畅，是作者真情实感的记录，我想也会给后人一些启发。瑕疵在于“何痴”与“欲挂”对仗不工。

## 《三峰烟雨歌》

清康熙年间灌阳王之骥《三峰烟雨歌》云：“缥缈三峰拔地起，蜿蜒磅礴几千里。南联五岭北衡庐，巨灵画疆莫厥址。簇簇芙蓉侵九霄，日轮月驭缠山腰。钟奇毓秀知何限，竹箭丹砂与凤毛。我家开户当山面，青眼相看两不倦。秋月春花互劝酬，袭人爽气有馀善。无端密雨杂烟来，峦壑蒙蒙散劫灰。失却三峰真面目，轩窗秀色几时开。烟深虎豹嗥其族，雨集龙蛇竞起陆。匝地阴风草木腥，题诗谁向峰头竹。安得山灵谒九天，肃将帝命扬羲鞭。飞廉建旆相后先，驰骤须臾遍八埏。驱出千山雨共烟，三峰豁然流翠万古妍。”此诗表面上是写三峰烟雨，但细细品读，觉并非如此简单。除了山水风光以外，还有隐喻社会的一面，是借山水风光而言志也。

**注：**以上作品引自《三管英灵集》。

## 《花桥烟雨》诗

“晓来烟雨湿花桥，十里云光黯未消。不尽东流漓畔水，几家渔筏任逍遥。”这是民国赵少昂1941年写的题为《花桥烟雨》诗，此诗写作年代是抗日战争时期，正是祖国山河破碎，国家面临灭亡之时。国家兴亡，匹夫有责，当时全国上下，不分男女老少，不分党派朝野乃至文人墨客，都在为抗日浴血奋战，诗人作品应突出这一主题，即便是山水诗，也不例外。诗的前两句基调也是好的，“黯未消”起到了很好的渲染作用。第三句也转

得好，唯有第四句的情调与前面的基调不一致，甚至相违。主要是“任逍遥”三字，几乎是败笔。“逍遥”是指没有约束，自由自在的意思。国家的安危与个人的安危是休戚相关的，渔人也不例外。在生死存亡关头，渔人无论如何不可能“任逍遥”。即便是有神经病的人在“逍遥”，亦不当入诗。如改为“浪尖飘”“浪中飘”之类的词语可能更好些。另外第三句的“畔”字，也用得不妥，实际上第三句是说漓江水，用了“畔”字以后，就变成漓江旁边的水了。该作者另一首诗《桂林春色》：“夕阳斜照万山红，几度沧桑劫难中，不尽烟云与流水，一篙渔筏入空蒙。”比上述《花桥烟雨》诗好得多。首句写大好河山，同时隐喻对下文的劫难的抗争。第二句指明大好河山处在劫难中，第三句转得好，用“不尽烟云与流水”隐喻无边际的空前灾难，“入空蒙”，喻人民遭受的灾难不知何时了结。此诗将“烟雨漓江”的客观景象与抗日战争的社会境况有机地结合在一起，情景交融，表现诗人忧国忧民的沉痛心情。

## 《万里桥书怀》

“万里桥边夜气寒，征人此去感孤单。湘漓有意添离恨，一向北流一向南。”这是李伟昌 1944 年 9 月作的《万里桥书怀》诗。万里桥，即兴安灵渠万里桥。此诗构思巧妙，语言流畅，主题鲜明。借用湘漓分派的自然景观，寓情于景。其中“夜气寒”“感孤单”“添离恨”和“一向北流一向南”渲染一种浓烈的别离气氛，读来真情感人。

## 《漂泊》诗

“风泊鸾飘岁岁经，残魂收拾剩零星。酬春鬓雪垂垂白，插梦家山了了青。乱后生涯诗记录，灯前怀抱酒调停。此生拼作无根絮，断送长亭又短亭。”这是钱仲联于1938年7月写的《漂泊》诗。其中第三句的“雪”与“白”意思重复。“鬓雪”是说鬓角的发须已经变得像雪一样的白，而“垂垂白”是渐渐地变白，同一句话用词前后矛盾。根据“垂垂白”这一意思，雪字用得不当。另残魂与零星有雷同感。

## 《疏散离桂舟中》

亢少卿于1944年写的《疏散离桂舟中》其中一首云：“夏日如年感沛颠，无聊且作漫游仙。小舟闲挂玲珑月，萤火时登不系船。两岸有家归未得，一帆无浪可安眠。桂林此去休回首，劫后山川已百年。”此诗首句和第五句及后面两句写得不错，第二联写景也还可以，唯有第二句和第六句尚可斟酌。“无聊”系指由于清闲而产生的烦闷。疏散是一种避难的方式，由此产生的烦闷不属于因清闲所致的烦闷，属于苦闷。所以“无聊”一词欠妥，即使“且作漫游仙”是反语，而第六句就不应该“一帆无浪可安眠”，其中“可安眠”如改为“亦难眠”比较符合当时的处境，退一步讲，即使能安眠，而纳入诗歌创作，也不应当写入，以便使作品突出“避难”这一主题。

## 《桂林烬后寄某将军》

“曾着莱衣脱战袍，万方冠佩进蟠桃。华筵歌舞人方散，孽火梯冲焰忽高。一炬可无庐墓戚，十年空说胆薪劳。捷书何日

来帷幄，江介秋风首重骚。”这是吕集义于1944年秋写的《桂林烬后寄某将军》诗。这里说的将军是指白崇禧，“桂林烬后”即桂林被日寇战火焚烧之后。我们无法得知当时白崇禧部队是否是桂林的守军，但是桂林作为白崇禧的家乡，在白崇禧为其母亲大办90寿筵刚结束之际，桂林即沦为日寇占领区，这本身对白崇禧来说是极大的耻辱。为“着莱衣”而“脱战袍”，可以说白崇禧是弃“忠”行“孝”，置中华民族生死存亡于不顾而行一私之孝，置家乡父老生死存亡于不顾，去为一己之母大办宴席。所以其后果是“华筵歌舞人方散，孽火梯冲焰忽高”。此诗给了“白崇禧们”极大的讽刺，同时表达了作者对收复失地的渴望心情。诗章法严谨，用典得当。

## 《到榕津访张一气先生》诗

韦瑞霖《到榕津访张一气先生》诗：“途中细认旧游尘，圆盖盘根依样陈。岁月久经身不老，风霜饱受叶长新。苍松翠竹成知己，绿水青山作比邻。天有黉宫司礼乐，诗人端应住榕津。”此诗有写得好的一面，也有不足之处。好的方面是运用形象思维和比兴手法，读之韵味浓厚。但第二联有合掌之嫌，风霜饱受自然在久经岁月之中，同样叶长新自然是因身不老。此乃美中不足也。

**注：**以上作品引自《桂林抗战文化城诗词选》。

## 《登月牙山远眺》

清人张宝《登月牙山远眺》诗云：“峭壁巑岏俨月牙，高亭极目望无涯。螺峰远近堆千点，雉堞回环锁万家。玉笋瑶簪山

似画，丹枫紫柏叶如花。道人也解游人渴，为我新煎六峒茶。”此诗初看起来，中间两联写得不错，但仔细推敲，又觉得美中不足。因为第三句的“螺峰”与第五句的“玉笋瑶簪”都是写山，显得重复。特别是后面两句欠妥，它与前面的内容不协调，更与题目中的“远眺”相悖。前面既然已经展开来写了，何不在此基础上作结，让意境更深远，为何又返回来呢？让人觉得就像一只风筝飞上了蓝天，突然又落到了地面。如果是参观寺庙或拜访僧人，如此作结倒是很恰当。另外，次句的“无涯”，是无边际之意，这与月牙山的环境不符。

## 《晚秋》诗

“落木萧萧霜满林，偏多秋思晚来深。西风乱战藤萝影，夜雨频添蟋蟀吟。红叶声多还怅望，黄花英少倦登临。闲情浊酒凭消遣，莫使星星老鬓侵。”这是清代临桂诗人关瑛的《晚秋》诗。秋天，对于古人来说是忧思愁闷的，更何况是晚秋呢！全诗没有一个“愁”字，却句句都表现了一个“愁”字，其中的秋思深就是愁思深。思，作名词用，读仄声。身边的落木、西风、藤萝、夜雨、红叶，加上长吁短叹的蟋蟀声以及星星点点斑白的胡须，所有这些，让诗人愁得不得了，只好借酒消愁。恨不得用酒把斑白的胡须赶走。全诗紧扣题目来写，通篇写景，却又句句言情。思路清晰，语言流畅，主题突出。不失为一首好诗。

## 《春草》诗

《春草》诗云：“陌头冉冉任风吹，弱质从来不自持。绿满

江皋游子泪，翠围芳甸美人眉。西堂梦觉吟诗处，南浦春深送别时。盼断王孙音信杳，茸茸和露浥新姿。”这是清代临桂诗人陈梦兰诗。以春草为题寄托春思。春天小草长在陌头上，低垂着柔弱枝叶任风吹拂，简直有些支持不住，似乎是自况。柔弱的女子怎么能与时局抗争呢？第二联就眼前的春景想到心上人，也想到自己。此处的绿和翠都是春草的颜色，而“江皋”当是游子所处的一方，“芳甸”则是美人之处所。第三联则是回忆相处时的幸福和乐趣及分别时的情景，春深草茂之际，正是依依惜别之时。而眼下正是春草茵茵，春光妩媚的景象，自然春心荡春潮，春愁绵绵思念伊人。可是伊人在何处？杳无音信。眼前依然是沾满露水显得更加鲜艳而又柔弱的春草。这首咏物诗与其他咏物诗区别之处是不仅仅直接咏物，而是通过春草展开联想，采用隐喻手法，但思路清晰，章法严紧，行笔流畅。颇有“闺中少妇不知愁，春日凝妆上翠楼。忽见陌头杨柳色，悔教夫婿觅封侯”之韵味。

注：以上作品引自《桂林近四百年名家诗词选》。

## 杜甫《春望》诗

诗云“国破山河在，城春草木深。感时花溅泪，恨别鸟惊心。烽火连三月，家书抵万金。白头搔更短，浑欲不堪簪。”这是大家熟悉的杜甫《春望》诗。公元756年7月，安史叛军攻陷长安，肃宗在灵武即位，改元至德。杜甫在投奔灵武途中，被叛军俘至长安，次年（至德二年）春写此诗。老天不管人间事，大自然的春天总是美好的，长安也不例外，草木繁茂，鸟语花香，一派生机勃勃的景象。可是由于战乱，诗人身处逆境，胸怀国事，心忧家人，十分伤感，万般无奈。看见美丽鲜艳的

花朵，想到美好的往事，与眼前国难当头，家人离散，身处逆境的状况，形成鲜明的对比，忍不住潸然泪下，眼泪滴到花瓣上。听到欢快的鸟叫声，不禁想起“关关雎鸠，在河之洲”诗句，小鸟欢快地求偶，自己有家不得团聚，且战祸连绵，家人平安与否，一概不知，离愁别恨，涌上心头。由于战乱，连正常的家信都无法通邮，真是愁苦烦恼至极，愁得一夜之间头发脱落许多，清晨起来头发少得无法打结，簪子也用不上了。此处的国，指都城长安，“国破”指长安被安史叛军占领，不是我们今天说的被外国侵略者占领。“深”当为茂盛解，“短”，不仅是由长变短的短，更是短缺短少之意。“别”，离别，本系动词，此处做离别一事的代名词。“不堪”，有的版本作“不胜”。不胜是无法胜任。如果是头发又长又多，打的结很大，原来的簪子才胜任不了。现在是原来的头发脱落许多，根本打不起结了，所以还是“不堪”符合情理。此诗一环扣一环，层层深入，章法严谨。“感时花溅泪，恨别鸟惊心”，景为情用，情融景切。意中之景，景中之意，融为一体。全诗意脉贯通，情景兼备，沉着蕴藉，真挚自然，表达了诗人热爱祖国，眷怀家人的真诚感情。

## 杜甫《天末怀李白》

“凉风起天末，君子意如何。鸿雁几时到，江湖秋水多。文章憎命达，魑魅喜人过。应共冤魂语，投诗赠汨罗。”这是杜甫怀念好友李白的诗。李白于至德二年（757），因永王之罪受牵连，流放夜郎，行至巫山遇赦得还。杜甫于乾元二年（759）作此诗，眷怀李白，设想他当路经汨罗，因而以屈原喻之。其实，此时李已遇赦，泛舟洞庭了。凉风骤起，因凉风想起身处

天边夜郎的李白，老朋友您现在心情如何？远隔千山万水，寄给您这首诗不知何时才能到。您很有文才，可是自古以来有文才的人都会遭人嫉妒而薄命，您也不例外。夜郎是个边远荒凉的地方，也许那里的人喜欢您去那里。您与屈原有共冤共语之处，请别忘了投诗祭奠汨罗江噢！“凉风”，不仅是自然界秋凉之风，同时隐喻友人悲凉处境。“江湖秋水多”，不仅指朋友之间所处两地相隔甚远，难得相聚，更深一层意思是婉转提醒李白处世行事谨慎为好，“秋水”，带有几分寒意，弄得不好会伤人的。“文章”，隐喻有文才之人。“憎”，憎恶，厌恶，做嫉妒解。“达”，实现。“憎命达”句，有文才的人，别人会嫉妒你实现你的理想。“魑魅”，有人解释为山灵水怪，会吃人，隐喻坏人，说鬼怪正喜人经过可作食粮。我认为此解释不妥。魑魅还有另一种解释就是荒凉边远的意思，我认为此解释比较合情理。因为夜郎相对中原而言，当是荒凉边远之地，再说李白只是不得志而已，不会与人结怨结仇到要置他于死地的地步，尽管他参加过永王部，被流放夜郎，仍能中途获释，故前者解释不妥，本人倾向后一解释。“过”，作动词用，读平声。

## 杜甫《登岳阳楼》

《登岳阳楼》：“昔闻洞庭水，今上岳阳楼。吴楚东南坼，乾坤日夜浮。亲朋无一字，老病有孤舟。戎马关山北，凭轩涕泗流。”公元 768 年，杜甫出峡漂泊两湖，此诗是他登岳阳楼望故乡触景感怀之作。网上有人把“吴楚东南坼，乾坤日夜浮”说成描写洞庭湖的壮观。我认为这只说对了一半，其更深层的意思是寓情于景。自从天宝十四年（755）爆发安史之乱以后，直

到杜甫写此诗时，大唐动荡不安，西域战场战事一直不断，正是作者写此诗的这一年吐蕃入侵唐朝。“戎马关山北”，战争不断，国家动荡不安，就像一条破船在水上漂浮不定，这才是“乾坤日夜浮”的真正内涵。正因为这样，作者过着漂泊生活，自己病卧在孤舟中，亲人和朋友一点音信没有。诗人的命运和国家的命运是紧密联系在一起的，所以才会“凭轩涕泗流”。

## 陆游《临安春雨初霁》

陆游《临安春雨初霁》诗：“世味年来薄似纱，谁令骑马客京华？小楼一夜听春雨，深巷明朝卖杏花。矮纸斜行闲作草，晴窗细乳戏分茶。素衣莫起风尘叹，犹及清明可到家。”从题目看，诗的内容当是写春雨刚停时的景象，但只有“深巷明朝卖杏花”一句是想象的景象，除此以外不仅找不到一句描写实景诗句，反而在感世味，叹风尘。这又作何解释？是诗人老糊涂了？不是的。这是诗人触景生情，借题发挥。此诗当是罢官还乡，途经京城临安（今杭州）投宿客栈时作。正好是春天，且下了一夜的雨停下来了。春天万物复苏，欣欣向荣，象征美好，也是年轻人青春活力的象征。但诗人现在是告老还乡。回顾宦途历程，尽管自己抗金的主张没有被采纳，但自己的操守是清白的，回味人生滋味，人情冷暖世态炎凉。一切都看得很淡薄了。“听春雨”有回味平生之意，“卖杏花”则意味忘掉过去。感慨之余，便是依窗品茶，挥笔写诗。说是“莫起风尘叹”，实际是叹之，只是叹而不悲楚。写完诗后便计算回家的日程了。“世味年来薄似纱”，“世味”是精神的范畴，而“纱”是物质的范畴，用物质的东西比喻精神的东西，比较少见。“令”，庚韵，

读平声，使也。“素衣”，本指白色衣服，此处指清白的操守。

注：以上资料源自计算机网络。

## 浅谈昆明大观楼长联

上联原文：五百里滇池奔来眼底，披襟岸帻，喜茫茫空阔无边，看东骧神骏，西翥灵仪，北走蜿蜒，南翔缟素，高人韵士，何妨选胜登临，趁蟹屿螺洲，梳裹就风鬟雾鬓，更苹天苇地，点缀些翠羽丹霞，莫辜负四围稻香，万顷晴沙，九夏芙蓉，三春杨柳。

下联原文：数千年往事注到心头，把酒凌虚，叹滚滚英雄谁在？想汉习楼船，唐标铁柱，宋挥玉斧，元跨革囊，伟烈丰功，费尽移山心力，尽珠帘画栋，卷不及暮雨朝云，便断碣残碑，都付与苍烟落照，只赢得几杵疏钟，半江渔火，两行秋雁，一枕清霜。

注：资料源自《古典文学大观》。

这是清朝乾隆年间昆明名士孙髯登大观楼时有感而作的长联，全文180字，是当今最长的对联。上联写大观楼周围的风光，下联写昆明的历史，真可谓气势磅礴，雄伟壮观，赢得几百年来的赞誉。但是，还是有美中不足之处。对联的基本要求，就是上下联对应之处，词性相同，平仄相对。从这点来说，我觉得有几处存在瑕疵。如上联的“空阔”与下联的“英雄”词性不同，空阔是形容词，形容空旷、广阔，“英雄”是指人，是名词。再说“茫茫”“空阔”与“无边”意思相同，都是说很宽广的意思，意思重复，太不简练。且“滚滚英雄”说不通，“滚滚”是指水流急速翻腾向前，或者指浓烟滚滚，或指春雷滚

滚，总之不是指人。还有上联的“登临”与对应的“心力”不对仗。上联的“苹”和“苇”与下联对应的“断”与“残”不对仗。上联的“高人”中的“人”与下联的“伟烈”中的“烈”对得不工，因这里的“烈”是形容词作名词用。另外“韵士”的“韵”与“丰功”的“丰”也对得不工。上联的“杨”和下联的“清”词性也不同，不对仗。上联的“北走蜿蜒”也不通，因“蜿蜒”是形容词。下联的“枕”也不对，“枕”是枕头或以物枕头。这些是实实在在存在的问题。从对联标准角度出发，建议做如下修改。

上联：五百里滇池奔来眼底，披襟岸帻，看茫茫翠岭横空：有东骧神骏，西翥灵仪，北舞苍龙，南翔缟素。高人雅士，何妨览胜骋怀。趁蟹屿螺洲，梳裹就风鬟雾鬓；更苹天苇地，点缀些翠羽丹霞。莫辜负四围稻香，万顷晴沙，九夏芙蓉，三春翠柳。

下联：数千年往事注到心头，把酒凌虚，引屡屡英雄治世：忆汉习楼船，唐标铁柱，宋挥玉斧，元跨革囊。伟业丰功，费尽移山劳力。尽珠帘画栋，卷不及暮雨朝云；便石碣功碑，都付与苍烟落照。只赢得几杵晨钟，半江渔火，两行秋雁，一夜清霜。

这样，既保留了原作品基本内容和结构，气派犹存，又符合对联标准，而且更加精练。

## 古诗瑕疵

听中华诗词学会一些老前辈说，流传下来的古诗词总体来说是好的，应该肯定。但不是所有的古诗词都十全十美，有

的还是存在瑕疵。本人经过几十年的学习和创作，业务水平有所提高，今天重读古诗词，确实也发现一些瑕疵。如唐代柳宗元《登柳州城楼寄漳汀封连四州刺史》诗："城上高楼接大荒，海天愁思正茫茫。惊风乱飐芙蓉水，密雨斜侵薜荔墙。岭树重遮千里目，江流曲似九回肠。共来百越文身地，犹自音书滞一乡。"此诗的不足之处是，中间两联的句式没有变化，显得呆板。另，岳飞《满江红》："驾长车，踏破贺兰山缺。壮志饥餐胡虏肉，笑谈渴饮匈奴血。"其中"胡虏肉"和"匈奴血"意思雷同，都是指消灭敌人。"破"与"缺"意思雷同，"缺"只是起押韵作用。还有杜甫《咏怀古迹五首》其二云："摇落深知宋玉悲，风流儒雅亦吾师。怅望千秋一洒泪，萧条异代不同时。江山故宅空文藻，云雨荒台岂梦思。最是楚宫俱泯灭，舟人指点到今疑。"其中"异代"即不同时代，与"不同时"意思相同，即意思重复，且"千秋"与"异代"对仗不工。再如唐代张仲素《秋夜曲》诗："丁丁漏水夜何长，漫漫轻云露月光。秋壁暗虫通夕响，征衣未寄莫飞霜。"其中第二句的开头二字应用仄声字，而诗中用的"漫漫"是形容词，在古汉语中是平声，作动词用才读仄声，如水漫金山的"漫"才读仄声。还有唐代诗人常建《破山寺后禅院》诗云："清晨入古寺，初日照高林。曲径通幽处，禅房花木深。山光悦鸟性，潭影空人心。万籁此俱寂，但余钟磬音。"作为五言律诗，中间两联必须对仗。但此诗第二联没有对仗，主要是"花木深"与"通幽处"不对仗。但《唐诗三百首》（清代版）仍将它列为五言律诗，不知何故。另外唐代刘禹锡《蜀先主庙》诗："天地英雄气，千秋尚凛然。势分三足鼎，业复五铢钱。得相能开国，生儿不像贤。凄凉蜀故妓，来舞魏宫前。"我觉得诗的内容与题目不相符，有出

入。题目是《蜀先主庙》，而诗中没有一句说到庙，通篇是写人（先主刘备）。从内容来看，题目中的“庙”字是多余的，可以去掉。

为何古诗词也会有瑕疵呢？这让我想起一句俗话：“人无完人。”任何人都一样，不论是伟人、圣人，还是平民百姓。所以大事要靠集体智慧，主要领导要善于纳谏。当然，玉还是玉，不因瑕疵，玉就变成石头。

## 浅谈“滚滚长江东逝水……”

“滚滚长江东逝水，浪花淘尽英雄。是非成败转头空，青山依旧在，几度夕阳红。　　白发渔樵江渚上，惯看秋月春风。一壶浊酒喜相逢，古今多少事，都付笑谈中。”这首《临江仙》词，是明代三大才子之一的杨慎，所做的《廿一史弹词》第三段《说秦汉》的开场词，清初毛宗岗父子评刻《三国演义》时，将其移置于《三国演义》卷首，成了《三国演义》卷首词。前两句化用杜甫“无边落木萧萧下，不尽长江滚滚来”诗句和苏轼“大江东去，浪淘尽、千古风流人物”词句。但给我的感觉，远比他们的高一筹。杜诗写的是秋天的景色，苏轼是赤壁怀古，一事一议。虽然也用了“千古”一词，但给读者的感觉，苏轼的“千古”是指赤壁之战以后，到作者写“大江东去”这一段历史时期，其所指的“风流人物”，也只是这一段历史时期的英雄人物。而杨慎的“滚滚长江东逝水”则是借指中华民族整个历史长河，从三皇五帝到明朝到以后的任何时期，都包含在其中。此处的“浪花”，比喻整个历史长河中各个历史时期的变换和重大事件的起落。此处的“英雄”，则指所有叱咤风云的人

物。用长江比喻整个历史长河，气势磅礴，比喻恰当。“是非成败转头空，青山依旧在，几度夕阳红。”是与非，成与败，是人对事物的认识，是主观意识的东西。是非成败，站在不同的立场，有不同的看法。而青山和夕阳，是不以人的主观意志转移的客观存在的物体，也不因人们的政治派别和好恶而改变。有人说，这首词抒发作者消极颓废的情绪，是作者世界观人生观的写照。我认为，不是这样。嘉靖三年（1524），众臣因“议大礼”，违背世宗意愿受廷杖，杨慎因之被谪戍云南，居云南30多年，死于戍地。这30多年艰辛谪居生活，他不仅没颓废，而且刻苦读书，手不释卷；每到一处，就对当地风俗民情进行调查了解，努力学习当地民族语言，从亲身经历与实践中丰富自己的知识。他以被逐罪臣的身份，凭自己苦学、实践、记忆，在滇南时就写出了不少笔记、选本以及许多注释性书籍。另外，他开拓南疆，融云南边疆土地和南疆各族人民于中华民族大家庭，被人们喻为民族英雄，与抗倭名将戚继光齐名。所以说，这首词不是像某些人说的，是抒发作者消极颓废的情绪，是作者世界观人生观的写照。恰恰相反，是他旷达超脱的人生观的写照，是一生感悟与智慧所得，词中所表达的正是这一层意思，且景语中预示哲理，意境深邃。

## 罗带仍系恨，剑铓岂剸愁

——读茅盾《无题》诗

茅盾（1896—1981），原名沈德鸿，字雁冰。浙江省桐乡市乌镇人。中国共产党第一批党员，中国无产阶级革命文艺运动卓越的领导人之一。在延安鲁迅艺术文学院讲过学。正当中国共产党领导各族人民进行艰苦卓绝抗日战争之际，1941年1

月，国民党发动皖南事变，对内挑起了第二次反共高潮，随之而来的是文网森严。大批文化人对国民党反动派压迫文坛极端不满，纷纷撤离重庆，到香港“开辟第二战场”。作者就是在这种情况下离开重庆赴香港途中停留在桂林，他的《无题》诗便是 1942 年秋天在桂林时作的，其诗曰：

偶遣吟兴到三秋，未许闲情赋远游。
罗带水枯仍系恨，剑铓山老岂剸愁。
搏天鹰隼困藩溷，拜月狐狸戴冕旒。
落落人间啼笑寂，侧身北望思悠悠。

这首诗已刻在桂林市叠彩山公园高耸的苍崖上，给公园增添了一道亮丽的风景线。首联是倒装句，意即没有闲散的心情针对这次远游写诗作赋，只是见到美丽的桂林山水才偶然地写了这首《无题》诗。“三秋”，晚秋季节，“远游”，指从重庆到香港。“罗带”，指漓江。韩愈写桂林山水诗有“江作青罗带，山如碧玉簪。”的诗句。“剑铓”，柳宗元贬到柳州路过桂林时，对桂林的山有“海上千山似剑铓，秋来处处割愁肠”的描写。“鹰隼”，喻无产阶级文艺工作者，“藩溷”，指国民党对进步的文化界进行讨伐、迫害和查禁而布下的森严文网。“拜月狐狸”，指消极抗日积极反共的国民党反动派，“冕旒”，古代帝王的礼帽。“侧身”，倾侧身体，忧惧不安貌。张衡《四愁》诗：“侧身北望涕沾巾。”诗中引用古代诗人描写桂林景色的典故，抒发了他忧国忧民的情怀，讽刺了国民党反动派的黑暗统治，倾吐了寄希望于革命圣地延安的衷肠，表现了爱国诗人的高尚情操。“水枯”“山老”，正是深秋时节的景象，用以烘托诗人此时的情感，是最合适不过的。“落落人间啼笑寂”，“万家墨面没蒿莱，敢有歌吟动地哀”是最好的解释。末句说转身眺望北方，想到

沦陷的大片国土，想到八路军、新四军与日寇浴血奋战，而蒋介石却掀起反共高潮，感慨万端。末句的“思”读仄声。

2005年是世界反法西斯战争胜利60周年，也是中国人民取得抗日战争胜利60周年。我们纪念这个日子，就是要以史为鉴，决不能让历史重演。

## 一片青山启后来

——读欧阳予倩《题穿山图》诗

欧阳予倩（1889—1962），名立袁，湖南浏阳人。著名戏剧家。20世纪30年代主持广东戏剧研究所，40年代任广西艺术馆馆长。新中国成立后任中央戏剧学院院长，中国文联副主席、剧协副主席及舞协主席。抗日战争期间，由于国民党发动皖南事变，同时对文化界进步人士进行迫害，许多文化人被迫从重庆转到香港。他们途经桂林，在桂林作短暂停留，为桂林留下了不少诗篇，欧阳予倩《题穿山图》诗就是其中一颗璀璨的明珠。诗是这样写的：

铜柱边陲安在哉？伏波功绩至今怀。

纵无神箭穿坚石，一片青山启后来。

诗后有记，曰：穿山在桂林东南，相传马伏波引弓穿石，其事不可信。而今藩篱尽失，寇及中原，铜柱声威，徒余追仰。有名弟绘穿山图，属题，聊志感焉。

原诗没有标题，标题是后人编书时加的。从后记中可知，此为题画诗，画的内容就是桂林穿山，画的作者是欧阳予倩的学生陈酉名。“藩篱”，本指筑起的篱笆墙，这里喻国家的防御工事。这首诗构思巧妙，诗意含蓄，虚实结合，韵味浓厚。东汉时期的伏波将军马援平定交趾（越南），建立了丰功伟绩，这

是史实，但后人加入了神话色彩，说他站在伏波山用弓箭把对面的山射了一个洞，这座山便是穿山。此诗就是用这个史实和传说为素材进行构思的。全诗明白如话，通俗易懂，却内涵丰富，耐人寻味。前两句是说，伏波将军平定交趾后，在国界线树立的界碑（铜柱）哪里还在呢，然而，不管界碑是否存在，伏波将军立下的功绩是不可磨灭的，千百年来人们一直怀念着他。后两句是说伏波将军神箭穿山的传说虽然不可相信，但眼前的一片大好河山，不就是当年他平定交趾而留下来的吗？如果没有他的功绩，就不会有眼前的大好河山。后人面对这一片美好河山，不值得深思吗？诗是 1942 年在桂林写的，当时的局势是皖南事变后抗日战争一度陷入低潮，祖国半壁河山已沦于日寇之手。这首诗表达了诗人的爱国热情，同时对国民党反动派非常气愤并给予了尖锐的讽刺。

## 桃江宾馆雅集

甲山灵秀境清幽，别墅园林绕碧流。
绿叶红花相簇拥，风光占尽桂林秋。

这是笔者参加桃江宾馆雅集时写的一首绝句《题桃江宾馆》，前两句写桃江宾馆的幽雅环境，这种幽美清静的环境是最适合墨客骚人聚会谈诗论文的好地方。后两句是在继续写景的基础上抒发情感。“绿叶红花相簇拥”，写景真切，寓情于景，内涵丰富。人们常说好花犹须绿叶扶，桃江宾馆的别致幽美离不开甲山的灵秀、桃花江碧流环境的烘托，而桃江宾馆的别墅园林又为甲山和桃花江增添了一道亮丽的风景线；桂林的经济建设离不开文化建设的烘托，而桂林的文化建设又可以推动桂

林的经济建设的发展。末句不仅指自然风光“占尽”桂林秋，同时也指文化建设处于重要地位。桂林是历史文化名城，诗词是中华传统文化的代表，全国第4届当代诗词研讨会曾经在桃江宾馆召开，1994年桂林诗词楹联学会同人在此雅聚，自然是一件不平凡的事。

这次雅聚的时间是1994年8月19日至20日。由桂林诗词楹联学会常务顾问张开政同志召集，参加者有李育文、孙光西、刘克嘉、张佑民等15位诗人。桂林市市长袁凤兰、市人大主任陈雨萍同志亲临指导，与会同志很受鼓舞。过后评选部分吟友到潭下鹰山采风时写下的诗稿。为了保证有足够的时间，大家在宾馆留宿一夜。

不少诗友对此次活动写了纪念诗篇。李育文诗曰：

一、悠悠碧水绕江楼，柳岸蝉声唱不休。四面奇峰垂暮霭，群群鸥鹭落芳洲。

二、风轻云淡鸟声柔，夹岸青山翠欲流。唱晚渔歌归静浦，桃江八月景清幽。

刘克嘉诗曰：“桃江霁月光，何处是秋霜？搔首寻诗句，风飘桂子香。”

这两位老诗人的诗都写得清丽新奇。景中有情，情中有景。“蝉声唱不休”“鸥鹭落芳洲”“鸟声柔”“风飘桂子香”等，韵味浓厚，寓意深远。

笔者另有律诗《桃江宾馆雅集》记之：

诸子新秋雅兴高，桃花江畔乐陶陶。
玲珑翠玉甲山秀，绚丽青罗仙女袍。
别墅幽深无故主，诗人荟萃续离骚。
扬清激浊评天下，煮酒论诗情更豪。

不仅点明了雅集的时间、地点，聚会处的优美环境，而且引发对岁月沧桑的感慨及诗人肩上的责任。虽然责任重大，但豪情满怀。诗人们一定会把握住时代的主旋律，发出时代的最强音，写出既有时代感又有艺术性的好诗。

## 酒兴助诗情　骚客泛兰舟

2002年6月，桂林市“两江四湖”改造工程竣工。由于桂林诗词楹联学会积极参与桂林市的文化建设，并有所贡献，6月6日晚“两江四湖”工程指挥部受市政府的委托，宴请桂林诗词楹联学会领导班子和部分顾问，并招待夜游两江四湖。游览路线：从榕湖饭店门口起程，缓缓而行，经古榕双桥，过阳桥入杉湖。在杉湖环绕一圈，按原路返回榕湖，向北转航，穿迎宾桥，出观漓桥，进宝贤桥，转西清桥，潜宝积桥，驶向中山北路桥进入木龙湖，再经吊桥下到漓江，而后绕叠彩，傍伏波，顺江而下，过解放桥抵象山水月与桃花江汇合处。全程历时3小时左右。游船所到之处美景目不暇接。杉湖双塔耸立云霄，嘉树环绕堤岸；榕湖喷泉撒玉，音乐悦耳；西清湖飞瀑如练，岸峰似黛；木龙湖宋城相依，鹤峰慕瞰；漓江碧水悠悠，象山水月脉脉。一路虹桥焕彩，灯火辉煌，灿若繁星，简直是银河荡舟。真是：

桂林山水画中身，天上人间两不分。
王母瑶池添异彩，文城诸子振骚魂。

这次夜游两江四湖，诗人们酒兴助诗兴，斗酒诗百首，创作了数十首吟咏两江四湖美景的好诗词。如张开政先生诗《夜游两江四湖》：

幻影迷茫缥缈中，欲藏还露翠玲珑。
群桥泛彩辉银汉，两岸流光弄碧丛。
飞瀑迎宾惊泻玉，浮屠映水入苍穹。
诗人共月中宵乐，画舫清溪笑语浓。

“幻影迷茫缥缈中”，这是两江四湖给游人总的印象，也是该诗所要表现的主题。“欲藏还露”是拟人手法，使人联想到“手抱琵琶半遮面”。“翠玲珑”，山城碧绿似玉雕也。“辉银汉”言所泛霞彩之强盛。写灯光不用“照”“辉映”等词而用“弄”，独具匠心。“共月”，与月同醉也，“画舫”“中宵乐”“笑语浓”，抒发了诗人游览后的喜悦心情。再看杨怀武诗《游两江四湖》：

苍茫天上暮云腾，冉冉游轮柳絮轻。
四岸华灯生五彩，一泓碧水涌千层。
喷泉欢洒玉光雨，飞瀑豪传银汉声。
座座虹桥情脉脉，一桥相送一桥迎！

该诗通篇写景，却又通篇抒情，情随景溢，景随情妍。“一桥相送一桥迎”不仅说桥的数量多，更有依依不舍之情。李育文诗《咏两江四湖新桥》：

两江秀丽四湖清，荡漾游船月照明。
十九虹桥凌碧水，波光云影更轻盈。

笔者诗《游两江四湖赋兴》：

湖似西施笑靥迎，风情万种客心倾。
桃江漓水千钟酒，乐与红颜醉太平。

刘国勳诗《游四湖感赋》：

借得蓝天作纸铺，塔当香墨任磨濡。
四湖为砚峰为笔，绘出榕城锦绣图。

此次游览，诗人们所吟咏的诗词，有些是写两江四湖整体风貌的，有些是写两江四湖中单个景点的。但无论是写整体风貌还是单个景点，都倾注了诗人真诚的情感，描绘了两江四湖美丽的景色。这些诗词大部分都被收入到《桂林两江四湖诗词楹联选》一书当中，为山水名城的文化建设添了亮丽的一页。

## 一帘幽梦到蓬莱

——文成子银子岩雅集

银子岩位于桂林市荔浦县马岭乡的莲花山下，距桂林市区70多公里。这是继丰鱼岩之后，荔浦县新开发的景点。应有关部门的邀请，桂林诗词楹联学会30多人于1999年4月8日由张开政名誉会长带队前往采风。诗人们兴致勃勃，饱览了岩内外的奇异风光，当晚住在岩前宾馆。岩中景象繁多，仿佛入蓬莱仙境，令人叹为观止，心迷神醉。诗人们乘兴连夜创作三副对联(一门、一亭、一阁)供该景点刻挂。

入洞口门联：

银子岩开迎盛世；
莲花山笑乐新天。

出洞口亭联：

亭拥千山翠；
洞搜万象奇。

银阁远眺联：

门对好湖山，一片波光浮翠色；
洞涵新日月，千般神韵引芳踪。

这三副联是集体创作的，而以张开政、刘克嘉、李育文等老诗人讨论得最热烈，最认真，一字一句都要反复斟酌推敲，有时

为了一个字互相辩论，最后确定，既热烈讨论又互相尊重，为集体创作做出了好的榜样。三副对联敲定后立即由书法家张开政、曾秋鹤两位先生即席挥毫写成条幅，赠送主人（指银子岩经营管理者），以供刻挂。三副对联写好后，诗人们诗兴犹酣，马上转入个人的诗词创作，辗转寻诗夜难眠。这次银子岩采风，共创作诗词数十首。有不少珠玉金声。且看张开政《游银子岩》诗：

葱翠莲峰一洞悬，万千奇景谱新篇。

雪山飞瀑珠光泻，佛祖论经禅语虔。

双柱擎天叹观止，一帘幽梦忆情绵。

怡然出得神仙府，旖旎田园尽画笺。

“万千奇景谱新篇”是本诗的主题，“万千”，“云其多”，“奇景谱新篇”，谓其别于他洞之殊也。第3、4、5句连数奇景，如数家珍。第6句“一帘幽梦”把人带入美不胜收的梦幻之中，让人对“万千奇景”回味无穷。末联有导游的功效。全诗思路清晰，章法得当。另看笔者《银子岩风光》诗：

莲花山下秀岩开，五彩珠光遍石崖。

玉树琼枝仙鹤侣，蟾宫艺苑凤凰台。

金堆银垒环流水，霞蔚云蒸绕碧阶。

胜境神奇迷望眼，一帘幽梦到蓬莱。

此诗与张诗异曲同工。“百态千姿万象鲜……疑为王母后花园”（杨怀武句）；“桃红水绿相辉映，恰似珍珠落大千”（曾秋鹤句）；“群峰滴翠似莲花，桃林千亩焕天涯”（廖家驹句）……这次雅集，诗人们为银子岩谱写了许多华丽的篇章，恰似给一位美丽多姿的农村少女披上了一件艳丽的婚纱，画上了两道柳眉春山，使之更加婀娜秀美。也让诗人们饱览风光，纵骋吟怀。

# 赠壶品茗诗会

2000 年 4 月 29 日上午，榕湖饭店 6 号楼的二楼茶座坐满了桂林诗词楹联学会同人。他们是李育文、蓝少成、张佑民、杨怀武等 17 人。诗人们欢聚一堂或品尝浓浓的香茶，或端详着手中精致的紫砂壶，或品味紫砂壶上镌刻的诗句，或观赏着所刻诗句的书法艺术，大家都笑容满面，爱不释手，如获至宝。

这些小巧玲珑，精致美观的紫砂壶是从何而来的？原来是学会名誉会长陈雨萍（原桂林市委书记、市人大常委会主任）、张开政（原桂林市人大常委会副主任）和学会顾问刘克嘉（原桂林市文化局局长）三位老同志从遥远的江苏省宜兴市带回来送给到会的每个诗友的。每个壶上都刻有受壶者姓名、诗句、年份，以及诗句、书法作者、镌刻者的姓名。如授予笔者的壶上是这样刻的：“格赏先生雅玩，雨萍句，开政书，克嘉刻，二千年。”诗句是：“夜月波清，秋光水淡。”每位诗友壶上所刻的诗句其内容、情调因人而异。如赠给李育文的诗句是：“欲因贫转淡，情到老偏多。”李老已年逾七旬，淡泊名利，安度晚年。但他爱国之心，日月可鉴，对诗词，对诗词学会的事业情有独钟，并为之付出了许多心血和精力，“情到老偏多”给予了高度评价。赠肖瑶的是：“玄龙搏浪承时起，天马排空傍日行。”肖瑶是企业家诗人，在改革的大潮中正如天马行空，正在大干一番事业，题句恰到好处。赠欧阳若修之壶写的是：“花光浓淡里，山色有无中。”题得也很精当。真是砂壶小巧玲珑，诗句优美得体，书法潇洒俊逸，雕刻精心细致，不愧是精湛的艺术品。

陈雨萍、张开政、刘克嘉三位曾集体创作了五首绝句，记叙了他们到宜兴访问、参观并亲自参加制壶活动的情况，总题

为《陶都宜兴纪行》特录于下：

### 陶都题壶

紫砂情系几程遥，踏遍陶都雅兴饶。
添色名壶题句罢，更舒韵墨走金刀。

### 咏制壶女

盈盈秋水映陶红，料峭江南柳絮风。
纤手轻抟翻妙艺，深情尽注一壶中。

### 陶都即事

频年踪迹叹间关，小憩宜兴身正闲。
欲借紫泥留爪印，诗成何必置名山！

### 留别之一

初寒无计遣长宵，促膝烹茶解寂寥。
最是忘年情意切，重来相约在花朝。

### 留别之二

江南落木正萧萧，月半弦时酒兴饶。
厚意催成留别句，明朝折柳过枫桥。

这三位老前辈老诗人真是别具匠心、煞费苦心，受壶者都十分感动。笔者有诗记之，曰：

文城诸子聚华堂，春雨绵绵情谊长。
独具匠心镌雅句，每添陆羽忆甘棠。
秋光水淡漓江美，夜月波清诗兴昂。
榕市骚坛生趣事，兰亭盛会永留芳。

一些诗友也对此次雅集有所感慨而题诗，如“题句赠壶皆鼓舞，隔帘春雨沐青山”（刘克嘉诗句）“韵墨香浓肝胆照，紫

壶情结蕴诗缘”（李育文诗句）。席间茶香扑鼻，桌上琳琅满目，诸子心花怒放；窗外春雨绵绵，榕湖杨柳依依，山城春意融融。骚坛盛会将激起诗人们无穷的诗兴，绽放出绚丽多彩的诗蕊词葩。

## 水中双塔紫云腾

两江四湖景点之一的沙湖，日月双塔凌水而起，高耸云端，如日月经天，雄伟壮观。诗人万章利有《杉湖双塔》诗云：

似日之升似月恒，水中双塔紫云腾。
精工巧建仪容壮，美景新添气象兴。
秀丽湖山迎旅棹，淋漓笔墨聚诗朋。
夜游更觉饶情趣，灿烂层层耀彩灯。

首联言其高，如日月升天，雄伟壮观，光辉灿烂，紫云缭绕，永不熄灭。颔联言新景象乃全凭能工巧匠所得。颈联言其为世人所慕，为墨客所倾。尾联云游览时间及其所见。刘国勷《咏杉湖双塔》诗云：

突兀浮屠撑上苍，波中拔起世无双。
杉湖绚丽如三姐，风态娉婷佩两璜。
镂牖雕门衔日彩，飞檐画栋沐蟾光。
神镌瑰宝天王赠，扶正驱邪葆泰昌。

此诗与万诗不同之处有三：一是对双塔进行了描绘；二是发挥了丰富的想象力；三是指明了造浮屠的意旨。

## 王母瑶池在桂林

青狮潭水库位于桂林市西北约 30 公里处。总库容 6 亿立方

米，以灌溉为主，兼顾发电、防洪、养殖等。灌溉面积 42 万多亩，年平均发电量 5312 万千瓦。水库始建于 1958 年，历时 3 年才建成。这里群山环抱，绿水悠悠，是休闲佳境。几十年来不少文人墨客来此游览，写下了许多赞美的诗篇。笔者有诗云：

巍峨一坝锁三江，万壑千山着翠装。
绿水翻波鱼跳跃，蓝天飘伞客飞翔。
花香林静闲村落，湖暖阳和大浴场。
昔有精禽填碧海，瑶池今日好风光。

“巍峨一坝”与“万壑千山”气势磅礴。正因如此，才能“囊括三江水，琼浆六亿方”。鱼跃人欢，绿水翻波，幽闲自得。竹茂云深、花鲜林静、村庄错落、阳光和煦、平湖如镜，整个水库就像巨大的天然游泳场。这温和的大浴场比王母娘娘的瑶池还要美好，真是：“翠岫环成大浴盆，交融水月好销魂。诗人醉卧平湖里，王母瑶池不足论。”钟泰基先生《游青狮潭水库》诗：

画舫逐波浴丽暾，八弯九曲走迷津。
青峦霭霭雄鹰畅，秀水泱泱野鹜愔；
度假山庄依溆畔，脱贫瑶寨傍林阴。
恍闻谷内青狮吼，欲访仙踪此处寻。

美丽的游船荡起层层清波沐浴在绚丽的朝阳里，七弯八拐，让人着迷。雄鹰在烟岚重重的青山间飞翔，野鹜在泱泱秀水中嬉戏。度假山庄和当地瑶寨就在水边的茂林中。从深谷幽壑中传来天籁之声，就像青狮在吼叫。所有这些，仿佛踏着仙人的足迹在仙乡闲逛。

刘克嘉先生《游青狮潭水库》诗云：

狮潭水色碧于蓝，幽静风光远市廛。

生恐行船惊鹭散，莫教波漾晃青山。

其《公平湖夜色》诗云：

青山绿水渐微茫，暮霭归舟柳岸旁。

放眼窗前湖万顷，殷勤望月话吴刚。

这两首七绝都描写了青狮潭水库十分幽静的环境，令人神往。远离尘嚣，青山绿水相伴，一轮明月当空，多么悠闲清静，与仙境没有两样。这美好的瑶池是桂林人们发扬愚公移山、精卫填海精神创造出来的。正是“桂林儿女多奇志，壮举长留天地间”。

## 远听猿声三峡怨，近观云壑抱深潭

——冠岩诗话

冠岩位于桂林市东南 29 千米漓江东岸的草坪乡。从桂林市乘车经大圩沿漓江而下，或乘船游漓江便到一个山环水绕清幽静谧之处——草坪。这里“群山环抱小平畴，暮霭朝岚古镇幽。游艇穿梭渔唱晚，阶前漓水拍崖流”。自草坪墟沿江而下约半公里便到了冠岩。本地人叫它大岩。民国 26 年李宗仁曾题“光岩”二字刻于江边洞口石壁上。明代地理学家、旅行家徐霞客对冠岩有过这样的记载：“洞门甚高，内更宏朗，悉悬乳柱，惜通流之窦下伏，无从远溯。”

冠岩古往今来吸引不少文人雅士探幽观赏，诗刻题赋不少。明代蔡文有诗刻于洞壁，曰：

洞府深深映水开，幽花怪石白云堆。

中有一脉清流出，不识源从何处来。

洞内清流究竟从何而来？过去本地人相传，该洞地下水与

连绵十多公里以外崇山峻岭的灵川县潮田乡南圩村的穿山岩中的地下水相通。说从前有人在南圩穿山岩中放了一只鸭子，数日后鸭子从冠岩出来进入漓江，真是神乎其神。1986年中英两国联合探险潜水考察队经过一星期的探险终于证实了这一点。但南圩地下河水源头在哪里，仍是一个谜。随着旅游事业的发展，冠岩得到进一步开发。1990年计划建设，当年9月建成开通，1995年秋正式对外开放。它是一个巨型地下河洞穴，全长12千米。目前开放其靠漓江一段，有地下河和旱洞两部分，长约3千米。洞内配备自动光控、声控导游系统。有轨电车和观光电梯与洞中奇绝的自然景观相辅相成，是国内独具特色和韵味的水陆两游洞穴。整个洞分上、中、下三层，共五大洞天。

第一洞天，乳石览胜。这里呈现在人们眼前的是由石钟乳组成的“大森林”，有苍劲的树干，浓密的树叶，古藤缠绕，枝叶茂盛。在“森林”里活动着人群鸟兽。有唐僧师徒向修女问路，有和尚镇妖，有孔雀公主与青蛙王子谈情说爱，有大肚弥勒，有汉化佛教中的滴水观音，有鹦鹉学舌，有龙凤龟麟吉祥物。另外，还有一些形象逼真的景致，如生日蛋糕、奇绝天窗、瑶池天门、太湖奇石、幽谷奇雾、天堂听诗、云雾仙人庄、公主寝宫，等等，应有尽有，人间万象任比拟，韵味无穷。有诗赞曰：

石乳琳琅满洞天，嶙峋绚丽各呈妍。
人间万象凭君拟，梦引幽思韵味鲜。

第二洞天，飞车峡谷：

海底飞车穿峡谷，天悬绝壁尽珊瑚。
锦屏奔涌开新眼，哪吒当年未识途。

当你乘坐有轨电车驰骋深邃高大的地下峡谷，如同飘然腾空，上下悬崖峭壁危岩欲坠，怪峰如画，多姿多彩的奇石迅驶

而过，宛如活动中的飞禽走兽，变化万端，真是神奇有趣，趣中有乐。可惜当年跟齐天大圣大战几十回合的闹海哪吒还没有到过这里，否则他也会流连忘返，无心恋战了。

第三洞天，龙宫会仙。这里长 227 米，高 51 米。其中石笋、石幔琳琅满目，金碧辉煌，千姿百态，争奇斗艳。龙宫中间是镇海之宝定海神柱，柱上闪耀着片片鳞花。老龙王的大寿吉日，不但各路龙王、神仙都来祝寿，就连当今世界三大宗教基督教、佛教、伊斯兰教的教主都来祝贺，热闹非凡。有诗助兴道：

金碧辉煌水底天，龙宫何事聚群贤？

蟠桃宴会樽樽满，谁见风流饮八仙？

第四洞天，暗河探险。这里暗河曲折回环，几穿关隘，数历湖泊，多连深潭，时而静寂无声，时而流水潺潺，有时会听到远处传来的微弱涛声。当你乘坐一叶小艇在这幽深莫测的暗河中探索前进时，一种恬静、神秘、迷惘之情涌上心头：

轻艖暗探万重关，混沌迷茫六月寒。

远听猿声三峡怨，近观云壑抱深潭。

过去当地人还到里面捕鱼，真是“光怪陆离非幻境，秦人洞里有渔翁”。

第五洞天，曲桥听涛：

忽如万马战犹酣，又似蛟龙卷巨澜。

泉壑叮咚琴悦耳，阳关三叠久回环。

当你漫步在蜿蜒半里多路的九曲桥上时，涛声不断传来，一会儿雷声隆隆，一会儿流水潺潺，时强时弱，犹如一曲雄浑壮丽的交响乐在你耳边鸣奏，又仿佛一曲阳关三叠为你送别。

游完洞府，乘坐电梯扶摇而上，便来到红花绿叶簇拥的山腰。这里桃蹊李径，群峰竞秀，碧水传情。有诗云：“桃红李白

绕蹊峰，蜀栈雄关隐绿丛。”洞府的奇妙景观与眼前的秀丽山川在你脑海中互相辉映，实在令人陶醉，不忍离去。叶中华先生的诗句说得好：“信是人间最幽处，相逢不易别尤难。”

注：文中所引诗作除注明出处外，其余均为作者所撰。

## 榕湖新韵

榕湖位于桂林市区中心地带的古南门前。过去与杉湖合称为环湖，古代又叫阳塘、鉴湖。古往今来，骚人墨客留下了许多诗篇，我们可以从不同时代的诗歌中窥见不同风貌的榕湖。如清代诗人李秉礼诗《榕树楼晚眺》：

高阁登临快晚晴，好风吹送葛衣轻。
云中古寺疏钟动，树里斜阳远岫明。
被岸软沙眠乳犊，蘸波垂柳啭流莺。
归途缓踏溪桥月，何处渔舟短笛横。

夏日傍晚，诗人登上古南门纵览榕湖景象。首联说登临高楼，极目远眺，晴空晚霞，令人欢快，凉风吹来，身着葛麻做的衣服，觉得轻松舒适。颔联写高远处的所见所闻，不时从云中古寺传来钟声，斜阳中的树木和远处的山峦依然十分明净苍翠。颈联写近处湖滨的景象，清波吻柳，软沙被岸，飞莺啭柳，乳犊眠沙。末联写归途路径及所闻。踏着月光慢慢地走过小桥，不知从何处传来渔人悠扬的笛声，令人流连忘返。好一幅山村夕照图。现代诗人郭沫若《榕树楼》诗又是另一番韵味：

榕树楼头四壁琛，梅公瘴说警人心。
高临唐代南门古，遥望杉湖春水深。
山谷系舟犹有树，半塘余韵缈如琴。
风和日暮群峰静，地上乐园信可寻。

这是郭老于1963年3月来桂林登楼所作的诗。首句从榕树楼收藏的文物起兴，而后由文物想到历史，历史的教训是值得注意的，“我”登上唐代所建的古南门，眺望着春意盎然的榕湖，自然想到山谷系舟和半塘遗韵的往事。尾联说这春意盎然的和平环境犹如地上乐园。从诗的字里行间，可见诗人起伏跌宕的心潮。“地上乐园信可寻”与“梅公瘴说警人心”形成鲜明的对比。这是时代不同所造成的。启迪人们乐园来之不易，要珍惜美好的河山，珍惜美好的今天。寓教于乐，这是该诗最大的特点。当代诗人曾敏之有《榕湖拾趣》七绝一首，又是另一番情趣，云：

晴光花树竹疏疏，几缕轻纨点画图。

十里桂花香不断，迷人风韵是榕湖。

全诗明白如话，然韵味浓厚，犹如一杯香醇的美酒，沁人心脾。

以上是往日榕湖的风姿和韵味。经过两江四湖环城水系工程的改造，榕湖已是焕然一新，更富神韵。文人墨客吟咏颇多。且看张佑民吟长《西江月·咏榕湖》：

赢得榕城春色，更钦古树苍颜。迎来三五小游船，阵阵清风拂面。　　莫辨榕声竹韵，难分天上人间，能休闲处且休闲，鸟语花香一片。

“难分天上人间”是该词的主题。“赢得”，意即桂林的全部春色都集中给了榕湖，加上古老而茂盛的大榕树，鸟语花香，真是人间乐园，是工余休闲的好去处。年轻诗人何英丽有《鹧鸪天·新榕湖之夜》云：

十里华灯灿九霄，嫦娥惊起望妖娆。双虹月影花光丽，一树榕声鸟语娇。　　歌婉转，舞逍遥，人间仙境共良宵。一杯

醇酒和香醉，又踏榕荫过小桥。

“十里”，言其广也。“华灯灿九霄”，惊动天上嫦娥。“月影”，双关语，一为天上之月，一为古榕双桥与其倒影形成的水月。香花、美景像美酒一样醉人。读其诗如游其境，一样醉人。樊运宽《踏莎行·榕湖新貌》:

琴韵悠扬，亭台隐现，繁花茂树鸣莺燕。轻舟荡漾浪千重，欢声越过垂杨岸。　　玉砌回廊，花雕曲栈，诗文碑刻才情漫。双虹横卧枕清波，喷泉迸射如流电。

“亭台、繁花、轻舟、千重浪、垂杨、回廊、曲栈、碑刻、双虹、喷泉”均为所见，“琴韵、禽鸣、欢声”为所闻。上下片都是写景。但景中有情，情随景溢。

笔者的七律《榕湖新韵》，描写榕湖全貌比较细腻，诗曰：

竹影榕声欣焕彩，江郎才气恨无缘。
横呈玉体诸桥艳，遍布诗碑百代鲜。
茂树繁花铺壮锦，良朋快艇荡清涟。
灯光灿烂迷人处，曼舞嫦娥下九天。

首联因榕湖面貌一新而引发的感慨，用诗人江郎无缘相识的恨来反衬榕湖的风韵，即使江郎活着，也难以描绘如此美貌的榕湖山水。继而描写榕湖的新面貌新景象。“百代鲜”，几千年来都未有过如此的美化，此非艺术夸张，乃是现实展示，有目共睹也。正因如此，不仅凡人结伴而来以饱眼福，就连天上的仙女也要以温柔的舞姿降临这块梦幻之地，饱览人间美景。实际是说此处天上人间浑然一体了。

人们读了古今诗人咏榕湖诗，认识到，榕湖也随时代的变化而变化，湖山似美女，随时代的进步，美女更加窈窕迷人。

# 诗艺探索

# 浅谈《沁园春》词牌的要求

词牌《沁园春》，又名《寿星名》《东仙》《洞庭春色》。平声韵，双调，分上下两片（阕）。按词谱要求，一是领字句，且领字要用仄声字。二是要有一定的对仗句。上片第四句首字和下片第三句首字为领字，均各领其以下四句。上下片结尾，也以一字领四言两句。如毛泽东《沁园春·雪》："北国风光，千里冰封，万里雪飘。望长城内外，惟余莽莽；大河上下，顿失滔滔。山舞银蛇，原驰蜡象，欲与天公试比高。须晴日，看红装素裹，分外妖娆。　　江山如此多娇，引无数英雄竞折腰。惜秦皇汉武，略输文采；唐宗宋祖，稍逊风骚。一代天骄，成吉思汗，只识弯弓射大雕。俱往矣，数风流人物，还看今朝。"上片的一个"望"字，贯穿到"顿失滔滔"。下片的一个"惜"字，贯穿到"稍逊风骚"。上片的一个"看"字，管领到"分外妖娆"。下片一个"数"字，管领到"还看今朝"。又如清代郑板桥《沁园春·恨》："花亦无知，月亦无聊，酒亦无灵。把夭桃斫断，煞他风景，鹦哥煮熟，佐我杯羹。焚砚烧书，椎琴裂画，毁尽文章抹尽名。荥阳郑，有慕歌家世，乞食风情。　　单寒骨相难更，笑席帽青衫太瘦生。看蓬门秋草，年年破巷，疏窗细雨，夜夜孤灯。难道天公，还箝恨口，不许长吁一两声！癫狂甚，取乌丝百幅，细写凄清。"上片的一个"把"字管领到"佐我杯羹"，"有"字管领到"乞食风情"。而下片的一个"看"字贯穿到"夜夜孤灯"，"取"字管领到"细写凄清"。这是词谱的要求。事实上，毛泽东的这首词，不仅完全按词谱要求，用了领字句，而且在艺术上有所创造，有所突破。"望"一直管领到"欲与天公试比高"。"惜"字一直管领到"只识弯弓射大

雕”。对仗方面，毛泽东词也很到位。如“千里冰封”与“万里雪飘”相对，“长城内外，惟余莽莽”与“大河上下，顿失滔滔”相对，“山舞银蛇”与“原驰蜡象”相对，“秦皇汉武，略输文采”与“唐宗宋祖，稍逊风骚”相对。还用了本句自对，如“红装素裹”，“红装”与“素裹”相对。而郑板桥词，首三句，既是对仗句，同时又是排比句。“把”字后四句，后两句与前两句形成对仗。“看”字后的四句，也是后两句与前两句相对。“焚砚烧书”与“椎琴裂画”相对的同时还用了本句自对。以上两首词，不仅满足了词谱的要求，在艺术上还有所开拓，这充分体现了作者的深厚文学艺术功底。

我在审编《广西诗词选6·桂林市当代卷》时，也见有《沁园春》词的稿件，但完全没有按这些要求来填词，只是句式、字数和平仄基本无误而已。希望诗友们今后填词，对所填词牌词谱要认真研究一下，看它有哪些具体要求，不要盲目地填词，致使作品不合要求，以免白费功夫，造成遗憾。

## 浅谈“兴”在诗词创作中的应用

古人云，诗有六义，即风、雅、颂、赋、比、兴。前三者为诗体或诗的分类，后三者为表现手法。赋就是直抒胸臆，比就是比喻，往往与形象思维分不开。那么兴是什么呢？辞源有两种解释：一是“先言他物以引起所咏之辞也”；二是即景生情。例如诗经“关关雎鸠，在河之洲，窈窕淑女，君子好逑”先从河边呼唤求偶的雎鸠写起，引出君子好逑淑女之言。

又如：“山桃红花满上头，蜀江春水拍山流。红花易衰似郎意，水流无限是侬愁。”这里先从山上盛开的桃花和蜀江的春水

写起，引出郎君喜新厌旧的无情无义和痴情女子被弃的无限忧愁。这些都是很明显很典型的起兴手法。然而，创作过程中起兴手法的应用是多种多样的。就本人所见，有这么几种情况：

一、用在诗的开头

上面的几个例子都属于这类。再看下面的几首："渭城朝雨浥轻尘，客舍青青柳色新。劝君更尽一杯酒，西出阳关无故人。""江碧鸟逾白，山青花欲燃。今春看又过，何日是归年？""长安一片月，万户捣衣声。秋风吹不尽，总是玉关情。何日平胡虏？良人罢远征。""寒蝉凄切，对长亭晚，骤雨初歇，都门帐饮无绪，留恋处，兰舟催发……"这些诗词都是以兴的手法开头的，即先写景后言情。

二、先抒情后写景，请看下面的例子

（一）"红笺小字，说尽平生意。鸿雁在云鱼在水，惆怅此情难寄。　　斜阳独倚西楼，遥山恰对帘钩。人面不知何处，绿波依旧东流。"此词上半阕侧重写情，下半阕再用景相衬。

（二）"自恨寻芳到已迟，往年曾见未开时。如今风摆花狼藉，绿叶成荫子满枝。"此诗前两句侧重抒情，后两句重在写景。当然，这里的景是形象化了的景，不是实景。

三、也有用在中间的

如李清照的《声声慢》："寻寻觅觅，冷冷清清，凄凄惨惨戚戚。乍暖还寒时候，最难将息。三杯两盏淡酒，怎敌他、晚来风急！雁过也，正伤心，却是旧时相识。　　满地黄花堆积，憔悴损，如今有谁堪摘？守着窗儿，独自怎生得黑！梧桐更兼细雨，到黄昏、点点滴滴。这次第，怎一个愁字了得！"词的开头和结尾重在言情，而中间的"淡酒、晚风、飞雁、黄花、梧桐、细雨、黄昏"等等都是写景。又如毛泽东的《念奴

娇·昆仑》，开头的“横空出世，莽昆仑、阅尽人间春色”是感慨、议论兼言情；紧接着的“飞起玉龙三百万，搅得周天寒彻。夏日消溶，江河横溢，人或为鱼鳖”，侧重写景，当然也有抒情的成分；“千秋功罪，谁人曾与评说”既是感慨又是议论。而下半阕全是议论和联想。

四、也有情景融合在一起的

如毛泽东主席的《菩萨蛮·黄鹤楼》：“茫茫九派流中国，沉沉一线穿南北，烟雨莽苍苍，龟蛇锁大江。”这里分流九派的黄河、贯穿南北的铁路、烟雨、龟山、蛇山都是实景，而“茫茫、沉沉、莽苍苍、锁”等词，既是对实景的描写，又是作者内心真情的流露，可以说是情重于景，特别是“锁”字。又如毛泽东《沁园春·长沙》：“独立寒秋，湘江北去，橘子洲头。看万山红遍，层林尽染，漫江碧透，百舸争流。鹰击长空，鱼翔浅底，万类霜天竞自由。怅寥廓，问苍茫大地，谁主沉浮？”其中的“独、寒、红遍、尽染、碧透、争流、击长空、翔浅底、竞自由、怅寥廓、问大地、主沉浮”等词，巧妙地把诗人情感融入了眼前的景物之中，真正做到了情景交融。

以上讲的几种情况，只是为了叙述方便，人为地分类罢了，在实际创作中不能机械地套用，要因人因作品而异。我个人的看法，创作中的赋、比、兴手法是相辅相成的，特别是比与兴常联在一起使用。如“山舞银蛇，原驰蜡象”，山似银蛇，原如蜡象，是比喻，是写景，而“舞”与“驰”是诗人赋予的情感。又如“云想衣裳花想容”是诗人的想象，是比喻。这种美好的比喻融入了诗人浓郁的情感。再来看柳宗元《登柳州城楼寄漳汀封连四州刺史》一诗：

城上高楼接大荒，海天愁思正茫茫。

惊风乱飐芙蓉水，密雨斜侵薜荔墙。
岭树重遮千里目，江流曲似九回肠。
共来百越文身地，犹自音书滞一乡。

此诗以赋的形式开头，又以赋的形式结尾，第二句用了比喻，中间四句融情入景，情景交融，全诗用了赋、比、兴三种表现手法。当代著名诗人丁芒认为，毛泽东的《十六字令三首》可以作为赋、比、兴三种手法代表作。第一首是直接写景状物，为赋；第二首是比；第三首是兴。我认为毛泽东的《七律·长征》同样用了这三种手法。因毛泽东的诗家喻户晓，故不再罗列。

## 对王半塘词学理论的粗浅认识

晚清时期广西临桂县（即现在的桂林市）的王鹏运（号半塘）是当时四大词人之一，是临桂词派的主要代表人物。王鹏运毕生致力于词的创作和研究。他和比他稍后的几位著名词人况周颐、刘福姚等被誉为“临桂词派”。他填词的三个特点是重、拙、大，不仅成为临桂词派的词学理论，而且被推为整个词学界的标准，为“天下所宗仰”。重、拙、大，重者轻之反也，拙者巧之反也，大者小之反也。况周颐在《蕙风词话》中阐述：“重者，沉着之谓，在气格，不在字句。”他又说，“纯任自然，不加锤炼，则沉着之诠释也”，“沉着者，厚之发乎外者也”。所谓拙，况周颐说就是“恰到好处，恰够消息，毋不及，毋太过”。他又说，“词太做，嫌琢；太不做，嫌率”。也就是说，作词不能过分雕琢，又不能不雕饰。所谓“大”，就是“博大”。这是前人的解释。然而，在具体某一首词作品当中又如

何体现、理解？在创作过程当中又如何掌握？这便是当代诗人词家需要研究和探讨的。本人一孔之见，认为重者，指作品纯任自然，内容深厚庄重也；拙者，指行文流畅，语言朴实，俗中求雅，从客观自然中升华，雕饰而不露痕迹也；大者，指构思时视野开阔，思路宽广，全而壮美也。也就是说，重在内容，拙在语言，大在思路。试举王半塘词例说明。《念奴娇·登旸台山绝顶望明陵》：

登临纵目，对川原绣错，如接襟袖。指点十三陵树影，天寿低迷如阜。一霎沧桑，四山风雨，王气消沉久。涛生金粟，老松疑作龙吼。　　惟有沙草微茫，白狼终古，滚滚边墙走。野老也知人世换，尚说山灵呵守。平楚苍凉，乱云合沓，欲酹无多酒。出山回望，夕阳犹恋高岫。

这是一首吊古之作，但不仅仅是吊古，更多的是寄托。只是把寄托融入到登高远望时所看到的大自然的景象当中，表达了词人对晚清危局的悲哀之情。上片首句写整个川原秀美壮观，次句写十三陵所在的天寿山，它本来是高大的，现在变得像一座小土丘模糊不清，隐射清王朝危亡处境。第三句是词人对“王气消沉久”的感慨。第四句把金粟山的松涛声比作是龙的怒吼，龙者，中国的象征也。下片首句颇有“国破山河在，城春草木深”的凄凉感。次句是说连最不关心国事的平民百姓中的老叟，都知道人世间已经发生了巨大的变化，清王朝危在旦夕，但他们还在说有山神的守护和保佑。这正是封建社会老百姓愚昧的写照。三句说词人面对乱云重叠聚集的天空及一片悲凉的树木欲以酒祭奠山灵天地，却没有多少酒了。隐喻自己曾多次上奏慈禧太后，提出救国的主张，都没有被采纳，自己也无能为力了。“乱云合沓”隐喻清王朝上层内部混乱局面。末句是全

篇的结束，也是这首词的主题所在，但很含蓄。“夕阳”，作者自喻，“高岫”比喻清王朝，也隐射整个国家。这首词全篇在格调上纯任自然，内容深厚庄重，不愧为“重”也。通篇行文流畅，没有雕琢的痕迹，但也不是信口开河信手拈来，是俗中求雅，经过雕饰的。上片说天寿山如阜，是站在旸台山绝顶看天寿山，从高处往低处看，而结句说高岫，是出山以后从地面上看天寿山，由低往高看，这是很符合情理的。这是“拙”的体现。该词写的是登高远望，但不仅写了看到的，还写了听见的，还写了想到的。可谓广也，但多而不乱，有条不紊，思路严谨。这是“大”也。再看下面的例子。《摸鱼子·以汇刻宋、元人词赠次珊，承赋词报谢，即用原调酬之》：

莽风尘、雅音寥落，孤怀郁郁谁语？十年铅椠殷勤抱，弦外独寻琴趣。堪叹处，恁拍到红牙，心事纷如许。低回吊古，试一酹前修，有灵词客，知我断肠否？　　文章事，覆瓿代薪朝暮，新声那辨钟缶？怜渠抵死耽佳句，语便惊人何补！君念取，底断谱零缣，留得精神住？停辛伫苦。且醉上金台，酣歌击筑，杂沓任风雨。

这是唱和之作。上半阕首句有感而发，二三句写汇刻宋、元词的艰辛及由此想到的许多心事，末句说自己凭吊古人，徘徊之中试祭奠一下这些前辈方家，他们如果有灵魂的话，知道我为之断肠吗？下半阕首句是说当今是处于“雅音寥落”的社会，诗词这种文学形式是没有用的了，更何况自己的水平有限，汇刻宋、元人词版本及自己填的词质量不高。接下来是说，值得可怜的是，像杜甫这些古代名家拼死拼活地要写出佳句来，可是即使有惊人佳句对于当今的人又有何补益呢？再接下来是说次珊，也包含自己，为什么还有这种精神来保存和探讨古人

的词作品？真是辛苦辛苦啊。结句来了一个很大的转弯，是说不管当今的社会如何，任凭纷乱的风风雨雨袭击，姑且陶醉在词这个黄金台上击筑酣歌吧！这首词通篇是感慨和议论，鲜有叙述。然而发自肺腑，出乎自然，内容纯厚，语言经过磨炼雕饰，思路上由今到古，再由古到今，古今融和，既写了次珊又写了自己，心心相映。可谓“重、拙、大”兼而有之。我们再看下面的例子。《水龙吟·乙未燕九日作》：

东风不送春来，如何只送边声至？断云阁雨，帘栊似梦，冷清清地。炉火慵温，唐花欲谢，恼人天气。更无端清角，乍凄还咽，直为唤，新愁起。　　记得年年燕九，闹铜街、春声如沸。香车宝马，青红儿女，白云观里。　　节物惊心，清游谁续，好怀难理。算胜他铁甲，冲寒堕指，向沙场醉。

“燕九”，是农历正月十九。过了春节春天应该到了，为什么东风没有把春天送来，反而只把边关战事失利的消息送来呢？刚从梦中醒来，云散雨停，冷冷清清，天气很不好，令人烦恼，懒得生炉火，窗帘也未拉开，堂屋里种的花也快谢了，加上那凄清呜咽的画角声直让人犯愁。记得侵略者入侵以前，年年燕九这一天京城很热闹，喜迎春天的歌声欢笑声人声鼎沸。红男绿女乘着香车宝马来到长春宫寻欢作乐。可是现在遭外敌入侵，日子过得紧巴巴的，谁还有好心情继续清闲地游玩呢。我估计此时此刻战场上的将士们正在冒着严寒与敌人鏖战吧。这是闲居之作，但人闲心不闲，而且心情很沉重。词中写了对天气的感受，室内的所见所闻及词人的倦态心情，写了战争带来的烦恼，写了对过去美好生活的向往，写了对沙场战况的推测和祝愿，可谓所见所闻所想所忆所感无一不及，真是纯任自然，内容深厚，不加任何雕琢，可以说是“重、拙、大”

的典型词例。以上三首作品就能代表王半塘词风的全貌吗？我认为基本上能反映他的词风。读者如果有时间可以较详细地阅读《半塘定稿》或广西民族出版社1984年出版的《王鹏运词选注》即可而知。王鹏运词的另一个特点是情感深沉悲愤、苍凉凄楚的成分多。这是与他所处的时代分不开的。他处于中国逐步沦为半封建半殖民地的时代，虽为下级京官，却有“补天”之志。据临桂县志记载，他曾数十次上书陈述救国之计。光绪二十年（1894）康有为入京应进士考试，仰慕王鹏运的词名而登门拜访，两人一见如故。王鹏运支持康有为的改良主义政治改革。在康受知光绪皇帝之前，很多奏折由王鹏运代呈皇上。后来康有为在光绪帝的支持下发动“戊戌变法”，王鹏运积极参与，并加入康有为组织的“保国会”。光绪二十一年（1895）慈禧太后携光绪帝长住颐和园，不理朝政，王鹏运以外廷小臣上书，几罹杀身之祸。他在世的50多年期间爆发了太平天国革命运动、中法战争、英军入侵西藏、甲午中日战争、戊戌变法失败、义和团失败、八国联军入侵北京这一系列重大的历史事件，瓤成一个血与火的时代，作为爱国词人的王鹏运自然有流不尽的“新亭泪”。“孤怀郁郁谁语”？而这些“新亭泪”最好的去处就是注入他的词句行间。

王鹏运的词风及他对词坛的贡献不仅在当时对于继承发展词这种文学艺术起了很大的推动作用，对后人也是有影响的。已故的现代词学研究家夏承焘教授及著名作家、诗人郁达夫、毛泽东等人的词作品就与王半塘的词风很相似。看夏承焘词：

**（一）《满江红·皖北土改，夜行垓下阴陵大泽，息农舍作》**

谁泼围棋，幂夜野、纵横星斗。想当日、大风歌里，沙飞

石走。逐鹿势成开楚汉，拔山力尽分身首。几村童、呼哨放牛还，翁招手。　　童延客，忙箕帚。翁肃客，罗浆酒。话翻身村史，灯光抖擞。九地蛟鼍移穴去，千年奴隶当家后。送照天映海万红旗，风如吼。

此词作于1951年。作品的首句写所在地的夜空星罗棋布，像一块巨大的帷幕覆盖在原野上。由于垓下是历史胜地，所以接下去词人很自然地想象着楚汉相争，最后刘邦灭项羽于阴陵大泽，高唱大风歌的壮烈历史场面。此时此地，作者巧妙地运用楚汉相争的典故。它隐喻中国革命经过民主革命时期、抗日战争时期、解放战争时期，终于取得了全国性胜利，中国人民站起来了。正由于革命胜利，所以展现在词人面前的是一派和平景象：几个放牧村童赶着牛群悠闲地吹着口哨回家，老大爷们热情地向客人招手致意。下半阕写词人所住农家的具体场面：儿童忙着打扫干净，请客人当老师，问这问那；老大爷恭敬地给客人敬茶敬酒。晚上在明亮的灯光下话家常，谈新中国成立前后村子里情况的巨大变化以及农民翻身做主的喜悦心情。后两句是词人的感言：剥削阶级被打入九重地下，不再为患，几千年来当牛做马的奴隶已经翻身做主了，革命的强劲东风吹拂着万竿红旗映照着祖国的大地海天。该词写了词人所见所闻所想所感，评古颂今，内容深厚，思路开阔且生动形象，刻画逼真，修饰得当，可谓“重、拙、大”也。

**（二）《满江红·柴市谒文文山祠》**

铁石肝肠，汤镬畔、无降有死。怎忍见、神州故宇，纵横敌骑。头上昭昭星与日，眼前衮衮金和紫。表丹心一寸几行诗，垂青史。　　生死际，艰难事。听挥手，成宫徵。念阴房鬼火，曾歌正气。欲借梅边生祭笔，槐根重写祠堂记。犯北风、如虎放高吟，过柴市。

“柴市”，旧时北京市街名，即今北京市宣武门外的菜市口，是文天祥就义的地方。“文文山”，即文天祥。这是作者 1975 年谒文山祠堂时有感实事而发。首句写文天祥坚贞不屈，在酷刑面前宁死不降，最后英勇就义。次句说看见敌人的骑兵在神州大地上骄纵无阻，任意蹂躏杀掠，怎能忍受得了？最后挥笔写下慷慨激昂永垂青史的《过零丁洋》诗篇，真是“人生自古谁无死，留取丹心照汗青”。下半阕前三句是说，在生与死之间选择，是一件十分艰难的事，可是文天祥却把它处理得像演奏一首和谐的乐章，演奏出雄伟壮丽的旋律，谱写出一曲豪迈的正气歌。第四句说，我做梦都想凭借宋王炎午祭奠文天祥的祭文给这个祠堂重新写一篇记文。末句说，自己顶着强大的北风，像猛虎发威一样，高唱着文天祥的正气歌走过柴市，真是凛然正气！这也是怀古之作，通篇是评论赞扬和敬佩感言。内容深厚，穿越历史，结合现实，巧妙融合，雕而不琢，不露痕迹，可算得上“重、拙、大”矣。

**（三）《满江红·闽于山戚继光祠题壁，用岳武穆韵》**

三百年来，我华夏威风久歇。有几个，如公成就，丰功伟烈。拔剑光寒倭寇胆，拨云手指天心月。到于今，遗饼纪东征，民怀切。　　会稽耻，终当雪。楚三户，教秦灭。愿英灵，亦保金瓯无缺。台畔班师酣醉石，亭边思子悲啼血。向长空，洒泪酹千杯，蓬莱阙。

此为怀古之作。1937 年卢沟桥事变，对日全面抗战爆发。该词便是这一年作的。上半阕前两句运用反衬法，突出戚继光抵御外敌的丰功伟绩。第三句更形象地描绘抵御倭寇的英雄形象。第四句说民间至今还流行一种戚继光东征平倭时，军中制

作的干粮——光饼，这说明老百姓还很深切地怀念这位抗倭英雄。下半阕前两句用越王勾践卧薪尝胆，灭吴雪耻和“楚虽三户，亡秦必楚”的典故，指明中国的抗日战争也和戚继光的抗倭斗争一样，必定取得胜利。希望戚继光的英灵保佑祖国金瓯无缺，抗日战争早日胜利。第四句写作者看见祠堂附近石台上戚继光凯旋归来的醉卧石象和思子亭上戚继光悼念阵亡爱子痛苦欲绝的塑像，令人悲伤和敬佩。末句写作者流着泪，遥对长空，无数次地祭奠这位民族英雄。“蓬莱阙”指戚继光死后到仙境所居住的天上宫阙。该词有评论，有描绘，有想象，有祝愿，借古喻今，内容丰实，语言明快，思路开阔，当为“重、拙、大”之词也。

**（四）《贺新郎·毁家诗纪》**

忧患余生矣！纵齐倾钱塘潮水，奇羞难洗。欲返江东无面目，曳尾涂中当死。耻说与，衡门墙茨。亲见桑中遗芍药，学青盲，假作痴聋耳。姑忍辱，毋多事。　　匈奴未灭家何恃？且由他，莺莺燕燕，私欢弥子。留取吴钩拼大敌，宝剑岂能轻试？歼小丑，自然容易。别有戴天仇恨在，国倘亡，妻妾宁非妓？先逐寇，再驱雉。

作者的妻子王映霞被浙江教育厅厅长许绍棣骗夺，该词就是写这件事的。词写于1938年冬，作者应新加坡《星洲日报》社之邀，准备从福州南度时写的。上半阕说，看来我这后半生都在愁苦患难中度过了！下半阕说，霍去病深明大义，谢绝汉武帝的好意，在赶走入侵的匈奴以前不营造自己的住宅。于今日本鬼子侵略中国，大敌当前，应该以国家大事为重，奸夫淫妇的事，暂且由他们莺莺燕燕，双双私奔寻欢作乐去罢。武器是用来打日本侵略者的，哪有精力来处理家庭私事。对付这种

小丑是容易的。国难当头，还是以国事为重，倘若国家灭亡了，人民都成了亡国奴，大妻小妾难道不会沦为妓女？所以应当先驱逐日本侵略者，国仇家恨，心情难平。词中把内心复杂的心情写了出来，用了夸张比喻和典故，内容丰实，感情自然流露，不加雕琢，思路博大。当为"重、拙、大词也"。

文学艺术也和自然科学一样，它的发展是离不开前人的探索和经验的。王半塘"重、拙、大"的词学理论也是在前人基础上发展起来的。请看下面的例子：

宋代王安石《桂枝香》："登临送目，正故国晚秋，天气初肃。千里澄江似练，翠峰如簇。归帆去棹残阳里，背西风、酒旗斜矗。彩舟云淡，星河鹭起，画图难足。　念往昔、繁华竞逐。叹门外楼头，悲恨相续。千古凭高对此，漫嗟荣辱。六朝旧事随流水，但寒烟、衰草凝绿。至今商女，时时犹唱，后庭遗曲。"

宋代辛弃疾《青玉案·元夕》："东风夜放花千树，更吹落星如雨。宝马雕车香满路，凤箫声动，玉壶光转，一夜鱼龙舞。　蛾儿雪柳黄金缕，笑语盈盈暗香去。众里寻他千百度，蓦然回首，那人却在，灯火阑珊处。"

宋代辛弃疾《水龙吟·登建康赏心亭》："楚天千里清秋，水随天去秋无际。遥岑远目，献愁供恨，玉簪螺髻。落日楼头，断鸿声里，江南游子，把吴钩看了，阑干拍遍，无人会、登临意。　休说鲈鱼堪脍，尽西风季鹰归未？求田问舍，怕应羞见，刘郎才气。可惜流年，忧愁风雨，树犹如此。倩何人唤取，红巾翠袖，揾英雄泪？"

苏轼《念奴娇·赤壁怀古》："大江东去，浪淘尽、千古风流人物。故垒西边，人道是，三国周郎赤壁。乱石穿空，惊涛拍岸，卷起千堆雪。江山如画，一时多少豪杰！　　遥想公瑾当年，小乔初嫁了，雄姿英发。羽扇纶巾，谈笑间、樯橹灰飞烟灭。故国神游，多情应笑我，早生华发。人间如梦，一樽还酹江月。”

元代萨都剌《念奴娇·登石头城》(次东坡韵)：“石头城上，望天低吴楚，眼空无物。指点六朝形胜地，唯有青山如壁。蔽日旌旗，连云樯橹，白骨纷如雪。一江南北，消磨多少豪杰。　　寂寞避暑离宫，东风辇路，芳草年年发。落日无人松径里，鬼火高低明灭。歌舞尊前，繁华镜里，暗换青青发。伤心千古，秦淮一片明月。”

明代唐寅《一剪梅》：“雨打梨花深闭门，忘了青春，误了青春。赏心乐事共谁论？花下销魂，月下销魂。　　愁聚眉峰尽日颦，千点啼痕，万点啼痕。晓看天色暮看云，行也思君，坐也思君。”

我们把以上这些作品或更多一些前人的作品与王半塘的词作品（不局限于本文所列）相比较，就知道它们的词风是相同的，就是在表现手法上也有类似的地方。本人认为王半塘的词学理论，是在总结前人创作经验的基础上，结合自己的创作实践不断发展而成的，这当中有提炼升华的过程，无疑这是继承与创新相结合的硕果，王半塘是付出了艰辛劳动的，是有贡献的。

重、拙、大的词风是应该肯定的。但是由于强调纯任自然和博大，如果稍有疏忽，就会出现重复、啰唆现象，致使作品结构不严谨。王鹏运的作品重复、啰唆现象不是没有。请看下面例子。《八声甘州·送伯愚都护之任乌里雅苏台》：

是男儿、万里惯长征，临歧漫凄然。只榆关东去，沙虫猿

鹤，莽莽烽烟。试问今谁健者，慷慨着先鞭？且袖平戎策，乘传行边。　　老去惊心鼙鼓，叹无多忧乐，换了华颠。尽雄虺琐琐，呵壁问苍天。认参差、神京乔木，愿锋车、归及中兴年。休回首、算中宵月，犹照居延。

友人伯愚被贬到乌里雅苏台任职，作者以是词送行。先是给他鼓励，不要悲伤。而后说那里是侵略者发起战争的地方，属边疆地区，你慷慨着先鞭，有谁比你更雄健的呢？你乘着传车到边疆，拿出平定侵略者的策略吧。下半阕是说现在是卑微毒蛇当道，就是“呵壁问苍天”也没用。只是你年纪大了又遇上侵略者发动战争，我想当你乘坐载着兵器的车凯旋归来的时候，国家应是由衰败转为复兴的时候了。你就放心去吧，中宵的明月不仅照着京城，也会照着乌里雅苏台的。上半阕的“沙虫猿鹤，莽莽烽烟”就是指那里的战争，下半阕的“鼙鼓”就成了多余的。另外“老去”和“换了华颠”也是重复的。再看一例《扬州慢·桂山秋晓》“谢子石比部笔也。图画依然，故人长往，怆怀今夕，情见乎词”：

天末程遥，眼中人去，黯然满纸惊秋。问烟萝几曲，可昔日曾游？算唯有、题名醉墨，故山猿鹤，知我情留。纵山芒似剑，应难割断闲愁。　　素缣试展，最难忘、谢客风流。念碧玉峰高，黄柑实老，烟雨訾洲。便遣布帆归去，凭谁共、息壤盟鸥？但惊心南望，凄迷回雁峰头。

这是看到老朋友谢子石以前送的《桂山秋晓》图而诱发的怀乡之作。全词均围绕《桂山秋晓》这幅画展开来写的。见到画就想到画画的朋友，可是朋友已故，而画中之景，正是自己的家乡，却又远在天边，路途遥远，不免倍感凄凉，故而“惊秋”。画中那花草幽深之处是否是曾经游过的地方？家乡桂林

的摩崖石刻、草木禽兽都知道自己思乡依恋之情，思乡而又无法还乡的愁苦是山芒石剑割不断的。展开画卷，就想到谢子石的才华，想到家乡桂林像碧玉一样的山峰，想到訾家洲风光及家乡父老种的黄柑。谢子石已故，我即便回去又能和谁一起过隐居生活呢？我只好凄凉悲伤地朝回雁峰望去而已。本人认为“素缣试展，最难忘、谢客风流”是多余的，因为题目已交代了画画人是谢子石，首句“眼中人去，黯然满纸惊秋”中的“眼中人”自然是指谢子石，“满纸”的“纸”自然是指这幅《桂山秋晓》画。再说“题名醉墨，故山猿鹤，”与“碧玉峰高，黄柑实老，烟雨訾洲”在意思上也有重复之嫌。当然，填词不像写诗那样要求严格，而且讲究“一波三折”，但所写的意思是不应该重复的。如毛泽东“山下旌旗在望，山头鼓角相闻”，出现两个“山”字是容许的，因为“山下”“山头”意思不一样。再有毛泽东“白云山头云欲立，白云山下呼声急”这种重复也是无可非议的。而上述所举王半塘的例子与毛泽东的就不是一个范畴，是不应该重复的。还有，王半塘作品典故用得多，有时一首词用几个典故，这是美中不足的地方。王鹏运的词语言不够明快，当代人读起来不容易懂。我们在学习古人文化遗产的时候，不可全盘接受，应该是学习继承好的方面，不足的地方就不要学习。

最后，填词一首作结。《坡塘柳·咏王半塘》：

历千年雅音能继，王公心血如许！十年铅椠功非浅，留与后人琴趣。欣慰处，看蕙圃、芳菲新卉连陈树。吟今吊古。当一酹前贤，半塘遗韵，魂返梓桑否？　　东风劲，吹散神州烟雾。桂山春暖风煦。榕杉夜月流光渚，燕舞莺歌花簇。繁锦布，仙境妩，波清鱼跃游人慕。兰舟频渡。把酒上金台，酣歌击筑，

邀十子同赋。

**注**：榕杉，指榕湖和杉湖，王半塘家住杉湖边；十子，即杉湖十子。

2006年6月作

**参考文献：**

[1]《王鹏运词选注》，广西人民出版社1984年版。

[2]《宋词三百首》，湖北人民出版社1993年版。

[3]《现代爱国诗词选》，百花文艺出版社1990年版。

[4]《古典文学大观》，岳麓书社1989年版。

[5]《毛泽东诗词选》，人民文学出版社1986年版。

[6]《临桂县志》。

# 漫谈起承转合的运用

## 一、何谓起承转合

起承转合，据《辞源》的解释，是指诗文结构的一般顺序，也就是说在一篇诗文的创作过程中先写什么，后写什么，再写什么，最后结尾写什么。这实际上属于逻辑思维的范畴，不过在诗词写作方面，习惯上把它叫作章法。这里只谈诗词的章法，不谈文章的起承转合。诗词的章法问题，对于已从事诗词写作多年的同志来说，似乎是不足挂齿的事，其实不然。在积累一定的创作经验之后，回过头来总结一下，从理论上提高是很有必要的。而且，就某个诗人而言，不一定作诗填词谱曲都很有经验，即使写诗，近体诗和古体诗写法就有差别，所以，探索一下诗词的基本章法是有必要的。

## 二、起承转合的要求

起，是诗词的开头，写事情的起因。承，是承接上文，把

前面尚未交代清楚的事情进一步叙述清楚，且有深度的发展。转，是转折，有承上启下的作用，为诗词的结束做好准备，如果转得不好，诗词的主题就无法表现出来。合，是诗词的结束，是表达诗词主题的所在。由此看来，起承转合不是机械的组合，而是有机联系的几个方面或曰几个环节。清王应奎在《柳南随笔——〈宋人论文〉》中说："冯已苍批才调集，颇斤斤于起承转合法。何义门谓若着四字在胸中，便看不得大历（唐代宗李豫年号，766—780）以前诗。"这说明起承转合对于写诗的重要性。若不按起承转合的顺序来写，便会杂乱无章，不成诗也。元范诗法曰："作诗有四法：'起要平直，承要春容，转要变化，合要渊永'。"平者，坦而不陡也，直者，不弯不曲也。春容者，本指钟声回荡相应，引升为雍容畅达也。变化者，指事物在形态上或本质上产生新的状况也。渊永者，深而久，意境深邃久远也。

**三、起承转合在诗词创作中的运用**

（一）在近体诗创作中的运用

（1）起承转合在绝句中的运用：请看宋代张俞《蚕妇》诗："昨日入城市，归来泪满巾，遍身罗绮者，不是养蚕人。"此诗四句，依次为起承转合。起句平直，承句回应首句而又畅达下句，转句有变化，由说事转到说人，合句令人深思，合得渊永。再看唐代李白《黄鹤楼送孟浩然之广陵》："故人西辞黄鹤楼，烟花三月下扬州，孤帆远影碧空尽，唯见长江天际流。"这是七言绝句，四句依次为起承转合，起句可谓平直也，说明事情的发生，故人离开黄鹤楼。第二句紧承首句，说明西辞黄鹤楼的目的是去扬州，并交代了时间是春光明媚的三月。第三句是转，诗人一直目送友人乘坐的帆船，消失在遥远的碧空里，

送行的情况由最初的握手言别，到逐渐远去，两人的距离越来越远，最后连友人的影子也看不见了，写现状发生了变化，为第四句的合做了准备。第四句从表面上讲是写看不见孤帆远影以后江面上的情况，实际上是写诗人与孟浩然之间深厚的友谊不断。虽然天各一方，而友谊却像长江水一样，永远奔流不息，真可谓合得“渊永”也。再看唐代崔护《题都城南庄》诗：“去年今日此门中，人面桃花相映红。人面不知何处去？桃花依旧笑春风。”此诗四句依次为起、承、转、合。起句回忆去年的今天，地点是都城南庄的一户人家，承句交代事情的主体内容，即门前一棵桃树的桃花开得很鲜艳，一位像桃花一样美丽的姑娘接待了诗人。转句写今年的今天诗人又来到这一户人家，情况却发生了变化，去年接待诗人的美丽姑娘不见了。第四句合，说姑娘虽然不见了，可那棵桃树的桃花仍然在春天里开得和去年一样的美丽。寓意诗人对那位姑娘的爱慕和眷念之情仍然和去年一样，丝毫没有改变，真可谓合得“渊永”也。再看明代于谦《石灰吟》诗：“千锤万凿出深山，烈火焚烧若等闲。粉骨碎身浑不怕，要留清白在人间。”起句写深山采石，承句写石头经过焚烧变成石灰的过程，第三句是转，说不管是千锤万凿还是烈火焚烧，石头毫不害怕，从容不迫，为第四句的“合”做了准备。第四句是合，说石灰要留清白在人间，歌颂石灰高尚的品质。然而这种高尚的品质是经过千锤百炼才铸成的。此诗与上述两首诗有所不同。上述两首是叙事诗，而这首是咏物诗，采用了拟人手法，把所咏之物人格化了。但在章法上是相同的，都是按事物发展的客观变化来写的，起承转合都很自然。再看当代孙轶青先生《咏王安石》诗：“革新矫世史称雄，变法初收变俗功。法废人空陈迹里，犹闻三不足声洪。”王安石是宋代一

位宰相、政治家。他一生最大的政绩就是变法维新。诗即以此为题材写的。起句说王安石是历史上称得上变法革新的英雄，承句说他变法革新的效果。第三句转，一千多年过去了，人类社会已经发生天翻地覆的变化，其人其法均已不存在了，这个“转”起了空前的变化，这一句有承上启下的作用。第四句合，意义很深远。在人去千年之后，让人仍然听见“天命不足畏，祖宗不足法，人言不足恤”的洪声巨响。真是合得“渊永”。再看翦伯赞《题昭君墓》诗（六首选一）：“黑河青冢两悠悠，千古诗人泪不收。不信汉宫花万树，昭君一去便成秋。”全诗起承转合，一目了然，意境深远。

（2）起承转合在律诗中的运用：请看唐人崔颢《黄鹤楼》诗：“昔人已乘黄鹤去，此地空余黄鹤楼。黄鹤一去不复返，白云千载空悠悠。晴川历历汉阳树，芳草萋萋鹦鹉洲。日暮乡关何处是？烟波江上使人愁。”全诗共四联，首联是起，起得平直，犹如陈述一件往事。颔联是承，说昔人乘鹤一去千年，但世间人们还在怀念他。此联对上一联起到回应的作用，对下一联有启迪的作用，真是承得舂容。颈联是转，从怀古中转到现实，是眼前的景况，转得有变化。尾联是合，日暮思乡之愁象江面上的烟波，无边无际，又像长江的流水浩浩荡荡，永不停息，真是合得“渊永”。我们再看当代李育文《缅怀彭大将军》诗：“岁月堪回首，烽烟漫战程。义师歼劲敌，浩气作干城。报国文山志，为民海瑞情。将军秉高节，禹甸永留声。”首联以回首征程为起句，起得平而直。颔联写彭大将军英勇善战，功勋卓著，它紧承首联，是首联的发挥，与首联回荡相应，雍容畅达。颈联写将军的情操，以文天祥和海瑞相比，将军高风亮节的高大形象耸立在读者面前，用典准确。此处由前面写将军

的战绩和功勋转为写将军的情操，无疑是一个很大的变化，符合“转要变化”的要求。尾联是合，将军既有功勋又有高尚的情操，必然受到人民世世代代的尊重，青史留名。“永留声”合得自然而又“渊永”。再看当代周谷城《参观新安江水库》诗：“薄暮乘轮作小游，新安景色眼前收。拦洪有术山成海，发电无虞水不流。果证更生凭自力，花开灿烂为民留。亚非人动翻身感，老马神功贯五洲。”此诗起承转合非常明显。首联写参观新安江水库的时间和看到的景色，起得平直。次联写水库的成就，紧承“眼前收”三字，十分畅达。第三联是说这样浩大的工程是靠“自力更生”建造起来的，“花开为民留”，既承上又启下。尾联把目光移出域外，信心信仰，俱在其中，大见胸襟气度，合得“渊永”也。再看数学家苏步青《顽龙》诗：“顽龙原出自深潭，重返深潭岂厚颜。铁爪锈多秋雨后，银鳞伤重暮风寒。翻腾云雾今非昔，脱换胎肠老更难。纵有叶公相爱好，哪堪图画上旗杆。”此为咏物诗，诗中的深潭当指浙江大学和复旦大学，这里是作者曾经工作过的地方。首联说龙以前由深潭出来，现在又回到深潭去，起得自然，其中“厚颜”与题目中的“顽”字相呼应。颔联说龙离开深潭以后所经历的沧桑世故。它紧承“出深潭”和“返深潭”，承得从容和畅达。转句写情况有了变化。结句是谦语，但意味深长，可谓合得“渊永”也。

（二）起承转合在古体诗创作中的运用

以上几首绝句和律诗分别从写人、记事、咏物、怀古方面做了起承转合的探讨。绝句、律诗能遵循起承转合的章法来写，那么古体诗是否也有起承转合的要求呢？当然是有的。大家熟悉的唐代杜甫《茅屋为秋风所破歌》就是按起承转合的顺序写的。

“八月秋高风怒号，卷我屋上三重茅。茅飞渡江洒江郊，高者挂罥长林梢，下者飘转沉塘坳。南村群童欺我老无力，忍能对面为盗贼。公然抱茅入竹去，唇焦口燥呼不得，归来倚杖自叹息。俄顷风定云墨色，秋天漠漠向昏黑。布衾多年冷似铁，娇儿恶卧踏里裂。床头屋漏无干处，雨脚如麻未断绝。自经丧乱少睡眠，长夜沾湿何由彻！安得广厦千万间，大庇天下寒士俱欢颜，风雨不动安于山！呜呼！何时眼前突兀见此屋，吾庐独破受冻死亦足！”

全诗 24 句，前五句为起始段，说风力之大，不但把屋上三重茅都刮走，并且茅吹到树梢上和低洼的塘坳里。接下来“南村群童欺我老无力，忍能对面为盗贼。公然抱茅入竹去，唇焦口燥呼不得，归来倚杖自叹息”五句为承接段，说遭到风的自然灾害袭击后，作者因年迈多病无力去收拾飘落在地上的茅，却受到南村群童的欺侮。这一段是第一段的发展。“俄顷风定云墨色，秋天漠漠向昏黑。布衾多年冷似铁，娇儿恶卧踏里裂。床头屋漏无干处，雨脚如麻未断绝。自经丧乱少睡眠，长夜沾湿何由彻！”为转折段，说风过雨来以及这场风雨带来的灾难。这一段“转”得有变化且有承上启下的作用。最后六句是全诗的收尾，表现了作者博大的胸怀和崇高的理想。真是合得“渊永”。

再看唐代白居易《卖炭翁》诗：“卖炭翁，伐薪烧炭南山中，满面尘灰烟火色，两鬓苍苍十指黑。卖炭得钱何所营？身上衣裳口中食。可怜身上衣正单，心忧炭贱愿天寒。夜来城外一尺雪，晓驾炭车辗冰辙。牛困人饥日已高，市南门外泥中歇。翩翩两骑来是谁？黄衣使者白衫儿。手把文书口称敕，回车叱牛牵向北。一车炭，千余斤，宫使驱将惜不得。半匹红纱一丈绫，系向牛头充炭直。”前六句是起始段，写卖炭翁的形象和卖

炭的目的，起得平直。从“可怜身上衣正单”到“市南门外泥中歇”是承接段，写卖炭的艰辛和心愿，“衣正单”，谓饥寒交迫，“愿天寒”，盼望炭卖得好价钱，以解决饥寒交迫问题。此段有回应前段和畅达下一段的作用。从“翩翩两骑来是谁”到“回车叱牛牵向北”是转折段，宫中使者的出现，使卖炭的情况发生了变化。最后五句是全诗的合拢。“半匹红纱一丈绫”，就把千余斤的炭打发了，怎么舍得呢？但宫使是借皇帝口令的呀，卖炭翁再不愿意也无法啊！“宫使驱将惜不得”，多么无奈啊！这个结尾给读者留下了许多想象空间。确实合的“渊永”。

再看晋代陶渊明《咏荆轲》诗：“燕丹善养士，志在报强嬴。招集百夫良，岁暮得荆卿。君子死知己，提剑出燕京。素骥鸣广陌，慷慨送我行。雄发指危冠，猛气冲长缨。饮饯易水上，四座列群英。渐离击悲筑，宋意唱高声。萧萧哀风逝，淡淡寒波生。商音更流涕，羽奏壮士惊。心知去不归，且有后世名。登车何时顾，飞盖入秦庭。凌厉越万里，逶迤过千城。图穷事自至，豪主正怔营。惜哉剑术疏，其功遂不成。其人虽以没，千载有余情。”这是歌颂荆轲的诗篇。前四句是起始段，介绍荆轲的来历，这里的“起”算起得平直也。从“君子死知己”到“逶迤过千城”是承接段，写荆轲提剑出燕京，群臣易水饯别，击筑高歌的慷慨场面以及一路上凌厉越万里过千城的英雄气概。确实承得舂容畅达。接下来四句是转折段，说行刺失败，奇功不成，是出乎意料之外的变化。最后两句是合，是对荆轲的评价，说他千载有余情，真是合得“渊永”。

再看元代王冕《劲草行》诗：“中原地古多劲草，节如箭竹花如稻。白露洒叶珠离离，十月霜风吹不倒。萋萋不到王孙门，青青不盖谗佞坟。游根直下土百尺，枯荣暗抱忠臣魂。我问忠

臣为何死，元是汉家不降士。白骨沉埋战血深，翠光潋滟腥风起。山南雨暗蝴蝶飞，山北雨冷麒麟悲。寸心摇摇为谁道，道傍可许愁人知？昨夜东风鸣羯鼓，髑髅起作摇头舞。寸田尺宅且勿论，金马铜驼泪如雨。”这是咏物言志诗。从内容看，应是北宋灭亡以后，北方为金元时期，南方为南宋时期的作品。前四句为起始段，写劲草出产地、形状和性格。“萋萋不到王孙门，青青不盖谗佞坟。游根直下土百尺，枯荣暗抱忠臣魂。我问忠臣为何死，元是汉家不降士。白骨沉埋战血深，翠光潋滟腥风起。”为承接段，以拟人法写劲草的高尚品质和民族气节。“山南雨晴蝴蝶飞，山北雨冷麒麟悲。寸心摇摇为谁道，道傍可许愁人知？昨夜东风鸣羯鼓，髑髅起作摇头舞。”为转折段，写金人入侵，国家政局发生变化后劲草愁苦心情。后两句为合，“金马铜驼泪如雨”，合得深沉。

再如明代高启《登金陵雨花台望大江》诗：“大江来从万山中，山势尽与江流东。钟山如龙独西上，欲破巨浪乘长风。江山相雄不相让，形胜争夸天下壮。秦皇空此瘗黄金，佳气葱葱至今王。我怀郁塞何由开？酒酣走上城南台。坐觉苍茫万古意，远自荒烟落日之中来。石头城下涛声怒，武骑千群谁敢渡！黄旗入洛竟何祥？铁锁横江未为固。前三国，后六朝，草生宫阙何萧萧！英雄来时务割据，几度战血流寒潮。我生幸逢圣人起南国，祸乱初平事休息。从今四海永为家，不用长江限南北。”这是评古颂今之作。前八句为起始段，写登上雨花台面对山川形胜所生的感慨。“我怀郁塞何由开？酒酣走上城南台。坐觉苍茫万古意，远自荒烟落日之中来。石头城下涛声怒，武骑千群谁敢渡！黄旗入洛竟何祥？铁锁横江未为固。前三国，后六朝，草生宫阙何萧萧！英雄来时务割据，几度战血流寒潮。”为承接

段。面对山川形胜，联想到历史上的英雄们凭借长江天堑，划江而治的割据局面，诗人感慨良多。接下来两句是转折段，说现在遇上“圣人”，祸乱得到平息了。最后两句是合，说从今后，国家一统天下，不再有凭借长江天堑进行割据的局面了。

（三）起承转合在词创作中的运用

（1）起承转合在小令创作中的运用。请看毛泽东《十六字令三首》：“山，快马加鞭未下鞍。惊回首，离天三尺三。山，倒海翻江卷巨澜。奔腾急，万马战犹酣。山，刺破青天锷未残。天欲堕，赖以拄其间。”第一首第一句为起句，说明在群山中行军，第二句为承句，写山路虽然难行，但行军的速度却很快，这种神速说明将士们具有山地作战的经验和吃苦耐劳的毅力。第三句是转，由一直向前挺进转为回首看，第四句为合，说明行军到了山巅，并且山势很高，几乎与天相接，它隐喻工农红军在中国革命进程中的历史地位。第二首第一句是起，这个“山”是从高处向下看到的群山。第二句是承，说群山似翻腾的巨浪，是对景观中的群山很直观的比喻。第三句是转，说它似奔驰中的千军万马，是对群山进一步的联想。第四句是合，千军万马为什么急切地奔驰呢？原来它们正处于酣战之中。红军万里长征不正处于酣战之中吗？这是借景抒情言志。第三首第一句是起，这个“山”是高大的山。第二句是承，说这“山”高大锋利而坚韧，把天都刺破了，其刃部却毫无损伤。这是比喻又是夸张。第三句是转，它有承上启下的作用。第四句为合，天掉下来怎么办？有这高大的“山”顶住呢！把山写成顶天立地的擎天柱，正在进行万里长征的工农红军不就是这样的擎天柱吗？比喻十分得当。再如毛泽东《忆秦娥·娄山关》：“西风烈，长空雁叫霜晨月。霜晨月，马蹄声碎，喇叭声咽。　雄

关漫道真如铁，而今迈步从头越。从头越，苍山如海，残阳如血。”此词前两句为起，写深秋时节清晨的自然景况。“霜晨月，马蹄声碎，喇叭声咽。”这三句是承，写在这种景况中红军的活动，“声碎”与“声咽”，表明心情是沉重的。“雄关漫道真如铁，而今迈步从头越。”是转，说明心情沉重的原因，如此艰难险阻的道路不是第一次攀越，逼不得已情况下重蹈覆辙。最后三句是合，“苍山如海，残阳如血”如此壮丽的图景展现在眼前，说明道路虽然曲折，前途仍然是美好的。

（2）起承转合在中调创作中的运用。请看宋代辛弃疾《青玉案·元夕》:“东风夜放花千树，更吹落、星如雨。宝马雕车香满路。凤箫声动，玉壶光转，一夜鱼龙舞。　　蛾儿雪柳黄金缕，笑语盈盈暗香去。众里寻他千百度，蓦然回首，那人却在、灯火阑珊处。”

此词前三个短句为起，用比喻的手法，写元宵之夜灯火烟花的盛大景况。接下来四句为承，写在盛大景况下彻夜歌舞的热闹场面。下片前两句为转，写一对意中人长街巧遇的情景。最后四个短句为合，说在这盛大场面和众多人群中，最后找到了所要追求的女子是在灯火阑珊处，表明词人是一个不随波逐流的人。

再看宋代陆游《钗头凤》:“红酥手，黄縢酒，满城春色宫墙柳。东风恶，欢情薄，一怀愁绪，几年离索。错！错！错！　　春如旧，人空瘦，泪痕红浥鲛绡透。桃花落，闲池阁，山盟虽在，锦书难托。莫！莫！莫！”

此词前三句为起，以回忆的手法，追述在沈园与前妻会面及对方置酒款待自己的情景。接下来的七个短句为承，说明他们离别的原因和离别后的愁苦心情。“一怀愁绪，几年离索”，颇有

“寻寻觅觅，冷冷清清，凄凄惨惨戚戚”韵味。下片前四句为转，不再是回忆，而是写现实，如今春光依旧，人却不在了，泪流满面也是枉然。最后七个短句为合，说曾经海誓山盟的地方，池边亭阁虽然还在，桃花却落玉断香消，就连表达爱意的情书也无法投递了，伤心至极，切莫再提起了。合得情深意远。

（3）起承转合在长调创作中的运用。请看毛泽东《沁园春·雪》：“北国风光，千里冰封，万里雪飘。望长城内外，惟余莽莽；大河上下，顿失滔滔。山舞银蛇，原驰蜡象，欲与天公试比高。须晴日，看红装素裹，分外妖娆。　　江山如此多娇。引无数英雄竞折腰。惜秦皇汉武，略输文采；唐宗宋祖，稍逊风骚。一代天骄，成吉思汗，只识弯弓射大雕。俱往矣，数风流人物，还看今朝。”

此词前三句为起始段，概略地写雪飘冰封的北国风光。从“望”字开始到“分外妖娆”为承接段，具体赞美北国风光。从“江山如此多娇”到“只识弯弓射大雕”为转折段，由于江山似美人，所以引得历代英雄人物纷纷为之而折腰。由前面写景转到写人，这个“转”转得很有变化。最后三句为合，历代英雄已成历史，从发展的眼光来看，今天中国的崛起，更要看今朝的风流人物。真是合得“渊永”。

再看宋代王安石《桂枝香·金陵怀古》：“登临送目，正故国晚秋，天气初肃。千里澄江似练，翠峰如簇。归帆去棹残阳里，背西风，酒旗斜矗。彩舟云淡，星河鹭起，画图难足。　　念往昔、繁华竞逐，叹门外楼头，悲恨相续。千古凭高，对此谩嗟荣辱。六朝旧事如流水，但寒烟、衰草凝绿。至今商女，时时犹唱，后庭遗曲。”

此词前五句为起始段，写登高远眺时看到的秋天景色。从

“归帆去棹残阳里”到“画图难足”为承接段，写繁华景象。从“念往昔”到“衰草凝绿”是转折段，由眼前的大好河山和繁华景象就联想到金陵辉煌的历史。最后三句是结束段，他提醒人们，尽管眼前是一派大好形势，但历史的教训还是值得注意，可别重蹈陈后主的覆辙！整首词起承转合很紧凑。

再看宋代吴文英《莺啼序·春晚感怀》：“残寒正欺病酒，掩沉香绣户。燕来晚、飞入西城，似说春事迟暮。画船载、清明过却，晴烟冉冉吴宫树。念羁情、游荡随风，化为轻絮。　　十载西湖，傍柳系马，趁娇尘软雾。溯红渐招入仙溪，锦儿偷寄幽素。倚银屏、春宽梦窄，断红湿、歌纨金缕。暝堤空，轻把斜阳，总还鸥鹭。　　幽兰旋老，杜若还生，水乡尚寄旅。别后访、六桥无信，事往花委，瘗玉埋香，几番风雨。长波妒盼，遥山羞黛，渔灯分影春江宿。记当时、短楫桃根渡，青楼仿佛。临分败壁题诗，泪墨惨淡尘土。　　危亭望极，草色天涯，叹鬓侵半苎。暗点检、离痕欢唾，尚染鲛绡，亸凤迷归，破鸾慵舞。殷勤待写，书中长恨，蓝霞辽海沉过雁。漫相思、弹入哀筝柱。伤心千里江南，怨曲重招，断魂在否？”

此词是词中最长的调子，共分四迭，看起来很复杂，其实，只要仔细地研读它，就会慢慢地理出头绪来。首迭是写暮春游西湖的景况；第二迭是回忆与意中人同宿西湖春江时的欢乐情景；第三迭是写离别时的伤感；第四迭是对意中人的凭吊。第二迭是在第一迭基础上回忆的，第三迭又是在第二迭基础上产生伤感的，第四迭凭吊是全词的结尾。因此，四迭依次为起始段、承接段、转折段、合拢段。这是从总体来分析所得的结果，我们还可以更细一些来分析，把每一迭看成一个小令或中调，在每一个小令或中调中再来分析它的起承转合。事实上，这样

一层层地分析，更符合实际创作情况。第一迭前两句是起，说喝醉了酒，有点怕冷，所以关门闭户，躺在家里。接下来三小句是承，从中可以看出是在游西湖过程中喝的酒，并且交代了游西湖是在晚春时节。“画船载、清明过却，晴烟冉冉吴宫树”是转，是说自已在游西湖过程中看到的烟树，就好像春秋吴国宫廷中的树，这一转折，穿越了历史，与羁旅生涯的心情相吻合，为下面的合做了准备。“念羁情、游荡随风，化为轻絮。”是合，是对羁旅生活的感慨。“化为轻絮”收得渊永，为第二迭开头做了准备。第二迭前面三句为起，说十年来经常骑着马到西湖游玩，把马系在柳树下，清晨灰尘很少，雾气还软绵绵地躺在湖面上，使人感到很清爽。接下来两句是承，说在仙境一般的湖畔，通过侍女传递对意中人的情意并与意中人夜宿春江之事。从“倚银屏”到“歌纨金缕”是转，颇有“情人恨夜短”之感。“银屏”，当指西湖，“春宽”，可指西湖的秀美风光，也可指整个春天的美好时光，“梦”，当指与情人相处的美好情景，“歌纨金缕”，代指情人。所以这里的转折段，是写与情人游玩西湖的美景良辰不长，依依不舍，洒泪而别。后三句是合。“堤空”，是指人走了，堤上无人曰空。这里的结尾段是说，黄昏时候情人离散，西湖上飞来一群鸥鹭。“总还鸥鹭”合得意味深长，且又为第三迭的“起”做了准备。第三迭前三句是起。“旋老”，时光转了一圈，兰花又老了。这里的起始段是说，又一年的晚春时节到了，自己还是和鸥鹭一样过着羁旅生活。从“别后访”到“青楼仿佛”是承接段。“花委”，花枯萎，“瘗玉埋香”，情人亡故。“妒盼”，妒忌地看着，“羞黛”，说远山的黛色比不过情人眉毛的黛色。这段是说，分别以后我曾好几次寻访过她，可是听说她几经波折后已经亡故了。这更使人勾起许

多往事。记得当时划着小船，在渔家船上度过春天的夜晚，她那美丽使远山害羞，清波妒忌，仿佛在秦楼楚馆一般。最后两句是合。写当年临别眼泪汪汪，墙上题诗的境况。“泪墨惨淡尘土”合得渊永，且为第四迭的起埋下了伏线。第四迭前三句为起始段。说站在高高的亭子上，极目远望，春天草色一望无际，一派生机，可是自己已经老了。从“暗点检”到“蓝霞辽海沉过雁”为承接段。“軃凤”，垂翅的凤，作者自况。“破鸾”，破镜，喻不能破镜重圆。这承接段是说，暗地里回想起与情人悲欢离合的事，仍然止不住流下许多眼泪，用手绢都擦不干啊！即使写成很长的情书，倾诉无穷的哀思，鸿雁也无能将情书送到她的身边。现在破镜难圆，舞也懒得跳了，一心只想回老家安度晚年罢了。“漫相思、弹入哀筝柱”为转折句，是说只有用哀伤的筝音乐来寄托漫长的相思之情。最后三句为结束段，是说用筝弹奏相思哀怨之曲，来召唤她的灵魂，她的灵魂还在吗？如果还在，就回到我身边吧。整首词写得十分婉转，需要仔细品读，才能明了其层次，这大概就是婉约派的风格吧。

（四）特殊章法

以上例子，是比较符合诗词章法或曰诗词基本章法的作品。前面说过，起承转合，是指诗文结构的一般顺序，那么，是否有与“一般顺序”不同的诗文呢？也就是说有没有不按一般章法写作的诗词作品呢？当然是有的。这些不按一般章法写作的，我们把它叫作特殊章法。请看唐代杜甫《绝句四首》（其三）：“两个黄鹂鸣翠柳，一行白鹭上青天。窗含西岭千秋雪，门泊东吴万里船。”这四句话是四个不同的景物，但它们可以纳入同一个画面，形成一幅巨大的远近各异的美丽画卷。

再看唐代柳宗元《登柳州城楼寄漳汀封涟四州》：“城上高

楼接大荒，海天愁思正茫茫。惊风乱飐芙蓉水，密雨斜侵薜荔墙。岭树重遮千里目，江流曲似九回肠。共来百粤文身地，犹自音书滞一乡。”

此诗一反前面律诗章法，其第一句是起，写在城楼上看到的景象。“大荒”的荒，既是荒野、荒凉之意，更是作者孤独情感的流露。第二句是承，正是感到孤独，所以愁苦郁闷心情像海像天一样茫茫无际。中间两联是转，把内心的情感转到眼前景物当中，是借景抒情。第四联是合，因漳、汀、封、涟四州刺史是同案被贬的同僚，在这孤独愁苦郁闷中自然就想到他们，可是这里是不毛文身之地，交通极不发达，音信不通，这就更加加重郁闷感。这里的合，合得深沉。

前面说过，起要平直，但起得突兀的也是有的。如唐代李白《将进酒》:“君不见黄河之水天上来，奔流到海不复回。君不见，高堂明镜悲白发，朝如青丝暮成雪。”以比兴开头，起得突兀。这应当属于特殊章法并加强了修辞的结果。本人认为诗词写作应以基本章法为主，在较熟练掌握基本章法后再借鉴特殊章法为好。特别是初学诗词写作者应当首先学会基本章法。

曲的起承转合与词的起承转合类似，不再赘述。

2006 年 10 月作于龙头岭

**参考文献**

[1]《唐诗鉴赏辞典》，上海辞书出版社 1983 年版。

[2]《古典文学大观》，岳麓书社 1989 年版。

[3]《宋词三百首》，湖北人民出版社 1993 年版。

[4]《当代诗词点评》，中州古籍出版社 1991 年版。

[5]《毛泽东诗词选》，人民文学出版社 1986 年版。

# 当代中华诗词如何走向大众

当代中华诗词为什么还没有走向大众？我认为有历史的原因，也有诗词本身的原因。历史的原因主要有这几个方面：一是古典诗词产生于古代，至今已有几千年的历史，古代语言和词汇今人难以理解；二是五四时期新文化运动把诗词这种文学形式打入冷宫，把诗词与人民大众的距离越拉越远。以至于大学中文系都设有诗词创作的课程，人民大众自然望而生畏了。诗词本身的原因主要表现为格律严谨、声韵繁复，一般人一时难以掌握。要使当代中华诗词走向大众，我认为必须做好以下几个方面工作：

**一、激发大众对诗词的兴趣**

传统诗词流传几千年而不衰，必然有它的优势，这就是语言美、文字精、形式好、韵味浓、寓意深、节拍感强、便于传唱和记忆，具有强大的感染力和凝聚力。毫无疑问，传统诗词对历史的发展、社会的进步是起到了积极的促进作用的。远的不说，就毛泽东的诗词而论，他的诗词是革命的现实主义和革命的浪漫主义相结合的典范，时代性最强，感染力最大，脍炙人口，光辉夺目，气吞山河。他的诗词对于敌人是一颗颗炮弹，是一把把匕首；对于人民则是号角，是明灯，是精神食粮，是前进的动力。“为有牺牲多壮志，敢教日月换新天”，“不到长城非好汉”，“数风流人物，还看今朝”，“多少事，从来急”，“一万年太久，只争朝夕”，这些都是家喻户晓、妇孺皆知的名句，曾经并继续鼓舞我国各族人民不怕牺牲，排除万难去争取胜利的雄心壮志。这就是诗词的重要社会作用。我们要广泛宣传诗词的社会作用，使人民大众认识到传统文学并不是“半死

的文学”。她和其他文学形式一样，有着强大的生命力，是中国特色社会主义文化这个百花园中一朵永不凋谢的鲜花，值得人民大众去欣赏她、保护她、培植她。当大众感受到她的社会作用和风韵美时，就会对她产生浓厚的兴趣，就会加入到诗词创作的行列。事实上我们现有不少诗词爱好者，就是从读毛泽东诗词开始的。

如何才能做到广泛地宣传呢？我认为最好的办法就是让诗词作品与大众见面。见面的形式可以多样化，除了在诗刊报纸上发表以外，还可以有别的形式。比如配合政府各部门各中心工作进行诗词创作，选出好的作品印成宣传品发给政府各部门的干部和人民群众。另外，可在公共场所以墙报或黑板报形式把这些好作品刊载出来。这样既宣传了党的方针政策，鼓舞了群众，又宣传了诗词本身。如能长期坚持下去，定会产生良好的效果。在这方面，广西荔浦县晚霞诗社做得比较好，值得大家借鉴。

母愛大于
天思恩淚
湧泉萱堂
乘鶴去孝
敬恨無緣
夢母 昌杰詩書
己亥秋於龍頭岭

**二、开展各类诗词活动，普及诗词常识**

传统诗词比新诗确实难写一些，因为它有格律要求。我认为，正是因为诗词有格律才形成她独特的艺术风格，正如执剑打太极拳比徒手打太极拳，其舞步更加绰约多姿一样，诗人熟悉了格律，写起来就能挥洒自如。难与不难，易与不易，

都是相对的，毛泽东也说过：“世上无难事，只要肯登攀。”关键是要通过创作实践去了解它，熟悉它，经过一段时间的努力是能够掌握格律的。正如游泳一样，对于不会游泳的人，自然害怕流水无情。而善于游水的人则“胜似闲庭信步”。但是善于游也是从不会游开始逐步锻炼出来的。福建南安有一个贵峰村，全村男女老幼都爱好诗词并且个个能吟会写。重庆一个建设集团的工厂里，工人、学徒、技术员都能写诗词，成为全国第一家诗的工厂。既然工厂工人和农村男女老幼都能写诗填词，足以说明诗词格律并不难掌握，关键是如何普及和引导。贵峰村之所以成为诗村，是因为有一个热心于诗词普及工作的王国铭先生，他是个华侨，为了普及诗词，他倾其所有，做了全身心全资产全方位的投入，每年回乡居留，定期邀请中外名家到村里讲课、辅导，并开展各类诗词活动。他的事迹值得学习和推广。建议今后加强诗词普及工作，多吸引一些大众参加诗词活动。

青年是诗词的未来，要使诗词走向大众，首先要在青年中普及诗词常识，培养更多的青年诗词爱好者和诗人。江苏的沛县中学、高邮的川青小学开展了诗词写作教学，取得了一定成效。川青小学还成立了“芦花诗社”，沛县中学的诗词作品清俊可喜，胜过某些“诗人”。广州有个“后浪诗社”，受到广大青年敬仰。这就说明青年人不但没有被诗词格律“束缚思想”，而且能够掌握格律还能写出好诗来。

**三、改古声韵为现代汉语声韵**

这里着重谈谈诗词本身如何适应大众的问题，格律包括平仄和声韵以及对仗等。我认为诗谱的格律可以不变，但在运用时根据具体情况可以适当放宽。对仗可以工对也可以宽对，不

要限得太死。至于三仄脚、三平脚和孤平问题，也要放宽，不要为了避免这些现象而伤害诗词本来的意思，否则就是削足适履。声韵问题，我认为用现代汉语写诗填词为好。按照现代汉语拼音，汉字声调有阴平、阳平、上声、去声，前二者为平声，后二者为仄声，不再有入声字，这样便于大众掌握。用韵也是一样，因为古诗韵是古代汉语形成的，经过不同时代的变更，已很不统一，有切韵、广韵、集韵、词林正韵、佩文诗韵等，名目繁多，难以掌握。更主要是随时代发展，有些字的读音跟古时的读音不同，声韵已经起了变化，原来同一个韵目的字，现在已分属几个不同的韵目，如原来支韵中的“筛”“眉”“儿”“痿”。与之相反，原来不同韵目的字按现在普通话的读音已属于同一个韵目了，如“酣”“山”“盐”“咸”等，如果我们把上述支韵字用在同一首诗里押韵，实为不押韵，而是出韵，也就是失去了音韵美和音乐美。我们读白居易的《昭君词》就有这种感觉：“汉使却回凭寄语，黄金何日赎蛾眉。君王若问妾颜色，莫道不如宫里时。”又如张旭的《山行留客》：“山光物态弄春晖，莫为轻阴便拟归。纵使晴明无雨色，入云深处亦沾衣。”

**四、使用通俗语言写诗填词**

诗词应当使用时代语言记叙时代事物，才能更好地体现时代精神，贴近时代生活，为广大群众所接受。即使用典，也应是大众熟悉的典故，如愚公移山、后羿射日、精卫填海、杞人忧天等，而且要用得自然恰当，切不可生搬硬套，故弄玄虚。也许有人说，诗词是一种高尚的文学艺术，应该使用深邃精美的语言，孤僻古奥的掌故，才显得优美、高尚、典雅，用通俗语言不是太俗气了吗？其实不然，古代许多名家名著，都是用

通俗流畅的语言写成的。如李白的《静夜思》:“床前明月光,疑是地上霜。举头望明月,低头思故乡。”杜甫的《绝句》:“两个黄鹂鸣翠柳,一行白鹭上青天。窗含西岭千秋雪,门泊东吴万里船。”孟浩然的《春晓》:“春眠不觉晓,处处闻啼鸟。夜来风雨声,花落知多少?”又如“二月春风似剪刀”,“春色满园关不住,一枝红杏出墙来”,“两情若是久长时,又岂在朝朝暮暮”,“剪不断,理还乱”等等。这些在当时来说都是大众化语言,今天读来仍明白如话。

随着时代的发展、科学的进步,一些旧事物已经消亡,与之相应的词汇不再适用,如“漏尽香残”“油壁香车”“妾身”“奴家”“金兽”之类,在当时是大众化语言,今天就不再是了,我们再用这些词汇写诗,就会闹笑话。相反随时代的发展、科学的进步已涌现出大量的新词汇,如电灯、电话、电视、宇宙飞船、航天飞机等等。用现代词汇写诗,人民大众才容易读懂,才受大众欢迎。作者有一首《题桂江水质预警预报系统软件》的诗,曰:“桂水遭污泛黑龙,居民受害祸无穷。绸缪未雨新科技,一曲清江电脑中。”诗中“水质”“预报”“系统”“软件”“计算机”,都是大众化的术语,群众一看就懂。

**五、勇于创作新诗体**

新诗体的确切定义我还没有见过,但就笔者所见到的“六行体”“巷中体”“自度词”“自由词”“自由曲”之类应该算是新诗体了,它们没有格律要求,比较宽松,这样更便于人民大众掌握。如《自度曲·华盖颂》:“运交华盖复何求,况是神剑仍当头。哗啦啦电光耀眼,轰隆隆雷声灌耳,扑嗤嗤鲜血淋头。你是个直心眼、呆笔杆、半截子手。只晓得干呆活、认死理、

油不沾口。从不会嘻嘻哈哈谈天气，挤眉弄眼搞关系，钩心斗角耍计谋；再不会低声下气惯折腰，昏夜乞怜钻后门，吹吹拍拍舔痔瘘；更不会翻云覆雨施法术，两面三刀除异己，争官夺权窝里斗……”群众喜欢，且平仄通押，灵活多变。我们应该在继承传统诗词的同时，要大胆地创造出更多的新诗体，为人民大众服务。当然，新的诗体在刚开始时不一定受到人们的欢迎，但写久了，用的人多了，就会有人不断修改补充逐步完善，那时就会约定俗成，为大众所接受。

**注**：此文系本人以桂林诗词楹联学会代表身份，出席由中华诗词学会主持召开的全国第11届中华诗词研讨会，向大会提交的论文。会址在新疆石河子市。时间是1998年秋天。

## 读《春江花月夜》随感

唐代张若虚《春江花月夜》一诗，被大诗人闻一多先生誉为诗中之诗，顶峰上的顶峰。本人怀着崇敬和仰慕之情细细品读之，确实很有收获。

全诗共36句。我认为可分四段。第一段是诗的前八句，即“春江潮水连海平，海上明月共潮生。滟滟随波千万里，何处春江无月明。江流宛转绕芳甸，月照花林皆似霰。空里流霜不觉飞，汀上白沙看不见。”写明月当空，江海相连，月光照耀的江天景色。“滟滟”，形容明月照耀下的水光。“芳甸”指芳草丰茂的江边原野。“汀”，指水边平地，即沙滩。第二段也是八句，即“江天一色无纤尘，皎皎空中孤月轮。江畔何人初见月？江月何年初照人？人生代代无穷已，江月年年只相似。不知江月待何人，但见长江送流水。”“皎皎”，洁白、明亮貌。人类的生命一代又一代地繁衍，无穷无尽，因此，人类社会也随之不

断地发展变化，而江月年年如此，没有什么改变。此段由月光年年相似，人生代代无穷尽引发对人生的感慨并折射人生哲理。第三段“白云一片去悠悠，青枫浦上不胜愁。谁家今夜扁舟子？何处相思明月楼？可怜楼上月徘徊，应照离人妆镜台。玉户帘中卷不去，捣衣砧上拂还来。此时相望不相闻，愿逐月华流照君。鸿雁长飞光不度，鱼龙潜跃水成文。”写思妇对离人的思念之情。“青枫浦”为地名，但“枫”与“浦”在诗中又常用作感别的景物或处所。第四段为最后八句，即“昨夜闲潭梦落花，可怜春半不还家。江水流春去欲尽，江潭落月复西斜。斜月沉沉藏海雾，碣石潇湘无限路。不知乘月几人归，落月摇情满江树。”写游子思念之情。

全诗或写景或言情或情景交融，但不管是写景还是言情，都写得很自然，没有雕凿的痕迹。其中有几个地方写得很好。如前四句写自然景观，开门见山，破题而入，与诗题紧密相连。“春江潮水连海平”是自然景观，而“海上明月共潮生”则不仅写自然景观，一个“生”字，赋予了海潮和明月以生命。“孤月轮”的“孤”字，不仅是天上明月之孤，也是游子和思妇之孤，不仅是形体上的孤，更是心灵情感上的孤独。“可怜楼上月徘徊”，显然是思妇在徘徊，但不讲人，却讲“月徘徊”，真是“寻寻觅觅，冷冷清清，凄凄惨惨戚戚。乍暖还寒时候最难将息”。“昨夜闲潭梦落花，可怜春半不还家”，“落花”，从字面上讲，花事即逝，春天即将过去，春半不还家，此处的“春”，不只是指自然界的春天，更是指人的青春。“江水流春去欲尽”中的“春”亦然。时光就像江水一样，带走了大自然的春天，也带走了人的青春，且一去不复返。下句“江潭落月复西斜”的“复”字用得好，所谓“复西斜”，指明月一次又一次西沉，时

光一天又一天过去，然而“碣石潇湘无限路”，归期不定，相聚无望，心情像潮水般起伏难平，随着月光洒落在漫无边际的江边树上，随风摇曳不定，故特别感到“可怜”。“碣石”与“潇湘”都是地名，相距很远，故曰无限路。

此诗语言流畅，运笔自然，而且紧扣春、江、花、月、夜的背景来写，但月是主体。诗中情融于景，景中寓情，都通过月来融合，“月”在诗中是一条主要脉络，贯通上下。诗情随月轮的升落而起伏。在月光照耀下，江水、沙滩、天空、原野、枫树、花林、飞霜、白云、扁舟、高楼、镜台、砧石、鸿雁、鱼龙、不眠的思妇及漂泊的游子组成了完整的诗歌形象，展现出一幅充满激情的画面。真不愧是一首好诗。如何融情于景，为我们竖立了榜样。

有人认为诗中的海是虚指，我认为不完全是虚指。张若虚系江苏扬州人，长江经此流入东海，入海口就是汪洋一片，与诗中所写景象十分相似。所以诗中的“长江”可能是真实的长江，也可引申为泛指长长的江水。但无论虚实，都在诗意之中。

诗的结尾“不知乘月几人归，落月摇情满江树”，合得好，很渊永。但如果把第二段移到全诗的末尾，作为第四段，用“人生代代无穷已，江月年年只相似。不知江月待何人，但见长江送流水。”做全诗结尾，从章法上看，可能更严谨些更好些，且合得更渊永，也就是说内涵更丰富更深远。

2013年12月于上海中海馨园10号1201室

## 推敲词语造佳句　讲究章法构新篇

——诗词写作应注意的问题

我从20世纪90年代初期就参加审稿，至今已有20多年

的时间。开始主编秀峰诗社社刊《独秀诗词》，后来参与《桂林诗词副刊》的编审工作，再下来就是参加《桂林诗词》编审，2007年以后与刘国勤老师合作共同承担《桂林诗词》的用稿终审任务。2013年12月学会换届选举后，要我分管《桂林诗词》编委会的工作，即担任“执行主编”。本人水平不高，能力有限，原本不应当接受这项任务，但为了不辜负诗友们的期望，我尝试性地接受了这份工作，愿意和大家一道，尽自己的努力把这份工作做好。

在多年的审稿过程中，我们发现来稿中存在以下一些问题：

一、扣题不紧。写诗填词也跟写文章一样，离不开题目。题目是诗词内容的高度提炼和概括，所写的内容都必须为题目服务。描写景物，发表感言，无论是直抒胸臆，还是形象思维，都必须围绕题目来写。如李白《送孟浩然之广陵》：“故人西辞黄鹤楼，烟花三月下扬州。孤帆远影碧空尽，唯见长江天际流。”第一句写送别的地点，第二句写送别的时间和朋友要去的地方。第三句和第四句，写送别过程中所发生的和所见到的情况和景象。朋友乘坐帆船已经远去，除了碧空和流向天际的长江以外，再也看不见朋友的影子了，然而李白仍然站在原地朝着朋友去的方向望去，从而表现了朋友之间的深厚感情。全诗四句话，没有一句是废话，句句都围绕题目所涵盖的内容来写。当然，古人填词也有只标明词牌名，未标明题目的；有的诗还标明《无题》作为题目。那是出于某种原因，不愿意把题目标出来。但作者心中是有题目的，而且读者读完作品后就知道这首词或诗所表达的是什么主题。我这里说的扣题不紧，指的是标有题目，而诗词内容偏离题目，甚至于让人看了不知所云。当然，这种扣题不紧现象来稿中并不多见，但也不是没有，仍然需要注意。

二、章法不严。大家知道，写诗要用形象思维。但我觉得除了形象思维以外，更离不开逻辑思维。逻辑思维是诗词的脉络，是内在的东西；而形象思维是诗词的表现手法，是外在的东西。我认为诗词创作过程中的逻辑思维就是诗词的章法。也就是大家熟悉的起、承、转、合问题。就拿上述李白的诗来说，第一句是起，写事情的发生。第二句是承，把第一句尚未说完的事继续交代清楚。第三句是转，具有承上启下的作用，为第四句的合创造条件。第四句是合，是全诗的结局，要有一定的内涵，内涵越丰富越深远越好。“唯见长江天际流”，合得很好，很有内涵，寓意友谊的深厚并持续到久远。关于章法问题，使我想起“联发杯”诗词大赛的事，当时有一首参赛诗，初看起来觉得不错，很有气魄，开始有些疏忽，差点过关中奖。后来仔细阅读，才发现章法混乱，不可取，最终落选。这是值得借鉴的事。

三、用词不当。写文章遣词造句表达作者意思，写诗填词也不例外，而且更讲究用词的准确性。古人有“僧推月下门”和“僧敲月下门”的典故。所以我们写诗用词要反复推敲，反复比较，究竟用哪个词好，选用的词既符合格律要求，所表达的意思又更准确，否则就会出现用词不当的毛病。目前这类问题还不少。如有一首《秋斋杂咏》诗曰：“明窗山色望中收，顷刻蟾光已满头。上殿疏灯三界暮，凭栏凉露一身秋。寒萤照水成双影，孤雁冲霄怅寡俦。知否高吟狂贾岛，推敲剩句正昂头。”其中第三句的“三界”用得不当。按《辞源》的解释，三界是佛教用语，佛教把生死流转的人世间分为三界，即欲界、色界、无色界。按照这种解释，用在这里显然是不妥的。又如某君《龙年新春感吟》诗曰“……奔康迈入攻坚战，兴夏掀开冲刺年……”我认为其中的“奔康”和“兴夏”及“冲刺年”，

不但用词不当，而且属于生造词。又如某君写有关世态的诗云“世态荒唐古怪多”。“荒唐”，本身是指思想言行错误到使人觉得奇怪的程度，后面又来一个古怪，实在是多余，作为口头语，毫无问题，作为诗词语言，意思重复，也是属于用词不当。

四、格律不合。格律诗词，就是要讲格律，不讲格律，就不是格律诗词。所谓诗词的格律，主要有三个方面的内容。一是平仄，二是用韵，三是对仗（绝句不要求对仗）。平仄和用韵可以用传统的古声韵，也可以用普通话的声韵（中华新韵）。如用普通话的声韵，必须在题目后注明，否则，审稿人员就用传统的古声韵来审查是否符合声韵要求。如某君写春风诗云“……百姓生活奔小康……幸福美满万年昌”。如不注明新声韵，则为古声韵，其中“活”字和“福”字为入声字，即当仄声字用，此两处应用平声字。用韵不能混韵，如按古声韵，腥、惊为庚韵，惩为蒸韵，而根、存为元韵，把它们用在同一首律诗中，则为混韵。如按中华新韵，腥、惊、惩，为庚韵，而根、存为文韵，用在同一首律诗中，同样是混韵。说到对仗，当然也涉及平仄问题，但我现在说的是，该对仗的地方不对仗，或者同一联中前半联对得起而后半联对不起。或者出现合掌现象，即同一联中对句与出句意思雷同。如某君的《盼》诗云：“相思半世忧难解，离别长年叹未逢。”其中“半世”与“长年”都是指时间，意思重复。又如某君写歌颂十八大的诗云“……继往开来谋伟略，承先启后选贤明……”，“继往开来”与“承先启后”合掌。同样某君写歌颂十八大的诗云“……九十一年兴伟业，和谐时代展风华。”其中“九十一年”与“和谐时代”不对仗。又如某君写新春抒怀诗云“……千篇诗文赞国好，万首新歌颂党恩”。其中“文”和“歌”都是平声，“好”与“恩”

不对仗，且两句意思雷同。又如某君写歌颂中共十八大的诗云：“……庆祝党开十八大，心情澎湃涌满腔……”两句根本不对仗，且“十八大”三仄脚，“满”字为仄声，此处当平。

另外，孤平问题，三平脚和三仄脚问题，在来稿中也时有出现。如某君诗句“十八大会鼓人心，美丽中国路径明”，题目未标明新声韵，显然这两句都犯孤平。又如“党代盛开十八大”犯三仄脚毛病。又如“执政为民公仆心”，如用新声韵，这句就犯三平脚毛病。

五、拗救问题。这是一个比较复杂的问题，我认为尽量不用或少用为好，即使用，也尽量用一些简单的拗救，如孤平拗救、当句救、对句救。我有一个不恰当的比喻，就像一个人走路，不小心摔伤了，需要求医救治一样。反过来考虑，走路小心一点，不摔伤，就不需要求医找药相救，不很好吗？总之，拗了当救，但要注意，不要出现病句。

以上是我们在审稿中发现的一些问题。如何避免这些问题呢？我看没有什么好办法，只有四个字，勤学苦练。就是多读多写。不仅要多读唐诗宋词元曲，还要多读当代人的作品，不仅要多读诗词曲赋作品，还要多读诗话诗评之类的文章。看别人如何点评诗词作品，从他人作品中汲取营养，从他人的点评中拓宽眼界。我记得老会长李育文先生对我说过，要多读他人作品，不管是古人的还是当代人的，都要读，哪怕是发现别人有不妥之处或错误的地方，对自己也是一个提高，可以提醒自己别犯类似的错误。另外在创作过程中要慎重，先打草稿，然后修改。放几天后再反复推敲。纵观全局，看是否切题，意境如何，用词造句是否准确。对于模糊不清的词语要查字典词典，分不清是平声还是仄声的字，要查工具书。首先要做到不犯上

述几个方面的毛病，然后再在意境上下功夫。所谓意境，是指文学艺术作品通过形象描写所表现出来的境界和情调。这属于深一层的东西，就靠自己找有关的书籍或文章学习、领会，慢慢提高，这里就不多谈了。古人有“两句三年得，一吟双泪流”的说法，毛泽东有一首词，发表25年后还改了一个字，可见精品来之不易啊。

以上说的仅仅是审稿中发现的问题，是个人的看法，诗友们有则改之，无则加勉。

2016年5月于龙头岭

## 再谈拗救问题

什么是孤平？据说有两种情况，其一，一句当中，除韵脚以外只剩一个平声字的算孤平。其二，两个仄声字之间夹一个平声字也算孤平。本来是平声的位置，用了仄声字，就是拗，拗了就当救。如“仄仄平平仄仄平”的句式，第三字用了仄声字，就是拗了，第五字就当用平声字来补救，还有像“平平仄仄平平仄”的句式，如第一字用了仄声字或者第五字用了仄声字，也出现了孤平现象，就得救。这就是拗救问题。最近我又重读了一些古诗，对于格律诗的孤平和拗救问题又有新的认识。在《唐诗三百首》当中（清代乾隆年间蘅塘退士编，陈婉俊补注，中华书局出版），第一种孤平现象尚未见，而第二种孤平现象则不算稀少。故我认为古人也不是很讲究。例如唐代诗人崔颢的《黄鹤楼》：“昔人已乘黄鹤去，此地空余黄鹤楼。黄鹤一去不复返，白云千载空悠悠。晴川历历汉阳树，芳草萋萋鹦鹉洲。日暮乡关何处是，烟波江上使人愁。”既有孤平问题，又有三平脚三仄脚问题，且对仗也有问题。而《唐诗三百首》却把

它列为七言律诗之首。而且据说李白的七言律诗《登金陵凤凰台》就是受此诗的启发而写的。又如杜甫《蜀相》诗："丞相祠堂何处寻，锦江城外柏森森。映阶碧草自春色，隔叶黄鹂空好音。三顾频烦天下计，两朝开济老臣心。出师未捷身先死，长使英雄泪满襟。"其中第三句的"阶"和"春"为孤平，第七句"师"亦为孤平。还有杜甫的《阁夜》诗："岁暮阴阳催短景，天涯霜雪霁寒宵。五更鼓角声悲壮，三峡星河影动摇。野哭几家闻战伐，夷歌数处起渔樵。卧龙跃马终黄土，人事音书漫寂寥。"其中第三句的"更"和第七句的"龙"皆为孤平。又如李商隐《锦瑟》诗："锦瑟无端五十弦，一弦一柱思华年。庄生晓梦迷蝴蝶，望帝春心托杜鹃。沧海月明珠有泪，蓝田日暖玉生烟。此情可待成追忆，只是当时已惘然。"其中第二句的"弦"为孤平，且"思华年"为三平脚。又如杜甫《绝句》诗："两个黄鹂鸣翠柳，一行白鹭上青天。窗含西岭千秋雪，门泊东吴万里船。"其中第二句的"行"就是孤平。又如李白《鲁东门泛舟二首》其二："水作青龙磐石堤，桃花夹岸鲁门西。若教月下乘舟去，何啻风流到剡溪。"其中第三句的"教"是孤平。唐诗中类似这样的现象不少。再说宋代王安石《鱼儿》诗："绕岸车鸣水欲干，鱼儿相逐尚相欢。无人挈入苍江去，汝死哪知世界宽。"其中第四句的"知"为孤平。还有杨万里诗："泉眼无声惜细流，树阴照水爱晴柔。小荷才露尖尖角，早有蜻蜓立上头。"其中第二句的"阴"为孤平，等等。可见古人对于孤平、拗救、三平脚、三仄脚问题，不是绝对没有。有的网友认为孤平、拗救、三平脚、三仄脚等问题，是当代人给当代格律诗写作者挖的坑。我个人认为，既然古人都不限制，我们也不要太苛求。有时候确实很难避免。如"顶天立地""落井下石""民

族同化”“入境问俗”等，如果用上述这些词语写格律诗，是无法补救的。但也不能不考虑，任其泛滥。我认为必须坚持“一三五不论，二四六分明”的原则。出现孤平时，尽量补救，但不要因为格律而伤害诗的意境。否则就是“削足适履”。就像当今一些人美容一样，不能因美容伤害身体健康。

2018 年 8 月于灵川龙头岭

## 浅谈精品意识

写诗填词要讲究质量，没有质量的作品是没有人读的，更不会流传下去。所以当今要提倡“精品”意识。那么，什么样的诗词作品才算“精品”呢？当然是高质量的作品了。从目前诗词写作的现状来说，我个人认为，格律诗词从质量上来讲，分三个档次：第一，符合格律要求，对意象的描写，有一定深度，有一定的感染力。第二，除对意象作深刻的描写以外，还有很好的意境。第三，除有意象、意境以外还有寓意。从目前写作状况来看，大部分属第二种情况，第一种和第三种情况比较少。也就是说，高质量的作品还不多。怎么算好作品呢？我认为是格高、情真、意新、辞美、寓意、律严。所谓格高，就是作品的意境要高，风格要高，要有其艺术特点，遣词雅，气韵正，呈现个人内心独有的东西。情真，就是发自肺腑之言。诗中唯有真情表露，方能触动读者心灵。意新，是让读者眼前为之一亮，为之一振的法宝。诗词赋予新意，才能呈现与众不同的艺术风貌。辞美，诗词语言精致工丽，更能展现诗词深远空灵的境界和优美鲜活的画面以及深邃沉郁的思想。寓意，就是言已尽而意不穷，也就是要有丰富的内涵，要合得渊永。律严，诗词的格律经过长期的实践而制定，它富于音乐美的声律，

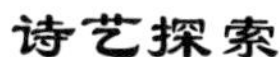


使人们乐于吟唱，易于记诵。有了形式的限制才能更有效使作品趋于精练、含蓄。真正的诗词高手可以纯熟的驾驭格律。当然，一首诗，不可能面面俱到。但上述六点中必须具备一二才能算好诗。如唐代大诗人李白七律《登金陵凤凰台》诗：“凤凰台上凤凰游，凤去台空江自流。吴宫花草埋幽径，晋代衣冠成古丘。三山半落青天外，二水中分白鹭洲。总为浮云能蔽日，长安不见使人愁。”据说这是李白奉命“赐金还山”，被排挤出京，离开长安，南游金陵时所作。诗中前六句，句句都有寓意，最后两句，画龙点睛。整首诗情真意切，辞美律严，把真情实感与眼前景物巧妙结合，真正做到寓情于景，触景生情，借题发挥，真正做到情景交融。称之为精品，当之无愧。又如毛泽东的《菩萨蛮·黄鹤楼》，情景交融，情真意切，感人肺腑，不愧精品。

2018 年 8 月于灵川龙头岭

# 辞赋园地

# 桂林园博园[1]赋

始安[2]古郡，桃源新容。雁山镇南，桂阳路[3]东。博园新颖，气势恢宏。水陆交错，楼宇排空。草地茵茵，竹树葱葱。大道纵横，彩桥连通。花海桑田，湿地芦丛。山川锦绣，喷泉霓虹。波光滟滟，月色溶溶。舞榭戏台，山歌彩调，美酒香茶，春燕秋鸿。信步湖滨，仰观银链喧哗；逸情画舫，对视石岛玲珑。历代建筑，纵览九州极品；当今园艺，荟萃八桂精华。精品商城，美食文化。桂林山水，风景图画。享誉历代，秀甲天下。画阁春风，喜迎大雁；相思江[4]水，乐育芳园。十四名园，焕发光彩；万千游侣，娱悦心田。请看——

桂林园：桂树荫大道，广场环画廊。桂叶千层绿，金粟万点黄。卵石铺路，花海迎宾，莲子飘香。两江四湖，桂林一张名片；三山两洞，岭南千古风光。漓江竹韵，田园秀美；月桂荷风，林径幽长。溪流绕亭，源溯玉泉；漓水缠山，景蕴诗章。竹排上鱼鹰跃，漓水岸画卷煌。

南宁园：山水美化绿城，庭花乱绕流莺。花海簇拥村歌娃，山歌陶醉牛女星。经济船帆高挂，破浪同舟；东盟[5]友谊长存，和谐共赢。

柳州园：欣登东门城楼，追忆龙城岁月，仰看蟠龙瀑布，游赏柳江画廊。有龙潭美景，三江木楼，柳侯刺史，名人雕塑，书卷辉煌；喜寒江风韵，千载柳城，莳檐栽竹，翠柳戏题，韵味悠长。龙城文化遗韵，柳侯功绩留芳。

梧州园：绿城水都，西江商埠。赞赏岭南金龙三重门风格，惊讶梧州绿城大宝石异彩，品尝苍梧著名六堡茶香乳。欣看珠帘景墙，领略船工哼腔。茶山连广宇，茶树满山岗，茶榭承远

古，茶叶誉万乡。

百色园：革命老区励万代，英雄城市数一流。百色起义震中华，西林牌楼抛绣球，鹅泉河水润芳洲。孝子坊史迹励后裔，文昌阁[6]文光辉斗牛。民族风情悦民心，靖西山水媲桂林。

贵港园：悠悠烟水，青青竹林，艳艳荷花。寓意清廉，造诣深佳。东湖荷燕，南山泉崖。环秀荷城，逸兴花丛；和壁岗亭，寻幽青葱。古典园林，清雅荷韵，亮节竹风。

防城港园：涛声海韵，南国边城。金沙海岸，碧海螺亭。月亮琼岛，边贸风情；白鹭湾滩，海滨塔灯。海湾城市，气势磅礴；京族哈亭，玉婷珑玲。水边广场，海洋文化；长榄宝岛，海中港城。

北海园：海湾城市，丝绸海路，文化名都。合浦还珠[7]民意，太守积德史书。沿海风光悦目，银滩碧波浣珠。小叶榕，三角梅，棕榈树，枝叶葱茏，精神抖擞，直向天舒。

钦州园：古城秀美，陶艺非凡。临亭观澜三娘湾[8]，绕滩雕塑六组船。海豚戏水，巨轮扬帆。荔香亭，宅灵巧；楹联意，韵味酣。

来宾园：红水河，母亲河，养育瑶胞谱新歌。平台石桥，翠环瀑布；绿水花海，纷绕江城。水车花架，歌舞雕刻，石磨青蛙，石碑小品，艺品纷呈。歌舞图腾栈道连，曲水流觞瑶酒倾。土司衙署[9]若故宫，麒麟塑像梦仙童。喷泉浇灌花海，水城叠筑平台，山水园林焕彩。

河池园：山城秀美，山歌铿锵。生态风情，特色地域，景石银光。舞榭歌台，民间演艺；歌仙三姐，南疆天使。古代建筑，文明历史；园林胜景，生态福祉。

崇左园：叠石假山伴图腾，白头叶猴[10]戏翠屏。跨国通道连

异邦，睦邻比翼建家乡。

玉林园：花果飘香，陶瓷琳琅。岭南美玉，历史华章；娱乐农友，铜鼓铿锵。真武高阁[11]，镇邪为民功今古；山水画屏，胜景如林惠农庄。普照千秋有文光。

贺州园：瑶乡妩媚，贺州妖娆。山寨农庄风景娇，矿产森林水电饶。侗乡瑶寨，福光满堂；脐橙桃树，鲜果遍岗。工业远景无量；山村前途宽广。

游赏诸园，回味千番。真乃：集桂海风光，山川秀丽，景观丰富多彩；显人文智慧，园艺精华，气韵博大清新。赋诗一首：

新苑芳华气势宏，园林精艺荟其中。
桑田花海山川秀，侗寨瑶乡歌舞红。
琼宇湖光呈异彩，人文史迹纪贤功。
和谐生态天然景，梦引骋怀呼远鸿。

**注：**①桂林园博园，即广西第二届（2012年）园艺博览会在桂林雁山建的园林园艺博览园。是年11月初，吾自沪归来，学会领导要我参加该园征联的评审工作，因而得跑马观花一睹芳容，过后又在网上查阅有关资料，试笔成此赋。②始安，秦始皇在桂林设始安郡。③桂阳路，即桂林至阳朔的公路。④相思江，流经雁山入漓江。⑤东盟，东南亚国家联盟简称东盟，又称东南亚合作组织（东合），1967年8月8日成立，其成员国本着平等与合作精神，共同努力促进东南亚地区的经济增长、社会进步和文化发展，为建立一个繁荣、和平的东南亚国家共同体奠定基础，以促进该地区的和平与稳定。1972年美国总统尼克松正式访华及建交后，东盟各成员国亦开始陆续与中国建交，并解除对华贸易禁令。随着东欧变天、苏联解体、冷战结束，中国于1996年成为东盟全面对话伙伴，与日本、韩国一样通过东盟十加三会议与东盟成员国进行共同协商。后期，中国同东盟关系顺利发展，高层往来频繁，政治关系日益密切。⑥文昌阁，建于明清时代，犹如绿带上的明珠。孝子坊，位于老街寨东。传说岑春煊的长子岑德固受父之命，自桂林护送其母刘氏到湖北求医，将近武汉时刘氏病重而逝，岑自责照顾母不周有愧，后自己绝食而死，以表忠孝。光绪二十九年立坊。后又建孝子孝女坊。⑦合浦还珠，据《辞源》解释，汉代合浦郡不产谷实，而海出珠宝，先时郡守多贪污，极力搜刮，致使珠宝运往别处。后孟尝为太守，制止搜刮，革易前弊，珍珠复还。⑧三娘湾，传说三娘湾原来只有三个小伙子居住，他们共在一条船上，共享一张网，共睡一张床，互助互爱，相依为命。一天三个仙女下凡三娘湾，看

到这情景决定嫁给他们，玉帝得知，允许暂住三年。三年来丈夫出海打鱼，妻子在家织网，相亲相爱生儿育女，过着幸福生活。三年后玉帝不见三位仙女回来，大怒之下掀起狂风巨浪，吞没渔船。三位娘子在海边并排站立，顶着狂风巨浪，等候丈夫归来，天长日久化成了三柱并排站立的花岗岩石，大海见证了他们的爱情。⑨土司衙署，指忻城县莫氏土司衙署，是僮族文化的象征。⑩白头叶猴，是世界上公认的最稀有猴类，在崇左生活了300多万年，现仅存数百只，属国家一级保护动物。⑪真武高阁，为奉真武大帝以镇火灾，在经略台上建起的三层楼阁。在容县，属国家重点保护文物。

## 杭州西湖赋

人间天堂，赤县钱塘①。悠久历史，秀丽风光。一边繁华闹市，三面锦绣翠岗。阳春风和，草长莺翔；夏日荷艳，柳飘絮扬。金风送爽，玉桂飘香。瑞雪纷飞，红梅高昂。点点游船，滟滟波光。春花秋月，荆关图画；禅宗贝叶，人文诗章。四季荣华，千载芬芳。

苏堤春晓*，烟柳魂消；霞光辉两山，波光映六桥；熏风轻，红桃妖，游兴饶。

曲苑风荷*，碧莲叶波；曲榭纳凉画图看，鲜花扑面小桥过；御酒醉骚客，莲花胜姣娥。

平湖秋月*，画图仙山；兰舟频泛，锦带回环；澄碧湖水，清辉婵娟。

断桥残雪*，银装素裹，红消绿躲；情不断，眉紧锁。

柳浪闻莺*，西子挚情；湖水清平，鹰燕轻盈。

花港观鱼*，水榭读书；樱花烂漫，金鱼轻泛。

雷峰夕照*，禅宇烟绕；慈航普度，情缘难了；朝夕辉霞，宝塔逼昊。

双峰插云*，众僧乐寺；暮鼓晨钟穿茂林，翠岭佛塔绕梵音。

南屏晚钟*，怪石清秀，回声跌宕，禅音频诱。

三潭印月*，九狮雕石；小瀛洲，平湖秋；湖岛错落大田畴，桥竹相伴小径幽；先贤祠内功德俊，湖畔园林景色优。

云栖竹径*，林蔽山坞；翠竹摇空，灵禽喧谷；清泉鸣琴溪涧，卵石铺滨阡陌。

满陇桂雨*，十里花香；沁透心肺，沐浴秋阳；两山夹峙，一陇悠长。

虎跑梦泉*，佛教传贤；保健甘露，酣赏矿源。

龙井问茶*，古寺栖霞；源于东海，穿透泥沙；龙井水泡龙井茶，矿泉水煮山茶花。

九溪烟树*，百花香雾；流泉淙淙，香茶浓浓；百鸟嘤鸣杨梅岭，群山泉汇钱塘泓。

吴山天风*，湖光月峰；田畴原野，巷陌市容，怡情舒胸。

阮墩环碧*，树木簇篷；蔓草萋萋，园景融融；茅屋竹阁，芸亭林鹤。

黄龙吐翠*，古迹汇贝；洞天福地，山林画壁，石子砂粒。

玉皇飞云*，胜景传神；蓝天辉映玉一堆，钱塘江伴山群陂。

宝石流霞*，葛岭醉花；遍山珠玉，满眼彩画。

西湖窈窕，画图斑斓；仙姬绰约，世界奇观。西子百年寿，西湖万载妍。江山代代出人才，人才代代饰江山。秦皇游东海，御马系北山。十景南宋名画幅，一湖明镜古都目。康熙御书立碑刻，乾隆亲笔题诗赋。毛泽东五云山上漫步，新中国首部宪法颁布②。周恩来尼克松湖滨握手，大中华美利坚关系弃咎③。看民族英雄岳飞、于谦、张苍水、秋瑾等等忠魂守候；有文坛巨匠苏轼、柳永、白居易、天寿云云诗文成就。英雄浩气长存天地间，华章丽句永激文坛胄。山色湖光，人文胜景，代代兴

盛，步步相诱。诗曰：

神化丹青双十景，人文天赋美其中。
飞霞翠谷梵音绕，印月清波烟树笼。
锦带回环增秀色，亭台掩映破芳丛。
丰姿绰约西施貌，画笔难描韵味浓。

**注：**①钱塘，即杭州西湖，因由钱塘江演变形成，故名。其景点有旧十景和新十景，人称双十景，本文就双十景展开来写，中间两段文字，有“*”符号者即为景点名。② 1953 年 12 月毛泽东在杭州西湖边的刘庄 ( 一说汪庄 ) 主持起草了第一部《中华人民共和国宪法》。③ 1972 年 2 月周恩来和美国总统尼克松在西湖边的刘庄八角亭草签了《中美联合公报》，这是中美外交史上的一个里程碑。

2013 年 11 月于上海中海馨园

白日不到處
青春恰自來
苔花如米小
也學牡丹開

苔 錄清代袁枚詩
昌杰書己亥秋

## 焦桐①情

树树锦绣繁花，团团绚丽彩霞。河漫滩地，村镇山洼，绿荫芳华。万里长城固社稷，千顷焦桐防风沙。百世涝灾，眼前绿苑；千载碱地，当世春葩。株株焦桐连成林，强御风沙碱；

片片森林长成材，高筑凤凰台。昔日天灾伤黎庶，当今焦桐聚钱财。旧社会兰考农民，乞路蹒跚为生计；新中国斯方生灵，致富勤劳育金胎。兰考焦桐誉神州，民族乐器赖良材。民乐生产好基地，乐音飘扬畅海外。财源滚滚福祉春风来，昔年戚戚乞丐笑颜开。

饮水思源，脱贫致富，求财探路。雄师劲旅，将帅为首领；绿树茂林，焦桐为首树。焦裕禄决策，带头育种；兰考民热心，联手培栽。众志成城，旷原焕彩。历尽严寒酷暑，遍尝艰苦辛酸。立地顶天，抗风固土，护源益田。枝繁叶茂，干壮身圆。力排诸害，乐献寸丹。青春永驻，花树常鲜。消灾惠民卌余年。为官一任，造福一方，流芳万古，载誉重洋，世人敬仰。焦桐树花叶年年茂，焦裕禄精神代代传。遗愿喜酬福百姓，英灵欣慰笑九泉。

**注：**①焦桐，焦裕禄任兰考县委书记时亲手栽种的泡桐树，当地百姓称之为焦桐。

载《桂林诗词》

2014 年 7 月于灵川龙头岭

## 桂林城韵

五岭以南，八桂之北。始安古郡，风光秀色。荆关倾情，勤描彩画；神仙助兴，巧泼浓墨。群山耸翠，峦环绿野；一水澄碧，轻浣仙阙。山青水秀，人杰地灵。物华天宝，春满芳城。鸟语花香，锦绣山川；风和日丽，光耀人寰。未入仙境，心神久仰；一睹芳容，秀色堪餐。

桃江漓水醇美，神象醉意朦胧。水月清波象戏，人文丽景世崇。中秋赏月①，桂花飘香；嫦娥起舞，神象飞觞。月圆人圆，家昌业昌。象山水月洞，天上玉兔宫，人间天上两

相融。石刻诗韵，月映花容。山窗静读周易，水月蕴涵云龙。普贤高塔，云峰古寺，环绕佛光；迷人神象，桂林城徽，沐浴朝阳。

孤峰兀插云天，千山环绕胸前。万户吹烟，梦幻霞彩；群星拱月，辉照眉肩。独秀亭罡风劲，读书岩书声传。月牙池畔，山花艳丽；中山塔前，先哲英贤。晨曦辉映，晚霞落照。琼宫王府，金带紫袍。独秀峰头摘星斗，靖江王城异前朝，笑谈沧桑，歌卷春潮。

伏波巍巍，漓水湾湾。半着陆地，半枕江潭。风平静听渔歌，浪恶勇镇波澜。游还珠洞、抚试剑石、观听涛阁；穿珊瑚岩、瞻古牌坊、惊千人锅。信步回廊、戏撞大钟、心摹石刻；闲赏岩画、趣伴晚棹、神仰伏波。千佛岩赏佛像，半山亭壮山河。伏波山风光秀，观光客逸兴勃。

丝绸锦缎叠彩，峦岫幽蹊环黛。风洞于越相望，仙鹤明月萦怀。清风长生古洞，流霞醉卧亭台。倭寇肆虐，国民愤怒；茅盾刻诗，心潮澎湃。木龙洞前，清悠碧水；石塔山麓，古雅奇瑰。歌仙三姐，艺传今世；叠彩四峰，誉享八方。江山会景蓬莱处，瞿张成仁仰止堂。人文胜景两流芳。

普陀山腰，栖霞仙洞。石林幽境，琼玉深宫。鹊桥欢渡牛女，广寒漫舞嫦娥。桂树琼花，漫舒广袖；蟠桃寿宴，醉舞狂歌。女娲炼石补天，僧人炼丹求仙。石象卷鼻，石索悬鲤，石狮戏球，海水浴山。群英聚会，老君陶醉。孔雀开屏，仙人晒网。碧虚幽岩，边塞风光。今来古往，石美花香。宾客纷纭，兴趣绵长。

澄清水桃花江，光明山翠屏障。芦笛幽静，太虚幻境。玲珑塔松，傲凌冰雪；瑰丽朝霞，横染狮岭。高峡瀑布，气势雄

伟；曲径画廊，彩图优美。漫赏琼幔、琼笋、琼花、琼乳、琼柱，真是仪姿万态，令人情思神往；喜听玉笛、玉琴、玉鼓、玉钟、玉瀑，疑为仙乐千曲，让你耳聆心爽。芦笛岩，风华献媚；水晶宫，胜景荟萃。

龙隐幽岩，石刻文化。摩崖大观，历史奇葩。梅公瘴说，杜鹃花诗，靖江城图，曲赋书法。平蛮颂，记功碑。水月铭，舜庙碑。党籍碑，明冤屈，辨是非。文体有诗、词、曲、赋、联兼备，书法展楷、行、草、隶、篆俱全。摩崖隽秀，碑林超凡。悠久历史文化，丰富艺术内涵。琳琅满目，技艺精湛。真乃汉碑看山东，唐碑看西安，宋碑看桂林，桂海碑林，华夏史篇。

锦绣山川，美丽风光。名城誉远，历史情长。百越文生地，三国吴辖疆。灵渠清水，乐助漓江；古迹丰功，盛赞秦皇。赵观文，状元郎。杜甫五岭炎热诗句，桂林一城清和仙乡。杜甫宜人句，韩愈美诗章。烟雨漓江，飘柔罗带；岚雾玉簪，妖娆女郎。柳侯肠断，诗意情长。尖山座座似剑芒，秋日处处割愁肠。商隐江宽诗韵，漓水锦绣画廊。千峰环野立，一水抱城流，妙句刘克庄。桂林山水天下甲，正功诗句千古扬。山谷系舟，古榕挺苍。明代两尚书，兄弟一高堂。重臣名儒陈宏谋，秀水古城鱼米乡。三元及第，千载风光。况周颐、王半塘，临桂词派，清代圭璋。状元龙启瑞，教授梁漱溟，名将李天佑，博士马君武，业绩辉煌。唐氏景崧，台湾巡抚，桂剧开腔，文韬武略胸藏。杉湖十子，诗颂榕城，情系家邦。石涛国画，气韵精当。中山讨袁，王城誓师，封建断后，民主兴邦。八百壮士，一片丹心，千古流芳。李宗仁、白崇禧，领军沙场，歼敌日寇，威震台儿庄。当代文豪，沫若郭老；北赞长城，英雄风貌。海洋一水，湘漓两道。情恋漓江水碧，心慕

月牙楼俏；神仰芦笛岩奇，韵赞七星岩妙；古南门上四壁琛，地上乐园行处好。抗战文化名城，文士名流战场。文人无数，诗画千章。西南剧展，千人合唱；桂林艺演，九州同帮。曲调铿锵，斗志昂扬。

前贤济济，报国施才；今杰勃勃，继往开来。环城水系，两江四湖，桂林当今名片；理想岭域，群峰数景，仙女亘古眉黛。连江接湖，显山露水，乘船听籁。邀海内外名家设计，集古今人智能编排。具国际水平，显桂林风采。城在景中，景在城中，城景交融。日月双塔凌空，琼玉诸桥飞虹。青山隐隐，画阁历历，浮雕栩栩，湖光滟滟，月色溶溶。自然景观，黄金水道，人文遗址，历史芳踪。文城诸子，诗联百章②；衷情寸肠，神韵群芳。

桂林山城最妖娆，人间居处称绝妙。华夏十佳山水都市，世界一流旅游胜地，历史宝贵文化名城，天涯缤纷观光嘉宾，怡神陶醉，惬意逍遥。地设天造，鬼塑神雕。玉簪萦梦，梦萦千古；罗带牵情，情牵五洲。江山景色秀丽，文城情意绸缪。愿做桂林人，不慕神仙宫。幸哉吾辈，乐居其中。珍惜自然，爱护环境，保护漓江，蔚成民风。造福子孙，顺应天公。黎庶心崇，诗兴泉涌：

漓江两岸尽琼簪，神绘丹青秀可餐；

天赐蓬莱勤护理，人文胜景誉瀛寰。

**注：**①中秋赏月。据中央电视台报道，桂林象山是中秋赏月最佳处。②文城诸子，诗联百章。指桂林诗词楹联学会编辑出版的《桂林两江四湖诗词楹联选》一书。

2014年9月于龙头岭

# 秦岭赋

（用中华新韵）

横空出世，扪星探月。群山莽莽，层峦迭迭。色彩斑斓，画图奇绝。南岭春绿，北山冬雪。峭壁巉岩，幽谷深穴。登天蜀道，凌渊云雀。古木参天，涧壑裂地，泉流倾珏。地连三省，秀纳五岳。东饮淮河水，西抚昆仑樾。山南长江，山北黄河，昼夜奔泻。苍山绿水，皇天后土。哺育英贤，造就鸿儒。

人文始祖伏羲，补天女娲炼石。追阳首领夸父，射日神手后羿。刀耕火种神农氏，人文始祖轩辕帝。大禹治水，英雄无愧。终南大鬼，钟馗神奇。相貌怪异，才华横溢，浩然正气。去邪扶正，捉鬼仗义。户县大文豪，诗人王九思。散曲雄爽，杂剧深情，诗词新姿。太上老君，天下第一。道家学说，道德真谛。人类珠玑，文明支柱，精神粮食。武林正宗，绝代奇才。抗金英雄，寄身泉台。王重阳创全真教，终南山识真经奥。赵公元帅，玄坛真君。南山人氏，民间财神。道德真经传世人，尹喜先贤续经文。道教圣童孙思邈，汤头神医中草药。聪颖好学，精心诊疗。千古药王，千金要方，春回手妙。善用前贤秘方，不分贫贱富豪。勤于自专著作，善于传经送宝。商山四皓，讲求理义，望重德高。辅佐惠帝，振兴汉朝。汉初三杰，谋士张良。文韬武略，助刘兴邦。乾坤万年歌，华复一姜尚。佐政周兴，康民国旺。文武韬略，兵家鼻祖；驱邪扶正，治国安邦。彭泽县令，浔阳渊明。宁固穷终生守清操，不为五斗米而折腰。南山隐士，骚坛英豪。田园诗祖，诗文辞赋。趣奇意远，淡雅清高。甘当山野老，不慕乌纱帽。鸠摩罗什，龟兹高僧，译经诸论。莘莘弟子，赫赫禅林。佛教经典，法性绝伦。幽幽华清

池，婷婷杨玉环。昏昏唐玄宗，悠悠怜江山。秦岭无言情无限，史迹纷纭今可鉴。中华十二朝都，皇家百年鸿图。秦皇嬴政，英雄志气，举兵挥钺。横扫六合，功成霸业。

历尽沧桑，熬过寒夜，春风拂靥。千崖竞秀，百花争艳，万壑鸣雀。物阜年丰，地灵人杰。前贤青史，今杰高标。西部大开发，鸿图睿绣描。环山公路，景观长廊，丹青灵俏。数条铁道，几道公路，纵横隧道，隧长数百公里遥。昔日蜀道，难于上青天；当今秦岭，通途绕家园。国家中央公园，风景妖娆。西气东输，西电东送，南水北调。渭河汉江，秦岭同胞。携手前行，造福舜尧。

澹泊明志

寧靜致遠

秦格賞書戊戌暮春

# 诗坛花絮

# 青狮潭改诗

2002年秋的一天，桂林诗词楹联学会名誉会长陈雨萍、张开政及顾问刘克嘉和学会领导班子主要成员李育文、张佑民（时任学会会长）、杨怀武、唐甲元、刘国勦、欧阳若修、蓝少成、黄永清、秦格赏、秦健华等共17人，集中在青狮潭水库库区，讨论修改学会会员为两江四湖改造工程景区撰写的诗词楹联作品。中午到青狮潭，吃了中午饭后没有休息，马上工作。最先陈雨萍拿出他自己写的两首诗（事先用宣纸写成条幅书法），给大家讨论。其一是《赠两江四湖建设者》：

碧落尘寰钟秀色，元戎愿做桂林人。
堤绵花树饶生气，桥锁烟波踞玉津。
两水敢先千水绿，四湖不让五湖春。
名城代有丹青手，点染江山韵墨新。

另一首是《桂平贡果文化旅游节重游西山第一巅》：

绝顶登临顾八荒，河山已改旧时装。
红袍万颗杨妃笑，绿浪千畴健妇忙。
洞隐尚留名吏迹，松涛常忆女豪刚。
我来只为寻清趣，避俗无须学楚狂。

没想到，讨论这两首诗就花了整整一个下午。大家都围绕第一首诗最后两句应该怎么写来讨论。除了作者和张开政没有发言，其他人都发表了自己的看法。我是最后一个发言。主持会议的张佑民提醒我，开饭时间到了，尽量简短一些。我说，行。然后我就说了两点。第一，第一首诗末尾两句，该怎么写，由作者定，抒发作者自己的情感，不必强求。第二，为了更好地表达作者的情感，建议这两首诗，每一首改一个字。第一首

第三句第二字的“绵”改为“笼”，笼罩的笼。第二首诗第六句的“常”字改为“每”字，每时每刻的每字。发言结束，张佑民马上宣布吃晚饭。晚饭后，讨论两江四湖诗词楹联作品，直到深夜 11 点多钟才结束。在青狮潭留宿一夜，第二天早餐后即返回桂林。无论是会上还是会后，未听见任何人对我所提的意见有任何议论。大概过了十天，桂林日报发表了陈雨萍上述两首诗。我拿来一看，才知道就是按我的意见修改定稿而成的诗。

## 对《漓水回澜》的修改意见

2007 年至 2008 年，我参加《桂林近四百年名家诗词选》一书的编辑出版工作。其间，陈雨萍也准备出版他的诗词作品集《漓水回澜》，为了慎重起见，他将整理好的稿件印成若干份，装订成册，发给参加《桂林近四百年名家诗词选》编辑的人员，每人一份，征求大家的意见，希望大家多提修改意见。我花费了一定时间和精力，对他的诗词稿件反复审读，仔细研究，逐句逐字推敲，每当有不同看法，就用信笺记下来。足足用了半个月时间，才把稿件研读完。把自己的意见整理出来，整整有四张信笺纸，然后送到陈雨萍家，亲自交到他手上。

注：陈雨萍，曾任中共桂林市委书记，桂林市人大主任。

## 编辑《桂林近四百年名家诗词选》

在编辑《桂林近四百年名家诗词选》过程中，我尽了百分之百的努力，才由一个普通编辑人员变成副主编。按最初会议分工我和主编负责清代部分诗词的收集整理工作，宿富连和何开粹负责民国时期诗词的收集工作，张佑民和黄蓓蓓负责新中

国成立到1966年这段时期的收集工作。当时我已退休，有时间来办理这件事，所以每天上午、下午都到桂林市图书馆收集资料，从1644年清朝入关的第一个皇帝顺治开始到宣统皇帝，历经267年10个皇帝，其诗词作品无法计数，我用了一年多的时间收集。我查阅了大量的诗词专集，如《三管英灵集》《粤西诗载》《历代律诗精华》《清诗别裁集》《广西百代诗踪》《峤西诗钞》《粤西词见》《全清词钞》《粤西十四家诗钞》《小仓山房诗文集》《小游仙馆词》《悦山堂诗集》《广西诗见录》《广西诗徵丙编》《桂林八景图说》《近代诗钞》《秀峰饯别集》《画诗楼稿》《桂林山水题咏》《守默斋诗稿》《白石诗草》《槐庐诗学》《杉湖酬唱诗略》《杉湖十子诗钞》《校梦龛词》《王鹏运词选注》等及12个县的县志。把好的和比较好的作品抄写下来，然后按作者所在的年代所处的皇帝年号来分栏目，本来有10个皇帝，可分10个栏目，由于宣统年间没发现作品，所以只分为9个栏目，即顺治年间、康熙年间、雍正年间、乾隆年间、嘉庆年间、道光年间、咸丰年间、同治年间、光绪年间。我把整理好的手写材料给主编看，他认为我按皇帝年号来分栏目的方法很好，他也将自己收集到的清代诗词作品按我的办法分栏目，然后交给我，再由我将两个人收集到的清代作品汇总整理（他收集的范围主要是他自己所藏书籍中收集，没有到图书馆查找），并排好版，将排好的版面式样拿给主编看，他同意按我设计的版面刊印，所以我把所有诗词稿件拿到打字室，要求打字员按我的版面设计打印。此时另外两部分诗词作品也相继打印出来，必须连同清代的汇拢在一起，主编把这任务交给我，我汇总后交给他做最后的审查，他说："你比我细心，还是你审查算了。"就这样，我承担了这部书《桂林近四百年名家诗词选》的审查编

辑工作，并编了目录。目录编得很细，每个栏目有多少作者，每位作者有多少作品都给予注明，并将作者排序。也就是说，我实实在在做了执行主编工作，可是主编不愿把我列为执行主编，也不愿把我列为副主编。宿富连先生得知这些情况后，向陈雨萍顾问汇报并建议把我列为副主编，陈雨萍同意了，于是我便由一个普通工作人员提到副主编。将打印的稿件录入U盘拿到漓江印刷厂，交给厂方，第二天，我便去了上海次子处。几个月后回到桂林市，书已面世。

## 大赛评奖

2008年桂林诗词楹联学会与桂林联发公司联合举办“联发杯”诗词大奖赛，其中有一首参赛诗，在评审时，主持人提出可以评为二等奖（缺一等奖），我说不行，不但不能评为二等奖，根本不能获奖。主要是章法混乱，东一句西一句，有的句子提法也不妥。当时参加评比的只有七个人，只有我一个人提出反对意见，其他人不说话。会议主持人就认为是多数人同意评为二等奖。为了慎重起见，会议主持人要求每一个参评人在评审结果记录上签名。我见所有人都签了名，我也只好少数服从多数而签了名，评审会宣布结束。第二天上午八点多钟，刘国勤到骝马山水文局我的家里找我，说昨天那首诗确实不行，不能获奖。我说：“我的意见，昨天已经在会上说清楚了，你昨天为什么不说呢？”他说未仔细看。我说：“评审稿在你手上半个月了，怎么不看呢？”他半天答不上。最后他说：“现在该怎么办？”我说：“既然我们两个意见一致，你去找宿富连（评委之一），把我们的意见跟他说，听听他的意见如何。如果他同意

我们的意见，你和他一起去找评委主持人，把我们三个人的意见给他说清楚，望改正评审结果，取消这首诗的获奖资格。”刘国勦按照我的意见去办了，果然纠正了评审结果，取消了这首诗的获奖资格。

## 一诺千金成戏言

2007 年 3 月，桂林诗词楹联学会领导班子主要成员应永福诗词学会邀请游览了永福县金钟山岩洞。陪同我们一起游览的有永福诗词学会会长罗明圭及其领导班子的黄绍尧和另几位成员。游览过后各自都写了一些诗词作品。按照工作的安排，我把几个人游金钟山的作品收集后寄给了永福诗词学会。又过了一段时间，永福诗词学会会长罗明圭，带领永福诗词学会三位领导成员，到桂林为其学会办理一些事务，请桂林的三人和他们一起吃饭，我在其中。席间，罗明圭当着众人的面对我说：“你的《游永福金钟山岩洞》诗写得好，我准备找永福县最好的书法家写出来刻在景点。”我微笑着只说了一句“谢谢会长夸奖”。别的我也不好说。过了几个月后，《永福诗词》一书出来了，我翻开一看，很奇怪，没有我的任何作品。我当时任桂林诗词楹联学会副会长兼秘书长，和罗明圭只见过几次面，我认为他不会跟我开玩笑，为什么不但没有把诗刻在景点，连一个县级的内部刊物都不刊登呢？不登《游永福金钟山岩洞》一诗也罢，为何我的其他诗也不登呢？其原因只有天知地知罗知和另外的某些人知，我也不想知道，免得心烦。后来我才恍然大悟，荔浦县的丰鱼岩景区刻有陈雨萍的诗作，罗先生怎敢把我这个小小老百姓，跟大官们相提并论，并驾齐驱呢？当然，桂

林的某些人肯定是发了话的。所以罗明圭也就无能为力了。不用也罢，反正我不求名不求利，但愿身健心宽度晚年，其他都抛在脑后。

## 甘作糊涂虫

《桂林诗词》总第 57 期（2014 年第 2 期）刊登了汤某两副长联，即《桂林市长联》和《灵渠长联》。我时任《桂林诗词》执行主编。我审稿时发现这两幅长联都有很多地方不对仗，而且不少生僻字。如“西山夕照洞妍”与“成大朝宗渠漾”，其中“照”是动词而“宗”为名词，“妍”是形容词而“漾”为动词，不对仗。“訾岛雾纱多变，南溪赤练空悬”与“双忠取义流芳，一老当仁不让”不对仗。其中“訾”为名词，訾洲的简称，“双”是数词，“雾”是名词，而“取”为动词，“多变”是形容词加动词，而“流芳”是动词加名词，“芳”是形容词作名词。“南”是方位词而“一”是数词，不对仗。“赤练空悬”与“当仁不让”不对仗。“巨坝天平大小”与“元龙掘凿清除”不对仗。“尊重自然”与“泓澄滋润”不对仗。“狮凤”与“饰雕”不对仗。“合共卫防”与“展铺锦绮”不对仗。“奇险峻幽”与“旅商娱住”不对仗，“芳姿”与“遗产”不对仗，因“芳”为形容词“遗”为动词。等等。那为何又刊登了呢？因为作者不是将作品寄给学会收稿人收，而是直接交给名誉会长兼名誉主编，再由他转交给我，此人交给我时对我说要刊用。我回来仔细审稿时才发现这些问题，我把存在的这些问题跟这个收稿人面对面地交换意见，他心不在焉，抬头看天花板，并说，汤老已是 94 岁的人了，如果不刊用，他想不通，气出病来，谁负责？他如此说，

我无以对答，所以我只好刊用。为此我写了这样一首诗："文弱书生执着翁，无才怎可补苍穹？阴晴雨雾由天定，甘作糊涂一小虫。"

## 《桂林诗词》书法的变更

桂林诗词楹联学会刊物《桂林诗词》，每年出版两期，一贯由桂林市方大印刷有限责任公司承印。按照新会长的意见，从2014年第2期开始改为在桂林电子科大印刷，而其封面"桂林诗词"这几个字就得需重新请书法家张先生写。张写好后，叫我去拿。我去拿的当天顺便到原会长张某处盖章，以便到新闻出版局办理审批手续。我把重新写的"桂林诗词"书法字样给张某看，因是斗方，张便用手势演示，意思是弄成条幅形的。并说用计算机处理能行，还补充一句对我说，你是会计算机的，你应该懂得。我没有吭声。我把材料拿到电科大交给厂长，他也是这个意思。书印出来以后，书法家张先生一看，不是斗方的，而是改为条幅形的，很不高兴，说"你们写好了，我不写了"。显然是发我的气。我用手势把新会长叫到旁边，把上述情况告诉了他。他说，那不说了，下一次印书时改过来就行了。过了一段时间，书法家张先生主动送我一幅书法，大概是向我道歉吧。

## 五点修改意见

2015年1月原会长张某给我一篇他自己写的文章，要我帮他审查，提修改意见，以便他修改，改好后准备在《桂林诗词》2015年第1期刊登。文章题目是《楹联——中国文学中的

奇葩》，篇幅很长，A4 纸足有 20 页。我花了好几天才把它看完，并在稿纸背面写了五点意见，供他修改参考。其一，文章太长，原文中每举一副对联例子都要将其作者介绍一番，我觉得没有必要。其二，从内容看，文章的题目要改，否则题目与内容有偏差。其三，用来作例子的楹联作品应该严格要求，不能有瑕疵，如王半塘的对联，我就发现有不妥之处。其四，说梁章钜是楹联的鼻祖，不妥，梁是清代人，而楹联早在晋代就有了。其五，有些语句不通，似漏了字，有些词语用得不妥。当我把稿子还给他时，他表示很感谢，但他坚持梁为鼻祖的意见。我说梁是清代人，怎么是鼻祖呢？他说，那说他是“楹联学”的鼻祖，总可以吧。我觉得，说梁是“楹联漫话”的鼻祖，还差不多。

## 对《阳朔赋》的批语

北京大学中文系毕业的某君与其友联合写了一篇文章，题目是《阳朔赋》，投稿到《桂林诗词》总第 58 期。负责文章初审的杨先生因家事外出，不在桂林，所以收稿人把文稿直接交给了我。我花了整整半天时间审查这篇文章，发现不少问题。文章共七个自然段，除了第七段外，前面六个自然段都有问题。首先是押韵问题。如用诗韵衡量，则常出现混韵。如文韵中夹有真韵。另外，同一个字作韵脚，重复出现，如用“天”字押韵，第二段用了，第七段又用。又如用“前”字押韵，第二段用了，第六段又用。第三段和第四段同时用“民”押韵。甚至同一个自然段，用同一个字押韵出现两处。如第三段用“人”押韵出现两次。第六段用“前”字押韵出现两次，用“然”字

押韵也出现两次。

另外是对仗问题。除第七段外，前六个自然段都存在对仗问题。第一段几乎没有对仗句。其他段，按作者的意思是写了对仗句的，但事实上没有对上或没有对好。如第二段“绵延”与“奇妍”，“境”与“四”，“泉泻”与“朦胧”，“鸟啭鱼欢”与“奇峰隐现”，“醉人桂子”与“竹林起舞”，“渌水潺湲”与“飘香橘柚”，“观瞻”与“胜概”，“星罗”与“戏水”，“未关”与“如画”，“壁”与“镌”，“郁郁”与“立笋”，“田田”与“穿岩”等均不对仗。类似这样的不对仗第三段有六处，第四段有六处，第五段有三处（另有一联前后句意思雷同），第六段有四处。

基于上述问题，我不能录用此稿。但为了对作者负责，对朋友负责，我只好把发现的问题一一记下来，并写了这样一段话，“用了一个下午的时间审阅此赋文，意见如下：章法是否严谨，词语搭配是否得当，还来不及推敲，仅上述问题，建议修改好后再考虑取舍”。时间是 2015 年 4 月 7 日。为了慎重起见，我复印了一份，把复印件亲自送到其友手上，请他转交给北大的先生，修改好后再刊用，并告诉他什么时候都行，来得及，本期（总第 58 期）用，来不及，下一期用。但至今未见送来。

2015 年 8 月 6 日作于龙头岭

**注：**2019 年 11 月北大毕业生出了一本诗文集，准备送我一本，电话通知去他家拿。我去后，他欣然接待。真乃君子胸怀也。

2020 年 2 月 10 日作于龙头岭

# 诗外杂谈

# 养怡之福

曹操有一首《龟虽寿》的诗，曰“神龟虽寿，犹有竟时。腾蛇乘雾，终成土灰……盈缩之期，不但在天；养怡之福，可得永年……”是说寿命再长，总有死的一天。人的寿命长短，不仅仅由自然规律所决定，调养得好，是可以益寿延年的。

这首诗在我母亲和我身上得到了印证。我母亲因生育多，加上家庭贫困，生育后得不到及时的营养补充，身体一直比较虚弱，中年以后病痛特别多。50岁出头便患青光眼双目失明，后又跌伤，腿脚不便，再后来又患脑栓塞，半身瘫痪至今达10年之久，姊妹们都认为她活不久了，患脑栓塞后及时给她做好了寿衣。可是由于中年以后子女逐步长大成人，家庭状况逐步好转，病了能及时用药，营养也不像以前那样差，且常服用“刺五加片”之类的强身滋补药品，尽管十几年来也闯过几次阎王关，但仍活到今天81岁高龄。应当说是享受养怡之福了。

听我的祖母和母亲说，我小时候也是体弱多病。患有疳积病且全身长满了疖子，一个个像李子一样大，还灌了脓，人瘦得皮包骨，奄奄一息，除了母亲和祖母以外没有其他人敢抱我。村里不少人认为我是活不了的，便劝我家人把我丢掉算了。但我母亲舍不得将我抛弃。我母亲整天把我抱在怀里，没有钱请医生给我看病，自己用补衣服的针把灌了脓的疖子刺破，把脓挤出来，再用自找的草药煮水清洗。听别人说，粪蛆能治疳积病，我母亲不怕脏，到粪坑里打捞粪蛆洗净，在锅里炒香一口一口地喂给我吃，经过精心护理，我的病逐步好起来，身体逐步恢复。伟大的母爱拯救了一个垂危的幼小的生命。由于大病一场，死里逃生，身体发育受到一定影响，四岁时才开始学爬，

学讲话和学走路都很迟。这是我第一次闯过阎王关。

一晃眼十几年过去，我读完了小学、初中、高中，我十分高兴地上了大学。可是，天有不测风云，人有旦夕祸福。上大学不久，我便患了急性肾小球肾炎。经四川医学院附属医院检查，尿中有红血球、白细胞、蛋白质和颗粒管型。从此我便二竖缠身达数年之久。开始看西医，后来看中医。每星期到成都中医学院看病拿药一次。肾炎是很不好治疗的一种常见病，需要很长时间的治疗。由于长期吃药，毕业时身体很虚弱。但毕业体检还算过了关，准予毕业分配工作。毕业后分配到桂林地区革命委员会教育组，先要到灵川钢铁厂劳动锻炼一年才正式分配工作。灵川钢铁厂是刚开始兴建的大厂，经常搞建厂劳动。修铁路抬铁轨挑道渣；修沉淀池挖土挑土。经常加班到半夜。开始我真很害怕体力劳动强度过大，会旧病复发。每次劳动后腰痛得很厉害，又没有条件再吃药，只好硬着头皮顶住。两三个月后，逐步适应了，身体也逐步好起来。真不愧是劳动锻炼的一年。

弹指之间又过了十几年。这十几年当中，我有了正式的稳定的工作并结了婚，生了三个儿子。1984 年 1 月，我心脏出了毛病。一连几个晚上都被噩梦惊醒后，出现心动过速并伴有早搏现象。连续几年，几乎每年都要住一两次医院。经过反复检查，又

两句三年得
一吟双泪流
录古人名句勉之秦格赏书
壬辰年初夏于龙头岭

查不出器质性病变。后来，医生认为是植物神经紊乱造成心动过速，医生除了给一些维生素和谷维素等调节神经的药物以外，还给我服刺五加片，叫我长期服用。刺五加片是用我国东北一种叫刺五加的植物加工而成的片剂药品，具有去邪扶正，固本强身的功效。我谨遵医嘱，每天坚持服药，连服三四年。病情趋向稳定并逐步好转，体质也慢慢增强，至今又快20年了，今年春天因车祸全面检查过一次身体，心、肝、肺、胆、脾、肾未见异常。随着年龄增大，体质逐渐虚弱，容易感冒，心脏闷胀，我有时吃点中药外，还经常自己做保健按摩。另外注意饮食，根据自己身体体质，有意识地控制饮食，有些食物不适合自己身体的，就少吃一些或不吃，就是饭量也要控制，以免引发其他疾病。还有就是保持精神愉快，让烦恼一晃而过，经常听听音乐，吹吹葫芦丝。所有这些都起到了保健作用。现在已退休多年，身体还算可以。

几次绝处逢生，几乎是人间奇迹。使我深深地体会到“养怡之福”有神仙般的威力。这里的“养怡”，我认为包括医疗保健、营养调节、身体锻炼、精神支柱等多方面的配合。

2003年7月初稿　2010年修定

## 学海泛舟

在《养怡之福》一文中曾经说过，我很小的时候，病得奄奄一息，几乎被遗弃，成为路边的“冻死骨”。是伟大的母爱把我从阎王殿上拯救了过来。由于疾病的折磨，我的体力和智力发育比不上同龄儿童，所以我很少跟同龄人玩耍。听说我四岁才开始学爬。但我姑妈参加村里年轻人跳秧歌舞，庆祝翻身解放的事，至今我依稀记得。村里成立互助组、初级社、高级社，

晚上各家各户到指定的人家家里开会和记工分，我能用算盘帮他们算工分并学会了小九成、大九成及斤求两、两求斤的算法（当时是十六两为一斤）。学算盘和记工分是初小时候的事。我最初上学，学校是在望塘上村毛家祠堂里，后来才转到下村寺庙里，再后来这个寺庙就改为旺塘中心小学。小学阶段学习方面几乎是稀里糊涂过来的，倒是到深井大队岩头寨和潮田唐家村砍柴烧炭，以及大炼钢铁的事还记得比较清楚，还有就是晚上到村里业余剧团学唱桂剧的事还记得。其实我并不是剧团正式学员，因父亲是剧团教员，姐姐是学员，我跟他们去玩的。但我很认真看学员们排练，一有机会就自己学，耍刀舞枪，打跳台，打鼓打开台等，反正剧团里的事我都很留神，每排练一出剧，从扛旗呐喊的小卒，到每一个角色唱、念、动作及整个剧的锣鼓、京胡曲调，我都能记下来。他们看到我比某些学员还强，就安排一些人家看不上眼的角色给我演，我演得很认真，他们也很满意。在上初中以前，除了在本村唱戏外，还到旺塘上村、柑子村、日岭村、草坪圩、潮田圩演出过。在初中阶段，寒假回家还与原剧团一块演过戏。学唱桂剧，唱词是一种韵文听起来有一种美的音乐感，对今天的诗词起到了启发的作用。

1959 年我考入了灵川县大圩初中。本届入学的有 29 班、30 班、31 班三个班。当时正处在三年困难时期，但教育方针不变，即使受教育者在德、智、体各方面，都得到发展。所以，那时学校的劳动很多，几乎每天的课外活动都是在菜地上度过。还先后参加过青狮潭水库东干渠修渠劳动，学校的建校劳动，大圩华侨农场建场劳动，到大圩乡伏荔大队竹江村挑水淋红薯的抗旱劳动，还有勤工俭学活动，如到大境公社黄泥江大队检

茶子的劳动。这些活动，时间最短的是每天的种菜淋水劳动，其他的少则半月，多则20天一个月。而且一年级、二年级是自己从家里挑柴挑米到学校交食堂作伙食的，十三四岁的人挑起柴米，翻山越岭走30里路，其艰难困苦是可想而知的。这些活动对学习无疑是有影响的。由于是那个年代，校方也没有办法。为了便于有针对性地提高学生的学习，三年当中，除了新生入学时编过一次班以外，中途又重新编过两次班，据说都是按成绩优劣编排的，29班、30班、31班，成绩由优到劣。我最初在31班，后来编在30班，最后在29班毕业考入高中。逆水行舟，之所以能逆流而上，是因为我没有放弃学习。记得在建校劳动中，担石头时右脚受伤，躺在病床上学习数学，把平时不懂的学懂。因为是困难时期，晚上不少同学到班上菜地里弄些菜花回来煮起吃，我没有去弄，就在煤油灯下看书。日积月累，不断奋进，我由最落后的班到了最前面的一个班。

1962年秋天，我考入了灵川高中（校址在灵川县三街石象角），这是一个完中，我在高中部。我们这一届是国家困难时期招收的学生，教育方针是整顿、巩固、提高、发展，所以收的学生比较少，灵川、临桂、永福三个县集中在灵川中学招收三个班，共145名学生。三个班依次为23班、24班和25班，如何编班的我不清楚。三年来也少不了种菜劳动，每周都有半天在菜地上。因家庭经济很困难，经常交不起伙食费而被停止开膳，没有饭吃，只好向一些有钱的好心的同学借钱交伙食费，等家里卖了农产品寄钱来再还给人家。最初我的学习在班上并不算好，只是平平过。后来，除了用心学习以外，学习方法也有所改变，成绩也逐步提高。二年级开始数、理、化成绩在班上到了中上地步，语文则比较领先，作文有时被语文老师当作

范例在班上宣读。毕业考试作文成绩在班上是前三名，作文“扑灭山火记”还作为范文在班上宣读。尽管如此，高考时我还是不敢报考文科，因为当时的文科指的就是中文方面的专业，招收的学生是很少的，为保险起见，我还是报考了工科。

1965 年秋我考上了成都地质学院，本想扎实地学点本事，但又不知做什么才好，只好找些古典诗词来学习，《唐诗一百首》《宋诗一百首》《白香词谱》《明诗清诗元曲》等，什么都看。还专门用笔记本抄，逐句逐首地抄下来，觉得写得好的诗词还背下来。这对后来写诗奠定了很好的基础。

1970 年我大学毕业参加了工作，参加工作以后更需要学习。出于工作需要我先后学习了土木建筑学、机械加工、机电、陆地水文学、分析化学、水环境监测、计算机等有关学科的业务知识，其中绝大部分是靠自学。不敢说学得精通，但能应付工作。除了完成日常工作外，还注意总结。不时写一些有关工作方面的文章向《人民珠江》等杂志投稿。《用模糊综合评判法评价漓江桂林河段水质现状》一文获《广西水文》1994 年度优秀论文奖。正因为有这些，我才由一个被人认为是徒有虚名的大学生晋升为高级工程师，而且在广西水文系统水环境监测专业是第一个高级工程师。

桂林诗词学会于 1987 年 8 月 23 日成立，我于 1988 年 5 月加入桂林诗词学会。从此我便刻苦学习格律诗词。经过两三年不断地勤学苦练，我有较大进步，并得到诗词界老前辈的承认。在第一届期满换届选举时便升为常务理事并任副秘书长并列为《桂林诗词》编辑人员。后来升为副会长兼秘书长，任《桂林诗词》用稿终审，最后升为该诗刊的执行主编。诗词作品陆续在全国范围内一些刊物上公开发表。1998 年作为桂林诗词楹联

学会代表，出席在新疆维吾尔自治区石河子市召开的，全国第11届中华诗词研讨会。还荣获新时期诗词艺术家荣誉称号。由于努力学习，勤奋工作，我得到领导和诗友们的信任，参加了《桂林两江四湖诗词楹联选》《桂林山水人文诗词漫话》《桂林近四百年名家诗词选》等书的编辑工作，并任《桂林近四百年名家诗词选》副主编。任《桂林诗词》执行主编，与此同时，我还临摹书法。书法作品曾获中国书画收藏家协会“特别金奖”并被中国书画收藏研究会收藏。所有这些就像一朵朵鲜花，都是心血和汗水浇灌而成的。当然比起诗词界、书法界老前辈来说，是微不足道的，但一个寒门之后，有此进步，是已足矣。当然，人，必须活到老学到老。学习，是取得进步的必然途径，也是人生一大乐趣。不断学习，才能不断进取，我退休之后还学习吹葫芦丝、拉二胡，从中获取乐趣，使生活更加充实。

2003年初稿　　2014年校核修定

## 快乐的春节

春节终于来了，今年我到桂林爷爷奶奶家过年。由于平时我们很少见面，今年终于见面了，我高兴极了。

我们先一起吃年夜饭，十个人欢聚在一起。我们一边吃一边说笑着，谈论着新年的事，每个人都吃得更香了，脸上都洋溢着幸福的笑容。今年，我的收获很大，外婆回南京了，我自己能自立了，我觉得我一下子长大了好多。哥哥的收获也很大，他参加了画画班，画画提高得非常迅速。

桂林有一个习俗，就是一家人围在火边烤粑粑吃。我们就这样一边吃粑粑一边看春节联欢晚会。我最喜欢看小品和相声，一到这个节目，我就哈哈大笑起来。最可笑的一次，我都笑得

在地上打滚。钻火圈也十分精彩，演员用火把和火圈做十分好看的姿势，有好几次人都差一点碰到火。我也喜欢看跳舞，他（她）们跳得十分美丽。每个节目表演结束都会响起热烈的掌声。最后，我和哥哥到楼下放烟花，我们先点燃香，然后拿出一束烟花，抽出引线，拿着香小心翼翼地点燃。我连忙闪到一边，烟花就像水一样喷出来了。一开始是金黄色的，后来慢慢变成了银色，烟花越来越亮，越来越高，像一座喷泉，美丽极了。我激动地大叫“烟花好漂亮！”大约过了一分钟，烟花变得越来越小，越来越暗，一会儿又变成了金色，紧接着烟花就灭了。我一闻，有一阵烟味。我又点了几个，渐渐地我不害怕了，我会放烟花了，我十分兴奋。

这真是一个快乐的春节，也是一段难忘的时光。

爱菊小学三（3）班秦健博

## 我和压岁钱

今天，我盼望已久的春节终于到来了。我兴奋极了，因为今天可以拿到里面装着压岁钱的大红包，那时候我就变成小富翁了。我一进家门，果然外婆喜滋滋地拿着红包朝我走来，我心里不由得一阵激动。当外婆把红包递给我时，她说：“祝你身体健康，学习进步！这个红包是给你的。”我连忙说：“谢谢，也祝你身体健康！”我接过红包，把它拆开，数了数，“哇，里面有2000元！”我高兴地大叫起来。我刚要去买玩具，转念一想：“这是外婆赚来的钱，不能乱用，要合理安排，不能像以前一样乱花了。”于是我就没有去。

妈妈爸爸，爷爷奶奶……也都送给我压岁钱。我把这些钱数了数，哇，天那！有5000元哦！我动了动我灵活的脑筋，这

些钱可以干很多事，我觉得最好的是存银行，因为可以有利息，等存多了还可以拿来交学费。

这次压岁钱真有意义啊！

**注：**秦健博，作者次子之子，为作者次孙，在上海居住和读书。全家三口已入上海户口。

爱菊小学三（3）班秦健博

# 诗文杂选

## 梦　母

母爱大于天，思恩泪涌泉。
萱堂乘鹤去，孝敬恨无缘。

2019 年 9 月作于龙头岭

## 兴　坪

四面奇峰影，一江清水流。
竹排渔唱晚，明月赏清秋。

2019 年 9 月 14 日（中秋节第二天）作于兴坪

## 七五初度

同窗贺我启新程，依旧温馨手足情。
世事沧桑如梦幻，茫茫尘海度平生。

**注**：高中毕业 54 年后，2019 年 10 月 8 日同班同学再次相聚于桂林。次日（农历九月十一）为本人生日，大家为我祝福。

2019 年 10 月 9 日作于龙头岭

## 漫步甘棠江公园

健康步道卧江干，茂树连阴鸟语繁。
风雨桥亭如宝殿，灵光佛塔引凤鸾。
依林酒馆迎嘉客，乘筏渔翁上翠峦。
水碧鱼欢洲际戏，青山绿野好凭栏。

2019 年 11 月 4 日作于龙头岭

## 咏昙花

繁花竞艳苦争春，君子无心染俗尘。
皓月清风星做伴，悠然淡泊显纯真。

2019 年 11 月 28 日作于龙头岭

## 缅怀李育文吟长四首

### 其一

铁马金戈闯阵来，漓江美景畅吟怀。
桂林艺苑群芳灿，文星辉映秀峰嵬。

### 其二

仁人酣舞班超笔，喜竖吟旌叠彩巅。
南岳①风光鲜岭表，象山水月韵千年。

### 其三

文城诸子②君为首，毓秀钟灵写大千。
撒下蟾宫仙蕊种，桂花香里仰婵娟。

### 其四

蓬莱胜境赛凡间，遣兴挥毫醉不眠。
李杜苏辛同和③韵，人生八苦④化云烟。

**注：**①南岳，即湖南的衡山，李先生是湖南人，古云。②文城诸子，桂林为历史文化名城，清代有杉湖十子酬唱，并出版了《杉湖十子诗钞》，抗日战争时期，成千上万的文化名人到桂林投入抗日救亡活动，如诗词界有柳亚子、郭沫若、茅盾、田汉、何香凝等，他们都有唱和诗。桂林诗词学会成立以后，集结部分诗人进行文城子采风酬唱活动，如到荔浦县银子岩、丰鱼岩，草坪的云雾山庄、灵川潭下的鹰潭、从阳朔逆水游漓江等，并出版了《桂林文城子诗丛》。③和，作动词用，读仄声，见《辞源》。④人生八苦，佛教说人生有八苦。

2019 年 11 月作于龙头岭

## 咏手机

小巧玲珑勤侍主，通今博古漫天涯。
良师益友精心助，科技施恩百姓家。

2019 年 12 月 28 日作于龙头岭

## 浣溪沙
## 题灵川县大岭头风力发电工程

耸翠群峦玉柱饶，顶天立地志堪豪，无私奉献任风摇。　　灿烂繁灯掀夜幕，城乡机器显高招，能源清洁乐陶陶。

2020 年 12 月 9 日作于龙头岭

## 贺志民儿改行从事通信网络工作

十载江河勤守护，抗洪踏浪步维艰。
鲲鹏欲展凌云志，驾驭神功翥碧天。

**注：**志民儿原来从事陆地水文工作，后改行做通信网络工作。完全靠自学，通过广西统一考试，并取得优异成绩，且能独立完成工作任务。第三句是说人当有上进心，第四句是说通信网络具有神奇的功能，而这神奇的功能是人为的，故云驾驭。

2020 年 3 月作于龙头岭

## 随　感

世外有桃源，红尘无净土。
残年万事休，八苦终须度。

**注：**八苦，佛教说人生有八苦。

2020 年 4 月作于龙头岭

## 今日旺塘

茅屋秋风逐逝波，琼楼林立竞嵯峨。
当年马路成街市，贸易繁华车辆多。

**注：** 旺塘，作者故乡。车辆多，最多是汽车，其次是三轮车，不见单车。

2020 年 4 月作于龙头岭

## 华江即兴

潺潺流水万山中，竹海连天岭岭葱。
幽涧桥横连古寨，漫步长征壮士踪。

**注：** 华江，属于广西兴安县。

2020 年 5 月 1 日作于华江

## 看电视《外交风云》有感

世界风云幻不穷，阴晴雨雪雾重重。
运筹帷幄分真伪，敢破坚冰架彩虹。

2020 年 5 月 31 日作于龙头岭

## 步韵奉和宿富连教授《人生八雅》诗

琴诉伯牙九曲肠，棋逢对手莫称王。
书中欧体存钢骨，画里江山孕乐章。
诗意一心承李杜，酒方三剂理阴阳。
花明柳暗春常在，茶菊东篱消剑光。

**注：** 诗中的八雅，即琴棋书画诗酒花茶。首句用伯牙鼓琴的典故。酒方，指药酒，《本草纲目》有酒方。理阴阳，即调理阴阳，中医理论人体要阴阳平衡。茶菊，即菊花茶，陶渊明有“采菊东篱下，悠然见南山”的诗句。已退隐了，故三尺龙泉已失去光芒了。载《东方兰亭诗社》2020 年端午期刊。

2020 年端午作于龙头岭

## 民乐皇后宋飞

鸟语空山天籁音，琴弦巧奏醉人心。

风骚盖世称皇后，“华韵九芳”千古寻。

**注：**宋飞，1969年生于天津，中国当代著名二胡演奏家、教育家、国家一级演员，精通胡琴、古琴和琵琶等13种弦乐器，被誉为“民乐皇后”。她还组建了“华韵九芳”的小民乐团，进行民族音乐的推广、研究、演出工作。其代表作有《空山鸟语》《二泉映月》《长城随想》等。此诗系观看《空山鸟语》作品视频后而作。

2020年7月作于龙头岭

## 欢呼香港国安法颁布实施

乌云黑雾锁香江，烂漫荆花暴雨伤。

赐福东君孚众望，复苏万象沐春光。

**注：**2020年5月28日第13届全国人民代表大会常务委员会第3次会议通过了《全国人民代表大会关于建立健全香港特别行政区维护国家安全的法律制度和执行机制的决定》。

2020年7月作于龙头岭

## 访地藏古寺某僧

法师心善谏良言，引路明灯耀眼前。

家庭矛盾宽容解，晚年生活赛神仙。

**注：**吾与老伴随次子拜访上海地藏古寺某僧，听其开示诗以记之。

2020年8月20日作于上海

## 听次孙演讲

自古英雄出少年，当今孙辈智明贤。

宏图展望谈环保，励志人生永向前。

**注：**次孙健博2020年暑假参加洛文青少年领导力训练营培训，培训结束做演

讲，主题是过去、现在、未来。吾与老伴参加演讲会，听了所有学员的演讲，特以健博演讲内容写此诗。将来即未来。

2020 年 8 月作于上海

## 游朱家角

诸桥一水两厢华，楼阁相连尽贾家。
生意兴隆名古镇，江南特色誉天涯。

**注：**贾，读“古”音，即商贾也。

2020 年 8 月 24 日作于上海

## 同日庆双节

举杯邀月度中秋，国庆民欢遍九州。
世界风云随变幻，千帆竞发泛中流。

2020 年 10 月 1 日（中秋节）作于龙头岭

## 悼何开粹诗友

侃侃而谈笑语添，为人正派话清廉。
山川诗赋增神韵，大度虚怀世仰瞻。

**注：**何开粹，1943 年生，广西武宣人，壮族，曾任桂林市政协文史委调研员。北京大学中文系毕业。中华诗词学会会员，广西作家协会会员，著有《漓江遗韵》。前两句回忆 2019 年 11 月相聚贵府促膝谈心之事。该诗友有 11 篇赋文碑刻传世。在吾任《桂林诗词》执行主编期间，该诗友一篇文章没有被刊用，但我把文中存在的问题形成文字转给他，请他修改后再给我刊载，我以为他会计较我，但恰好相反，他对我更尊重。2015 年我审编《广西诗词选 6：桂林市当代卷》过程中，见他的投稿中特别注明，请我严格把好质量关，我很感动，故有末句。

2020 年 10 月 17 日作于龙头岭

## 重阳节游龙胜龙脊梯田

万座金山银汉边，农家棋布白云间。
天街缥缈清风爽，处处鲜花汩汩泉。

2020 年 10 月 25 日（重阳节）作于龙头岭

## 游灵川浪漫花海

甘棠江畔巧梳妆，万紫千红沐艳阳。
大象①迎宾邀凤舞，乌龟②益寿激神扬。
风车七彩成幽径，福地千年发异香。
满目丹青娱晚景，形骸放浪赏群芳。

注：①大象，花海中有大象及各种鸟类塑像。②乌龟，天上有神灵（鬼神），华夏有神物（千年野生山乌龟——金不换），灵川有灵地（乌龟地），三者合一人间难找其二的调病延寿之圣地，可以零距离接触十几吨的千年野生山乌龟，哪怕去一趟，常年皆受益！

2020 年 11 月 7 日作于龙头岭

## 自贺《昌杰作品集》问世

穷乡野草一枝花，羞与牡丹攀艳华。
半纪风霜磨炼后，清香雅韵逸天涯。

2020 年 8 月作于上海

## 缅怀李育文吟长

李育文先生，又名雄伯，别名楚客、楚夫，中共党员。生于 1926 年 3 月 16 日，卒于 2019 年 9 月 3 日，享年 94 岁。湖南省临湘市詹桥镇水泉村人。李育文先生曾在中国人民解放军担任教学工作、政治工作 14 年多，后转业到桂林市。曾任桂林

市群众艺术馆馆长、桂林市政协委员、桂林市文联委员、桂林市作家协会理事。多年来一直从事文化和文学史的研究工作。他不仅是桂林诗词楹联学会创始人，还是中华诗词学会创始人之一。他历任中华诗词学会理事、广西诗词学会副会长和顾问、广西楹联学会理事，桂林诗词楹联学会第1届至第4届会长和主编，后来任名誉会长、名誉主编。李育文先生不仅对领导对诗友热诚相待，对诗词学会的工作也是兢兢业业，勤勤恳恳。为桂林诗词楹联学会和桂林市的文化事业做出了积极的贡献。

李育文先生热爱中国共产党、热爱社会主义祖国、热爱人民，对我们党领导全国人民建设社会主义所取得的伟大成就给予热情的歌颂。请看《参军》诗："大军南下气如山，亿万人民尽笑颜。杀敌参军吾辈事，请缨哪敢慕潇闲。"还有《大军南下》诗："万马千军壮，关山度若飞。齐心追蒋贼，哪敢误军机。"我们从诗中得知李先生是解放战争期间参军的。当时由于国共两党和平谈判破裂，爆发了第3次国内革命战争，也就是解放战争。面对国家的政治局面，一个热血沸腾的爱国青年，毅然决然地投入到中国共产党领导的人民解放军队伍。"杀敌参军吾辈事""关山度若飞，齐心追蒋贼，哪敢误军机"服从命令，英勇杀敌的解放军战士形象屹立在我们面前。

我们再看《国庆五十周年》诗两首：其一"创业兴邦五十春，炎黄赤子力耕耘。雄才辈出经纶展，赤县腾飞社稷新。大治中华须反腐，繁荣村落赖扶贫。尧风舜雨中兴日，祝捷声中众志伸。"此诗用通俗语言，歌颂我们党新的一代领导人，带领全国人民建设有特色的社会主义的雄心壮志和坚定信心。其二"神州一统固千秋，跨纪腾飞有远谋。暖地东风苏禹甸，冲天豪气震全球。欣谈建武差千倍，漫说贞观逊万筹。巨手扶轮方向

正，乘风破浪主沉浮”。这里说明一下，诗中的“建武”，是东汉时期光武帝刘秀的年号。“贞观”，是指唐朝唐太宗李世民的年号。以前都说“汉唐皆盛世，刘李一家人”，可是“汉唐盛世”比起我们今天的新中国差得千倍万倍啊！作者以极大的热情歌颂祖国建设取得的伟大成就，也歌颂了党的领导，“雄才辈出经纶展，赤县腾飞社稷新”“巨手扶轮方向正，乘风破浪主沉浮”“跨纪腾飞有远谋”，对我们党的领导很有信心。这些诗句，铿锵有力，用典恰当。形象思维与白描手法相结合，语言明快含蓄，雄浑豪放与婉约清丽相互渗透。再看《十六字令·贺神舟五号载人试飞成功》五首，其一：“船！驶向天河卷巨澜。飞腾急，吓坏鹊桥仙。”其三：“船，伴月旋飞览大千。破神秘，威显九重天。”其五：“船，千古炎黄出俊贤。雄心奋，探月定来年。”这是对我国科技事业在航天领域取得的辉煌成就给予热情的歌颂。表现手法是浪漫主义与现实主义相结合，想象丰富，豪气冲天，铿锵雄壮，韵味浓厚。

李育文会长不仅对祖国建设热情歌颂，对我们桂林市的城市建设也给予了很高的赞誉。请看《咏古南门》诗：“新建金桥千古牢，雄浑秀雅夺天骄。匠心独创天公巧，局面新开壮志豪。八面奇峰飞笑语，一江碧水起欢涛。榕城儿女多勤奋，改革新潮日日高。”诗中歌颂建设者们，独具匠心，勤奋工作的改革创新精神。语言流畅，明快含蓄，章法严谨。还有《夜泛两江四湖》诗：“环城水系我来游，其乐无穷咏兴优。两岸奇峰云外立，四湖倩影雾中收，山泉怒泻千寻瀑，玉塔高凌百尺楼。人在天河仙境里，夜航处处景迎眸。”该诗采用白描手法对两江四湖做了淋漓尽致的描写，诗中有画，读其诗如览其景如赏其画，令人陶醉。“人在天河仙境里”，形象逼真，其乐无穷。还有

《咏两江四湖新桥》诗其一：“桥送桥迎感慨多，金桥十九架银河。千姿百态精雕巧，助我清狂发浩歌。”一送一迎，把景写活了。景中有情，情中有景，情景交融，浑然一体，读之使人心旷神怡，且雄浑豪放，人间天上浑然一体。还有《采桑子·咏桂林市花——桂花》：“葱茏滴翠清香透，宽道浓荫，泻玉流金，竹阁琼楼四季春。　　蟾宫撒下仙花种，艳吐山城，芳播乾坤，罗带玉簪四海闻。”整首词以桂花为主体，一线贯穿，借题发挥，词意深厚，形象生动，格调铿锵，韵味同桂花一样香浓。蟾宫撒下仙花种，表面上是说桂花是从月宫撒下来的，所以使桂林变得那么美。但它有更深层的意思，是说我们有党的好领导，有党中央好的方针政策，才使桂林市的建设取得辉煌成就，才能“艳吐山城，芳播乾坤，罗带玉簪四海闻”。真是耐人寻味。再看他写解放桥的诗：“火树银花两岸明，清漓浪涌大桥横。春澜东渡情犹在，喜有时贤铺锦程。”前两句是对解放桥两岸繁荣景象的真实描写，第三句是回忆东渡春澜的景象，过去的凄凉与眼前的繁华形成鲜明的对比。最后一句“喜有时贤铺锦程”，很明显是歌颂当代桂林功绩。

李育文先生对祖国的大好河山，人文胜景也倾心讴歌。如《登五龙峰》诗：“邀朋喜上五龙峰，一览中原天下雄。滚滚惊涛亭阁外，巍巍嵩岳白云中。孙刘联合三分定，晋楚相争百战空。今喜神州成一统，江山早已属工农。”五龙峰，在河南省郑州市。作者登上五龙峰，视野开阔，面对滚滚黄河，巍巍中岳，心潮澎湃，浮想联翩。由眼前的大好河山，联想到中国的历史。春秋战国，群雄争霸的历史已经一去不复返，眼前的大好河山已属于当家做主的工人和农民，真是快哉！全诗气势非凡，雄浑豪放且明快含蓄。再看《元日登岳阳楼》诗：“东风送暖喜登

楼，远望青螺镜上浮。忧乐从来谁与共，洞庭碧透永悠悠。”前两句写春天作者登上岳阳楼，看见青山绿水的美景，十分高兴。由于岳阳楼是名胜古迹，不仅欣赏美景，而且想到范仲淹《岳阳楼记》中的名句，“先天下之忧而忧，后天下之乐而乐”。这名句将永远激励仁人志士，始终把人民的利益放在自己利益之上，就像洞庭碧水永远流传下去，万古流芳。再看《登象鼻山》诗：“晴光放暖促人游，南北东西眼底收。四面青山横暮霭，一行白鹭落芳洲。新亭伴月人常到，古塔窥江水自流。冉冉斜阳低照近，碧莲峰里度春秋。”这里的“新亭”，不是古诗中“新亭泪”的新亭，是指象鼻山下新建的亭子。唐代李商隐诗云：“夕阳无限好，只是近黄昏。”晚年时光虽好，却时间短暂，禁不住叹息。而李先生诗句“冉冉斜阳低照近，碧莲峰里度春秋”隐喻自己晚年生活是美好的幸福的，“碧莲峰里度春秋”。“碧莲峰”，真实的“碧莲峰”，在阳朔县城，这里泛指甲天下的桂林山水。是说自己生活在美好的环境里度过晚年。不仅夕阳美，生活环境和社会环境都很美，而且没有任何叹息，这是思想境界完全不同的结果。全诗既豪放又婉约，意境深远，韵味浓厚，耐人寻味。还有《登明月峰晚眺仙鹤峰》诗：“玉叠蓬壶秀，峥嵘白鹤雄。鸣皋惊旷野，振翮（he）唳苍穹。揽月常呼友，拿云屡觅朋，青烟浮素羽，艳艳夕阳红。”一“秀”一“雄”，既雄浑豪放，气势磅礴，又婉约清丽，典雅文静。以静化动的手法，根据景物的特点，把仙鹤唳峰写成了“鸣皋惊旷野，振翮唳苍穹”生动的形象，使客体富有生机，做到主客高度统一，耐人寻味。“揽月常呼友，拿云屡觅朋”。说明李先生对朋友是真诚的，即使自己得意之时，也不会忘记朋友，真是天涯若比邻啊！还有《普陀山》诗：“葱茏滴翠普陀山，削玉四峰云汉

间。更喜栖霞景艳绝，蓬莱无处不奇观。”此诗意深辞美，用点睛之笔把普陀山的艳态，刻画得淋漓尽致，栩栩如生。开头用白描手法，写普陀山的美景，后两句展开联想，把这美景誉为蓬莱仙境。全诗以现实主义与浪漫主义巧妙结合。

李育文先生对领导对朋友对学会会员均以诚相待，他不仅是一个忠诚的文艺战士，也是我们桂林诗词楹联学会的好领导。如《赠钟家佐先生》：“诗人数莅桂林城，咏水吟山播正声。今喜榕湖重聚首，陈蕃榻下听嘤鸣。”诗中说，钟家佐曾几次来桂林，写下了不少歌颂桂林山水和弘扬正气的诗篇，于今又在桂林重聚，又可以聆听正气歌啊！“陈蕃”，东汉时名臣，少有大志，为政清廉公正，刚直不阿。这里借指钟家佐先生，因钟是自治区政协主席，为官公正廉明，所以能写出弘扬正气的诗篇。“陈蕃榻下听嘤鸣”，说明李育文先生很谦虚，愿意向钟家佐请教，向其学习。再看《赠学会十五位吟长》诗。题目用“吟长”一词，其实大部分人年纪都比他小，这是他对别人的尊重，也是一种谦虚态度。请看其中赠陈雨萍诗云：“甘棠树下自嘤鸣，韵墨香浓播政声。社会和谐因善治，温馨永暖桂林城。”“甘棠树”，借指善政善德的官员，此处指陈雨萍。前两句是说，陈雨萍作为政府官员写了很多诗，这些诗不但宣传了党的方针政策，而且诗情浓郁，韵味香醇。后两句是说陈的政绩对桂林的影响，桂林人民永远铭记这位老书记的功绩。还有赠万章利诗：“诗风稳健豁吟旌，格调高昂富激情。人老仍怀清照志，观今鉴古写经纶。”首二句说万章利女士诗路开阔，诗的风格平稳有力，格调高昂，富有激情。三四句是说万老师怀有宋代大词家李清照壮志，以古为鉴观察当今，满腹才干会写出很多好诗来的。再看给宿富连的诗：“游山玩水兴无穷，漫展诗笺纪屐（ji）踪，

常向辋川寻韵墨，力求摩诘好诗风。”“摩诘”(jie)，是唐代诗人王维，“辋川”，是王维住过的地方，这里风光秀美，王维在此与一些诗友游山玩水，写了一些唱和诗，并集结成册，名为《辋川集》。这首诗是对宿富连诗友写山水诗成就的肯定和鼓励。

李育文先生的诗词文学艺术性很高，读后受益匪浅。自古以来，都主张诗要写得明快自然，含蓄新奇。豪放雄浑中要蕴有婉约清丽；婉约清丽中要蕴有雄浑豪放。要物中有我，我中有物，主客一体，情景交融。我个人的理解，所谓明快，就是语言文字明白，不晦涩不呆板。所谓自然，就是顺着事物发展的趋势或脉络去写。所谓含蓄，就是包容、蕴藏于内。新奇，就是新鲜奇妙。豪放，就是气魄大。雄浑，就是雄健浑厚，雄壮浩瀚。所谓婉约，就是婉转含蓄。清丽，就是清新秀美。所谓主客一体，就是作者所表达的精神层面与所描写的客观事物相互融洽。明快自然，含蓄新奇，豪放雄浑，气势磅礴以及婉约清丽的诗词作品，古往今来是常见的。如李白的《将进酒》：“君不见黄河之水天上来，奔流到海不复回。君不见高堂明镜悲白发，朝如青丝暮成雪。人生得意须尽欢，莫使金樽空对月……五花马，千金裘，呼儿将出换美酒，与尔同销万古愁。”又如王之涣的《凉州词》：“黄河远上白云间，一片孤城万仞山。羌笛何须怨杨柳，春风不度玉门关。”真是雄浑豪放中蕴含婉约清丽，婉约清丽中蕴含雄浑豪放。还有毛泽东诗《人民解放军占领南京》：“钟山风雨起苍黄，百万雄师过大江。虎踞龙盘今胜昔，天翻地覆慨而慷。宜将剩勇追穷寇，不可沽名学霸王。天若有情天亦老，人间正道是沧桑。”等等。读起来，确实明快自然，雄浑豪放，含蓄新奇。婉约诗如唐代杜秋娘《金缕衣》：“劝君莫惜金缕衣，劝君惜取少年时。花开堪折直须折，莫待无

花空折枝。”还有李清照的《声声慢》：“寻寻觅觅，冷冷清清，凄凄惨惨戚戚。乍暖还寒时候，最难将息……”这些是婉约作品。如何做到“豪放雄浑中要蕴有婉约清丽；婉约清丽中要蕴有雄浑豪放”呢？

我们再看李育文先生的作品。请看《自度曲·国庆感赋》：“忆华年，途穷日暮。书剑飘零，请缨无路。举目封豕（shi）长蛇，冲天狼烟，动地鼙鼓。千村万落，可怜焦土。　庆新生，眉扬气吐。且喜逢时，头角新露。看江南塞北，春光迷人，花团锦簇。中华威振，九州兴复。”此曲为自度曲，即既不是宋词的词谱也不是元曲的曲谱，而是自己拟定的曲谱。该曲上片回忆自己的过去。再联想到国家的命运和广大民众水火煎熬境况。新中国成立前，祖国大地，战火纷飞，民不聊生，千村万落，废于战火。此时的作者正当年华，却书剑飘零，请缨无路，报国无门。下片写现代。新中国成立后，人民获得新生，扬眉吐气，崭露头角，奋勇报国。祖国大地春光明媚，炎黄威振，九州复兴。此曲上片婉约清丽，下片雄浑豪放，全曲赋比兴巧妙结合，浑然一体。又如《夜立尧山顶峰》其一：“山风习习久凭栏，夜色苍茫云汉间，俯瞰全城景艳绝，满天星斗落平川。”此诗远近结合，天地合一。想象丰富，构思巧妙，现实主义与浪漫主义相结合。第一、二句好像说“我”就站在银河里凭栏远眺，站得高看得远。第三、四句是写看到整个桂林市夜景，不说灯光灿烂、灯火辉煌，而说“满天星斗”落下来装饰了桂林市，天上人间浑为一体，极为壮观，出语不凡，雄浑典雅，婉约清丽，十分融洽。又如《咏独秀峰》诗：“一峰不与众峰同，独自飞临闹市中。久在名城称独秀，只缘天斧有神功。如蓬出水添春色，似剑穿云刺碧空。兀立江干翘首望，南

天一柱实峥嵘。”其中“飞临”“天斧”“如蓬出水”“似剑穿云”对独秀峰的描写，非常生动逼真，也非常有气势，确实雄浑豪放。客观景象与主观描写十分融洽，确实做到主客一体。再看《美都桂林》诗：“百越文身原绝域，鸿蒙启后入秦封。今来古往乾坤变，物换星移盛世逢。绚丽风光天下甲，辉煌文化古今崇。山清水秀蓬莱境，石美洞奇艺术宫。水是青罗形酷肖，山如剑戟势峥嵘。神奇虚幻波光丽，缥缈葱茏黛色浓。座座奇峰留胜迹，条条江水卧长虹。大街小巷人如海，火树银花车似龙。吐翠扬红丹桂道，含香送爽木樨风。琼楼璀璨街容艳，店铺繁荣商业隆。联谊航程欧美接，穿梭银燕亚非通。物华天宝榕城秀，人杰地灵八桂雄。今后腾飞程更广，旅游胜地永恢宏。”此诗共26句，是一首七言律诗，而且是排律。所谓排律，是律诗的一种，除了首尾两联不需对仗外，其余每两句必须对仗。该诗开头两联用极为凝练语言把桂林的历史，做了高度的概括和总结，于今欣逢盛世，山水风光更加绚丽多姿。接下来写桂林的繁华景象和城市建设的辉煌成就，最后是对桂林美好未来的展望。通篇语言自然明快，含蓄新奇。豪放雄浑中蕴有婉约清丽，婉约清丽中蕴有雄浑豪放。读后令人心旷神怡，对桂林的未来充满憧憬。又如《满江红·颂香港回归祖国》词：“板荡中原，硝烟里，天昏地黑。权丧尽，疮痍满目，文明毁灭。枉法戕（qiang）民诚有术，抗英束手慌无策。恨清廷赔款割香江，人悲切。　　睡狮醒，奇耻雪，妖雾净，东方白。颂炎黄赤子，功书史册。禹甸欣观春色早，舆图喜补金瓯缺。庆良辰，今日我中华，真强国。”此词上阕回忆清代，由于朝廷腐败无能，人民痛苦不堪，遭到外夷的侵略无法抵抗，致使割土赔款，丧权殃民的悲惨局面。下阕歌颂当今时代，奇耻雪，妖雾净，金瓯

固，春光艳，国强民富的良辰美景。作者文学功底深厚，按词谱要求，用了入声韵，上阕第七、第八句用了对仗句。下阕开头四句也用了对仗句，同时也是排比句。第七、第八句同样用了对仗句。全词思路清晰，章法严谨，语言明快含蓄，气势雄浑，韵味浓厚。再看《行香子》词："径曲林深，叶暗花明。常徘徊，听惯禽音。七星览胜，叠彩游春。喜桂山美，漓水秀，古城新。　　流光易逝，马齿徒增。但休言、书剑无成。暮年驰骋，万里征程。幸情怀壮，诗兴旺，笔花生。"此词表达了李先生对桂林山水一往情深。暮年回首，无限温馨，内心是充实的。大有老骥伏枥，壮心不已的雄心壮志。此词既豪放又典雅。上下阕词谱相同，第七句首字为领字，用仄声字领以下三句，如上阕的"喜"字，领"桂山美，漓水秀，古城新"。这三句不仅是对仗句，而且也是排比句。下阕的"幸"字，领"情怀壮，诗兴旺，笔花生"。同样既是对仗句，又是排比句。这就是文字功底深厚的表现。再看《登南岳》诗："南岳风光好，吾今结伴游。白云生涧底，碧浪上峰头。雨润千山寂，林深万壑幽。盘旋凌绝顶，炎夏似凉秋。"这是一首五言律诗。五岳之首数衡山，可让人歌咏者甚多。李先生不落俗套，选择衡山夏天像秋天一样凉快特点，从冉冉白云，层层碧浪，雨润深林，逐一写来。全诗一气呵成，诗意悠远。

李育文会长不仅诗词功底深厚，对联也写得很好。请看《五龙峰极目阁》联："一阁凌空缭绕白云从脚起；五龙戏水翻腾碧浪接天流。"此联天地合一，雄浑豪放，气势非凡。再看《穿山水榭》联："潋滟江波赛瑶池圣水；嵯峨塔影凝海岛仙山。"此联想象丰富，瑶池圣水，海岛仙山，都搬到桂林了，桂林成了人间仙境，既豪放又浪漫。再看《文昌桥》联："月照

桃江花弄影；桥依象鼻水含情。”此联运用拟人手法，“弄影”，“含情”，既形象又生动，既婉约清丽又雄浑豪放，韵味浓厚。还有《尧帝园》联：“岭上杜鹃红碧落；陵中紫气护名山。”切景切题，联想丰富，天空地上浑为一体，气宇不凡。再看《漓波亭》联：“几片红帆浮碧水；数行白鹭落芳洲。”动静结合，情景交融，画面真实，一浮一落，情景交融。还有《毛主席百岁诞辰》联：“星火燎原，济世英名垂宇宙；狂飙遍地，运筹胆略振山河。”此联以极为凝练的笔法对毛主席的一生做了高度的概括和倾心地歌颂，真是情深意笃，且豪放雄浑，气势非凡。“燎原”，“遍地”，“垂宇宙”，“振山河”，毛主席顶天立地，盖世英雄的伟人形象屹立我们面前。

李育文先生写诗填词作楹联，倾心尽力且文学功底深厚，所以读起来显得特别铿锵有力，韵味浓厚。真可谓“铁板铜琶歌盛世，钟情神韵写春秋”。

李育文先生除了诗词楹联以外，还写了20多篇诗话，20多篇诗论。所谓诗话词话，就是对诗词作品进行评论，指出写得好的地方和不足之处或瑕疵所在。李会长对桂林山水20多个景区古今诗词做了精辟的阐述，分析透彻，引人入胜，为我们如何研读山水诗词起了很好的引导作用。所谓诗论词论，是有关诗词创作理论方面的论述。李育文先生就诗词创作中，涉及的一些理论问题也做了精辟的论述。例如怎样运用形象思维问题；怎样创造时空巧妙结合的意境问题；还有形似和神似问题；还有客观实体和主观感情如何融为一体问题，等等。学好这些理论，对我们提高诗词写作水平，提高诗词质量，会有很大帮助的，诗友们不妨多学习一些诗词理论，以提高写作水平，提高诗词质量。

最后，为了更好地缅怀李育文先生，我写了四首诗，题目是《缅怀李育文吟长四首》。

**注：**此文系根据李育文临终前遗嘱而撰。其遗嘱希望诗词学会召开李育文诗词研讨会，并指定由我撰写发言稿做主题发言。其遗嘱由桂林诗词学会副会长转告本人。

2019 年 11 月 18 日作于龙头岭

## “漓江水环境综合管理计划调查国际学术研讨会”在桂林召开

中日政府间技术合作“漓江水环境综合管理计划调查”国际学术研讨会于 1997 年 5 月 19 日至 20 日在桂林召开。出席会议的日方专家有国际协力事业团藤谷浩至、中国漓江水环境综合管理计划调查团团长桥本宏以及建设省、环境厅等 10 名专家，出席会议的中方专家有广西区科委苏仁芳副主任、区水电厅厅长助理马顺德以及区水电设计院、桂林地区环保局、桂林市水电局、桂林水文水资源局、桂林气象局等有关部门的专家和中央驻桂单位、部分院校的专家学者，珠江水利委员会的专家及桂林市新闻界的代表应邀出席了会议。桂林市副市长李金早、桂林地区行署副专员余兴祥到会祝贺并讲了话。

漓江以其特异的自然景观驰名中外。近年来因生活用水和工业用水不断增加，致使枯水期水量不足，加上流域内产生的生活污水和工业废水仅有三成经过处理，其余大多未经处理即排放出来，造成水质污染，水环境恶化。虽然桂林市政府多年来采取了一些措施，但仍未得到妥善解决。在这种背景下，我国政府于 1992 年就制定“漓江水环境综合管理计划的调查”，与日本政府间开展合作，日本国际协力事业团（JICA）承担了这一协作项目，于 1995 年 12 月向桂林派出了事前调查团，又

于1996年6月派出正式调查团开始调查。调查的范围是阳朔水文站上游漓江流域，目的是掌握水环境现状，搞清存在问题，以2020年为目标年度，制订水环境的管理计划，并进行水环境技术转让。这次会议主要就漓江水环境综合管理计划调查的有关成果进行研讨。

会上宣读了5篇有分量的论文，就漓江水量、水质生态、景观等诸方面做了深入全面的调查，摆出了存在的问题，提出了相应的解决措施，拟出了一些综合方案，与会专家对这些论文进行了认真的探讨，认为这些综合方案很有参考价值。广西区科委要求桂林市尽快选定方案，付诸实施。会议收到了预期效果。

**注：**此文载《珠江水资源保护通讯》1997年第3期（总第45期）。此刊物系水利部和国家环境保护局主管的珠江流域水资源保护局主办的刊物。

1997年5月21日于桂林市骝马山

# 后　记

经过几十年的努力和多方的支持，本书总算截稿束编了。在此，我以真诚的心，感谢为我撰写序言的老诗人老会长李育文先生和宿富连教授，他们在炎热的夏天，冒着酷暑，日夜操劳，费了不少心血和精力，撰写了几千字的序言，而且写得很认真、很全面、很到位、很精辟，为读者阅读本书起到了很好的引导和助兴作用，对本书的流传，起到了强有力的推动作用。另外，全国著名诗家林从龙老先生，虽然年迈多病，未能为我作序，但也提了一些建设性的意见，并对我的作品做了充分的肯定，对我是一个很大的鼓舞，一并表示感谢。

为庆祝桂林诗词楹联学会成立20周年，由本人收集、整理、撰写的《学会大事记》一文（载《桂林诗词》总第43期），没有收入本书。另外，《答宋赓尧先生所问》一文（载《桂林诗词》总第52期），因主要是解答宋先生（广西师大教师）提出的两个问题，即对“同年”一词的解释和梁任父是不是梁启超的问题。后一个问题已经确定无疑，就是同一个人，对于“同年”的解释，其实是对对方的尊称，仅此而已，如同当今说的“同志”一样。

凡在外地刊物发表的诗文均已注明刊物名称，在《桂林诗词》发表的诗文基本上未做注明，特此说明。

修改定稿于广西灵川龙头岭